Lisa Renee Jones

En mi piel

Traducción de Ben Clark

Argentina • Chile • Colombia • España
Estados Unidos • México • Perú • Uruguay • Venezuela

Título original: *Being Me*
Editor original: Gallery Books. A Division of Simon & Schuster, Inc., New York
Traducción: Ben Clark

1.ª edición Septiembre 2014

Copyright © 2013 by Julie Patra Publishing, Inc.
All Rights Reserved
© de la traducción 2014 *by* Ben Clark
© 2014 *by* Ediciones Urano, S.A.
   Aribau, 142, pral. – 08036 Barcelona
   www.titania.org
   atencion@titania.org

ISBN: 978-84-92916-75-7
E-ISBN: 978-84-9944-718-6
Depósito legal: B-15.574-2014

Fotocomposición: Montserrat Gómez Lao
Impreso por Romanyà Valls, S.A. – Verdaguer, 1 – 08786 Capellades (Barcelona)

Impreso en España – *Printed in Spain*

Para Diego, por no dejar de creer en mí y en esta serie.

Agradecimientos

Son muchas las personas a las que tengo que agradecer que esta serie encontrara su público. En primer lugar, a Louise Fury, mi agente, por leer *En tu piel* y emocionarse lo suficiente como para cantar sus alabanzas a los cuatro vientos, subida a los tejados (y, de verdad, literalmente saltó por los tejados).

A Lori Perkins, por saltar con Louise por esos tejados. Más tarde se unió a ellas Micki Nuding y surgió la chispa mágica. Gracias, también, a Shari Smiley, que ha hecho tantas cosas por acercar la serie a un público completamente nuevo. Y no tengo palabras para agradecer el trabajo de todo el equipo de Simon & Schuster. Todos han tratado la serie con muchísimo mimo y han demostrado un enorme entusiasmo.

También quiero agradecer a los numerosos habitantes de la blogosfera; a los lectores y a los críticos que se leyeron *En tu piel* cuando salió y que, además, ¡animaron a todo el mundo a leerla también! ¡Y siguen diciéndole a todo el mundo que tienen que leer la serie! ¡Muchísimas gracias!

Y a todos los que formáis parte de mi *street team*, The Underground Angels, gracias por todo vuestro amor, apoyo y esfuerzos por promocionar mis libros. ¡Realmente sois mis ángeles!

Me rodeó la oscuridad, una total ausencia de luz que me dejó temblando por dentro. No. No era la oscuridad la que me hacía temblar. Era él. Podía sentirlo, aunque no podía verlo. Oh, sí, podía sentirlo. En cada poro de mi cuerpo, en cada una de mis terminaciones nerviosas, lo sentía. Me acechaba. Me reclamaba, a pesar de no haberme tocado todavía. Estaba completamente a su merced, desnuda y de rodillas, en el centro de una gruesa alfombra de lana. Tenía los muslos atados con fuerza a las pantorrillas y, a su vez, más ataduras me envolvían el pecho y me oprimían los brazos detrás de la espalda. Dolía de un modo agridulce, excitante, y, a pesar de sentirme expuesta y vulnerable, he llegado a entender que esas cosas me excitan de un modo que no creía posible. La verdad es que no tenía lógica que me diera miedo el lugar al que pudiera llevarme después y que, a la vez, temblara de excitación. Y tuve miedo, allí, arrodillada en la oscuridad. Miedo de lo poco que podía controlar las respuestas de mi propio cuerpo, de lo mucho que él me controlaba cuando yo era incapaz de hacerlo. De hasta qué punto necesitaba que me controlara. No reconozco, ahora, mientras escribo esto, esa parte de mí, pero cuando estoy con él me convierto en lo que él quiere que sea. Me convierto en su esclava sumisa, aunque he llegado a comprender que soy sólo una ficha dentro del tablero de su juego. No me ha prometido nada, salvo poseerme. Nunca me pertenecerá como yo le pertenezco. Nunca le controlaré como él me controla. Me ciño a sus reglas y nunca sé cuándo cambiarán, o qué o quién formará parte del nuevo juego en el que se convierte cada uno de nuestros encuentros. Y anoche, cuando un foco se posó sobre mi cuerpo de repente, iluminándome sólo a mí; cuando él emergió de la oscuridad dando un paso y se plantó ante mí, fue la visión del hombre que estaba a su lado la que me sacudió entera. Son dos hombres; a uno de los dos lo desprecio, y él lo sabe, y, aun así, ha invitado a esta persona a compartirme con él. Quise protestar. Debía haber protestado. Pero allí, en esa habitación, yo no era Rebecca. Era sólo suya. A veces, bajo la luz del amanecer, cuando él no puede tocarme, cuando estamos separados, pienso que lo único que quiero es ser yo, volver a ser Rebecca. Aunque ya no sé bien quién es esa persona. Ya no estoy segura de saberlo. ¿Quién es Rebecca Mason?

1

Me estoy ahogando en un túnel de completa y absoluta oscuridad, provocado por el repentino corte de luz en el guardamuebles de alquiler donde he estado rebuscando con la esperanza de hallar alguna pista sobre el paradero de Rebecca. Es como si me encontrara en medio de una horrible película de terror, la clase de peli que odio ver, y de pronto me veo como la chica que toma todas las decisiones erróneas y termina ensangrentada y fiambre. Yo, Sara McMillan, soy una persona lógica, y me digo a mí misma que debo superar este miedo irracional. Esto no es más que otro apagón, uno de tantos ocurridos en San Francisco en los últimos meses, y sólo debería preocuparme por el ratón que corretea junto a mis pies.

Pero, con todo, ¿no es exactamente eso lo que suele pensar también la chica que muere en la peli de terror? *Sólo* es un apagón. Sólo es un ratón. He sido una tonta por venir aquí sola, así, de noche, y siempre hago lo posible por no hacer tonterías. Sabía por un encuentro anterior que el encargado de este sitio daba repelús, pero me dije que no debía preocuparme por él. Lo que ocurre es que estaba terriblemente desesperada por sentir que estaba haciendo algo por encontrar a Rebecca, y desesperada por dejar de darle vueltas al silencio de Chris desde nuestros mensajes de esta mañana, cuando le confesé que le echaba de menos. Temo que su marcha de la ciudad para acudir a un acto benéfico le haya servido para decidir que no me echa de menos. Después de todo, se había atrevido a revelarme sus secretos más oscuros la noche anterior y yo había hecho exactamente lo que él me dijo que haría, lo que yo había jurado que no haría: provocar que se marchara. «Corriendo», musito mentalmente, recordando las palabras que Chris había usado en más de una ocasión para predecir mi comportamiento.

Otro sonido, como un chasquido, invade el inquietante silencio y ya es oficial, estoy más frenética por esto que por el silencio de Chris. Mi mente se esfuerza por identificar qué es lo que suena, sin éxito. Oh, sí, desde luego, soy una completa estúpida por venir aquí sola. Y, aunque me gusta pensar que no suelo comportarme como estúpida, esta noche es la prueba de que cuando lo hago me luzco.

No me atrevo a moverme, menos aún a respirar, pero sigo oyendo el roce de unos pantalones, y sé que son los míos. Me mando a mí misma callar, pero no funciona. Tengo el pecho comprimido, y ahora me cuesta llenar los pulmones de aire. Necesito aire. Necesito aire de forma desesperada. Estoy hiperventilando, creo. Sí. Eso es. Recuerdo haber sentido esta misma sensación, como de estar fuera de mi propio cuerpo, cuando el médico salió de la habitación de mi madre en el hospital, hace cinco años, y me dijo que estaba muerta. Aunque soy muy consciente de lo que me está pasando, sigo con las malditas inspiraciones cortas que delatarán, seguro, mi posición exacta. No entiendo cómo puedo saber qué es lo que me ocurre y aun así no ser capaz de controlarlo.

Resulta que estoy de pie y no recuerdo haberme puesto en pie. Se me caen papeles de las manos que no recuerdo haber cogido. Hierve en mí una sensación de pánico que me implora que grite y corra. Tan verdadera y real es esta «reacción de lucha o huida» que doy un paso al frente, pero otro chasquido me deja petrificada en el sitio. Lanzo una mirada desesperada hacia la puerta, donde no veo más que oscuridad. Nada salvo este profundo, oscuro agujero que amenaza con devorarme. Otro chasquido: «Chas». ¿Qué se oye? También me llega el sonido de otra cosa —alguien que arrastra los pies, creo— y parece que se aproxima a la puerta. Me recorre la adrenalina, y no pienso de forma consciente, me limito actuar.

Echo a correr y atravieso la habitación dirigiéndome hacia un lugar que creo libre de obstáculos. ¡La puerta, la puerta, la puerta! Necesito la puerta. ¿Dónde está la maldita puerta? Mis dedos no encuentran más que vacío y más vacío hasta que, por fin, choco contra el frío acero y me recorre una ola de alivio a la vez que cierro de un portazo. Coloco las dos palmas de las manos sobre la superficie de la puerta. ¿Y ahora qué?

¡¿Ahora qué?! Cierra con llave. Pero no puedo. Me asalta entonces la realidad de la situación; la puerta se cierra desde fuera y —oh, Dios— quienquiera que esté al otro lado podría dejarme encerrada. Pero... ¿y si la presencia que sentí en el pasillo ha logrado colarse dentro, antes de que cerrara?

Me giro de golpe ante este pensamiento espantoso y hago lo posible por fundirme con la puerta. Recuerdo que tengo el teléfono en el bolsillo de la chaqueta y palpo dentro de él para buscarlo. No veo nada. Está claro que no puedo pensar con claridad. ¿Cómo es que no había reparado en el teléfono hasta ahora? Lo sostengo, pero se me escurre y cae al suelo. Desquiciada, me arrodillo y lo busco a tientas, aliviada cuando mi mano envuelve al fin el delgado plástico, pero todos mis esfuerzos por desbloquearlo son en vano.

Me incorporo a toda velocidad, temerosa de que me rajen en pedazos hasta morir mientras intento marcar —pero esta vez nada va a impedir que escape—. Puede que correr sea también una decisión estúpida, pero llegados a este punto no correr también parece rematadamente estúpido. Le doy un tirón a la puerta y me recibe más oscuridad, pero no me importa. Corro mientras rezo para no chocar con quienquiera que está aquí dentro, conmigo, o para no tropezar con mis propios pies en el agujero negro en que se ha convertido todo lo que me rodea. Sólo quiero salir. Salir. Salir. Salir. No puedo pensar en nada más. Es lo que me empuja en línea recta hacia la salida. Soy una explosión de miedo y adrenalina que ha disuelto la lógica que me dominaba hace unos momentos.

Mis ojos buscan la salida, la luz, pero la puerta exterior que antes estaba abierta ya no lo está, y me empotro contra ella con una inercia que me sacude los dientes. El ferruginoso sabor de la sangre aflora en los puntos de mi lengua donde clavo los dientes, pero no dejo que amedrente mi determinación por salir de aquí sana y salva. Busco el pomo de la puerta y suelto un suspiro de alivio cuando se abre.

Medio segundo después estoy ya fuera del edificio, la luz tenue de las farolas y el frío aire nocturno de San Francisco constituyen una dulce huida de la angustiosa oscuridad mientras corro hacia el coche. Mis músculos se tensan y me arden porque temo que haya alguien detrás de mí, pero no me atrevo a malgastar unos valiosos segundos para averiguar si estoy o no en lo cierto. La delicada piel de la palma de mi mano está dañada por culpa de mis llaves; me he clavado el metal por apretar tanto, y me esfuerzo por encontrar el mando del coche para desbloquear la puerta. El tiempo parece detenerse mientras lucho de nuevo contra el impulso de darme la vuelta y, en vez de hacerlo, tiro de la puerta para que se abra.

Segura de que alguien está a punto de agarrarme por detrás, me meto de un salto en el coche y cierro la puerta, refugiándome dentro. Aprieto el botón y bloqueo las puertas. Turbada, miro por la ventanilla y no veo a nadie, pero estoy segura de que en cualquier momento oiré cómo se rompe alguno de los cristales. Me tiemblan tanto las manos que me tengo que sujetar una con la otra para introducir la llave en el contacto. En cuanto entra, arranco el motor y acelero marcha atrás. Los neumáticos chirrían y tengo el corazón a punto de estallar. Meto la primera marcha y piso de golpe el freno, se me dobla el cuerpo hacia delante y choco con el volante. El sonido de mi fuerte respiración llena el silencio espeluznante del coche mientras fijo la mirada en la puerta abierta sin ver nada particularmente temible. Sólo ocurre que está… allí. Y yo estoy aquí y no parece haber nadie más.

No importa. Cuanto más tiempo paso aquí, más expuesta me siento, más vulnerable, como una presa. Piso el acelerador. Necesito salir de este aparcamiento y necesito hacerlo ahora.

Apenas he alcanzado la calle lateral que da a la autopista, las manos aferradas al volante, cuando caigo en la cuenta: he dejado el trastero sin cerrar. Lo he dejado abierto y me alejo a toda prisa. Pego un volantazo y me meto en una gasolinera junto al edificio. Me quedo en silencio, sentada sin hacer nada. Quizá pasa un minuto, o dos, o diez. No puedo estar segura. No soy capaz de formular pensamientos coherentes. Apoyo la cabeza en el volante e intento centrarme. El trastero. Los secretos de Rebecca, su vida. Su muerte. Levanto la vista de golpe. No. No está muerta. No está muerta… Y, pese a todo, algo en mi estómago me dice que dentro de ese trastero se esconde un secreto sobre ella que alguien no quiere que sea descubierto, ni por mí ni por ninguna otra persona.

—Tengo que regresar y cerrar el trastero con llave —me susurro. Podría llamar a la policía para que me acompañara. No me van a detener por tenerle miedo a la oscuridad. Puede que se rían, puede que se enfaden, pero esta vez voy a ser lista, voy a actuar sobre seguro.

Suena mi móvil en el asiento del copiloto y me sobresalto, no recuerdo haberlo dejado allí. Me llevo la mano al pecho.

—Santo cielo —murmuro, recriminándome—. Cálmate, Sara.

Miro el número: «Chris». Me quema el pecho de la emoción. Hay tanto entre nosotros sin resolver, tantas razones por las que no nos convenimos el uno al otro. Y aun así, a pesar de esto o quizá por esto mismo, nunca he necesitado oír la voz de alguien tanto como necesito oír la suya ahora.

—Sara —murmura cuando descuelgo, y mi nombre es un suave carraspeo de sedosa perfección masculina que me recorre por dentro, y que se acomoda en un profundo hueco de mi alma que sólo él parece poder llenar.

—Chris —contesto, y se me quiebra la voz al pronunciar su nombre porque, maldita sea, estoy a punto de llorar. ¿Cómo he pasado de vivir estos últimos años sin que me afecte lo que suceda a mi alrededor a todo lo contrario, en tan sólo unas semanas?—. Ojalá… ojalá estuvieras aquí.

—Estoy aquí, cariño —masculla, y creo oír, así lo espero, una pequeña punzada de su propia emoción agazapada entre sus palabras—. Estoy en la puerta de tu casa. Ábreme.

Parpadeo confundida.

—Pensaba que estabas en Los Ángeles por lo del acto benéfico.

—Lo estaba, y tengo que regresar en un avión mañana por la mañana, pero tenía que verte. Abre y déjame entrar.

Estoy anonadada. Llevo todo el día preocupada por su silencio. Temía que me hubiera cerrado la puerta, como hice yo anoche con él.

—¿Has vuelto a casa sólo para verme?

—Sí. Vine sólo para verte —contesta, y parece dudar—. ¿Es que vas a dejarme aquí fuera?

En mi interior entra de nuevo en erupción ese sentimiento que hago todo lo posible por no sentir, y el ardor de mis ojos amenaza con convertirse en lágrimas. Vino a verme. Desde otra ciudad. Hasta tuvo que coger un avión. Vino, incluso después de cómo reaccioné a su confesión, anoche, en el club.

—No estoy en casa —susurro, y apenas se oye mi voz—. No estoy y quiero estar. ¿Puedes venir aquí, por favor?

—¿Dónde es aquí? —me pregunta, y su voz transmite la urgencia que yo siento.

—A unas cuantas manzanas. En una tienda Stop N Buy cerca del sitio que te conté, donde hay una empresa de guardamuebles. —No consigo pronunciar el nombre de Rebecca y no sé por qué.

—Voy ahora mismo.

Abro la boca para darle más indicaciones, pero la línea se corta.

2

Salto del coche en cuanto veo el Porsche de Chris entrar al aparcamiento. El escalofrío que me recorre al salir no tiene nada que ver con el frío aire que llega del océano cercano y mucho que ver, en cambio, con lo que ocurrió hace un rato en el trastero. Me abrigo con los brazos mientras observo su coche aproximarse a mi Ford Focus plateado, y el corazón me late fuerte en el pecho. De pronto me siento nerviosa e insegura, y odio esta parte de mí de la que no puedo huir. ¿Y si he malinterpretado su visita y está aquí para ponerle fin a lo que tenemos? ¿Y si mi reacción a su gran revelación, anoche en el club de Mark, ha terminado por convencerle de lo que ya me ha dicho varias veces, que yo no pertenezco a ese mundo, a su mundo?

El 911 se desliza con elegancia y aparca en la plaza contigua, y hago lo posible por no pensar que se trata del mismo coche que conduce mi padre. Mi padre es la última persona en la que debería estar pensando, pero me ronda por la cabeza desde hace unas semanas y no sé por qué. Estoy como desorientada, con la cabeza ahogada en preocupaciones, sacudida por los eventos de la noche y mi miedo a lo que ocurrirá con Chris.

Lo veo salir del coche, y la sola imagen de su figura, tan alta junto al Porsche, vuelve a acelerarme el pulso. Rodea el vehículo por detrás y así, con sus vaqueros negros, sus botas de motero, su chaqueta de cuero y su pelo largo y rubio, tiene un aspecto curtido y sexy y tan rudamente varonil... Su zancada emula mi propia urgencia, y me lanzo hacia él.

Los escasos pasos que nos separan parecen una eternidad hasta que, por fin, estoy entre sus brazos, envuelta en el cobijo de su abrazo, su potente cuerpo absorbiendo el mío. La batalla de anoche ha desaparecido como si nunca hubiera existido. Me fundo con sus facciones duras, deslizo mis manos bajo su chaqueta de cuero e inhalo el aroma a sándalo y almizcle que es tan y tan maravillosamente Chris.

Con un movimiento grácil me lleva a un lateral del coche, donde la pared nos oculta de la vista de la gente que entra y sale de la tienda.

—Cuéntame, cariño —me ordena, mientras me estudia bajo el halo tenue, apenas perceptible, de lo que parecen las luces de posición del Porsche—. ¿Estás bien?

Mis ojos se encuentran con los suyos, y aunque nos envuelve la profunda neblina de las sombras, puedo sentir la conexión que nos une, el profundo alcance de sus sentimientos por mí. Chris tiene muchas capas y no voy a mentir diciendo que las comprendo todas, pero le importo y quiero que vea lo que ayer no conseguí mostrarle. Quiero entenderle porque lo quiero tal como es, a pesar de que hay cosas de él que me superan.

—Sí —susurro—, ahora que estás aquí, estoy bien.

Apenas he pronunciado las palabras cuando su boca cubre la mía y puedo sentir en mi lengua el sabor de su apremio, de su miedo, en el que reconozco el mío; miedo a que, después de nuestra visita al club de Mark, nunca volviéramos a estar aquí, así. Arqueo mi cuerpo hacia él, bebiéndome su pasión, consumida instantánea, voluntariamente por todo lo que él representa y por lo que podría ser para mí. La simiente de algo oscuro que se originó en el trastero, o quizás anoche en el club, intenta aflorar, algo que mi mente se niega a aceptar. Desesperada por escapar de aquello a lo que no quiero enfrentarme, hago lo que nunca me atrevo a hacer; me dejo llevar por el momento. Puedo sentir cómo me voy hundiendo en la pasión, perdida en manos del calor que enciende la parte inferior de mi vientre; el deseo que se extiende, etéreo y ardiente, entre mis muslos. No hay otra cosa que la lengua de Chris rozando la mía, su sabor, el olor de su cuerpo, la sensación de sus manos posesivas que me moldean contra su cuerpo. Necesito esto. Lo necesito a él.

Meto las manos debajo de su camiseta, asimilando la cálida sensación de piel tersa que recubre unos músculos duros, me aprieto contra él. Un sonido bronco de deseo retumba en su pecho y me deleito en su placer, en su deseo por mí, en la forma que tienen sus manos de bajar por mi espalda, de recorrerme el culo, antes de atraerme hacia él con fuerza para apretarme contra su paquete. Le lamo la boca mientras siento su gruesa erección contra mi estómago, y algo estalla en mi interior. No me importa dónde estoy. No sé dónde estoy. Sólo quiero a Chris. No puedo dejar de tocarlo, de saborearlo. Estamos el uno encima del otro y estoy perdida. Y, con todo, no basta para mantener a raya la simiente oscura. Necesito algo... más. Necesito...

—Sara.

Jadeo cuando Chris separa su boca de la mía y mi nombre es una ráfaga de calor y deseo arrancada de su garganta. No tengo ni idea de cuánto tiempo ha pasado, tengo la espalda apoyada contra la pared y no recuerdo cómo he llegado hasta aquí, ni me importa. Intento besarlo de nuevo. Sus dedos se hunden en mi pelo e impiden que me acerque, su respiración está tan acelerada como la mía.

—Tenemos que parar antes de que consiga que nos detengan a los dos —exhala—. Y ahora no haría falta demasiado para que me arriesgara, sólo por poder estar dentro de ti.

«Sí. Por favor», imploro en mi interior. Chris dentro de mí, llenándome. Lo ansío más que la siguiente bocanada de aire. Alzo la vista y parpadeo, deslumbrada pero no confundida por lo que quiero, que es a él. Ahora. Aquí. Pero el ruido de un motor y la risa de un niño me aturden de pronto y me paralizan la columna. Me sobrevienen todos los acontecimientos de la última hora, que se apelotonan y forman un nudo en mi estómago. Me asquea que haya olvidado dónde estoy y la urgencia de tener que salvaguardar las cosas de Rebecca.

Paso la mano sobre la agradable calidez del pecho de Chris.

—He olvidado qué hora es —exclamo sin aliento. ¿Cómo puedo estar así, de pie junto a él, sin que apriete mis caderas contra las suyas, con un movimiento que promete la clase de dulce evasión que sé que puede darme? Intento rescatar pensamientos lúcidos de la niebla de la lujuria—. He olvidado cerrar el candado del trastero. Tengo que regresar antes de que cierren el edificio y no puedo. —*Quiero* contarle todo lo que ha ocurrido. Él es la única persona con la que puedo hablar de mis temores respecto a Rebecca, pero algo dentro de mí me dice que alucinará y me hará demasiadas preguntas y no tengo tiempo. Tengo que llegar al trastero pronto—. ¿Puedes seguirme? Tengo que darme prisa. —No espero a que responda. Me deslizo por la pared para escapar e intento sortearle, sin éxito.

Apoya la mano en la pared, junto a mi cabeza, cerrándome el paso.

—¿Qué necesitas del trastero de Rebecca a estas horas de la noche? —pregunta, y su forma de colocar la mandíbula subraya ese gesto tozudo que empieza a resultarme familiar y, a pesar de su significado, una parte de mí se regocija porque comienzo a conocerlo.

Rozo con la mano su barba rubia de tres días, la responsable de la deliciosa irritación de mi mejilla.

—¿Puedo explicártelo por el camino, por favor, Chris? De verdad, no quiero que me cierren el edificio.

Su aguda mirada corta la oscuridad y, maldita sea, estaba en lo cierto con mi suposición. Es de acero, permanece inmóvil. No está dispuesto a dejarme escapar sin una explicación.

—¿Hay algo que no me hayas contado, Sara?

—Por si no te lo han dicho nunca, puedes ser muy controlador. Te lo diré por el camino.

—Dímelo ahora.

—Van a cerrar.

No se mueve. Bien. Claro que no. Chris siempre tiene el control. No siempre, dice una voz en mi cabeza, y me acuerdo de cuando me ofreció su camisa para que no me sintiera insegura por estar desnuda cuando él seguía vestido. Con gestos sutiles, pero importantes, comparte el poder conmigo.

—Pasé por aquí a ver si podía encontrar algo más que me indicara cómo contactar con Rebecca. —Mi intención es dejarlo ahí, pero me mira fijamente y mi tendencia al parloteo nervioso encuentra el semáforo en verde—. No me di cuenta de qué hora era y de pronto se cortó la luz y no se veía nada. Sentí que me ahogaba y no podía ver nada y me asusté. Escuché unos chasquidos muy raros y tuve la sensación de que no estaba sola.

—¿Qué quieres decir con que tuviste la sensación de que no estabas sola?

—Lo sé y punto, sé que no estaba sola. Había alguien más en el edificio. Sentí que me estaban persiguiendo. No sabía si esconderme o salir corriendo y no podía ver el maldito teléfono para marcar. Al final corrí y cuando llegué al coche conduje hasta aquí. Por eso dejé el trastero sin cerrar. Acababa de aparcar el coche cuando llamaste.

Me mira fijamente durante otro momento cargado de intensidad y después se separa de la pared impulsándose con el brazo, maldice en voz baja y reposa las manos en las caderas, bajo la chaqueta de cuero.

—Para empezar, ¿qué coño hacías tú en el trastero de noche, si puede saberse?

Me exalto, a la defensiva, sobre todo porque sé que no es lo más inteligente que he hecho. La estupidez propia no es una cosa fácil de digerir.

—No utilices ese lenguaje conmigo, Chris.

—No tomes decisiones que te pongan en peligro y no lo haré.

Se me está hinchando la vena.

—Sé cuidar de mí misma. Llevo años haciéndolo.

—¿Así es como definirías lo de esta noche? —pregunta, y su enfado se palpa en el ambiente, chisporrotea como el zumbido de la electricidad—. ¿Eso es cuidarse? Porque, si es así, me estás acojonando, Sara. Te dije que le encargaría a alguien investigar el paradero de Rebecca y eso significa que tú dejas el jodido asunto en paz.

Ya no es que esté a la defensiva; estoy cabreada. No necesito que otro hombre me diga que no sé cuidarme. Me tiro a la yugular.

—Ya hemos hablado de esto, Chris. Que me folles no te da derecho a decirme cómo vivir mi vida.

Mueve la mandíbula, y aunque las sombras ocultan el verde de sus ojos, estoy bastante segura de que deben de estar ardiendo de ira.

—¿Volvemos a estar con esas, Sara? ¿Que yo te estoy follando? ¿A eso nos condujo lo de anoche? ¿Es por eso que no podías quitarme las manos de encima en el aparcamiento? Porque si lo que quieres es que te folle, te follaré hasta que seas incapaz de recordar tu nombre y no puedas olvidar el mío.

Me sofoco porque sé hasta qué punto es capaz de cumplir lo que dice. Pero sus palabras parecen dar a entender que no me encuentro en ese punto; no sabe que ya nunca olvidaré su nombre y, es más, que no quiero intentarlo. Abro la boca para verbalizar lo que pienso, pero no me da la oportunidad de hacerlo.

—Decídete ahora, Sara —exige—. Si estoy contigo más allá de unos cuantos polvos, desde luego que voy a hacer todo lo que pueda para protegerte y tú vas a tener que aceptarlo sin rechistar.

Mi estado de ánimo se invierte de inmediato con su ultimátum. Ya me encuentro en territorio de viejos fantasmas y de pronto puedo saborear el veneno del pasado en cada palabra que mascullo:

—¿Quieres protegerme o quieres controlarme?

Espero a que reaccione, a que intente aplastar mis palabras, a que exija lo que sea que él considere su derecho. Una parte de mí quiere que se imponga ante este desafío. Otra teme que lo haga. Pero, por lo menos, si lo hace sé cómo lidiar con ello.

Pero se trata de Chris, y él nunca reacciona como creo, tampoco ahora. Se limita a mirarme fijamente, su rostro indescifrable, su mandíbula fija en una posición que le endurece las facciones.

Pasan los segundos, largos y tensos, hasta que introduce su mano en la chaqueta y extrae las llaves del bolsillo interior.

—Vayamos a cerrar el maldito trastero.

Se gira y siento cómo se me encoge el estómago. No quiero discutir con él. Y, de todos modos, me doy cuenta de que no es con Chris con quien me enfrento. Me enfrento a mi pasado, y me niego a permitir que mis viejos fantasmas se interpongan entre nosotros.

Doy una zancada y me coloco entre el coche y él, la mano sobre el pecho. No me toca. Me mira desde arriba y no detecto en él ninguna emoción. A este Chris ya lo conozco; es el mismo Chris que vi en la bodega, cuando le entregaron algo que pertenecía a su padre, cuando selló herméticamente sus emociones, y no estoy dispuesta a dejar que lo haga ahora de nuevo. No conmigo. No por haber permitido que un maldito fantasma del pasado se interponga.

La emoción me araña el pecho y mi malhumor se disipa.

—Lo siento. —Respiro profundamente y voy en busca de su mirada.

Me aterroriza este hombre que, ni siquiera sin intentarlo, tiene más poder sobre mí del que haya tenido nadie antes, pero procuro recordar que el hecho de que viniera aquí, esta noche, ha sido su pipa de la paz, su acto de vulnerabilidad—. Necesitaba que estuvieras aquí y, no sé cómo, resulta que estás, y eso significa para mí más de lo que te puedas imaginar. No sé cómo he podido cagarla tanto, Chris. Por favor, no dejes que estropee esto también, como anoche.

Durante un instante se muestra tenso, no cede, me observa con una mirada que soy incapaz de leer, pero, de pronto, sus dedos, sus manos rodean mi cuello de esa forma que me es tan familiar y tira de mí hasta colocar mi boca a escasos centímetros de la suya.

—No estoy seguro de saber distinguir entre proteger y controlar. Es mejor que lo sepas.

Aparentemente, su advertencia es de macho alfa, pero sé que en ella hay algo más. No es de piedra y granito, por lo menos no lo es conmigo, y como tantas cosas de Chris, esto me dice mucho.

—Siempre y cuando tú sepas que te avisaré si te pasas un pelo.

Roza mis labios con los suyos, suaves pero en cierto modo posesivos.

—Tengo ganas de que lo hagas —me asegura, mostrándose lo menos dispuesto posible a reclamar mi parte del control. El suave tono áspero, seductoramente prometedor de su voz desciende como un escalofrío por mi espalda y crepita en cada terminación de mi cuerpo. Como me ocurre tantas veces con Chris, presiento que hay un significado oculto más allá de las palabras, que se revelará con el tiempo, y quiero entenderlo, y entenderle a él.

Se inclina hacia atrás, me mira fijamente, y algo cambia entre nosotros y crece. Algo que no sé nombrar, pero mi sexo se contrae y, sea lo que sea, lo codicio de una forma profunda, dolorosa. Algo que todavía tengo que descubrir sobre mí misma y que sé que Chris puede enseñarme. Y sé que a su lado estoy dispuesta a ir a lugares a los que no iría con nadie más. No. Es algo más profundo que la predisposición. Es una necesidad física.

3

En vez de utilizar el aparcamiento, Chris aparca el 911 delante del edificio, justo enfrente de la puerta.

—Iré a cerrar —dice mientras pone el coche en punto muerto y enciende las luces de posición—. ¿Cuál es el número del trastero? ¿Necesito alguna llave?

—Uno-doce, y es un candado con combinación que he dejado colgado y sin cerrar en la puerta —contesto mientras poso la vista en la empresa de guardamuebles. Parece que somos los únicos, ya que todo sigue a oscuras. Chris da un paso hacia el edificio y lo agarro por el brazo—. Fíjate, la puerta está abierta.

—¿No era esa la idea? ¿Que llegáramos a tiempo de poder cerrar con llave el trastero?

—Sí —contesto, tras echarle un vistazo al reloj del salpicadero—, pero hace ya media hora que deberían haber cerrado. No debería estar abierta. —Vuelvo a mirar hacia la puerta, hacia el agujero negro que dibuja. Recuerdo lo asfixiante que fue estar allí dentro, y tiemblo y cruzo los brazos, segura de que alguien más había estado conmigo.

—Cariño, ¿qué pasa? —tantea Chris, dirigiéndome suavemente la barbilla para buscar mi mirada—. ¿Qué es lo que te estás callando?

Revivo en mi mente el momento en el que al fin salí por la puerta como una exhalación hacia la libertad y se me hace de nuevo un nudo en la garganta.

—Cuando entré, esa puerta estaba abierta, y cuando salí corriendo del edificio, estaba cerrada. Alguien me encerró a propósito. —Le lanzo una mirada—. Y antes de que digas nada te pido, por favor, que no me sermonees. Ya sé que fui estúpida por venir aquí sola, de noche. Créeme, Chris, lo sé. Ya lo he pagado de sobra con todo el miedo que pasé en ese sitio.

Los ojos se le enternecen de inmediato y me acaricia el pelo con la mano.

—Ya lo sé, cariño. Y te aseguro que voy a hablar con la oficina central sobre la falta de seguridad. Son responsables de la seguridad de todos los que se encuentren en sus instalaciones.

—El tío que trabaja aquí da miedo, Chris. No creo que les preocupe mucho el tema de la seguridad.

Frunce el ceño.

—Maldita sea, Sara, joder, dices eso, pero no dudas en venir aquí a estas horas, de noche y sola.

Hago una mueca.

—Ya estás hablando mal, otra vez.

—Y tú no paras de darme motivos para que me pregunte en qué estabas pensando.

—La mujer que trabaja por las mañanas en el McDonald's de al lado del colegio también da mal rollo, pero no he dejado de ir allí a la hora del café.

—Salirte por la tangente no te va a servir de nada conmigo, Sara, salvo para conseguir que te reserve un poco más de la ira que guardo para cuando lleguemos a casa.

«A casa.» Las palabras reverberan en mi interior, porque sé que con Chris no hay nada que no sea intencionado. Se me acelera el pulso con la intimidad implícita en las tres sílabas y... con lo bien que me siento al oírlas.

—¿Ira? —pregunto—. ¿Qué significa eso, exactamente?

Inclina un poco la cabeza y su voz se vuelve peligrosamente tensa.

—Usa tu imaginación. O, quizá, deberíamos usar la mía. Salvo que ahora te asuste.

Me pone a prueba, de nuevo; está recordándome lo del club de anoche, se está asegurando de que no haya olvidado a la mujer que vi atar y azotar; de que no haya olvidado tampoco que confesó haber infligido dolor y también haberlo recibido. Levanto la barbilla, desafiante.

—No tengo miedo. No de ti. No... contigo.

Me escruta con la mirada y sé que está sopesando cuánta verdad hay en mi afirmación.

—Eso ya me lo has dicho antes.

—Y no ha cambiado nada.

—¿No?

—Bueno, quizá sí. Ahora ya sé cuáles son los secretos oscuros que dijiste que me harían salir corriendo, y aquí estoy.

—Sí que saliste corriendo y, cariño, sólo crees saber cuáles son mis secretos oscuros.

—Muéstramelos. —Me falta el aliento.

—Mostrártelos. —No se trata de una pregunta. Su mirada desciende hasta mi boca y de pronto me doy cuenta de lo deliciosamente brutal que puede ser, cuando añade—: Tendrás que pagar un precio por no cuidar de ti misma, como afirmas hacer. —Sus ojos se elevan hacia los míos y allí, en lo profundo, resplandece una llama traviesa—. Tendré que castigarte.

Pongo mala cara por su alusión a que no sé cuidar de mí misma.

—No te hagas el listillo. Sé cuidarme sola.

—Ya veo, ya —dice, haciendo un mohín. Le brillan los ojos, y su mal genio ha mejorado en apenas un instante, como suele suceder—. Sólo estoy mirando por los dos. Te necesito vivita y coleando si voy a follarte hasta que no puedas olvidarte de mi nombre.

Siento cómo me sube el calor por dentro y aprovecho la oportunidad para decir lo que antes me callé:

—Eso ya lo has hecho, pero si quieres conseguir matrícula de honor, tú mismo.

—Tus deseos son órdenes —asegura.

—No sé por qué, pero dudo que lo consigas.

—No lo dudes, cariño —masculla, y las risas entre los dos se desvanecen al mirarnos el uno al otro con una promesa de placer erótico y oscuro, y de mucho más, incluso.

Se me tensa el pecho y le toco la mejilla.

—Estoy muy contenta de que estés aquí.

Recorre mi labio inferior con la yema del pulgar y me besa. Su lengua apenas me toca y me deja ávida por sentir el sabor de su deseo, y del mío.

—Déjame ir a cerrar para que podamos largarnos de aquí.

Le agarro la mano cuando intenta moverse.

—No vas a poder ver nada ahí dentro.

—Tengo una linterna en el maletero.

—¿Y si la persona que estaba dentro, conmigo, sigue allí?

—Si intentan algo raro, le daré con la linterna —dice, y mueve las cejas—. Soy bastante bueno defendiéndome, sobre todo cuando tengo cosas mejores que hacer —sonríe—. Como estar contigo. —Ha salido del coche antes de que pueda detenerlo y no puedo soportar la idea de verlo adentrándose en el agujero negro. Salgo, también, y nos encontramos frente al maletero.

—Pero…

—Mejor te guardas las órdenes para un momento más interesante, Chris. No me voy a quedar sola en el coche. ¿Es que no has visto *Viernes trece*? Michael acuchilla a la chica en el coche.

—Michael es de *Halloween*. El de *Viernes trece* es Jason.

—Me da lo mismo. El caso es que acuchilla a la chica en el coche. No pienso quedarme aquí sola.

Cierra el maletero de golpe, y ahora sostiene una larga linterna plateada.

—¿Así que crees que adentrarte en un trastero oscuro con un tío y una linterna es más seguro?

—Me quedo contigo, Chris.

—Sara…

Parpadean unas luces a nuestras espaldas y los dos nos giramos para ver llegar una furgoneta.

—Parece alguien de mantenimiento.

La furgoneta aparca a nuestro lado y el sonido de unos pasos sobre la grava dirige mis ojos hacia un hombre que, vestido con un mono de trabajo naranja, llega del edificio contiguo al de enfrente.

—¿Es el tipo ese que no te gustaba? —pregunta Chris.

Digo que no con la cabeza.

—No. No es él. —Este hombre le saca más de veinte años y, aunque parece enfadado, no rezuma mal rollo. Miro a Chris—. Supongo que tendría que haber empezado por ir directamente a la oficina. —Me empieza a carcomer la duda. ¿Acaso he creado yo misma esta situación de peligro? ¿La he convertido en algo que no tenía por qué ser?

Chris tira de mí para darme la vuelta y ahora nos miramos el uno al otro. Deslizo los brazos bajo su chaqueta. Su cuerpo está caliente y el viento es frío.

—No hagas lo que estás haciendo —ordena.

—¿Qué estoy haciendo?

—Si sentiste que estabas en peligro, si alguna vez sientes que estás en peligro, no ignores esa sensación.

—¿Y si es un corte de luz normal?

—¿Cómo definirías normal? —pregunta.

—No lo sé. No se trata de un apagón en toda la ciudad, como supuse al principio. Es sólo que... No sé qué pensar.

—Lo averiguaremos juntos. —Sus dedos me marcan las caderas como si fueran hierros al rojo vivo, y su forma tan posesiva de moldear mi piel hace que crea en sus palabras.

—¿Puedo ayudarles en algo?

Nos giramos y allí está el hombre del mono naranja, detrás de nosotros, y no puedo creerme lo rápido que ha llegado, o quizá lo que ocurre es que el tiempo pasa muy deprisa cuando Chris me tiene entre sus brazos. Confirmo que es así cuando me suelta, y deseo que no lo hubiera hecho.

Levanta la linterna para mostrársela al hombre.

—Se cortó la luz antes de que pudiéramos cerrar el trastero. Sólo queremos dejarlo cerrado y luego nos vamos.

El hombre se rasca la barbilla.

—No sabía que hubiera alguien dentro cuando se fue la luz. Entré para comprobar que no había nadie que necesitara ayuda.

—Yo estaba dentro —le suelto—. Y no fue nada divertido. Alguien cerró la puerta de fuera y no podía salir.

El hombre arruga la frente.

—La puerta está abierta, señorita. Estaba abierta cuando entré.

—Porque yo la abrí —replico, señalando lo obvio, y no puedo evitar sonar como si estuviera a la defensiva.

—¿Tienen cámaras de seguridad aquí? —pregunta Chris.

—Las tenemos —comenta—. Pero si no hay electricidad, no hay cámaras.

—Pero me imagino que la empresa de vigilancia habrá previsto que se puede ir la luz… —le discute Chris.

—Aquí no somos tan sofisticados, señor. Esto depende de nosotros, y punto.

Chris frunce el ceño.

—Pues entonces quizá deberían pensar en ser un poco más sofisticados. Podrían haberle hecho daño.

—Aquí nunca han hecho daño a nadie —se defiende el hombre.

Chris parece estar a punto de discutir con él, pero en vez de eso, aprieta los labios.

—Sólo queremos cerrar nuestro trastero y ya no le molestamos más.

—¿Cuál es el número? —pregunta el hombre.

—Uno-doce —contesto.

Se rasca la barbilla.

—Ah, sí. Habló conmigo por teléfono. Veo que ese trastero está de nuevo en mi lista de subasta. Ya se les ha pasado el plazo.

—Pero el gerente me dio una semana más.

—De eso hace casi dos semanas —dice—. Y fui yo quien se lo dijo.

—Pagaremos un mes más —dice Chris, y me encojo, avergonzada.

Me giro para mirarle y hace como si no notara el gesto de contrariedad en mi cara cuando sé que lo ve perfectamente. Se centra en el encargado.

—Déjenos cerrar y después iremos a pagar a la oficina.

—Siendo así, no hay problema —accede el hombre.

Chris me coge de la mano.

—No discutas —murmura.

—No quiero que pagues mis facturas —le susurro, mientras caminamos hacia el edificio.

—Ya lo sé.

—No necesito que cuides de mí.

Me mira condescendiente.

—Nadie lo diría después de lo de esta noche.

—Voy a hacer como si no hubieras dicho eso, porque estoy segura de que no querrías que siguiera atormentándome por mi decisión. Sería algo muy feo por tu parte.

—No quiero que corras peligro.

—No lo hago. Tengo cuidado. Y pronto me va a llegar un cheque de la galería y podré pagar el alquiler del trastero. Tenía pensado rogarles que me dieran un poco más de tiempo y pagarles entonces.

—Ya no tienes que hacerlo —dice—. ¿Y qué vas a hacer con tu trabajo en el colegio?

—Estás cambiando de tema.

—Y tú no me estás contestando a la pregunta.

—Tengo tiempo para decidirlo. —No sé hasta qué punto está enterado de cómo se organiza ahora el curso escolar con los nuevos recortes presupuestarios del alcalde, ya que pasa medio año en París—. Los centros de secundaria llevan ya dos años programando cursos más cortos con jornadas más largas. No empezamos hasta el uno de octubre.

Nos detenemos en la puerta del edificio y Chris enciende la linterna.

—Sabes de sobra que no vas a volver. Deberías decírselo ahora para que puedan sustituirte.

—No puedo hablar de esto ahora —espeto cuando nos detenemos en el umbral de la puerta y la oscuridad empieza a ponerme la piel de gallina. Me acerco más a Chris y rodeo su brazo con el mío—. Lo único que quiero es entrar y salir de aquí cuanto antes.

Él alumbra con la linterna. Avanzamos unos pasos y vuelvo a escuchar ese sonido que me asustó cuando estaba sola en la oscuridad: «Chas. Chas». Me quedo petrificada.

—¿Qué es eso?

Recorre la estancia oscura con la linterna y suena una especie de crujido y luego otro chasquido: «Chas». Fija el haz de luz en la pared, junto al suelo, y me guía hacia delante. Se pone en cuclillas junto a un enchufe y yo hago lo mismo, y ambos dirigimos la mirada a la toma de corriente que alumbra la linterna. Hay un clip metido en uno de los agujeros del enchufe.

Siento una presión en el pecho.

—Supongo que ya podemos definir corte de luz «normal». —Mis ojos se encuentran con los suyos—. Necesito comprobar si falta algo en el trastero.

Chris se pone de pie y me lleva hasta la puerta del trastero, que encontramos cerrada.

—Me imagino que la habrá cerrado el tipo con el que hemos hablado hace un momento.

«Sí, claro —pienso—. Eso tiene sentido.»

—De todas formas sigo queriendo echar un vistazo dentro.

Abre la puerta de un tirón, recorre la habitación con la linterna y detiene el haz de luz sobre los papeles que hay tirados en el suelo.

—Se me cayeron a mí —musito, recordando el pánico de aquel momento.

—¿Te hacen falta?

—No —contesto, ansiosa por salir de aquí—. Ahora no.

—¿Y todo lo demás está bien?

—Sí. No parece que hayan tocado nada.

«A menos —dice una voz en mi cabeza— que supieran exactamente qué era lo que estaban buscando y dónde encontrarlo.» ¿Quizá más diarios? Hay muchos retazos de la vida de Rebecca, incluyendo cómo llegó a la galería y por qué se fue, que faltan entre todo lo que he leído. No sé cómo no se me ha ocurrido hasta ahora. Rebecca llevaba su diario con demasiada constancia como para saltarse sin justificación largos períodos de tiempo. Si estoy en lo cierto, tiene que haber, por lo menos, unos cuantos diarios más, y tendría sentido que estén en este trastero. O que lo estuvieran, hasta esta noche.

Treinta minutos más tarde, estoy apoyada contra la pared de la pequeña oficina cúbica de la empresa de guardamuebles, ensimismada, vagamente consciente de que Chris está enfrascado en una conversación airada con el gerente. Llegados a este punto, mi Príncipe Oscuro ya puede decir o hacer lo que quiera, con tal de que contribuya a sacarme lo antes posible de aquí. Logro estar al tanto de la conversación lo suficiente como para oír que Chris ha conseguido un mes de alquiler gratuito, pero tampoco es ninguna sorpresa, ya que sólo le falta acorralar al encargado, mientras le amenaza con la promesa de una demanda judicial por el peligro al que me han expuesto.

«Peligro.» La palabra me lleva a desconectar y a perderme en mis pensamientos. Me digo que Chris es demasiado protector y, aunque está bien sentir que hay alguien al que le importas, su preocupación también contribuye a que yo misma exagere el temor que siento, algo de lo que ya era perfectamente capaz sin que me ayudara. Mis pensamientos recorren una montaña rusa de delirantes posibilidades que me dejan atolondrada. Si estuve en peligro dentro del trastero, ¿significa que también lo estoy ahora? ¿En qué me he metido? ¿Y en qué se metió Rebecca? No puedo evitar revivir lo sucedido en la oscuridad, escenificando en mi cabeza finales alternativos, ninguno de los cuales resulta ser un final feliz. ¿Cómo puede todo el mundo limitarse a decir que ella estará por ahí con algún tío bueno, sin echarla en falta?

Se me retuerce el estómago y pienso en Ella. He dado por hecho que su silencio se debe a que está pasando una gran luna de miel, que se trata sólo de una amiga que me ha olvidado un poco, embelesada por la pasión de un nuevo amor. Siendo Ella, no me sorprendería que fuera así. Está sola y tiene muchas ganas de disfrutar de la sensación de pertenencia que ese hombre le ha proporcionado. Pero ¿no son esas ganas un punto débil del que podría aprovecharse el hombre equivocado?

De pronto necesito oír su voz, y si lo que pasa es que se ha olvidado de mí, entre tanta boda y tanto gozo, no dudaré en reprochárselo como buena amiga que soy. Sólo necesito saber que está bien. Soy la única persona que podría echarla de menos. Es importante para mí que Ella sepa que puede contar conmigo, que sepa que si alguna vez no está bien habrá una persona que se preocupe por ella.

Me aparto de la pared, saco el teléfono de la chaqueta y me dirijo afuera, pero procuro plantarme frente a la puerta de cristal, donde Chris pueda verme y donde yo pueda verle a él. Ya he sido tonta una vez hoy, no pienso permitir que sean dos. El aire de la noche no es agradable, pero ignoro el frío.

Mientras tecleo el número de Ella, rezo para que conteste, pero un pitido rápido me indica que comunica. Me doy con el móvil en la frente. ¿Por qué no conseguí un número alternativo? ¿Por qué? No tengo ni idea de qué hacer. Ni siquiera sé exactamente qué día está previsto que regrese, y decido que lo mejor que puedo hacer es llamar mañana a la consulta de su nuevo marido.

Se abre la puerta y aparece Chris. No sé cómo es posible, pero cada vez que lo veo es como si lo hiciera por primera vez, como si se deslizara dentro de mí y llenase mi vacío.

Apoya la mano en la pared, encima de mi cabeza, protegiéndome del viento, del mundo. Él es fuerza; un poder silencioso que se comunica con la mujer que llevo dentro como ningún otro hombre ha conseguido hacerlo.

—¿Cómo vas? —me pregunta, mientras me estudia con sus ojos verdes, claros, inquisitivos, que siempre parecen ver demasiado—. ¿Estás bien?

Deslizo mi mano por su mejilla y su incipiente barba rubia me acaricia los dedos.

—Lo estaré cuando salgamos de aquí —digo, dejando caer la mano—. ¿Qué ha dicho el gerente sobre lo del clip?

—Que están teniendo problemas con pandillas de chavales que se cuelan en el edificio. Vándalos, dice.

Siento una punzada de enfado y de indignación.

—¿Esa es su explicación? ¿Ha dicho que se trata de unos chavales y se ha quedado tan tranquilo?

—Se está cubriendo las espaldas, Sara. —Desliza la mano cintura abajo hasta mi trasero y me acaricia de un modo íntimo—. Y yo tengo intención de cubrir las tuyas. —Me aparta el flequillo de los ojos—. Te vas a quedar en mi casa hasta que el detective privado nos diga que no hay nada de qué preocuparse. Así, sólo yo podré llegar a ti. —Su voz se torna grave, dura—. Serás toda mía.

La forma posesiva con la que su cuerpo acuna el mío, la forma que tiene de decir estas palabras; todo ello me sacude con una descarga eléctrica que me recorre de arriba abajo. Me niego a pensar en las consecuencias de entregarme a Chris, un hombre que sé que me consumirá, que puede que me destruya, pero ahora mismo siento que me está salvando. Soy toda suya, y así quiero que sea.

4

Después de pasar brevemente por mi piso, estoy contenta de estar en mi coche, conduciendo detrás del de Chris, rumbo a su casa. No me explico por qué parar para recoger mis cosas me hizo sentir inquieta, pero así fue. Quizá se debe a que es un espacio pequeño y por la claustrofobia que todavía siento después de haber estado en el trastero a oscuras. Me faltaba tiempo para meter las cosas en las maletas. Tampoco me había ayudado mucho la imagen de Chris apostado en la puerta, intranquilo, con las mismas ganas que yo de marcharse cuanto antes. Es como si los dos presintiésemos que algo andaba mal.

Un poco más allá de la entrada de su edificio, Chris se detiene en un semáforo, y aprovecho para intentar llamar por quinta vez a Ella. De nuevo, recibo por toda contestación el acelerado pitido intermitente de línea ocupada. Soy incapaz de comunicarme con ella y esto me desasosiega.

Me imagino todas las cosas que podrían haberle ocurrido mientras yo estaba aquí, bien segura en Estados Unidos. Me siento fatalista y trágica esta noche, pero hay que tener en cuenta que he estado encerrada en un trastero oscuro y que he pasado un miedo atroz. Me estoy permitiendo esta noche para regodearme en ello. Aunque decido que quizá no sea buena idea dejarme llevar tanto por mis pensamientos cuando, tras un parpadeo, me doy cuenta de que no sé cómo he metido el coche en la entrada del edificio de Chris. Alzo la vista y me sorprendo al ver al botones de pie junto a la puerta.

Salgo del coche con el bolso en bandolera y le entrego las llaves al botones, que tiene unos veintipico años y al que no reconozco. Alzo la vista hacia la torre que parece más un hotel de lujo que un bloque de apartamentos y la visión me recuerda lo rico y poderoso que es Chris y con qué humildad pasea su éxito.

—Gracias —murmuro.

—Hay que sacar tus maletas —me recuerda Chris, y el botones abre el maletero. La chaqueta de Chris se abre y muestra una camiseta negra ceñida que se adapta perfectamente a su increíble cuerpo, y decido que al diablo con regodeos trágicos y fatídicos. Esta noche me voy a regodear con Chris.

—Se las puedo subir —ofrece el portero.

—Yo me encargo —dice Chris, y se apresura a agarrar mis maletas, y sé que lo hace porque no quiere que nos molesten una vez que estemos arriba. Me parece bien. «Sí, desde luego que sí.»

Camino junto a Chris y no me sorprende lo cómoda que me siento a su lado. Nunca antes me había sentido tan viva y a gusto como él me hace sentir. Esta fue una de las principales razones que hicieron que me sintiera atraída por él desde el principio. Y por eso también sé que con él puedo ir a lugares a los que no he ido con nadie más.

Nos detenemos en el vestíbulo, donde un mármol impresionante reluce bajo nuestros pies y unos muebles caros decoran una salita a nuestra izquierda. Jacob, el jefe de seguridad del edificio, a quien he conocido en una visita anterior, ofrece allí, de pie junto a un mostrador, el mismo aspecto de hombre duro que recordaba de él, con su traje negro y su intercomunicador en la oreja. Es asombrosa su capacidad para encarnar al personaje de piedra, fuerte y serio, aunque sus ojos desprenden un destello de aprobación al verme.

—Bienvenida de nuevo, señorita McMillan.

—La señorita McMillan se va a quedar aquí toda la semana mientras yo viajo. Necesito que se encargue de que esté bien atendida.

La expresión de Jacob ha regresado a su estado pétreo, pero su mirada se encuentra con la mía y asiente con la cabeza.

—Cualquier cosa que necesite, no tiene más que pedírnoslo.

—Gracias, Jacob —le digo, y lo hago de corazón. Su forma de ser me hace sentir que puedo confiar en él, y creo que es porque intuyo que Chris confía en él, y tengo la impresión de que no es fácil ganarse su confianza.

Los dos hombres charlan brevemente y, cuando por fin Chris y yo entramos en el ascensor, estoy de pronto nerviosa de una forma ridícula. No es, desde luego, la primera vez que subo a su piso, pero han ocurrido muchas cosas en los últimos días. No sé qué esperar de Chris, salvo lo inesperado, y, aunque esto es algo que me excita, es difícil no sentir cierta inquietud.

Me apoyo contra la pared y nuestros ojos se encuentran, y, por mucho que intento no hablar sin parar cuando estoy nerviosa, parece que nunca lo consigo.

—Si intento llamarte cuando estés en París, ¿podré hablar contigo?

Entrecierra un poco los ojos, que a su vez parecen oscurecerse.

—No tengo pensado irme a ningún sitio, Sara, ni hoy, ni mañana, ni cualquier día de estos.

Su contestación me atraviesa el sistema nervioso, y sé que se debe, en parte, a que el hecho de quedarme con él implica un paso más en nuestra relación. El vulnerable tema de la noche está siendo llevado a un nuevo nivel. No quiero que lea estos pensamientos en mi cara y me concentro en mirar al suelo. Intento luchar contra lo que siento, pero sus palabras resuenan en mi cabeza: «Ni hoy, ni mañana, ni cualquier día de estos». Me digo que ahora mismo nos necesitamos, somos dos personas rotas que han conectado en las profundidades de sus rarezas. Me pregunto por qué siento que no basta cuando hace sólo unos días era exactamente lo que quería.

Las puertas del ascensor se abren y revelan el piso de Chris y mi mirada busca con urgencia la suya. Me mira con cara de póquer. Bajo los ojos y salgo del ascensor y me adentro en su piso. Toda la extensión del ventanal con vistas a las rutilantes luces de la ciudad invoca el recuerdo erótico de cuando él me apretaba contra el vidrio, bajo la amenaza de que se rompiera; y sobre todo de mi forma de confiar en él, mientras me follaba hasta casi hacerme perder el sentido. Quiero estar así, a punto de perder el sentido, ahora, de un modo casi desesperado.

—Sara —me dice suavemente desde detrás.

Me giro hacia él y lanzo una cortina de humo que es demasiado listo para no detectar:

—La amiga de la que te he hablado, la que está en París. No consigo hablar con ella. Llamo, pero comunica todo el rato.

Duda un momento, y sé que se está planteando empujarme a hablar de lo que acaba de ocurrir en el ascensor, pero no lo hace.

—Por lo que dices, parece que se encuentra en una de las zonas más remotas, algo que tampoco es tan raro cuando la gente viaja, ¿no?

Seguimos de pie junto al ascensor, y me siento un poco incómoda, pero no sé hacia dónde dirigirme. ¿Al salón? ¿Al dormitorio?

—Supongo que eso tiene sentido —digo, con la esperanza de que la respuesta lógica sea la correcta—. Es su luna de miel, así que lo lógico sería que aprovecharan para hacer excursiones por el país.

—¿Qué ha hecho que te preocupes así, de pronto?

—No ha sido «de pronto», pero… nadie se está preocupando por Rebecca, y ella no tiene a nadie más, sólo me tiene a mí.

Pasan los segundos y quiero arrancarle una respuesta cuando le oigo decir:

—Y tú me tienes a mí. Eso lo sabes, ¿no?

Intento tragarme el nudo que se me forma en la garganta.

—Lo sé. —Pero una voz en mi cabeza no quiere aceptar mi propia respuesta.

El brillo de sus ojos revela que está alerta y sé que puede ver lo que yo no quiero que vea. Tira de mí para acercar mi cuerpo al suyo y me besa.

—Voy a conseguir que la próxima vez que me lo digas, lo digas con convicción —afirma, mientras me pasa una mano entre el pelo—. Y será antes de que amanezca. Ahora, andando al dormitorio, que es donde he querido tenerte toda la noche. —Me gira y me da un cachete en el trasero.

Me deleito en su orden primitiva y en la mano sobre mi trasero, que promete algo erótico y excitante. Este pensamiento me confunde sobremanera. No comprendo que experimente estas sensaciones cuando llevo años luchando para ser independiente, para alejarme de hombres controladores.

Estoy perdiendo el norte y regresando a una fogosa tormenta de nervios a medida que entramos en el dormitorio. No es la primera vez que estamos así juntos. Contemplo la enorme cama de matrimonio, montada sobre una plataforma, que promete placeres seductores, y suena una especie de timbre en la otra habitación. Me imagino que debe ser un montacargas en la cocina, como el de un restaurante.

—Seguramente son mis mensajes —comenta Chris detrás de mí, luego deja mis bolsas sobre la plataforma—. Ahora mismo vuelvo. —Señala una puerta abierta junto al baño—. Eso es el armario. Utiliza el espacio que necesites. Para ti no hay zonas vedadas.

«No hay zonas vedadas.» ¿Acaso, permitiéndome quedarme en su casa mientras él no está, no me está invitando a formar parte de su vida, de sus secretos? Esto no es una pipa de la paz. Es una hoguera.

Me pongo en cuclillas junto a la maleta Louis Vuitton tan cara que me compró para nuestra excursión a Napa el fin de semana anterior y abro la cremallera. Dejo el bolso en el suelo, junto a la maleta, y la abro, y allí, encima de mis cosas, están los diarios y la caja que me llevé del trastero de Rebecca. No iba a dejarlos en mi piso, donde temía que cayeran en las manos equivocadas. Contienen sus secretos, y me pregunto si no contendrán, también, los de otra persona. Tengo la intención de apilarlos en el armario de Chris, pero me quema el recuerdo de un pasaje que leí.

Agarro el diario que está encima, el que tiene un marcapáginas, camino hasta la plataforma de la cama y me siento de modo que no se me pueda ver desde la puerta. Aprieto las rodillas contra mi pecho y comienzo a leer el pasaje que conozco tan bien y las palabras me recorren con una dolorosa claridad. Este es el mundo de Chris.

De pronto, lo tengo delante, erguido sobre mí. Lo siento en cada poro de mi ser incluso antes de atreverme a alzar mi vista hacia la suya. Sé lo que tengo que hacer, pero estoy aterrada. Le dije que no lo estaba. Me dije a mí misma que no lo estaba. Pero lo estoy.

Chris se agacha y se pone delante de mí y, aunque no mira el diario, es el objeto que está provocando tensión entre nosotros. Se ha quitado la chaqueta y mi mirada se posa en los colores vivos del dragón que tiene tatuado en el brazo derecho. Alargo la mano y lo toco. Es parte de él, de su pasado, de su dolor. Quiero formar parte de él, para poder entenderlo de verdad.

—Cualquier cosa que leas en ese diario no tiene nada que ver con nosotros.

La emoción me cierra la garganta y no lo miro. Repaso las líneas de ese tatuaje, las alas intensamente rojas que aletean cuando se apoya en la rodilla.

—Sí que tiene que ver —susurro.

—No.

Parece que la única forma de hacerle comprender es leerle el fragmento. Me obligo a apartar la vista de su brazo y la dirijo a la caligrafía de Rebecca: «Como a las espinas que hay en las rosas que tanto le gusta regalarme, le di la bienvenida al látigo que me mordía la espalda. Es mi vía de escape de todo lo que he perdido, todo lo que he visto y he hecho, y todo lo que me arrepiento de haber hecho. Él es quien me da todo esto. Él es mi droga. El dolor es mi droga. Me sacude y no siento nada, salvo el mordisco amargo del cuero y la dulce seda de la oscuridad y el placer que llega después». Alzo la mirada y me encuentro con la de Chris.

Siento la tensión que emana de su cuerpo mientras me quita el diario y lo deja sobre la mesilla de noche.

—Si no fuera porque esos diarios fueron precisamente los que te trajeron a mí, maldeciría el día en que los encontraste. —Desliza las manos por mi cara y me obliga a mirarle a los ojos—. No eres Rebecca y no tenemos, ni tendremos nunca, la clase de relación que ella tiene con Mark.

—Mark.

—Sí, Mark.

—¿Cómo puedes estar tan seguro?

—Porque él no puede contentarse con las que buscan esta clase de vida y la aceptan gustosamente. Le fascina atraer a inocentes que no pertenecen a este mundo y entrenarlas como sumisas. Le excita el poder que implica.

Hay muchas cosas que me gustaría saber sobre Mark, pero ahora sólo importa adónde me llevará esto con Chris.

—¿Tú has… entrenado sumisas?

Se rasca la barbilla y luego desliza las manos por sus vaqueros.

—No te hagas esto, y no nos lo hagas a nosotros.

—¿Eso es un sí? —Mi voz es apenas audible. ¿Y eso es lo que él quiere que sea? ¿Acaso me estoy confundiendo con el rumbo de esta relación? ¿Tengo la más mínima idea de hacia dónde vamos?

—La respuesta es no, Sara. No soy Mark. Los roles de amo y sumisa implicaban demasiado compromiso para mí. No quiero ser responsable del bienestar de otra persona. No más allá de una sesión. Tuve mi dosis y procuré pasar rápidamente a otra cosa.

«Mi dosis.» Odio las palabras escogidas. Apenas conozco al hombre que las utiliza, que las ha vivido. Pero es Chris y eso me confunde.

—¿Y qué se supone que significa eso?

Se le tensa la mandíbula.

—Necesito entender, Chris.

Baja las pestañas, se endurecen sus facciones.

—Existen ciertas habitaciones a las que puedes ir… —explica, para mi sorpresa—. Donde puedes decidir si quieres llevar una máscara o no. Yo la llevo. No quiero caras ni nombres.

Mi cabeza delira con lo que puede llegar a ocurrir en esas habitaciones.

—¿Nunca?

—Esa era mi forma de ser, Sara. Sin compromisos.

No ha dicho «nunca» e insisto en saber más, en saber cómo nos afecta ahora su pasado.

—Pero yo estoy aquí…

—Ya te lo he dicho. Contigo he roto todas las reglas.

—¿Por qué conmigo?

—Porque tú eres tú, Sara. No puedo responderte de otra forma.

Esa parte de mí que no tiene nunca confianza en sí misma, que nunca llega a convencerse del todo de que este hombre famoso y con tanto talento puede realmente quererme a mí, lidia con esta respuesta, pero, con todo, siento lo que siento por él. Se ha convertido en mi santuario y en mi vía de escape. Creo que me está diciendo que me ve de la misma forma, pero sé que nos estamos mintiendo a nosotros mismos y también el uno al otro si pensamos que no importa nada más.

—No puedes dejar todo esto a un lado sin más, Chris. No puedes conocerme y dejar de ser quien eras antes. Necesito entenderlo y formar parte de ello.

—No. No lo necesitas.

—Pero me llevaste a ese club, anoche. Querías que lo entendiera.

—Quería que entendieras a qué sitios te acabaría llevando Mark y por qué no iba a dejar que eso ocurriera. Rebecca no pertenecía a este mundo y ya has leído cómo le atormentaba estar en él.

—A mí también me dijiste que no pertenecía a este mundo —consigo soltar, ahogándome con cada palabra.

—Y así es. —Se le tensa la mandíbula—. Y por eso intenté advertirte que te alejaras y luego traté de alejarme de ti.

Se me forma un nudo en el estómago.

—Todavía puedes hacerlo. —Empiezo a incorporarme, de pronto necesito una salida y esta vez Chris no puede proporcionármela.

Esposa mis muñecas con sus manos y me tira hacia él, entre sus piernas, de rodillas.

—Esa es la cuestión. No puedo alejarme de ti y ahora ni siquiera quiero intentarlo. Y tampoco quiero que lo hagas tú. —Su mirada se vuelve más tierna y me acaricia la mejilla con sus nudillos—. Ahora estás dentro de mí, cariño. Y todo lo demás es la forma que tuve de estar fuera de mí y nunca permitiré que eso nos separe.

Me ablando al instante ante su confesión y mi mano se desliza hacia su cara.

—Es lo desconocido lo que me da miedo, Chris. Lo que tú necesitas, el placer que hay en el dolor, me aterroriza y no puedo entenderlo de ninguna manera. Necesito que me ayudes a entenderlo.

—Sí que lo entiendes, Sara. Más de lo que crees. Más de lo que a mí me gustaría. —Aprieta su boca contra la mía, y es una cálida súplica, y sé que cree que esta conversación ha terminado, que ha concluido con las malévolas caricias de su lengua sobre la mía y la forma posesiva de sus manos al sujetar mi cuerpo. Pero me niego a ser así de débil, a no tener poder alguno, a ser silenciada con la misma pasión que me empuja a necesitar entender a este hombre.

—No —suspiro, y me aparto un poco empujándole, sin aliento y enfrentándome a su mirada y a sus exigencias—. Ayúdame a entender tu mundo, Chris. —Y de algún modo sé que este es el lugar desconocido al que he ansiado ir con él, el lugar que él me oculta y al que al mismo tiempo quiere llevarme. Este es el lugar al que debemos ir, el lugar hacia el que nos hemos dirigido siempre.

5

—¿Quieres entender? —pregunta, con voz grave y ojos desafiantes.

—No es que quiera. Es que necesito hacerlo, Chris. Necesito entender.

Me examina con un semblante impasible, pero el verde claro de sus ojos refulge y luego arde.

—Levántate y quítate la ropa, Sara.

Después de vacilar un momento, decido que su orden es lo más parecido a un acuerdo que puede haber ahora mismo entre los dos. Es suficiente. Me pongo de pie y camino hasta el final de la plataforma y Chris se sienta en la cama. A pesar de este juego de poder que ejerce sobre mí, o quizá por ello, hay algo retorcidamente erótico en estar así, de pie ante este hombre, quitándome la ropa. La situación invoca mi vulnerabilidad de nuevo. Es un acto de confianza, y mi pecho se tensa al pensar en las implicaciones de entregarme a él, o en los motivos que puede haber para que él necesite que haga esto. Creo… Creo que anhela saber que no me estoy poniendo límites, que él me ha enseñado su lado oscuro, y que a pesar de ello sigo queriendo ser suya.

Sí. Sigo queriendo ser suya. De pronto quiero hacérselo saber más que nunca.

Levanto los brazos, me arranco la camiseta y la arrojo lejos. Se me mete el pelo en la boca. Aparto los cabellos, largos y oscuros, y la mirada de Chris se posa en mis labios. Se me contrae el sexo porque sé que se está imaginando mi boca en su cuerpo y tengo muchas ganas de tener mi boca en su cuerpo. Pero él siempre tiene el control, siempre decide qué debo hacer y qué no. Me prometo en este instante que la noche no será así. Ahora sí, pero no toda la noche. En algún momento, antes de que parta de nuevo hacia Los Ángeles, mi boca va a ir adonde le dé la real gana. No puedo perder ni un minuto en desnudarme. Por la mañana se marchará y estará fuera una semana. Queda mucho entre nosotros por resolver. Demasiado.

Me quedo desnuda en cuestión de segundos. Está claro que el arte del *striptease* lento y seductor no es mi fuerte. Me aplicaré más cuando quiera tentarle a él y no a mí. Ahora mismo lo único que necesito es a Chris. Necesito estar desnuda con él, sin barreras. Necesito que comprenda que quiero entenderle porque me importa, porque importamos los dos. Porque la vida me hizo creer que lo que estaba floreciendo entre nosotros no era posible, pero es posible que tal vez, y sólo tal vez, lo sea.

—Ven aquí —ordena con urgencia, mientras tiro a un lado mis braguitas. Tiene la voz grave, inquieta, y me regocijo con su impaciencia, que iguala a la mía. Hay veces que todavía me cuesta creer que yo pueda afectarle de esta manera. Él tiene tantas cualidades a las que yo aspiro: es fuerte y poderoso, tiene confianza y es dueño de su propia vida, de su destino. Me conmueve saber que excito a este hombre de la misma forma que él me excita a mí. Me hace más fuerte. Él me hace más fuerte.

Voy hacia él, y permito que tire de mí y me lleve a su regazo. Me monto a horcajadas sobre él y su gruesa erección se asienta entre mis piernas. No me gusta que esté completamente vestido, pero sé que esto también representa el control para Chris. Sé que, a cierto nivel, se lo he arrebatado y necesita recuperarlo.

—Entrelaza los dedos detrás de la espalda —ordena.

Me recorre de golpe un río de adrenalina y me zumba el corazón en el pecho. Sí. Para Chris, en esto consiste tener el control, pero al querer controlar ha revelado mucho más de lo que cree. Tiene que tener el control y eso dice mucho acerca de él. Y que yo arda en deseos de permitírselo dice mucho acerca de mí, lo sé.

Viendo su cara, busco una reacción que no encuentro, mientras deslizo las manos detrás de mi espalda. Sus manos se asientan con firmeza sobre mis brazos, por encima del codo, marcándome a fuego con su piel, incluso cuando su mirada me recorre los pechos. El aire crepita con una descarga de energía que siento en cada centímetro de mi cuerpo, y a continuación alza la mirada, sus ojos se encuentran con los míos y su voz es más brusca ahora, más tensa.

—Entrelaza los dedos, cariño.

Hago lo que me pide y, en cuanto cumplo con lo ordenado, baja su boca hasta dejarla sobrevolando la mía, mientras sigue sujetándome los brazos. Siento su aliento cálido, y me tienta con el beso por el que ardo y que no me da. Cuando roza su boca con la mía, estoy ya sin aliento, y me quedo estupefacta cuando me muerde el labio inferior. Aúllo por el dolor punzante y desligo los dedos detrás de mi espalda. Chris me sujeta los brazos para que no los mueva, de forma que no pueda alargarlos hacia él, y su lengua serpentea hacia mí. Me lame la herida antes de zambullirse hasta el fondo de mi boca, acariciándome hasta sacarme un gemido obediente.

—Dolor —explica, momentos después, sujetándome todavía por los hombros— que se vuelve placer. —Sus ojos encienden los míos cuando ordena—: Vuelve a entrelazar los dedos.

Temblando por dentro, asiento, temerosa de hablar, temerosa de hacer algo que cierre esta ventana que me está abriendo. Sus manos dibujan con una caricia un camino que sube por mis brazos y baja por mis hombros. El camino va bajando por mi pecho y juega con mis pezones, enviando un torrente de sensaciones a lo largo de mi cuerpo con cada caricia delicada y sensual, caricias que se van volviendo cada vez más y más bruscas. Tira de los turgentes picos, y esta vez cierro los ojos, apretándolos con fuerza para luchar contra la tensión que me muerde.

—Mírame —ordena—. Déjame ver lo que estás sintiendo.

Me fuerzo a abrir los ojos y veo el destello de ámbar en los suyos de color verde, tan retorcido como su forma de tocarme. No sólo me resulta tremendamente erótico lo que me hace Chris, sino también el modo en que me ordena y me reclama con cada acción, con cada reacción.

Me pellizca los pezones y tira de ellos sin miramientos, algo que envía sensaciones contradictorias de dolor y placer a través de mi cuerpo, directamente hasta mi sexo. Jadeo con su deliciosa brutalidad y me arqueo contra su cintura, contra el grosor de la erección que presiona su bragueta.

Aprieta sus labios contra mi oreja, mordisqueando el delicado lóbulo. La suavidad con que lo hace contrasta de manera alarmante con su forma de seguir pellizcando y tirando de mis pezones, y apenas puedo soportar su tentación. Quiero rodearle con mis brazos, tocarle, pero tengo miedo de que se detenga y no puedo soportar la idea de que eso suceda. Quiero más, no menos, y estoy mojada y dolorida y creo... Oh... Mi sexo se contrae y creo que —no me lo puedo creer— estoy a punto de correrme.

Segundos antes de derrumbarme, sus manos abandonan mis pechos y se deslizan por mis brazos, sujetándolos detrás de la espalda, y sé que no es casual. Me ha llevado hasta el borde del precipicio y luego ha tirado de mí para que regrese. Gimo y quiero gritar por el dolor que me provoca la necesidad de sentir la liberación y que él me lo impida.

Se inclina hacia atrás, creando una distancia intolerable entre nuestros labios, entre nuestros cuerpos, que hace que quiera chillar.

—Dolor que en realidad es placer —repite, con voz ronca—; a veces, cariño, el dolor se vuelve tan intenso que se convierte en placer.

Lo entiendo. Ahora mismo lo entiendo. ¡Oh, sí!, desde luego que sí.

—Y está claro que sabes hacer que alguien sienta justamente eso. —Mi voz tiene un tono acusatorio. No puedo evitarlo. Él sabe lo que acaba de hacerme. Sabe que me ha llevado hasta el borde mismo, pero no más allá.

Su humor cambia al instante, y el juego al que acabamos de jugar termina de golpe. Me rodea con el brazo y desliga mis dedos, a continuación coloca mis manos sobre sus hombros.

—Sí, cariño. Sé hacerlo. Pero nunca le he hecho daño a nadie. Y nunca te haré daño a ti.

Me invade un sentimiento de culpa por lo que acabo de hacerle sentir.

—Sé que no. Lo sé, Chris.

—Anoche no lo sabías. —Su voz suena tensa, forzada, el tormento que le he provocado está grabado en sus palabras, en las líneas tensas de su cara.

—Estaba asustada y confundida.

—¿Y cuando vuelvas a sentirte así?

—No me va a pasar. —Apenas puedo contener el impulso de decirle que le quiero, pero temo asustarle y que me rechace, o que nos rechace, quizá, como pareja. «No me va a pasar.»

Me estudia durante un momento largo, es imposible leer qué hay detrás de su mirada, por mucho que busque una pista para saber qué es lo que piensa. Sigo intentando leer algo en él cuando de pronto su boca se une a la mía y me besa, me saborea, pone a prueba mis palabras con su lengua. Me agarro a él, respondo a cada una de sus caricias, intentando contestarle, intentando mostrarle que estoy aquí. Que no me voy a ninguna parte.

Me doy cuenta de cuándo cede, del momento en que siente la necesidad de dejar de preguntar, para empezar a conquistar, a poseer. Me levanta y me lleva en brazos hasta la cama. Un hombre con una sola misión, y yo soy esa misión. Me sienta en el borde del colchón y se quita la camiseta. Apenas me da tiempo a admirar su cuerpo cuando tira de mí y me separa las piernas. Se arrodilla y lleva sus labios a mi clítoris y me chupa y me lame. Suspiro, me dejo caer sobre el colchón y agarro su edredón negro. Jadeo e intento aguantar, pero sus dedos están dentro de mí y su lengua me atormenta en todos los sitios adecuados. Me resquebrajo a una velocidad que delata hasta qué punto me posee. Posee mi placer. Me posee a mí. Me aterroriza pensarlo porque no sé si alguna vez llegaré a tener este poder sobre él. No como él lo tiene sobre mí. Huyo por la cama, intentando aclarar mis emociones, pero él ya está desnudo y tira de mí hasta colocarme debajo de él, y no puedo hacer nada para resistirme. Por supuesto que no puedo. Soy suya. Maldita sea, soy suya.

Rodeo su cuello con mis brazos, y se deja caer suavemente sobre mí y su peso me sosiega. De pronto me doy cuenta, con claridad meridiana, de que nunca hemos estado así, en la cama, él sobre mí. Hemos follado de mil maneras, pero nunca en la cama, nunca en su cama. Me percato de por qué he estado nerviosa y hacerlo me sacude el cuerpo. Estamos entrando en territorio desconocido; la intimidad de esta noche nos está llevando a un lugar nuevo.

—Ahora te voy a hacer el amor, Sara.

Es lo último que espero oír, y también lo que deseo y temo. Mi mundo da vueltas sin control y no estoy segura de que vaya a parar a un lugar donde encuentre un punto de apoyo.

—¿Qué pasó con lo de follar y ser follado?

—Cariño, te voy a follar de tantas maneras que no se pueden ni contar, pero esta noche no. Esta noche voy a hacerte el amor. —Sus labios separan los míos, su lengua escarba profundamente en mi boca, explora, y la exigencia de hace sólo unos minutos se vuelve una caricia sensual y seductora. Ha derribado todas mis murallas y no puedo luchar contra él ni contra esto.

Me separa mucho las piernas y se acomoda entre mis muslos, grueso y palpitante, abriéndome con la promesa de llenarme. Siento cómo se aprieta contra mí, adentrándose, y mis brazos se cierran alrededor de su cuello. Levanto las caderas hacia él, implorándole que se hunda más, que me dé más, cuando sé que es él quien me pide más a mí, quien toma lo que intento no entregar y no puedo.

Se hunde en mí, clava su miembro duro en mí, y nos quedamos así, tumbados, con las frentes rozando, respirando juntos. Nunca antes había sentido que formaba parte de un hombre como lo siento en este momento. Nunca antes había sentido que formaba parte de otro ser humano como ahora. No sé qué hacer con las emociones que siento dentro. No sé cómo estar tan cerca de alguien y seguir controlando quién soy.

—¿Chris? —rujo desesperada, atemorizada por todo lo que estoy sintiendo, por él, por el remolino que me engulle y donde nunca me encontrarán.

Entonces se mueve, la gruesa cordillera de su vara me acaricia mientras retrocede, hasta que creo que está a punto de salir para apartarse. Me arqueo hacia él, desesperada por hacer que entre de nuevo, y me contesta con una fuerte embestida. Chillo y le rodeo con mis piernas, izando mi cuerpo, gimiendo, y su mano se desliza por mis nalgas y tira de mí para acercarme, hundiéndose más en mí. Bombea una y otra vez y siento que tiembla, o quizá soy yo la que tiembla. No quiero que esto se acabe, y presiento que también él hace todo lo posible para que no se acabe, como si los dos temiésemos el momento de después y lo que ocurra entonces. Pero el placer es demasiado intenso, demasiado acuciante para poder resistirlo. Mi sexo se contrae sobre el suyo y se estremece con el orgasmo más intenso de toda mi vida. Gruñe en el fondo de su garganta y me embiste con fuerza antes de que sienta el calor de su húmeda liberación. Y a continuación estamos allí, en el momento de después, él encima de mí, en su cama. No sé qué esperar. No sé qué hacer con este cúmulo de emociones que amenaza con estallar en mi pecho.

Es Chris el primero en moverse; se tumba a mi lado y quedamos frente a frente, luego tira de la manta para taparme. Tengo los muslos empapados, pero me da igual. Me rodea, me abraza en su cama. Durante largos minutos permanecemos tumbados, en silencio, y no quiero dormir. Sólo quiero sentirlo así, junto a mí.

—Ven conmigo a Los Ángeles.

Durante un instante me planteo contestar que sí, y tengo muchas razones para hacerlo. Él consigue estabilizar de algún modo el tembloroso terreno de incertidumbre sobre el que se erige mi mundo.

—Te he comprado un billete de avión.

—Chris —suspiro, dándome la vuelta y poniéndome a la defensiva porque me siento presionada—. Ya sabes que no puedo. Sabes que tengo trabajo. ¿Y cuándo has tenido tiempo para comprar un billete?

—Antes incluso de que supiera lo del apagón en el trastero. Vine esta noche con la firme intención de convencerte para que volvieras a Los Ángeles conmigo. Y, antes de que me lo discutas, piensa que salir de la ciudad deja margen al detective privado para averiguar qué es lo que ocurrió y así nos quedaremos tranquilos, sabiendo que no había de qué preocuparse.

Siento un salvaje revoloteo en el estómago.

—¿Crees que estoy en peligro?

—No quiero correr ningún riesgo, Sara.

—Sí que crees que estoy en peligro.

—No estoy intentando asustarte, pero también te dije que quiero protegerte y lo digo en serio. Eso significa tener cuidado. —Juega con un tirabuzón que cuelga sobre mi frente—. Y quiero que estés conmigo. Te querría conmigo aunque nada de esto estuviera sucediendo.

Quiere que esté con él. Estas palabras me alegran por dentro y ansío contestar que sí, pero me retiene el temor a perder mi trabajo.

—Quiero ir, pero no puedo. Tengo que quedarme. Y estaré bien gracias a ti. Aquí me siento segura.

Su semblante se vuelve sombrío.

—En algún momento saldrás del apartamento...

—Estaré en la galería y allí estaré segura.

—Eso es discutible —dice con sequedad, y sé que se refiere a Mark, no a la seguridad de la galería en sí. Se lleva una mano a la nuca y me lanza una mirada irónica—. Tengo las mismas posibilidades de hacerte cambiar de opinión que de conseguir que veas *Viernes trece* conmigo, ¿verdad?

—Menos aún —sonrío, llevando su mejilla hasta mi boca y plantándole un beso furtivo en los labios—: Unas palomitas con mantequilla y la promesa de una peli ñoña después podrían llegar a convencerme para que viera ese DVD. —Me giro y él se aparta un momento de mí para apagar la luz antes de acercar su cuerpo al mío y, sí, estamos haciendo cucharita. Es maravilloso.

—Realmente me estás volviendo loco—murmura, acariciando mi oreja con la nariz.

—Bien —respondo, sonriendo en la oscuridad—. Porque tú también me estás volviendo loca a mí.

—¿Ah, sí? —masculla, retándome.

—Mmm —aseguro, sintiendo el peso de un agotamiento físico y emocional que se asienta profundamente en mis extremidades—. Sí. Me vuelves loquita del todo. —«Y me encanta», añado para mis adentros, mientras dejo que caigan mis pestañas y me invade el sopor del principio del sueño.

Parpadeo despierta y me doy cuenta enseguida de que Chris no está. Durante un instante, temo que haya llegado ya la mañana y que se encuentre rumbo a Los Ángeles sin haberme dado la oportunidad de decirle adiós. Pero detecto una suave tira de luz debajo de la puerta que me ofrece la esperanza de que esté todavía aquí. Me llegan unos acordes musicales amortiguados y una sensación de alivio me recorre el cuerpo. Sé que no estoy sola y tengo ganas de ir a buscar a Chris.

Me incorporo y la sábana cae hasta mi cintura, el frescor del aire envuelve mi cuerpo desnudo. A pesar de ello, desdeño el edredón; encuentro la camiseta de Chris en el suelo, y un vistazo al reloj de cuco me informa de que son casi las cinco de la mañana. Me pregunto a qué hora sale su vuelo. Espero que no salga en el primero, pero debe de ser así, ya que está despierto. Es raro imaginarme aquí, sin Chris, y me sorprende y alegra que esté dispuesto a permitirme tanta libertad.

Paso su camiseta por encima de mi cabeza y al hacerlo inhalo el delicioso aroma del hombre que ha venido a llenar una parte tan grande de mi vida, y decido que la guardaré para dormir con ella puesta, hasta que regrese.

Camino descalza hasta la puerta y contemplo el salón vacío. La música me lleva hacia la izquierda, y de allí me conduce por un pasillo largo y estrecho, donde supero varias puertas cerradas. La del final del pasillo está ligeramente entornada, y coloco la palma de la mano sobre su superficie. Estoy segura de que este es el estudio de Chris, que llevo queriendo ver desde hace mucho, y sé que el hecho de que esté entornada implica una invitación. Cambia la música, y la canción «You Taste Like Sugar», un tema muy sexy de Matchbox Twenty, empieza a sonar. Recuerdo que Chris me contó que pintaba escuchando música y me pregunto qué le inspira esta canción, y me siento incluso nerviosa por estar a punto de descubrirlo.

Se abre la puerta, cogiéndome por sorpresa, y aparece Chris ante mí. No lleva nada puesto, salvo unos vaqueros caídos y no sería difícil suponer que el que sabe a azúcar es él. Mis ojos recorren los intensos rojos, azules y amarillos de su tatuaje del dragón, que recubre músculos y una piel tersa y bronceada, y mi mente reproduce algo que me dijo no hace mucho: «¿Sabes lo que ocurre cuando te la juegas con un dragón? Al final te queman viva, cariño. Estás jugando con fuego». Esta noche he jugado con fuego junto a Chris, invoqué en él al dragón, y la manera que tiene de mirarme ahora, su forma de ver siempre lo que no quiero que vea, me está quemando viva. Comprendo en este instante que no puedo seguir pidiéndole que me muestre quién es sin estar dispuesta a mostrarle todo lo que soy. Se me retuercen las entrañas al pensar en lo que eso supone: tendría que confesar una cosa sobre la que no he sido completamente sincera, una cosa que no quiero que sepa. Algo que quisiera olvidar para siempre, pero que se encuentra, sin embargo, grabado en mi pecho con una inscripción que parece volverse más profunda cada vez que intento borrarla.

Chris envuelve mi mano con la suya, alzo los ojos hasta los de él y detecto un baile travieso en el fondo de sus pupilas.

—Ven, pasa a «la guarida de los machos», cariño.

Me sube la risa por la garganta y me maravilla con qué facilidad me lleva de un estado sombrío a la alegría. Me encanta que pueda hacerlo.

—¿«La guarida de los machos»?

—Eso es. ¿Tienes miedo?

—Supongo que depende de qué clase de guarida hablemos... ¿La habitación a la que me llevaste en el club no se llamaba la Guarida del León?

—No te preocupes. Tendré cuidado. —Mueve las cejas, tira de mí y olvido al instante las guaridas de machos y el club de Mark. Me encuentro en una habitación inmensa y circular, con ventanas que me rodean por todos lados. El parpadeo de las luces de la ciudad me arropa como un abrigo. Tengo la sensación de estar asomada a la proa de un inmenso barco, a punto de precipitarme hacia un océano de descubrimientos sin fin.

—Es alucinante —susurro, mi mirada rozando la suya.

—Te lo dije —comenta—. Por esto compré el apartamento.

Asiento con la cabeza.

—Sí, lo comprendo.

Me suelta, dándome así en silencio permiso para explorar libremente por mi cuenta, y me adentro en el corazón de este magnífico estudio. Aquí y allá hay caballetes cubiertos por telas, y me emociona la idea de poder descubrirlos y contemplar lo que esconden. Detengo la vista en las salpicaduras de pintura que veo en el suelo, bajo mis pies, y sonrío ante las huellas de su trabajo, de sus frustraciones, de su entusiasmo por plasmar sus ideas en el lienzo.

—No es ningún secreto que suelo ensuciarme un poco cuando trabajo —me informa, colocándose detrás de mí y posando una mano sobre mi cadera. Cada centímetro de mi cuerpo se pone, de pronto, en alerta. Traduzco para mis adentros la sensual letra de la canción y su mensaje flota entonces en el aire: «Sólo quiero hacer que te marches, pero me sabes a azúcar». Chris se inclina hacia mí y me susurra al oído algo en francés.

Las palabras extranjeras se deslizan por su lengua de una forma tan erótica que me hace temblar y me giro en sus brazos para tenerle de frente. Le rodeo el cuello.

—¿Qué has dicho?

—He dicho —murmura con suavidad— que quiero hacer que te derritas en mi lengua como si fueras azúcar, como hace un rato. —Levanta la camiseta que llevo puesta y agarra mi culo desnudo, tirando de él para apretarlo contra el bulto de su erección—. Y si no tuviera que volar en dos horas, relamería toda esa dulzura hasta que me rogaras que parase.

—Yo no ruego —declaro, aunque no tengo ni idea de cómo he podido formular lo que podría considerarse una frase, cuando sus dedos están recorriendo la hendidura de mis nalgas, prometiéndome exploraciones deliciosas.

—Ja, sí que rogarías, cariño. Me juego lo que quieras a que sí, y si me sigues tentando quizá tenga que demostrar lo poco que tardarías en hacerlo. De hecho —me conduce hasta un taburete frente a uno de los lienzos—, tengo tiempo.

«Sí. Por favor.»

—Sólo te quedan dos horas y, además, tienes que cruzar el puente para llegar al aeropuerto. No tienes tiempo.

—Tengo tiempo. —Me sienta en el taburete y baja las manos hasta mi cintura—. Y bien… Estábamos hablando de rogar…

Sonrío.

—Vas a perder el avión. Lo sabes, ¿no?

Gira el taburete hasta dejarme frente a frente con el cuadro y me quita la camiseta. Me aparto el pelo de los ojos y suspiro ante la visión del retrato que tengo delante. Soy yo, estoy de rodillas en el suelo, en el centro de la «guarida de los machos», con las manos atadas.

—¿Qué es lo que tengo en las muñecas? —pregunto. Siento la garganta seca y áspera y, de pronto, mis manos están detrás de la espalda y noto cómo tira de mis muñecas para amarrarlas.

Chris se pone frente a mí y muestra un rollo de cinta americana.

—Es muy útil.

—Chris —susurro—. Vas a perder el avión.

Sus labios adoptan una curva seductora.

—Está claro que subestimas lo eficiente que puedo ser. —Pone una rodilla en el suelo y me separa las piernas—. Bien. Ha llegado el momento de rogar. —Sus manos, esas manos tan artísticas, tan llenas de talento, suben por mis muslos y sus pulgares acarician mi clítoris—. Voy muy justo de tiempo, ¿no? Será mejor que me ponga manos a la obra. —Arrastra la lengua muy despacio sobre mí—. Como si fueras azúcar, cariño, te voy a derretir como si fueras miel.

Mi cuerpo se mece.

—Y voy a caerme de este taburete.

—No lo harás si te apoyas en mí —asegura y desliza dos dedos dentro de mi cuerpo—. Apóyate.

Me arqueo hacia delante y me deslizo.

—Me voy a caer.

—Te tengo, Sara. —Sus manos recorren mis nalgas—. Confía en mí. Te tengo. —Me mantiene la mirada y en sus ojos descubro un poder tan insondable como la emoción que despierta en mí. Suaviza la voz hasta convertirla en una caricia—. Relájate y déjate ir.

Me relajo y me entrego a él por completo. Como lo hice en la cama. Asiento con la cabeza.

—Sí.

Despacio, baja la cabeza y siento la cálida brisa de su aliento unos segundos antes de que apriete la boca contra mi clítoris. Suspiro mientras su mano abandona mi pierna y mi cuerpo se inclina hacia él, pero tiene los dedos dentro de mí y el arco que forma mi cuerpo produce una dulce presión, necesaria de una forma insoportable. Estoy a punto en cuestión de segundos y Chris se equivoca, se equivoca muchísimo. No voy a rogar. No hay tiempo. Voy a correrme, sin lugar a dudas, este hombre me posee y no puedo pensar en una sola razón por la que eso sea algo malo.

Cuarenta y cinco minutos después sigo sin llevar nada puesto, salvo la camiseta de Chris y estoy de pie en la cocina, viendo cómo se toma de un trago la taza de café que acabo de servirle, como si no estuviera ardiendo. Tiene el pelo húmedo y se ha peinado con los dedos. Está sexy. Lleva una camiseta azul claro con un dibujo de Spiderman que le regaló uno de los niños del hospital que va a visitar hoy, y unos vaqueros negros. Tengo muchas ganas de descubrir qué le inspiró tantísima entrega por este proyecto benéfico y lamento que no tengamos tiempo para hablar de su labor allí.

—¿Has dormido algo? —pregunto, mientras intento no perder el control de mi inseguridad. Pero si me quería en su cama, ¿por qué no estaba en ella conmigo?

—No duermo mucho de noche. Es cuando pinto. —Alarga el brazo para quitarme la taza y toma unos sorbos de mi café—. Hay algo que quería pintar para uno de los niños. Le gusta mucho el cine, como a mí, así que nos hemos hecho muy amigos hablando de nuestras pelis favoritas.

—¿Cuántos años tiene?

—Trece.

—¿Cáncer?

Asiente, y se endurece su mirada.

—Leucemia. Muy avanzada. Está destrozando a sus padres. Son buenas personas que se ven obligadas a ver cómo muere su hijo.

Se me encoge el pecho y me duele.

—¿Estás seguro de que se va a morir?

—Sí. Se va a morir. Y, créeme, si se pudiera evitar, con dinero o con medicinas, haría todo lo posible para que se salvara. —Se pasa la mano por el pelo, que ya casi está seco, y dándose la vuelta se dirige al teléfono y llama a un taxi. Siento la tensión que recorre sus hombros. No puedo imaginarme lo que debe ser saber que alguien al que quieres se va a morir y no puedes hacer nada para evitarlo, pero creo que Chris sí que lo sabe. Quiero decir, ¿no tuvo que ver cómo su padre se fue alcoholizando más y más hasta morir? De pronto quiero irme con él y decido que intentaré librar el sábado, aunque para conseguirlo tenga que utilizar el acto benéfico para publicitar la galería. Y desde luego que voy a conseguir que Mark abra su abultada cartera para hacer una gran donación.

Chris cuelga, se gira y no me da tiempo a preguntarle por qué ha pedido un taxi.

—Ven conmigo —alienta—. No he cancelado tu reserva.

Saber más cosas del acto benéfico sólo hace que responda con más firmeza.

—No esta vez.

No parece apaciguarle que argumente que aceptaré su invitación en el futuro.

—Esa no es la respuesta correcta.

—Es la única que tengo.

Se rasca la barbilla, se gira hacia la encimera de la cocina y aprieta las manos contra ella. Deja caer la cabeza y se queda así, con la cabeza colgando, durante varios segundos. Puedo ver las olas de tensión que recorren su espalda.

Alargo la mano y paso los dedos entre sus cabellos rubios. Levanta la cabeza y, a nuestras espaldas, los primeros rayos de sol que atraviesan la ventana que da a la bahía hacen destellar la inquietud en sus ojos verdes.

—Voy a estar muerto de preocupación. ¿Te puedes hacer una idea de lo difícil que me resulta dejarte así?

—Para mí es difícil dejarte marchar.

Interioriza mis palabras y sé que se alegra de oírlas, pero su humor cambia, su mandíbula se contrae.

—Necesito que hagas algo por mí, Sara. Necesito que guardes esos diarios en la caja fuerte de mi armario y que los dejes allí. Te daré la combinación.

Mi pulso se acelera y me apoyo en la encimera para mirarle bien.

—¿Te preocupa que alguien pueda intentar llevárselos? ¿No me dijiste que el apartamento es seguro?

Se gira y nos miramos a los ojos fijamente.

—No es eso lo que me preocupa. Si mi apartamento no fuera seguro, no estaría intentando convencerte para que vinieras conmigo. Te obligaría a hacerlo. Lo que me preocupa es que te pongas a repasar una y otra vez los puñeteros diarios hasta que acabes leyendo entre líneas. Te estoy pidiendo que los guardes mientras yo no esté. Reserva tu curiosidad para cuando esté yo presente y tenga la oportunidad de explicarte lo que leas, por si, por algún motivo, lo relacionas con nosotros como hiciste anoche.

—No se trata de curiosidad, Chris. Se trata de encontrar a Rebecca.

—Deja que el detective privado haga su trabajo. Voy a llamar esta mañana para hablar de lo ocurrido anoche, a ver si puede enterarse de algo más sobre el edificio de los guardamuebles. —Desliza las manos por mi pelo—. Por favor, Sara, guarda los diarios.

Me esfuerzo por reprimir las ganas de decir que no que asoman por mis labios. Esto es importante para él, y me digo que ya he leído todo el contenido de los diarios al menos una vez. Asiento de mala gana.

—Está bien. De acuerdo. Los guardaré en la caja fuerte.

Leo el gesto de aprobación en su cara.

—Gracias.

Se dibuja una curva en mis labios ante su forma de darme las gracias.

Alza las cejas.

—¿Por qué sonríes?

—Porque la mayoría de los machotes obsesionados con el control no dicen «gracias». Me gusta.

—¿Lo suficiente como para acceder a volar a Los Ángeles el sábado, después de trabajar, para ayudarme a sobrevivir una gala embutido en un esmoquin?

Muevo las cejas.

—¿Voy a poder verte en esmoquin?

—Mejor aún, me puedes ayudar a quitármelo.

—Trato hecho —replico, riéndome—. Pero quiero sacarte una foto antes de empezar a desvestirte.

—Te daré la foto si puedo convencerte para que traigas el cuadro que hice anoche. Todavía no se ha secado lo suficiente como para que pueda llevármelo ahora.

—Claro, no me importa en absoluto.

—Estupendo. Hay una pequeña habitación en la parte de atrás del estudio con una secadora de alta tecnología. El cuadro está allí. Te llamaré cuando esté instalado y arreglaré lo de los billetes.

Suena el teléfono de la pared y lo descuelga.

—Bajo enseguida. —Murmura y vuelve a colgar el aparato antes de anunciar con pesar—: Ha llegado mi taxi.

—¿Por qué no conduces?

—Quiero que lleves tú el Porsche.

—Yo tengo coche.

—El Porsche tiene un sistema de seguridad de primera. Puede indicar dónde estás en todo momento.

Una ráfaga del pasado que preferiría olvidar se desliza entre nosotros, afilando mi tono.

—O, lo que es lo mismo, que quieres saber dónde estoy en todo momento, ¿no?

No parece inmutarse por mi reacción.

—Si tuviera que encontrarte, podría hacerlo, pero no se trata de eso. Quiero que uses mi coche porque si tienes problemas pueden localizarte deprisa. Si necesitas ayuda, no tienes más que decírselo al ordenador y recibirás ayuda. Así podemos estar los dos tranquilos.

Las razones que expone no son horribles, el pasado, poco a poco, se va difuminando, y en su lugar aparece otro posible motivo, bastante obvio.

—Y, de propina, que me vean conduciendo tu coche le envía un mensaje muy claro a Mark.

Se cruza de brazos.

—De propina, sí.

Apoyo las manos en las caderas.

—No quiero estar en medio de una guerra entre vosotros dos. No soy ningún trofeo, Chris.

Me acorrala contra la encimera, mis piernas encajadas entre las suyas. Así, descalza, con sólo su camiseta puesta, me siento pequeña y él es imponente.

—El mensaje dice que eres mía —me informa, con la voz grave, intensa—, y quiero que sepa que eres mía.

Estoy entusiasmada cuando debería estar protestando.

—¿Y tú, Chris? —le reto—. ¿Tú eres mío?

—Cada fragmento de mi ser, cariño; todo lo bueno y todo lo malo.

Estoy anonadada por la facilidad con que sus labios han enunciado esta declaración. Mis propios labios intentan imitar los suyos, pero no me salen las palabras.

—Llévate el Porsche. —Su voz es más suave ahora, también áspera y seductora.

«Antes no se equivocaba —concluyo enseguida—. Me derrito como la miel por este hombre en cuanto se lo propone.»

—Me llevaré el Porsche.

Chris me acaricia la cara.

—Así me gusta, cariño —masculla, luego gira la cabeza y une su boca a la mía, su lengua se aventura más allá de mis labios. El sabor maduro de su aprobación, mezclado con el dulce poso del café aromatizado con avellana me inunda las papilas gustativas y me consume. Por primera vez en mucho tiempo soy feliz.

6

Ver cómo se cierran las puertas del ascensor, ocultando a Chris, me deja vacía por dentro. Estoy sola en su apartamento y la felicidad de los últimos minutos se ha diluido con la sensación de estar perdida. Sé que la distancia no tiene por qué crear una separación entre nosotros, pero nuestra cercanía recién descubierta es frágil.

Paso varios segundos enfrentada a esas puertas de acero, deseando que se abran de nuevo, pero no lo hacen, claro. Chris tiene que coger un vuelo y motivos más que suficientes para marcharse. Yo, por otro lado, tengo varias horas por delante antes de ir a trabajar. Demasiado tiempo para pensar. Me digo que tengo que dormir, ya que no he descansado casi nada, pero sé que no voy a poder. Tengo demasiadas cosas en la cabeza. Además, necesito deshacer las maletas y ducharme.

Me apresuro hacia el baño, encuentro mi teléfono, casi sin batería, y busco en la maleta el cargador. Después de enchufarlo y dejarlo en la mesilla de noche, dirijo la mirada hacia el armario. La verdad es que hasta ahora nunca había compartido un armario con un hombre, y hago lo posible por combatir la sensación de incomodidad que me recorre. No quiero sentirme así. Estoy loca por Chris. Estoy encantada con la evolución de nuestra relación. Entonces, ¿por qué estoy luchando por no sentir algo que no deja de parecerse a lo que sentí en el trastero, una especie de claustrofobia?

«Esto es ridículo —me recrimino. Luego cierro la cremallera y tiro del asa—. Quieres a este hombre. Quieres estar cerca de él.» Arrastro la maleta hasta el armario, enciendo la luz y me quedo fascinada con lo que me encuentro. El armario es alucinante, el sueño de toda mujer. Tiene el tamaño de un dormitorio pequeño, con estantes en las tres paredes sin puerta, y sólo dos están ocupadas con la ropa de Chris.

Después de dejar la maleta en el suelo, me pongo en cuclillas y abro la cremallera. Advierto la presencia de la caja fuerte, empotrada en la pared de la derecha. Está abierta. Chris aún no me ha dado la combinación y me desconcierta la idea de guardar las cosas de Rebecca y no tener luego forma de acceder a ellas.

Me muerdo el labio inferior y bajo la vista hacia la maleta, hacia la cajita de *souvenir* y los diarios que están encima de mis cosas. Le prometí a Chris que guardaría los diarios en la caja fuerte. Reúno la cajita y los diarios, los llevo hasta la caja fuerte y los introduzco dentro. Pero no cierro la puerta. El cuarto diario está en algún lugar junto a la cama, donde lo he dejado esta noche. Me pongo en pie y camino hacia la otra habitación para encontrarlo. Lo localizo junto a la cama y me agacho a recogerlo, pero se me resbala y queda abierto en el suelo. Lo recojo de nuevo y me siento en el colchón, contemplando la página que tengo delante. Conozco esta entrada y conozco bien el pasaje; los impulsos que siento de leerlo de nuevo son casi irrefrenables. Tomo aire y me prometo que esta será la última vez que tocaré cualquiera de sus diarios antes de que regrese Chris. Le llamaré antes de que despegue, conseguiré la combinación de la caja fuerte y los guardaré en ella. El aire se escapa a través de mis labios y mi mirada se posa sobre el libro.

Al despertar esta mañana sentí un dolor leve en el culo, prueba palpable de su castigo. No me puse braguitas al vestirme para ir a trabajar. No puedo soportar que nada me roce la piel. El dolor leve se fue atenuando según fue transcurriendo el día, no así el recuerdo de su castigo.

Logré, sin embargo, cerrar varias ventas importantes hoy, y la jornada acabó con una muestra privada de la colección de un artista famoso. Mis clientes estaban encantados de poder conocer en persona al artista y puedo entender por qué. De él mana una fuerza delicada que consigue plasmar en sus cuadros. Es la pasión personificada y me pregunto cómo sería sentir que un hombre así se apasionara por mí. Me pregunto cómo sería volver a despertar mi pasión por la vida, en vez de limitarme a esperar preguntándome en qué consistirá el nuevo juego. Los juegos ya no son divertidos. Ya no son, como antes, una forma de evadirme. Ya no es el Amo que una vez fue. Siento que estoy dejándome arrastrar hacia la oscuridad y ansío sentir de nuevo la pasión que este artista tiene por la vida. Ansío más… Pero ¿no fue precisamente eso lo que me trajo a la galería en primer lugar? ¿Las ansias de sentir más? Quizá lo peligroso sea la palabra «más»… porque más no parece ser nunca suficiente.

Cierro el diario de golpe y sólo tengo una cosa en la cabeza. El artista al que se refiere Rebecca. «No es Chris», me digo. Él nunca invitaría a desconocidos a su casa, a su estudio, para una muestra privada. Tiene que ser Ricco Álvarez, que se va a reunir conmigo para concertar unas muestras privadas; al parecer antes las solía hacer con Rebecca. Entonces, ¿por qué sigo pensando en Chris? Es una locura. «Reservado por naturaleza», así fue como se describió. Y aunque Rebecca se estuviera refiriendo a Chris, no hay nada en esta entrada, ni en ninguna otra, que sugiera que su amante fuera un artista. Se me hace un nudo en el estómago, me pongo en pie y corro hasta el armario. Caigo de rodillas ante la caja fuerte antes de depositar dentro el diario que sigo teniendo entre las manos. Extraigo la cajita aterciopelada y levanto la tapa. Contemplo el pincel y la fotografía de Rebecca que está rota por la mitad, de modo que no puedo ver quién es la persona que estaba posando con ella.

—No es Chris —susurro—. No lo es.

Empieza a sonar mi móvil y bajo la tapa, a continuación introduzco de nuevo la cajita en la caja fuerte. Le echo una última mirada intensa al diario y lo arrojo también dentro. Luego la cierro y giro la ruedecilla para introducir la combinación que tiene en la puerta. Me estoy desquiciando sola y tengo que parar.

Temo no contestar a tiempo, así que me pongo en pie y corro hasta el dormitorio, segura de que es Chris quien llama, y llego justo cuando deja de sonar. El registro de llamadas me confirma que era Chris. Estoy a punto de darle a «RELLAMAR» cuando suena de nuevo.

—Chris —contesto con urgencia, sentada al borde de la cama. Espero que nuestra conversación pueda borrar de mi mente la entrada del diario y lo que me hizo sentir.

—Si este viaje fuera por cualquier otro motivo, no me iría.

—Lo sé. —Aunque puedo llegar a ser muy insegura, ahora mismo siento la conexión que hay entre este hombre y yo—. También sé que lo que estás haciendo en el hospital es importante. ¿Dónde estás ahora?

—Estamos cruzando el puente. He tenido que retrasar el vuelo una hora, pero podré llegar a tiempo a todas las citas programadas.

—Sabía que sería complicado que cogieras ese vuelo. —Sucumbo ante el sentimiento de culpa por haber leído la entrada del diario y no puedo contenerme—. Soy débil, Chris —confieso—. He leído otra entrada del diario después de que te marcharas, pero ya está. Se acabó. Los he metido todos en la caja fuerte y no quiero que me digas la combinación. Ya me la dirás cuando regreses.

Permanece en silencio durante varios segundos que me parecen una eternidad.

—¿Necesito saber lo que has leído y lo que te ha hecho pensar sobre nosotros o sobre mí?

—No —aseguro con firmeza, intentando convencerle tanto a él como quizá también a mí misma—. Lo importante es que ahora están guardados. —Agarro el teléfono con más fuerza—. Te prometí que no leería nada más hasta que regresaras y no he cumplido mi promesa. Lo siento. No quiero que creas que mi palabra no vale nada.

—Me lo has contado cuando no tenías por qué —replica con suavidad—. Eso para mí es importante, Sara.

—Lo importante para mí eres tú, y que regresaras anoche para verme y que te preocuparas por mí y tantas otras cosas, Chris. No sé si realmente llegué a transmitirte lo mucho que todo eso significa para mí.

—Si estás intentando que le pida al taxi que dé la vuelta, está funcionando. —El tono de su voz se vuelve más suave—. El sábado me parece que está demasiado lejos...

—Sí —asiento—. Mucho.

—Sobre todo porque estoy preocupado por ti. Hablé con Jacob antes de irme. Te va a dar su número de móvil y, si necesitas cualquier cosa, le llamas. Incluso puede llevarte al trabajo y recogerte, si quieres, aunque te conozco lo suficiente como para saber que no vas a permitirlo.

—No, pero después de lo que pasó en el trastero, no voy a quejarme por tener a alguien a quien llamar si lo necesito. —Si Chris no hubiera aparecido anoche, no habría tenido a nadie en quien apoyarme, y esa sensación no es buena—. Gracias.

—Dame las gracias manteniéndote a salvo y hablando un momento con Jacob antes de irte. Si no está, pide que le llamen en el puesto de seguridad.

—Sí, está bien. Lo haré.

—Te telefonearé cuando esté instalado en Los Ángeles para asegurarme de que estás bien. —Su voz se vuelve más grave, suave e íntima—. Adiós, cariño.

—Adiós, Chris —susurro, y cuelgo, dejándome caer hacia atrás sobre el colchón. Contemplo ensimismada el techo, con una montaña rusa de emociones en el pecho. De verdad que no sé qué hacer con ellas ni conmigo misma. Agarro el móvil, pongo la alarma para que suene dentro de media hora y me acurruco con la almohada, sonriendo mientras mis fosas nasales se deleitan con el olor masculino del hombre que me está volviendo completamente loca. «Loca de contenta», susurro para mis adentros.

—¡Hay café!

Levanto la vista de la libreta donde he estado anotando información sobre el nuevo marido de Ella, David, incluyendo el número de su consulta, y me encuentro a Ralph, el contable de la galería y nuestro humorista oficial, que asoma la cabeza por la puerta. Teniendo en cuenta que, a pesar de su nombre, Ralph es asiático, no puedo menos que preguntarme si sus padres tendrán el mismo sentido del humor contagioso que adoro en él.

—Gracias —digo, sin poder esperar el momento de sonsacarle información sobre Rebecca y su relación con Álvarez antes de mi encuentro con él la noche siguiente.

—Te sugiero que llenes bien tu taza antes de que «el Jefazo» acabe con todo —susurra Ralph en tono conspiratorio, empleando uno de tantos nombres aleatorios, siempre distintos, que utiliza para referirse a Mark—. Parece que no ha pegado ojo. —Se bebe de un trago una copa imaginaria y pone una mueca graciosa—. Demasiado vino para el Señor del Vino, diría yo.

Desecho sus suposiciones con un gesto y ojeo el reloj, pensando distraídamente que son casi las nueve y que la oficina de David debe estar a punto de abrir.

—Mark tiene demasiado control como para dejar que ocurra eso.

Ralph resopla.

—Eso lo dices porque no has visto cómo viene.

Hace una mueca y desaparece por la esquina. Frunzo las cejas. Que Mark no ofrezca un aspecto perfecto es algo difícil de concebir, y como Mark parece ejercer siempre una gran influencia sobre lo que ocurre en mi futuro, siento curiosidad por saber qué está pasando.

Me pongo en pie para perseguir a Ralph, aprovechando que está en modo charlatán, y lo encuentro sentado detrás de su escritorio en la oficina que hay junto a la mía.

—He conseguido una reunión con Ricco Álvarez mañana —comento, apoderándome de la silla que hay delante de su escritorio, sin querer resultar demasiado obvia respecto a mi interés por Mark.

Arquea unas cejas majestuosas.

—Conque sí, ¿eh? ¿Lo sabe el Jefazo?

—Todavía no.

—Seguro que no se sorprende demasiado. A Álvarez le chiflan las mujeres guapas que le aseguran que pinta como un dios mexicano. Y con lo encandilada que estás con su trabajo, seguro que tú también se lo dijiste. Sigue con esa estrategia y seguro que te va bien con él.

—¿Un dios mexicano? —digo riéndome.

Alza los hombros.

—Yo llamo las cosas por su nombre. Su ego sólo es superado por «el Elegido» que paga nuestras nóminas.

—Creo recordar que Amanda dijo que Álvarez era peor.

Se sube las gafas.

—Supongo que eso depende del punto de vista. Pero ahora que lo dices, Amanda tiene razón. El Jefazo gobierna con puño de hierro, pero cuida de sus empleados. Y nunca recurriría a los insultos por un error, ya fuera grande o pequeño. Otra cosa es que te fulminara por ello con una mirada. Y te fulminaría. Álvarez, por otro lado, me puso a parir una vez porque faltaba un solo dólar en el pago que le hicimos.

—¿Llegó a insultarte?

—Ni te imaginas.

—Increíble —comento, y repaso mentalmente el diario de Rebecca donde decía que del artista al que se refería manaba una fuerza delicada. De pronto esta descripción no me recuerda en absoluto a Ricco Álvarez. Me recuerda a Chris. Me sacudo esta ridícula ocurrencia, intentando concentrarme en lo que me cuenta Ralph.

—La única persona que le tenía cariño a Álvarez, aparte de admirar su obra, me refiero, se ha marchado. Rebecca sentía debilidad por él, y él por ella, y por la razón que fuera, cuando ella se marchó, se llevó su trabajo de la galería.

—Pero ¿no participó en el acto benéfico?

—Lo había organizado Rebecca antes de marcharse.

—Es verdad. Ahora recuerdo que Amanda también lo comentó. —Arrugo el ceño—. ¿Tienes alguna idea de por qué retiró Álvarez sus obras de la galería?

—El tipo se puso hecho una fiera por un dólar, Sara. A saber qué motivos tendría para llevarse sus cuadros.

—¿Y trabajaba con Mark antes de que llegara Rebecca? —pregunto, confirmando lo que creo entender.

—Durante cuatro años.

Me pregunto si Álvarez podría ser el hombre con el que salía, pero, claro, eso no encajaba, ya que él estaba en la ciudad y ella no. Pero ¿quizás habían salido en algún momento?

—¿Estaban saliendo Álvarez y Rebecca?

—Creo que no. Nunca me habló de ningún hombre, que yo sepa, y no se me ocurre cómo podría haber tenido tiempo de salir con alguien. Cuando empezó aquí, ya sumaba dos trabajos.

—¿Dos?

—De noche era camarera.

Se me encoge el estómago.

—Para pagar las facturas —musito. Rebecca había hecho lo que yo no me había atrevido a hacer hasta que me condujo aquí sin darse cuenta. Había apostado que podría encontrar la manera de convertir su sueño en una forma de ganarse la vida.

—Exacto —confirma Ralph—. No dormía nunca, y se echaba la siesta a la hora del almuerzo en una silla de una de las oficinas de atrás. Pero al Jefazo no le gustaba la situación, y no sé cómo ella consiguió que le diera comisiones y pudo dejar el otro trabajo.

—¿Que no sabes cómo? ¿Acaso te sorprendió?

—¿A ti no? Era joven y no tenía experiencia, apenas llevaba licenciada un año.

—Pensé que era unos años mayor.

Niega con la cabeza.

—No, así que podrás imaginarte lo increíble que fue que consiguiera lo que muchos de los profesionales de este sector ansían tener sin lograrlo nunca. Pero yo creo que se lo merecía. No se le subió a la cabeza ni se durmió en los laureles. Trabajaba como una máquina, durante la hora del almuerzo y hasta bien entrada la noche. Necesitaba unas vacaciones, aunque esto ya se está pasando un poco de la raya. Cuesta creer que vaya a volver. Puede que este ricachón la haya convencido para que se convierta en una mantenida.

—¿Lo has conocido?

—Ni sabía que existía hasta después de que Rebecca se fuera. Ya te lo he dicho, no hablaba de los hombres de su vida.

Pero Ava había oído hablar de este hombre e incluso llegó a conocerlo, ¿no fue así? Rebecca debió mantener a su nuevo hombre lejos de la galería y de Mark, pero está claro que era más amiga de Ava de lo que me imaginaba.

Me duele la cabeza cada vez que intento desentrañar el misterio que representa Rebecca, o el misterio que representa Mark, dicho sea de paso. Echo un vistazo al reloj y veo que ya son las nueve pasadas. Me tranquilizaría muchísimo poder contactar con la oficina de David, oír que Ella está pasándoselo genial en su luna de miel, y poder eliminar por lo menos esa preocupación.

—Voy a por ese café —anuncio, poniéndome en pie con la intención de aprovechar el viaje en busca de mi chute de café para hacer la llamada.

—Relléname la taza, *mademoiselle* —pide Ralph, deslizando la taza en mi dirección. En ella pone: «LOS NÚMEROS NO CUENTAN, PERO YO SÍ».

—*¿Mademoiselle?* —inquiero, arqueando las cejas.

—Hablo el idioma de muchos, pero ignoro las palabras de todos.

—Y que lo digas —río camino de la cocina, saludando a Amanda, que se ha colocado en su sitio, en recepción, y ofrece el aspecto de muñequita Barbie de siempre, con su vestido rosa con horquilla a juego. Pienso en cuando Chris afirmó que Mark se sentía atraído por aquellas personas que no encajan de forma natural en su mundo. La elección de Mark a la hora de contratar a Amanda, una estudiante universitaria con ganas de gustar y sin ninguna experiencia vital verdadera, parece encajar bien con las palabras de Chris. Pero ¿por qué me contrató a mí? Yo no soy Amanda. No puedo evitar preguntarme si el haber indagado sobre Rebecca no sería el motivo. Quería tenerme cerca para que pudiera controlar mis descubrimientos, o para saber qué preguntas hacía, o incluso sobre quién las hacía. «O, por otro lado —me digo en silencio—, puede que todo se reduzca a que le impresionaste con tus conocimientos sobre arte, porque encajas perfectamente en este mundo. Quizá no en el mundo de La Guarida del León, ese club que tiene Mark, pero sí en el de la galería, el mundo del arte.» Tengo que creerlo si realmente voy a renunciar a mi trabajo como maestra para lanzarme a la carrera a la que pretendo dedicarme.

Ando distraída convenciéndome de que no debo caer de nuevo al mar de dudas de siempre, cuando entro en la cocina y me quedo helada. Siento la sangre bombear en mis tímpanos ante la visión de Mark. Está de espaldas a mí, sus amplios hombros tensan el traje gris que lleva puesto. Es la primera vez que lo veo desde que visité su club, salvo por unos segundos cuando pasó por la oficina el día anterior. De pronto me pongo muy nerviosa. Empiezo a dar marcha atrás para salir de la habitación.

—No tan deprisa, señorita McMillan.

Maldita sea. Maldita sea. Maldita sea.

—¿Cómo ha sabido que era yo? —pregunto.

Se gira, y se me petrifica el aliento en la garganta con el impacto tanto de su belleza masculina como de sus acerados ojos grises. Rezuma poder y su presencia abarca toda la habitación, y a mí también. Pero me he dado cuenta de que imprime este efecto sobre todo el mundo, y no creo que nadie, ya sea hombre o mujer, pueda quedarse indiferente ante su presencia.

—Puedo oler su perfume —me informa—. Y no es el que lleva siempre.

Siento una sacudida de sorpresa ante su observación inesperada. ¿Conoce Mark el perfume que suelo llevar? Que esté tan pendiente de mí me coge por sorpresa, igual que lo hace el brillo de sus ojos inyectados en sangre. Hace que me pregunte si no habrá detectado el perfume almizclado como el de un hombre, concluyendo en ese caso que huelo como Chris. Decido hacer lo que últimamente he hecho tantas veces, lo que he hecho casi toda mi vida, si soy honesta conmigo misma. Desvío el tema.

—No tiene buena cara, Jefazo. —Aunque lo intente, no consigo dirigirme a él como señor Compton.

—Gracias, señorita McMillan —masculla, seco—. Los cumplidos le abrirán todas las puertas.

Es imposible contener una sonrisa ante la referencia a un comentario que le hice una vez.

—Me alegra ver que se lo toma bien.

La línea que dibujan sus labios se ondula de modo irónico.

—Lo dice como si fuera imposible de contentar.

Coloco la taza de Ralph sobre una mesita que hay en el centro de la habitación.

—Bueno, la verdad es que sí que parece un poco… desafiante.

Tuerce los labios.

—Se me ocurren cosas peores para llamar a alguien.

—¿Cómo rico y arrogante? —sugiero burlona, porque le llamé esas cosas unos días antes.

—Ya se lo dije, es que *soy*…

—Rico y arrogante —termino su frase—. Créame, lo sé. —Me encuentro sorprendentemente cómoda durante este pequeño intercambio y siento la confianza suficiente como para interrogarle—: Realmente no tiene el mismo aspecto de siempre. ¿Está enfermo?

—Hay veces en que el amanecer llega un poco temprano —dice con sequedad antes de volver a darme la espalda para llenar su taza de café, intentando claramente no aportar más detalles.

Se me contrae la frente. Estoy segura de que se ha girado para que no pueda ver la expresión de su cara, y no paso por alto una sutil pero evidente incomodidad en su persona que no había advertido antes. Tengo la necesidad irracional de derribar el muro que acaba de levantar y bromeo:

—Especialmente cuando he pasado la noche en vela estudiando vinos, ópera y música clásica para que mi jefe crea que soy capaz de tratar con la clientela de la elitista casa de subastas que posee su familia.

Se gira y apoya el codo en la encimera, sorbiendo su café. Cualquier síntoma de incomodidad se ha desvanecido, y en sus ojos arde su poder.

—Sólo estoy mirando por sus intereses.

Me anega una sensación de inquietud y sé que nuestra conversación distendida se acabó. Avanzamos rumbo a territorios de arenas movedizas y ya siento cómo me voy hundiendo.

—Y por los suyos —recalco.

Asiente con la cabeza.

—Sus intereses son los míos. Ya hemos tenido esta conversación.

Se refiere a nuestra charla de hace un par de noches, cuando me mostró un vídeo de Chris besándome en la galería y me convenció de que lo había hecho para reafirmar que yo era suya. Esa noche me sentí como el trofeo de una competición. La misma noche que Chris me llevó al club. El club de Mark. De pronto se apodera de mí una descarga de claustrofobia, alargo el brazo para coger la taza de café y doy un paso hacia la cafetera. Sin saber cómo, me las apaño para enganchar el talón con lo que parece ser simple aire y tropiezo. Mark se adelanta y me agarra por el brazo. Su tacto me hace suspirar y mis ojos buscan su mirada plateada y perspicaz, más primitiva que preocupada, y siento como si hubieran extraído todo el aire de mis pulmones. Quiero apartarme, pero tengo las manos ocupadas.

—¿Está usted bien, señorita McMillan? —pregunta, y en su voz leo un tono sugerente y profundo que me quema como una advertencia. Entiendo con claridad absoluta que mi manera de sobrellevar la situación establecerá los parámetros de nuestra relación y, acaso, sea decisiva en el futuro para el trabajo que he decidido conservar.

—Llevo los tacones mejor después del café —contesto.

Mueve los labios y me sorprende al ofrecerme una inusitada sonrisa.

—Es usted bastante listilla, ¿no?

Su mano abandona mi brazo y no puedo evitar recordar cómo me hablaba Rebecca de los juegos de Mark. Me pregunto si estos cambios de humor, que parecen mucho más amenazantes que los de Chris, no serán también una de sus maneras de jugar con la gente. Dejo la taza sobre la encimera y alargo el brazo en busca de la cafetera.

—Deberíamos hablar antes de que llene eso —comenta Mark, y la mano se me congela a medio camino.

Aprieto los ojos un momento y me hago fuerte ante lo que sé que va a venir. Ha dejado su taza y los dos tenemos las caderas alineadas con la encimera.

—¿Hablar? —pregunto—. Pensé que era eso lo que estábamos haciendo.

—A mi mundo se accede sólo por invitación, Sara.

Sara. Ha usado mi nombre de pila y sé que al hacerlo pretende intimidarme.

—Usted me contrató. Eso es una invitación.

—Ser evasiva no se le da demasiado bien.

Tiene razón. Los dos sabemos que se refiere al club.

—Sí que recibí una invitación.

—Se la entregó la persona equivocada.

—No. No era la persona equivocada.

—Veo que su forma de pensar ha cambiado bastante desde nuestra charla hace dos noches, cuando estaba bastante molesta con él.

Decido que voy a evitar defender mis motivos para estar con Chris. Porque, total, Mark no lo verá bien nunca. Ni siquiera pronuncia el nombre de Chris.

—Soy buena en mi trabajo. Voy a hacer que gane mucho dinero, pero mi vida privada es mi vida privada. No te pertenezco, Mark. —Le trato de tú y utilizo su nombre de pila a propósito.

—Entonces, ¿a quién pertenece, señorita McMillan?

Chris. Esa es la respuesta que busca, la respuesta que Chris querría que dijera, pero los fantasmas del pasado rugen en mi interior. Mi instinto de supervivencia se niega a renunciar a aquello por lo que he luchado tanto durante estos últimos años de independencia.

—No pertenezco a nadie. Yo soy mi única dueña.

Los ojos de Mark refulgen llenos de satisfacción y sé que he cometido un desliz crucial.

—Es una buena respuesta, una respuesta con la que puedo vivir. —Hace una mueca con los labios y se gira, avanzando hacia la salida, pero se detiene en la puerta y me mira por encima del hombro—. No hay medias tintas. No deje que la convenza de que las hay.

Se ha marchado antes de que pueda responder y siento que me flojean las rodillas por las secuelas de sus palabras. Chris me había dicho lo mismo en su apartamento la mañana que partimos hacia el Valle de Napa. «No hay medias tintas», me digo a mí misma. Es una realidad que lleva toda la mañana rondándome. Una realidad que dice que «todo» significa no sólo que tengo que aceptar por completo el lado oscuro de Chris, sin importar a dónde me lleve, y dónde nos lleve a los dos, sino que tengo que mostrarle también el mío, y no sé si estoy preparada. No sé si estaré preparada alguna vez, y también dudo mucho que él pueda llegar a estarlo. Por todo lo que implica y por sus propias motivaciones.

Relleno las dos tazas de café y siento alivio al ver que Ralph está ocupado al teléfono, así que me escabullo a mi oficina, rápidamente y sin dolor, sin tener que mantener ninguna otra conversación. Me acomodo en mi puesto de trabajo, dejo la taza sobre la mesa y marco el número de la oficina de David, pero me contesta una grabación. La oficina está cerrada «indefinidamente». Las palabras escogidas en la locución hacen que un escalofrío me recorra la espalda. Cuelgo el teléfono y contemplo mi despacho con la mirada huida.

Empiezo a sentir que estoy perdiendo el juicio. No veo peligro por ninguna parte. Ella está en París disfrutando de su luna de miel. Está bien. Estoy permitiendo que el misterio que rodea a Rebecca me llene la mente de delirios. La verdad sea dicha, siento que toda mi vida se está convirtiendo en un delirio cuando hace sólo unas semanas transcurría en medio de una calma chicha, sin novedad. Estoy sobre el tejado de un rascacielos recorriendo la cornisa, aunque es verdad que hay miedo y aprensión, también hay una sensación de euforia que sólo puedo definir como un subidón de adrenalina que me tiene enganchada, que persigo cada día con más empeño.

Suena mi teléfono móvil, lo rescato del fondo del bolso y veo el número de Chris en la pantalla.

—¿Has llegado bien? —pregunto al descolgar.

—Acabo de aterrizar, y ¿sabes cómo he pasado todo el vuelo?

Suena un poco tenso, o puede que lo esté yo. O puede que los dos.

—Durmiendo, espero.

—Pensando en ti; ni siquiera he pensado en follar contigo, Sara. Sólo he pensado en nosotros, tumbados en la cama, en ti, dormida entre mis brazos.

Su confesión me entusiasma y me preocupa a la vez.

—¿Por qué me siento como si debiera pedirte perdón?

—Porque decidiste quedarte allí y no estarás durmiendo conmigo esta noche.

—Oh —musito, y la tensión acumulada en mí comienza a aliviarse. ¿Chris estará triste porque no vamos a dormir juntos esta noche?

—No estoy acostumbrado a que alguien me tenga enganchado de esta forma —continúa, con la voz oscura y turbada—. Siento que me estoy transformando.

He quebrado su necesidad de tener el control, tan profundamente arraigada en él, y sigo sin poder hacerme a la idea de que puedo ejercer sobre él el mismo poder que él ejerce sobre mí. Me alegra, pero estoy bastante segura de que esta situación realmente provoca en él un gran desasosiego.

—Sólo oír ahora mismo tu voz me afecta —aseguro, intentando reconfortarlo con las mismas palabras que yo necesitaría de él si la conversación fuera al revés—. Hasta este punto tú me tienes enganchada.

—Bien —suspira, y aunque estemos hablando por teléfono, puedo sentir que le recorre el cuerpo una sensación de alivio—, porque sería muy jodido ser el único que se siente así.

—Sí —respondo sonriendo—. Sería muy jodido. —Oigo griterío de fondo, y pienso que Chris ha salido del aeropuerto y está intentando coger un taxi.

—Ese es mi taxi —confirma—. O, más bien, alguien pidiéndome un taxi. Te llamo después. Y para almorzar pide comida a domicilio. Me preocupa que salgas. —Oigo a alguien, el conductor del taxi, supongo, preguntarle a Chris por su maleta, y Chris responde antes de volver a centrar su atención en mí—. Lo del almuerzo lo digo en serio, Sara. A domicilio.

—Tendré cuidado, te lo prometo. Coge el taxi y llámame cuando puedas.

—«Tendré cuidado» no es la respuesta que estoy buscando y lo sabes. —Se escuchan más voces de fondo y oigo a Chris soltar una palabrota—. Tengo que irme, pero esta conversación no acaba aquí. ¿Hablaste con Jacob?

—No estaba y…

—Sara…

—Estoy bien.

—El tema está en seguir bien. —Hace un sonido como de frustración—. Te llamaré cuando tenga un hueco y hablaremos de tu definición de lo que es «tener cuidado» y de la mía. —Cuelga antes de que pueda responder con otra de sus historias sobre «el control».

Dejo caer el móvil dentro del cajón de mi mesa de trabajo y me envuelve una sensación de calidez al pensar en las confesiones de Chris, e incluso en sus preocupaciones sobre mi seguridad. No sé por qué me siento tan traviesa y tan bien cuando él básicamente me mangonea, pero es así. Chris Merit es mi subidón de adrenalina.

Suena el intercomunicador y Amanda me anuncia:

—Alguien llamado Jacob pregunta por ti.

7

Apenas he colgado tras hablar con Jacob cuando recibo un correo electrónico de Mark cuyo asunto es: «Riptide». Siento una punzada nerviosa por recibir justo ahora un mensaje relacionado con la famosa casa de subastas que posee su familia. Sabe lo mucho que quiero ganarme la oportunidad de trabajar con Riptide y es demasiado listo para no darse cuenta de lo insegura que me siento sobre mi situación actual. Ansiosa, abro el mensaje.

Señorita McMillan:

La Casa Riptide tiene previsto celebrar una subasta dentro de dos meses y adjunto el listado con los artículos que serán ofrecidos al público. Como podrá ver, el precio de salida se encuentra junto al artículo. Así se podrá hacer una idea de hasta qué punto formar parte del catálogo de Riptide puede afectar de manera positiva a la cotización de una obra de arte. Esto debería dejarle muy claro por qué es interesante que un cliente, o un artista que desee vender piezas singulares de sus colecciones, utilice Riptide para poder hacerlo. Por otra parte, el hecho de que nuestra galería aparezca como el agente de venta incrementa nuestra reputación como galería de prestigio, atrayendo de esta manera a una clientela más selecta en busca de adquisiciones, así como a artistas en busca de nuestros servicios.

Considere esto una invitación para ir en busca de artículos que pudieran encajar con el perfil de esta próxima subasta, y si sus esfuerzos dieran fruto, será invitada a asistir al evento cuando tenga lugar. También recibirá una comisión considerable por la venta.

Saludos,

Jefazo.

El sentido del humor que muestra Mark en el correo al firmar como «Jefazo» no ayuda a aliviar la repentina presión que siento por recibir este mensaje justamente ahora. Mark remueve en mí sentimientos encontrados. Respeto su éxito, y he visto en él una actitud protectora hacia mí y hacia sus empleados que contrasta con el hombre del diario que Chris asegura que es Mark. Mi mirada busca las rosas rojas y blancas que hay en el lienzo colgado en la pared frente a mí, pintadas por la magnífica Georgia O'Nay, uno de los cuadros de la colección personal de Mark que Rebecca tenía en su oficina.

Me recuerdan a las rosas que el Amo de Rebecca le envió, a las palabras que ella dijo al recibirlas: «Estoy lista para florecer, lista para ir a donde él quiera llevarme». Tengo el presentimiento de que Mark también intenta llevarme con él, y se me tensa la espalda. No sé si él es el hombre del diario, pero sí sé que yo no soy su esclava ni su mujer sumisa, y no tengo ninguna intención de serlo. Sí que temo, sin embargo, que sea ese el lugar al que pretende llevarme. Una corazonada me dice que bajo la oferta de Riptide subyace Chris y el hecho de que yo no dijera que soy suya. Mark quiere convertirse en mi dueño. Al fin me he atrevido a perseguir mi sueño de trabajar en esta industria, y él lo usa contra mí. Sabe que, si bien es verdad que yo podría conseguir un trabajo en otro sitio, el salario sería demasiado bajo como para poder considerarlo una alternativa a dar clase. No puedo sentarme e ignorar lo que esto podría significar para mí.

Los pensamientos bullen en mi cabeza mientras rodeo mi mesa y me dirijo al pasillo. Si dejo que el miedo a perder este sueño me controle, Mark me controlará. He trabajado demasiado duro para poder ser la dueña de mi propia vida como para dejar que eso ocurra. Y, maldita sea, si este sueño no va a cumplirse, necesito dejar de pensar en ello como una posibilidad. Cuanto más tiempo lo haga, más difícil me resultará volver a dar clases. Necesito complementar mi sueldo con las comisiones de Riptide para poder vivir. Si pudiera, me habría dedicado a esto hace mucho.

Mis preocupaciones ocupan el breve trayecto hasta la puerta de Mark y no me sorprende encontrarla cerrada. No es que se prodigue mucho en ofrecer un ambiente de trabajo agradable y distendido. Levanto la mano para tocar a la puerta, pero me detengo un instante al sentir que me invade la adrenalina y esta vez no se trata de un subidón. Estoy atacada de los nervios y odio estar así. Se trata de uno de mis puntos débiles y estoy tremendamente harta de puntos débiles. Aprieto los dientes, intento ignorar mi temor a que esta reunión pueda poner punto final a mi trabajo soñado y, envalentonándome, llamo a la puerta y escucho su voz grave ordenándome que entre. Cuando se trata de Mark, todo es una orden.

Abro la puerta y entro. Cierro antes de que tenga la oportunidad de decirme que lo haga. Control, pienso. Tengo que coger las riendas. Me giro hasta quedar frente a él, abrumada por su despacho oval y por los cuadros espectaculares que cuelgan de las paredes que me rodean. Finalmente, me permito mirar al hombre que hay sentado tras una enorme mesa, este hombre que emana poder y sexo en cantidades explosivas, y a quien bauticé como «Rey» la primera vez que le vi sentado tras aquella mesa. Es difícil no sentir que estoy ante una persona tremendamente masculina e intimidante. También es difícil no sentirme atraída por él. Pero hay algo más apremiante que reclama mi atención. Mi vista se desvía de Mark al mural gigante de París que cubre la pared entera y muerdo mi labio inferior ante los trazos familiares y delicados que veo en la obra, donde reconozco la mano de Chris.

—Sí —comenta Mark, respondiendo a la pregunta que no he formulado—. Es obra de Chris.

Mi atención vuelve a su mirada e intento leer en ella sus pensamientos. No sé qué es lo que ha ocurrido entre estos dos hombres, pero no tengo la menor duda de que, fuese lo que fuese, les quema a ambos aún más porque hubo un tiempo en que fueron amigos.

—Ya me lo imaginaba —respondo, tras comprobar que es imposible saber qué hay detrás de la mirada tan estudiada que ha adoptado esa cara demasiado apuesta. No parece estar dispuesto a decir nada más—. Y me sorprende, la verdad. No parece que se lleven muy bien, últimamente.

—El dinero es el dinero —dice.

Frunzo el ceño antes de poder reprimir el impulso de salir en defensa de Chris; me resulta imposible contenerme.

—No parece que Chris haga las cosas por dinero.

Mark me ofrece una mirada impávida que creo que podría contener una pizca de irritación.

—¿Qué puedo hacer por usted, señorita McMillan? —pregunta con la clara intención de desviar la conversación hacia otro camino. Tengo la impresión de que no le ha gustado que defendiera a Chris. Me sirve para recordar, sin embargo, que estoy atrapada en medio de un combate entre dos voluntades, la de él y la de Chris, y pensarlo renueva mi empeño por intentar conseguir las respuestas a por las que he venido.

No espero a que me invite a sentarme. Avanzo, agradeciendo no volver a tropezar como antes, y me siento en uno de los dos sillones que hay frente a su mesa, hundiéndome en el lujoso cuero.

—Quiero hablar de Riptide.

Se inclina hacia atrás, descansando los codos en el reposabrazos de su silla, y junta los dedos creando una pequeña jaula.

—Y bien, ¿de qué quiere hablar?

—Me dijo que no estaba preparada para Riptide. ¿Por qué lo estoy ahora, de repente?

No hay manera de descifrar su mirada, permanece impasible. Si siente que le he puesto en evidencia, está logrando no mostrarlo.

—Aquí nada se ha hecho «de repente», como usted dice.

—Me dijo que tenía mucho que aprender sobre vinos, ópera, música clásica...

—Lo que le dije —mascull muy lentamente— es que estaba poniendo a prueba su dedicación. Y sí, me gustaría que aprendiera más sobre esas cosas. Pensé que se alegraría. Salvo que... no tenga pensado seguir con nosotros después del verano.

—De momento sólo me han ofrecido un contrato a tiempo parcial para sustituir a Rebecca... —Me golpea un pensamiento con mi propio comentario.

»¿Ha renunciado? —pregunto sin poder apenas contener el tono imperioso de mi voz—. ¿Y me lo diría si así fuera? ¿O acaso piensa que me motivaría más en el trabajo si no tuviera del todo claro si el puesto es mío o no?

—Hace semanas que no sé nada de Rebecca —me informa—. Si

decide volver, le haré un hueco, pero no puedo dirigir un negocio condicionado por una empleada ausente.

Estudio sus gestos, buscando algún rastro que me indique que está incómodo, o que miente, pero no veo nada. No creo que sepa nada de Rebecca.

—¿Esperaba que hubiese vuelto ya o haber recibido alguna noticia al menos?

—Sí —responde sin pensar.

—¿Está preocupado por ella?

—Descontento —me dice por toda respuesta, y su tono denota mucho más que eso. No está preocupado por ella. Está furioso porque ella le ha desobedecido. En este preciso instante tengo la certeza de que Mark es el hombre del diario, que ha perdido a su sumisa frente a otro hombre. Y creo que si regresara la castigaría por ser desobediente. Desaparecer también es, desde luego, una forma de desobediencia.

—Dice que no puede dirigir un negocio así, pero aún no me ha ofrecido un contrato a tiempo completo —comento, poniéndole a prueba, intentando ver si se le escapa algo que indique que ha hablado con ella, que en realidad sabe que va a volver.

—Porque no acostumbro a ofrecer aquello que presiento que será rechazado. Chris le habrá ofrecido otro trabajo, pero sigue aquí. Imagino que ello se debe a que rechaza cualquier forma de control. Pero, pese a todo, entiendo que le interesa la estabilidad económica que podrían proporcionarle las comisiones de Riptide. Lo cual también indica que busca tener las riendas de su propia vida y no depender de nadie más. No hago otra cosa que ofrecerle lo que creo que busca.

—Es decir —traduzco—, la cosa consiste en lo que me puede ofrecer usted frente a lo que me puede ofrecer Chris. —Es un mazazo sentir que la oferta no tiene nada que ver con la calidad de mi trabajo, tanto para mi autoestima como para mis planes de futuro. No puedo dejar de impartir clases para ocupar un puesto que no es más que una fichita en sus juegos de poder, y de pronto estoy lo bastante enfadada como para decir lo que pienso sin una copa de vino de por medio—. Se trata de la maldita pelea de gallos que no logran superar.

Se inclina hacia delante, sus ojos se oscurecen, el color plateado se vuelve de pronto gris sombra.

—Se trata de que yo la quiero a usted. Nada más. Y siempre persigo aquello que quiero, señorita McMillan.

Vale. Quiere follarme. Porque sabe que Chris ya lo está haciendo. Y porque hay algo en mí que transmite una cierta debilidad que atrae a los hombres como Mark. Una voz en mi mente añade: «Y como Chris», pero procuro silenciarla. Chris no es Mark. Ni siquiera se parecen.

—Déjelo, señorita McMillan.

Clavo una mirada en él tan afilada como su orden.

—¿Que deje qué?

—De dudar de sí misma, lo cual hace que dude de mí. Está condenándonos al fracaso y yo no fracaso. O decide que no va a fallar o acabará haciéndolo, en cuyo caso cualquier conversación sobre Riptide o sobre un puesto en esta galería es una pérdida de tiempo, tanto del suyo como del mío.

El aire se congela en mis pulmones. Estoy atónita. Este hombre, al que he comparado con otros que creía que eran como él, acaba de retarme a creer en mí misma en vez de mandarme a paseo. No sé cómo valorar esta nueva información. ¿Cómo puede encajar esto con un hombre, un Amo, que obliga a mujeres a ser sus sumisas? La única respuesta que se me ocurre es que no las obliga. Eligen entregarse a él con la misma libertad con la que yo me entrego a Chris.

—Elija el éxito —dice, y se me ponen los ojos como platos ante una palabra que parece haber arrancado de mi cabeza.

—Sí. Es lo que elijo.

—Entonces deje de poner en tela de juicio su presencia aquí. La contraté porque vi la grabación de la noche en la que ayudó a esos dos clientes, durante la exposición de Álvarez. Sabía de qué estaba hablando y les convenció para que compraran la obra, y ni siquiera trabajaba aquí todavía. Les engatusó y me engatusó a mí. Siga haciéndolo. Cualquier decisión respecto a su situación laboral estará siempre basada en su rendimiento. No depende de nada más, ¿entiende?, de nada más. ¿Queda claro?

—Sí. Gracias.

—Agradézcamelo vendiendo obras, empezando por un buen amigo mío, que vendrá a última hora de la mañana. Tiene los bolsillos muy profundos y espero que consiga vaciárselos.

Se dibuja de forma inesperada una sonrisa en mi cara.

—Daré lo mejor de mí.

—Por lo que he visto, cuando lo hace, obtiene muy buenos resultados.

Sonrío de oreja a oreja por sus cumplidos y me asusta lo mucho que parezco necesitar su aprobación, pero he meditado lo suficiente durante estos últimos años como para saber que tiene que ver más conmigo que con él. Tiene que ver con los hombres poderosos de mi pasado que no he conseguido borrar del todo, a pesar de haberlo intentado.

—He concertado una reunión con Álvarez para mañana por la noche.

—Mañana por la noche tenemos un evento aquí en la galería —dice, y no detecto en su voz el tono de satisfacción que esperaba por la reunión con Álvarez.

—Realmente creo que puedo conseguir la visita privada que quiere nuestro cliente, y así colocar más cuadros suyos en la galería.

Se echa hacia atrás y vuelve a juntar los dedos.

—¿Se acuerda de lo que le dije sobre Álvarez?

—Que si conseguía esta reunión, le impresionaría. Y por lo que he oído, deduzco que debe ser porque se llevó sus obras de la galería cuando Rebecca se marchó. ¿Me va a contar el motivo?

—Rebecca ya se había ido y Álvarez vino a pedirme su teléfono y su dirección, le dije que no los tenía y que, aunque los tuviera, no podía facilitárselos por motivos legales. Eso no le gustó. Le gusta salirse con la suya, lo cual me trae de nuevo a... ¿qué más le conté sobre Álvarez?

Hago un esfuerzo por reproducir nuestra anterior conversación: «No rogamos, y usted no debe dejarse manipular. Punto. Fin de la cuestión. Estos artistas saben que no tolero toda esa mierda, y mientras tengan claro que usted me pertenece, tendrán claro que usted tampoco está dispuesta a tolerarla. Así que, cuando digo que me pertenece, Sara, es que me pertenece».

Pertenecer. A Mark le gusta demasiado esta palabra. Aunque también, al analizar lo que he aprendido de su forma de comportarse como jefe, empiezo a creer que tiene la extraña noción de que posesión es igual a protección. Tú le perteneces, por lo que tu bienestar es responsabilidad suya. No es la idea que más me seduce del mundo, pero pienso en cómo insistió en pagar los taxis para todos los empleados y los patrocinadores después de la cata de vinos en la galería, y realmente creo que piensa así.

—No vamos a rogar por sus cuadros y no somos de su propiedad.

Arquea una ceja, pero por suerte, antes de que pueda empujarme a participar en alguna especie de juego mental que seguro me dejaría con la cabeza dando vueltas, suena el intercomunicador de su mesa y lo pulsa con fuerza. No responde enseguida, su mirada férrea y segura está clavada en mi rostro. Siento un chute de adrenalina en las venas y me clavo los dedos en las piernas. No sé qué esperar de Mark, salvo cierta incomodidad oscuramente adictiva, y sé que esto es otro síntoma de lo disfuncional que me he vuelto.

Sin librarme de su escrutinio, Mark aprieta de nuevo el botón del intercomunicador.

—Está aquí el señor Ryan Kilmer —anuncia Amanda—. Dice que ha quedado con usted.

—Ahora mismo estamos con él —contesta Mark, luego suelta el botón, y rompe nuestra conexión con un parpadeo—. Mi buen amigo, su futuro cliente, señorita McMillan. Adelántese usted para recibirlo.

Me ha despachado, pero permanezco inmóvil. Esta conversación sobre mi trabajo me ha hecho pensar en la decisión que debo tomar. Antes de que me convenza a mí misma de dejarlo estar, afirmo:

—Tengo dos semanas para renunciar a mi trabajo como maestra y que puedan sustituirme antes del principio del curso. Para entonces tendría que recibir la oferta de un puesto en la galería, así como alguna garantía de obtener comisiones. Si eso es inviable, deberíamos hablar del tema ahora.

—Sólo será pronto para hablar de ello si usted lo permite.

—Esa no es ninguna respuesta —respondo, pero ¿qué es lo que esperaba, acaso? Hombres como Mark no se permiten estar preocupados o que les pongan plazos, y eso es exactamente lo que acabo de hacer.

—En absoluto. Lo que ocurre es que no es la respuesta que usted quería.

—Claro. ¿Y por qué iba a darme la respuesta que yo quería?

—Le he dado la respuesta que necesitaba oír, no la que le hace la vida más fácil. Fácil no es lo mismo que mejor.

Estos jueguecitos no me sientan bien. Me pongo en pie.

—Será mejor que vaya a encontrarme con mi cliente. —Me giro hacia la puerta, preguntándome cuántas veces volveré a repetir en mi cabeza: «Sólo será pronto para hablar de ello si usted lo permite», antes de que acabe el día, analizando su significado.

—Señorita McMillan.

Me detengo, pero no me doy la vuelta. Me frustra que esta reunión haya terminado conmigo hecha un manojo de nervios y él controlando la situación.

—Persigo lo que quiero, pero respeto ciertos límites. Dígame que le pertenece a él y no insistiré.

No hay medias tintas, tanto él como Chris me lo habían dicho, pero no puedo decirme a mí misma que pertenezco a Chris, como si fuera de su propiedad. Aprieto los ojos mientras las palabras de Chris vuelven a sonar en mi mente: «Quiero que sepas que eres mía». En realidad es lo mismo que pertenecer, pero la sensación era distinta cuando sólo éramos nosotros dos los que hablábamos y Chris había dicho que él también era mío. Fue un momento definitorio de compromiso en nuestra relación que cambió la dinámica entre los dos y las expectativas que tenemos el uno del otro. «No dejes que los viejos fantasmas os destruyan a ti y a Chris. Piensa en lo traicionada que te sentirías si Chris no dejara clara vuestra relación en una situación parecida.»

Me doy la vuelta y me aseguro de que Mark entienda hasta qué punto quiero decir lo que voy a decir.

—Estoy con Chris, pero nunca le perteneceré; no perteneceré ni a él ni a nadie. —Salgo sin darle la oportunidad de que responda, y estoy orgullosa de mí misma. Ahora sabré que, ocurra lo que ocurra en la galería, tendrá que ver sólo con mi trabajo. Y no he permitido que el pasado influya en Chris y en mí. Por lo menos esta vez.

8

Ryan Kilmer encarna de modo impecable la imagen del *playboy* alto, moreno y atractivo, con su traje marrón perfectamente a juego con sus ojos.

—Así que tú eres la sustituta de Rebecca —dice como saludo, estrechándome la mano un poco más de la cuenta y tuteándome.

—No sabía que estaba aquí en calidad de sustituta —comento cuando por fin suelta mi mano—. Me veía más como una suplente…

—Ah, sí —contesta, y cierta tensión en su tono de voz hace que me pregunte qué quiere decir—. Suplente. Bueno, espero que te quedes el tiempo suficiente como para *suplir* mis carencias.

Me niego a leer entre líneas el comentario, pero es amigo de Mark y me pregunto si no será él el otro hombre del diario. Elijo mis palabras con cuidado.

—¿Tienes un proyecto que requiera obras de arte? —pregunto, decidiendo tutearle yo también.

—Soy promotor y estoy metido en un edificio que se está construyendo a unas cuantas manzanas de aquí. Estamos rematando el vestíbulo y varios pisos piloto. Necesitamos que los espacios impresionen a clientes de alto poder adquisitivo. Rebecca me ayudó con otra propiedad que tuve hace unos meses, básicamente lo dejé todo en sus manos. —Me muestra una carpeta—. Te he traído algunas fotos de su trabajo y los planos del edificio y las fotos de los espacios en los que quiero que trabajes ahora. Me gustaría que vinieras a ver el inmueble lo antes posible.

—Claro, me encantaría ver lo que has traído. ¿Por qué no pasamos a mi despacho?

—Estupendo.

Paso la siguiente hora repasando el trabajo que Rebecca ha hecho para Ryan en el pasado para hacerme una idea de qué es lo que busca para este nuevo proyecto. No ignoro lo atractivo que es este hombre, pero, a diferencia de Mark, su simpatía y su naturaleza afable son contagiosas y me tranquilizan. Es difícil verle como un amigo cercano de Mark, pero quizá su amistad sea posible precisamente gracias a sus diferencias. Puede que Mark y Chris se parezcan demasiado, que compitan demasiado por tener el control.

Cierro la carpeta.

—Tengo muchas ganas de ver el inmueble. —Y de trabajar con el abultado presupuesto que me permitirá colocar en la propiedad algunas piezas increíbles, pero de pronto me descubro pensando en Mark y en Chris y me pregunto qué habrá pasado para que se distancien el uno del otro.

—… y tendremos los pisos piloto amueblados para la semana que viene.

Parpadeo; parece que me he perdido parte de lo que decía Ryan.

—Ah, sí. Que esté amueblado ayuda mucho. Podré hacerme una idea viendo qué habrá alrededor de las obras.

—Seguro que la decoradora querrá opinar al respecto —añade—. Pero ella ya ha trabajado con Rebecca y entiende que la idea es impresionar a las personas que nos visiten tanto con el diseño de los interiores como con la obra de los artistas.

Nunca he trabajado con una decoradora y hacerlo me intimida un poco. Me pregunto si Rebecca lo había hecho antes de trabajar en la galería. Al pensar esto me doy cuenta de que no sé nada de su vida antes de que llegara aquí. ¿Cómo he podido pasar por alto una pista tan importante que podría ayudarme a encontrarla?

—Por ahora —continúa Ryan— puedes ir barajando diferentes opciones. Como necesito bastantes piezas, es posible que tengas que realizar algunas adquisiciones externas, y me figuro que te llevará algo de tiempo coordinarlo todo. —Se levanta y juntos ponemos rumbo al vestíbulo, pero le lanza una sonrisa a Amanda y se detiene frente a su mostrador.

Los dos empiezan a charlar, y de pronto siento que tengo que ponerme en el papel de madre superiora cuando noto que está flirteando con ella. Este hombre se mueve en los mismos ambientes que Mark y lo más probable es que acuda a su club, y Amanda es una joven universitaria diez años menor que él. Revoloteo nerviosa a su alrededor, sin poder evitarlo. Cuando da por concluido el flirteo, lo acompaño a la puerta.

Al regresar a la zona de administración, también me detengo frente al mostrador de Amanda.

—Es muy sexy —comenta, encantada de haber recibido tanta atención—. Y nunca se había parado a hablar conmigo así.

—Es demasiado mayor para ti —apunto.

—No lo es —replica—, un hombre mayor es sexy.

Vuelve a utilizar la palabra.

—Y mandón —aseguro.

Sonríe.

—Mientras sea él, ya me puede mandar todo lo que quiera. —Baja la voz—. A diferencia del Jefazo, que me deja siempre inquieta y excitada, como a todas, Ryan no me asusta. No me sorprende que le gustara tanto a Rebecca.

—Tiene algo, desde luego —asiento, pero también pienso en cómo Rebecca veía al otro hombre del diario como a alguien que se entrometía en su relación con Mark y no puedo evitar pensar que podía tratarse de Ryan. Entiendo por qué elegiría Mark a Ryan para hacer un trío. Un hombre que no amenaza su rol de Rey.

—¿Pero...? —tantea Amanda cuando no añado nada más.

—Pero recuerda que los que tienen algo son, a veces, precisamente los que también tienen algo que ocultar. —Dicho esto, decido cambiar de tema para evitar pisar terreno pantanoso—: ¿Ha venido Mary?

—Sigue enferma —informa Amanda—. Hoy estás sola.

Tengo la sensación de no caerle demasiado bien a Mary, así que tampoco voy a lamentar su ausencia. Y, además, también disfruto trabajando sola.

—No hay problema. Estaré en mi despacho.

Unos segundos más tarde, me acomodo detrás de mi escritorio. Resuena una vibración dentro del cajón: mi teléfono tiene un mensaje. Al recuperar el dispositivo me doy cuenta de que el mensaje lleva un rato en la bandeja de entrada. Le doy a «ABRIR» y de pronto tengo delante una foto de Chris con un adolescente que, me figuro, debe ser el paciente con leucemia. El chaval parece estar contento, pero está en los huesos, y muy pálido. Y, aunque Chris sonríe, advierto la tristeza que acecha al fondo de su mirada. Estar junto a este chico y saber que no puede hacer nada por ayudarle le está destrozando. Capas, pienso. Chris tiene muchas capas.

Le envío un mensaje: «Eres increíble».

Me contesta: «Cuando nos volvamos a ver, podrás demostrarme que lo piensas de verdad».

Sonrío, y escribo: «¿Cómo?»

Contesta diciendo: «Intenta usar mi imaginación».

Me había acusado hace poco de tener miedo de su imaginación. No es así: «Quizá tengas que pintarme otro retrato».

«Sí —escribe—, quizá tenga que hacerlo.»

Me descubro sonriendo cuando termina nuestro intercambio de mensajes, luego repaso con el dedo la lista de clientes a los que tengo que llamar, y me planteo salir a comer. Pero, para mi frustración, mi mente vuelve a darle vueltas a la relación que tiene Chris con Mark. Los dos eran fanáticos del control. Los dos estaban metidos en las cosas que ocurrían en el club. ¿Y si habían intentado compartir una mujer y habían chocado? Esta idea me trastorna por muchas razones, y procuro apartarla de mi cabeza. No. Eso no es lo que ocurrió. Eso significaría que Chris me mintió sobre sus preferencias sexuales. Pero ¿será eso, realmente? Él me dijo qué es lo que prefería. ¿Acaso llegó a afirmar que no había probado otras cosas? No me mintió, pero ¿es posible que no me contara toda la verdad? Trago saliva. ¿Quién soy yo para juzgar dónde se traza la línea que separa una cosa de la otra? Yo misma no he sido completamente sincera con Chris y no sé si puedo serlo. No sin destruirnos.

Mi jornada va a terminar y poco antes de las siete estoy a punto de guardar mis cosas para marcharme.

—¿Estás lista para largarte? —pregunta Ralph desde la puerta—. Os acompañaré a Amanda y a ti a vuestros coches.

Aunque no me apetece nada ir sola hasta mi coche, es decir, hasta el coche de Chris, me falta la energía necesaria para contestar a todas las preguntas que me harían cuando descubriesen que estoy conduciendo el 911. Me arrepiento de haber decidido traerlo, por las complicaciones que implica. Pero, afortunadamente, el aparcamiento tiene cámaras y Mark sigue aquí.

—Tengo que consultar un par de cosas con el Jefazo, así que marchaos sin mí.

Amanda aparece en el umbral de la puerta.

—Se supone que los martes hay poco trabajo. Por eso tenemos previsto que la gente libre hoy, ¡pero ha sido un día de locos! ¿Qué has hecho para atraer a tantos clientes? Todos preguntaban por ti.

—Mark me dio una lista y he hecho unas cuantas llamadas. Imagino que habrá sido por eso. Por desgracia, ninguno ha decidido adquirir obras, de momento, pero estoy bastante segura de que algunos lo harán en breve.

Charlo con ellos unos minutos hasta que se marchan.

Yo misma estoy más que lista para irme. Ha transcurrido mucho tiempo desde mi almuerzo frío en un chino con unos clientes y la noche sin dormir empieza a pasarme factura.

—¿Y qué es lo que tiene que consultar conmigo, si puede saberse?

Levanto la vista y me encuentro a Mark apoyado en el umbral de la puerta, con la corbata aflojada y el pelo revuelto. Hoy ha tenido una larga reunión con varias personas durante horas y, aunque es raro en él, parece agobiado.

—La lista de clientes —contesto—. Esperaba que pudiera decirme cuáles poseen piezas por las que Riptide pudiera contactarles mañana.

—Ya le envié esta tarde un correo electrónico con los nombres por los que pregunta.

—Ah, bueno. Debería haber mirado el correo, supongo. Llevo todo el día con clientes.

—Y sin embargo... no hubo ventas.

Se me tensa la espalda y me siento transportada, de pronto, a mi pasado, cuando mi padre y, sí, Michael, aprovechaban la mínima ocasión para machacarme cuando algo iba mal. Empiezo a estar enfadada y no con Mark. Pensaba que lo había superado, pero está claro que no. «Elija el éxito», me había dicho Mark y, con todo, ¿por qué está aquí intentando que admita un fracaso que no existe? El objeto de mi enfado va cambiando, se revuelve y se retuerce dentro de mí. No importa el resultado, no puedo ceder ante Mark como he hecho ante otros en el pasado.

—¿Sabe? —digo, y estoy orgullosa de lo confiada que suena mi voz, de la firmeza de mi mirada—. Si lo que pretende es que «elija el éxito», dar por sentado mi fracaso no va a ayudar. Hoy no hubo ventas, cierto, pero tengo varios clientes que creo que comprarán, y que comprarán bastante.

Sus labios se tuercen.

—Me alegra ver que tiene la confianza suficiente como para ponerme en mi lugar.

Los ojos se me desorbitan. ¿Lo he puesto en su lugar, realmente? Y él me ha dejado hacerlo, incluso parece haberle divertido, cuando apenas puedo imaginármelo en esta situación. Estoy hecha un mar de dudas e intento acabar con ellas, intento recordarme que no parece enfadado, pero no puedo hacerlo. Es mi jefe. Él representa mi camino hacia la seguridad financiera. Tengo que justificar mi respuesta.

—Sólo estoy... intentando asegurarme de que a usted tampoco le guste fracasar.

—Y lo apruebo.

Me recorre un escalofrío de placer con sus palabras y la luz que irradian sus ojos. Complacer a Mark me complace a mí y no es algo sexual. No. Chris tiene bien agarrada esa parte de mi vida y no hay sitio para nadie más. Se trata de la fijación que tiene Mark con el poder y de su rol autoritario. El placer de hace apenas unos segundos empieza a decaer y a desvanecerse ante el recuerdo incómodo de que, incluso después de haberme atrevido a enfrentarme con él, no he sabido enfrentarme a mí misma, y no tengo pleno control sobre cómo me influye mi pasado.

—Parece cansada —comenta—. Yo también lo estoy. ¿Por qué no le acompaño al coche?

—Parezco cansada —repito—. Los cumplidos le abrirán todas las puertas, Jefazo.

—Ah, bueno —ronronea, con un tono de voz bajo y áspero—. Ojalá fuera así de fácil.

Me cuesta tragar ante el ardor de su mirada y me apresuro a coger el bolso y el maletín, y las palabras, oh, las palabras que terminan siempre por escapar de mi control, salen a borbotones de mi boca:

—No sé por qué, pero dudo mucho de que estuviera interesado en cualquier cosa que le resultara fácil. —Oh, mierda. ¿Acababa de retarle? No pretendía hacerlo. Mis ojos buscan los suyos—. Y con esto no quiero...

Empieza a reír a carcajadas, una risa grave y ronca, como su voz.

—Relájese, señorita McMillan. Sé que no me estaba retando, aunque si cambia de parecer aceptaré el reto encantado. —Saca las llaves del bolsillo—. Salgamos de aquí. Opino que ambos hemos pasado una noche demasiado larga como para tener que aguantar, encima, un día tan largo también.

«No», pienso, y me pongo en pie, sintiendo ya la ausencia de Chris en su apartamento. «La mía fue demasiado corta, considerando que Chris estará fuera unos días más.»

Salimos de la galería, la tenue luz de las farolas ilumina la parte trasera del edificio y el aparcamiento, donde nuestros dos coches son los únicos que quedan, y eso quiere decir que por fuerza el coche de Mark es el Jaguar deportivo plateado. Posa su mirada sobre el 911.

—Veo que ha procurado marcar bien su territorio —musita secamente.

—O puede que sólo sienta un odio visceral por mi Ford Focus.

Entrecierra los ojos.

—No se acostumbre a las cosas que le da, o no querrá ganárselas por sí misma. Y eso, señorita McMillan, representaría un problema para ambos. ¿La veo mañana?

Se ha despedido, pero no se aleja, y me doy cuenta de que está esperando a que me meta en el coche. Me ha tocado la fibra sensible y le sostengo la mirada. Dudo un momento y me planteo bajar los ojos, pero no lo hago.

—Vengo de una familia con dinero, Mark. He tenido dinero, mucho, y podría tenerlo ahora si eligiera cumplir con ciertas expectativas. Así que Chris no puede acostumbrarme a nada que no conozca ya y que, además, ya rechacé en su día. Quiero ganar mi propio dinero. Y… —Arquea una ceja ante mi forma de vacilar y me doy cuenta de que no quiero decir nada más. No necesito decir más. Esto no es asunto de Mark—. Y buenas noches. —Me meto en el coche sin darle la oportunidad de replicar, y ya no me arrepiento de llevar el Porsche. No quiero esconder mi relación con Chris ni disculparme ni excusarme por conducir su coche. Esta es mi vida y pienso vivirla.

Salgo a la carretera y regresa el subidón de adrenalina. Estoy encantada de que se deba a mis acciones. Pienso en Rebecca y en cómo utilizaba al hombre del diario para alcanzar subidones así. Qué fácil hubiera sido acabar igual, si estuviera con otro hombre que no fuera Chris. Mi deseo de encontrarla, de confirmar que está a salvo y feliz, viviendo sus sueños, se vuelve más poderoso que nunca.

La sensación de ir en un 911 es suave y lujosa. Estoy acostumbrada a ella porque es el coche que prefiere mi padre, pero hace años que no viajo en uno, y nunca conducía yo, desde luego. Que Chris me haya dado sin más las llaves significa mucho más de lo que él mismo sospecha. Y no es que nunca haya tenido un coche bueno. Mi padre no permitiría que su hija le avergonzase conduciendo un Ford Focus como el que tengo ahora. Durante una época me había puesto al volante de un pequeño Audi de lo más conservador, tanto en los años de instituto como en la universidad, aunque, eso sí, lo había cambiado por un modelo nuevo cada dos años, claro. Había amado el primer coche y odiado los dos que le siguieron, a medida que empezaba a ver más allá del velo que recubría la vida que vivíamos mi madre y yo. Pero ahora no hay velo que valga. Estoy sola y estoy en un 911.

Curvo los labios al pisar el acelerador y me doy el gusto de un acelerón que apenas dura media manzana. En cuanto levanto el pie, el coche se desliza con facilidad. El suave recorrido tras el impresionante acelerón me recuerda a los cambios de humor extremos de Chris y se me ocurre que el coche encaja con él a las mil maravillas. También me pregunto si acaso he llegado a vislumbrar lo que hay bajo la superficie, qué provoca esos cambios tan bruscos. Me pregunto qué pensaría si supiera lo que hay bajo mi superficie.

Desdeño el lugar hacia el que se encaminan mis pensamientos al llegar al lujoso edificio de Chris, que está a sólo unas manzanas de la galería. El botones me abre la puerta y me saluda.

—Buenas tardes, señorita McMillan.

Al entregarle las llaves, recuerdo a Chris diciéndole en tono burlón a este mismo botones que nada de hacer carreras con el coche, igual que había hecho con otro en un hotel.

—No hice carreras —sonrío—. Por lo menos no muchas.

Me devuelve la sonrisa.

—No la delataré.

—Gracias —contesto, asintiendo con la cabeza antes de pasar la correa del maletín por mi hombro y dirigirme hacia el interior del edificio, donde encuentro a Jacob de pie junto al mostrador.

—Señorita McMillan —me dice bajando la cabeza cuando me detengo junto a él—, confío en que el día transcurriera sin novedad, en el buen sentido, ya que no he sabido nada de usted tras la llamada de esta mañana.

—Todo ha ido bien —confirmo—. ¿Sabe?, es que no quería arriesgarme a molestarlo por si acaso libraba esta mañana.

—Yo trabajo siempre —me informa—. Vivo en el inmueble y le prometí a Chris que cuidaría de usted. Él nunca pide favores, señorita McMillan. Pero por usted sí que lo hizo. No tengo ninguna intención de defraudarle. Hago lo posible por tenerla localizada, pero necesito que usted se comunique conmigo. Si va a salir, por favor, dígamelo.

De pronto me asalta el recuerdo de todos los años de mi vida durante los cuales mi madre y yo no podíamos ir a ningún sitio sin un guardaespaldas que no necesitábamos. Durante mi juventud, claro, no lo entendía. Fue en la universidad cuando por fin me deshice de las gafas que me hacían ver el mundo de color de rosa. Entonces, de pronto, fui consciente de que mi madre y yo éramos como dos pequeñas mascotas, animalitos de compañía para mi padre, controladas, no protegidas. Aisladas de las muchas vidas que él había llevado y de las muchas mujeres que mi madre había fingido que no compartía con él.

—¿Señorita McMillan? —pregunta Jacob, y recorro con la vista el trayecto desde el suelo hasta sus ojos.

—Sí —murmuro—. Gracias, Jacob. —Y a pesar del rato que he pasado en el baúl de los recuerdos, lo digo sinceramente. En contra de lo que sugieren mis acciones de la noche anterior, no acostumbro a hacer estupideces, por mucho que mi padre pueda afirmar lo contrario. Anoche hubo alguien más en ese trastero. Puede que fuera una pandilla de chavales, o puede que no, pero con lo preocupada que estoy por Rebecca, no estoy segura de haber superado el miedo que sentí en la oscuridad.

Entrecierra los ojos y detecto en ellos un brillo de comprensión.

—Me da igual la hora que sea, tanto de día como de noche, llámeme si lo necesita. No hay ningún motivo, por insignificante que pueda parecerle, que no valga la pena. Más vale prevenir...

—Que curar —digo, terminando su frase—. Sí, lo sé. —Inclino la cabeza—. Le llamaré si lo necesito.

Unos minutos después salgo del ascensor y me adentro en el apartamento de Chris, embelesada por el perfil centelleante de la ciudad. El agotamiento empieza a calar en mis huesos y me dirijo al dormitorio, deteniéndome en el umbral de la puerta, hechizada por la cama gigante, sin hacer.

«Cariño, te voy a follar de tantas maneras que no se pueden ni contar, pero esta noche no. Esta noche voy a hacerte el amor.»

Y lo había hecho. No tengo ni idea de si eso significa que se está enamorando de mí, pero yo me estoy enamorando de él. Ya lo he hecho.

Me mojo los labios, que de pronto siento secos, y me deshago de los zapatos antes de caminar hacia el cuarto de baño y encontrarme con la camiseta de Chris, que he guardado para usar como pijama. Después de desvestirme, deslizo la camiseta por mi cuerpo e inhalo profundamente. Su olor me hace rozar por unos instantes el séptimo cielo. Me dirijo a la cocina y paso un rato explorando, contenta de encontrar una caja de macarrones con queso que en un minuto transformo en la cena. Cuando ya están listos, cedo ante la curiosidad y termino en la puerta del estudio de Chris con el plato en una mano y mi portátil y mi móvil en la otra.

Enciendo la luz y no veo la hermosa ciudad que me rodea. Sólo hay un rollo de cinta sobre un taburete. Cierro con fuerza los ojos y casi logro estar de nuevo sobre el taburete con la boca y las manos de Chris recorriéndome el cuerpo. Dejo mis cosas en el suelo junto a la pared, donde tengo intención de ponerme cómoda, pero no me siento. Ahora, y sólo ahora, me permito pensar en aquello que se ha colado entre mis pensamientos hoy, sólo para ser ignorado de inmediato: *El cuadro*.

Avanzo lentamente, siento cómo se me acelera el pulso a medida que me acerco al retrato que me ha hecho Chris; atada por las muñecas y los tobillos, en el centro del estudio. Al contemplarlo más de cerca se me seca de pronto la garganta y siento un fuego que me sube por las tripas. Se trata de una imagen en blanco y negro, que son las que él prefiere. El dibujo está muy bien ejecutado, con finos detalles, demasiado bien hechos para ser un estudio o un borrador. Lleva tiempo trabajando en el cuadro y lo ha dejado a la vista para que yo pueda verlo, tanto esta mañana como ahora. Chris no hace nada sin tener un propósito. Se trata de un mensaje o de un desafío. No estoy segura de cuál de las dos cosas, puede que sean las dos. No me queda claro qué implicaría cualquiera de las dos. Y, teniendo en cuenta que el retrato me incomoda a la vez que me excita, ni siquiera me queda claro qué siento yo. Esto es el santuario de Chris. ¿Qué significa que me haya atado en la vida real y también sobre un lienzo?

9

Aparto la mirada del cuadro y camino hacia donde he dejado mis cosas. Me flojean las rodillas, me deslizo por la pared hasta quedar sentada en el suelo y permanezco allí un momento, intentando discernir qué es lo que estoy sintiendo, cuando de pronto se me ocurre emprender una misión en busca de conocimiento. Enciendo mi ordenador y busco en Internet «dolor por placer»; aparecen ante mis ojos un montón de cuerpos desnudos y maniatados en habitaciones que parecen mazmorras. Veo que dos de los elementos más recurrentes son látigos y cadenas, y la idea de aprender sola sobre este mundo parece más difícil de lo que pensaba. La verdad es que me estoy quedando alucinada. Pruebo a teclear *«bondage»* y también «BDSM», y los resultados que obtengo son tremendamente parecidos.

Finalmente, aterrizo en una página que me ofrece propuestas como «Juega con tu amante» y que contiene enlaces a distintos productos, como unas palas aterciopeladas de color rosa y un par de pinzas para pezones en forma de mariposa. Imaginarme que Chris tuviera algo que ver con las palabras «terciopelo», «rosa» y «mariposa» me parece hasta cómico.

Suena mi teléfono, tan oportuno como siempre; es Chris. Aprieto el botón para contestar.

—Hola.

—Hola.

En el momento en que escucho su voz, la inquietud de hace unos momentos empieza a desintegrarse y se desvanece. Sé que esto ocurre, simplemente, porque se trata de Chris. A estas alturas ya no necesito otra explicación. Mis labios se distienden y noto que él también sonríe al otro lado del teléfono. Ay, saber eso derriba cualquier muro erigido por la intranquilidad que me han provocado las búsquedas en Internet.

—¿Qué haces? —pregunta.

Sólo vacilo un par de segundos, y teniendo en cuenta lo turbada que me sentía hace sólo unos minutos, mi confesión salta de mis labios sin esfuerzo alguno:

—Estoy comiendo macarrones con queso y viendo una página web llamada «Adán y Eva».

Desde el otro lado de la línea me llega el temblor profundo y sexy de su risa y siento que la sangre me hierve.

—Adán y Eva y macarrones con queso. Ojalá estuviera ahí. ¿Has visto algo que te guste?

Hay en su voz un tono travieso y me imagino algo oscuro y retorcido bailando al fondo de su mirada.

—Así que conoces la página...

—Sí, conozco la página.

Esto me sorprende y me pregunto si alguna otra mujer habrá intentando ablandar su lado oscuro al presentarle una versión más edulcorada del BDSM. Quizás una de las actrices de Los Ángeles que leí que salía con él antes de conocerle. Se me antoja un pensamiento desagradable por demasiados motivos y que, además, no encaja con el puzle que es Chris.

—Decir que me siento intimidada por las palas aterciopeladas de color rosa y las pinzas para los pezones en forma de mariposa es poco. Pero, claro, tú juegas en otra liga.

—No decidas por mí —ordena, y su voz adopta un tono grave y brusco, pero a la vez suavemente seductor—. Descubramos las cosas que nos funcionan juntos. A todo esto, ¿qué es lo que ha hecho que te pongas a mirar juguetes sexuales?

—El retrato.

—¿El tuyo en mi estudio?

—Sí. El mío. Querías que lo viera esta mañana y esta noche. —No lo formulo en tono de pregunta.

Permanece callado un momento y presiento uno de sus cambios de humor, el filo sutil de una de sus muchas capas.

—Sí. Quería que lo vieras.

—¿Para asustarme?

—¿Te asusta?

Tardo demasiado en contestar e insiste:

—¿Lo hace? ¿Te asusta, Sara?

—¿Es eso lo que esperas, Chris? ¿Que me asuste y que me marche?

Ahora su silencio dura demasiado y estoy a punto de pedirle que conteste, cuando esquiva la pregunta con una revelación sorprendente:

—Para mí el tema del cuadro no es el *bondage*. Es la confianza.

Se me forma un nudo en la garganta al pensar en mi secreto, y en el veneno del que no puedo escapar.

—¿Confianza?

—La clase de confianza que quiero que tengas tú y que yo no tengo derecho a exigirte.

Pero yo quiero que me lo exija. Quiero que confíe en mí.

—Quiero lo mismo de ti.

Sigue más silencio, demasiado silencio, y odio la distancia que evita que pueda leer su rostro.

—¿Dónde estás? —me pregunta al fin.

—En el estudio. —Y derribo una de mis murallas para intentar traspasar una de las suyas—. Quería estar en la parte de la casa donde sintiera más tu presencia.

—Sara. —Tiene la voz ronca, como si mi nombre fuera una emoción, algo que le quemara en carne viva, arrancado de su garganta. Estos son los sentimientos intensos que provoco en él, y no estoy segura de que él se dé cuenta de que provoca lo mismo en mí.

—¿Y dónde estás tú? —pregunto en voz baja.

Sigue un momento de duda durante el cual percibo su alivio al poder centrarse en otra cosa que no sea lo que está sintiendo.

—En la habitación del hotel, por fin. ¿Has visto el cuadro que hice para Dylan, el chico del que te hablé?

—No, aún no. ¿Quieres que lo haga?

—Sí, ve a echarle un vistazo.

Toda la emoción que sentiría por el descubrimiento de un nuevo trabajo de Chris Merit queda aplastada por el tono solemne de la petición.

—De acuerdo. Voy hacia allá ahora. —Me pongo en pie y me dirijo a la habitación de atrás. Enciendo la luz del pequeño cuarto de veinte metros cuadrados, donde encuentro unos cuantos caballetes tapados con sábanas. Sólo hay un lienzo sin tapar y me río cuando lo veo.

—¿Realmente estoy viendo un cuadro de Freddy Krueger y Jason de *Viernes trece*?

Se ríe, pero no parece relajado.

—Sí. Al chaval le chiflan las pelis de terror. ¿Sabes cuál es cuál?

—Qué gracioso. ¡Pues claro!

—Pues en el trastero no lo tenías nada claro.

—Bueno, vale, a veces confundo a Michael con Jason, pero a Freddy lo reconozco enseguida, porque me parece más horrible que ninguno. Y debo decir que has conseguido recrear muy bien las razones que hacen que eso ocurra. Y a todo color, además. —Tiemblo ante la visión de la cara llena de surcos rojizos y anaranjados—. ¿Quién iba a decir que serías capaz de retratar un monstruo así en un paisaje urbano?

—Pues Dylan, al parecer. Le he dibujado una colección de criaturas así sobre papel. Este es el primero que pinto. —Cualquier atisbo del Chris alegre que tanto disfruto desaparece de su voz, y se impone un tono lúgubre y desconcertado—. Creo que le gustan las pelis de terror porque intenta parecer valiente. Pero veo el miedo en sus ojos. No quiere morir.

Siento cómo cada una de sus palabras se clava en mi espalda, y deseo a este hombre que estoy empezando a conocer y que resulta ser mucho más que dolor y placer.

—Piensa que estás haciendo que esta parte de su vida sea mejor.

—Pero nunca voy a poder borrar la tortura que su pérdida va a representar para sus padres.

De pronto me asalta un pensamiento. Aunque no logro entender de qué profundidades mana la pasión de su solidaridad, estoy bastante segura de que Chris intenta compensar de este modo algo que considera un pecado de su pasado, sea de forma inconsciente o quizá, sabiendo lo que sé de él, conscientemente. Y, aunque lo que está haciendo es una labor fantástica y encomiable, me da miedo el lugar hacia el que le conduce el dolor que está experimentando. ¿Acabará el dolor, con la ayuda de todo lo que le atormenta, abocándole al desastre?

Unos minutos después nos despedimos y colgamos. Me tumbo en el suelo y contemplo las pequeñas estrellas blancas que hay pintadas en el techo, pero veo mi retrato, y vuelvo a escuchar en mi cabeza la voz de Chris, afirmando que simboliza la confianza. Me preguntó si me asustaba. ¿Es posible que este hombre poderoso, con tanto talento, esté él mismo asustado? Y, si así fuera, ¿de qué?

Amanece, y las nueve en punto, la hora en que entro a trabajar, parece llegar demasiado temprano a pesar de mi amor por mi nuevo trabajo, teniendo en cuenta que he pasado una segunda noche sin dormir. Por suerte, Mark no ha llegado temprano, y mis sucesivos viajes a la cafetera se suceden sin que me encuentre con nadie.

Hacia las diez ya estoy agitada y acabándome la tercera taza de café, pero me siguen pesando las piernas. El «Amo» no ha asomado la cabeza por la oficina todavía. Estoy reuniendo información sobre Álvarez para preparar el encuentro de esta tarde, cuando recibo un correo electrónico de Mark, lo que demuestra que no está pegado a las sábanas, como suponía. Aunque también puede que acabe de levantarse. Es breve y dulce. Suelto una pequeña carcajada, Mark es cualquier cosa menos «dulce».

Me ha enviado una especie de chuleta con temas y respuestas para poder sortear sin problemas una conversación sobre vino, ópera o música clásica y poder impresionar así a la clientela. La verdad es que la información que me ha pasado es bastante buena y me pregunto por qué no me entregó esto en vez de insistir en que aprendiera sobre estos temas tan amplios en un tiempo récord.

Al meditar sobre la posible respuesta a esta pregunta, pienso en el pasaje que me había puesto a leer casi sin querer antes de guardar los diarios en la caja fuerte. Me pregunto cómo sería despertarse y volver a sentir esa pasión por la vida, en vez de pasar el rato preguntándome cuál será el siguiente juego. No quiero tener nada que ver con sus juegos y espero que este cambio en el modo de ver mi trabajo con Mark indique que le he dejado claro que eso es así.

Para cuando el reloj marca las diez y media, he revisado por encima la información que me ha enviado Mark y he intentado llamar a Ella más de tres veces, pero sólo obtengo la señal de que comunica. Decido ir un paso más allá y llamo a la oficina de David, aunque todos mis intentos por sonsacarle información a la recepcionista se ven frustrados. Por si fuera poco, no he hablado con Chris. No tengo ni idea de por qué esto me molesta tanto. No tiene ninguna obligación de llamarme al empezar su jornada y, por otro lado, pienso que quizás espera que le llame yo. Pero quizá lo agobie si lo hago. Tengo la cabeza llena de angustia cuando Mary pasa junto a mi puerta. Está tan pálida como su cabello rubio y mi traje de chaqueta, y me lanza una mirada hostil.

—¿No vienes al evento de esta noche?

—Tengo que salir por una reunión.

—Y yo tengo gripe. ¿Qué pasa si no puedo quedarme?

Mary siempre ha sido fría conmigo, pero nunca tan hostil, y frunzo el ceño.

—He quedado con Ricco Álvarez para hablar sobre una gran venta. Lo cambiaría si pudiera, pero no creo que acceda. Si sigues estando enferma y quieres que lo intente, puedo hacerlo.

—Ricco Álvarez —repite, apretando los labios—. Por supuesto que sí. —Y desaparece.

Vuelvo a fruncir el ceño. «Pero ¿qué demonios…?»

Entra Ralph a mi oficina y pone un taco de papeles sobre mi mesa.

—Un inventario con la lista de precios que hago cada mes. —Dice, y entonces baja la voz—: Procura no acercarte a Mary cuando está enferma. Se dice que ha llegado a decapitar a gente y a dejarlos tirados en el suelo, desangrándose.

—Gracias por el aviso, pero llega un poco tarde —susurro.

—Mejor tarde que nunca.

—No en este caso, ¿y por qué se puso así de rara cuando dije que iba a ver a Álvarez?

—Porque es ambiciosa y competitiva, y él no le hacía ni caso, ni antes de Rebecca ni después.

—¿Por qué?

—Ella tiene una personalidad que, digamos, no encaja con ciertas personas.

—Pero todo el mundo dice que Álvarez es difícil.

—Será por eso, imagino, que el Jefazo contrata a chicas encantadoras como Rebecca y como tú. Para tratar con los difíciles, para sacarles los cuartos. Sabe de sobra que Mary es una bomba de relojería en lo que a personalidad se refiere.

—Entonces, ¿por qué la mantiene aquí?

Mira por encima del hombro y luego de nuevo a mí.

—Casi la echan después de una discusión con Rebecca, pero se curró un repaso exhaustivo al inventario y localizó un par de piezas sin precio que el Jefazo pudo incluir después en la subasta de Riptide. Se ganó un salvoconducto.

—Espera. ¿Está trabajando ella con Riptide?

—Oh, no. Acuérdate, acabo de decir que es una bomba de relojería. Le dijeron que tenía que transferir la gestión de todas las piezas a Rebecca.

Aparece Amanda en la puerta.

—Ralph, tienes al contable de Riptide al teléfono.

Él se pone de pie de un salto y me obsequia con una cara de condolencia. Observo cómo se aleja y mis pensamientos recorren senderos oscuros. ¿Hasta qué punto odiaba Mary a Rebecca? ¿Hasta qué punto podía estar segura de que deshaciéndose de ella tendría más posibilidades de ascender en la empresa? No quiero pensar lo que eso podría implicar para mí.

Aprieto los dedos contra mis sienes y las masajeo. Estoy preocupada por Rebecca. Estoy preocupada por Ella. No sé cómo localizar a ninguna de las dos. Dios, recuerdo que durante mucho tiempo no sabía encontrarme a mí misma, ni siquiera cuando me miraba al espejo.

Pero de una cosa estoy segura, y es que todo esto parece más fácil de hacer teniendo a Chris en mi vida. No puedo quedarme sentada, a la espera de que nos estrellemos, pero siento que vamos a acabar haciéndolo. Tomo aire con fuerza y me hago a la idea de que tengo que hablar con Chris para dejarle ver más allá del velo en cuestión, y debo hacerlo antes de perder el coraje que siento ahora.

Agarro la chaqueta del respaldo de la silla, meto los papeles en mi maletín, cojo el teléfono y el bolso, y camino hasta la zona de recepción. Vislumbro a Amanda y paso junto a ella sin detenerme.

—Voy aquí al lado a por un café y a estudiar unos documentos, por si me busca el Jefazo.

Empiezo a ensayar diferentes formas de comentarle a Chris lo que me ronda la cabeza incluso antes de franquear la puerta de la galería, pero el viento helado se lleva consigo cualquier pensamiento coherente. Avanzo a través de él y entro en la cafetería, donde tengo sentimientos encontrados respecto al joven universitario que hay detrás de la barra y que me toma la comanda, lo cual indica que Ava no está. Una de las cosas que pensaba hacer antes de la reunión de esta noche era sonsacarle toda la información posible respecto a Rebecca y Álvarez, pero, de todos modos, de momento sólo puedo pensar en Chris.

Con más café que no necesito, me acomodo en la mesa de un rincón, me quito la chaqueta y saco el teléfono móvil del bolsillo interior. Respiro hondo y busco a Chris en la agenda. Mi corazón late unas diez veces por cada tono que suena, hasta que me salta su buzón de voz. No dejo ningún mensaje y se me revuelve el estómago. No toco el café.

Me vibra el teléfono en la mano y al mirar veo que he recibido un mensaje de Chris.

«Hola cariño. Desayuné pronto y no quería despertarte. Estoy en el hospital. ¿Todo bien?»

Siento cómo se me aligera todo el cuerpo con el mensaje y tecleo: «Sí. Sólo quería hablar. ¿Me llamas cuando tengas un rato?»

Contesta de inmediato: «Pensaba hacerlo. Te llamo en una hora, más o menos».

«Gracias», contesto automáticamente.

«¿Gracias? ¿Seguro que estás bien?»

«Sí. Demasiada cafeína —dudo, y decido que no hay medias tintas— y no bastante Chris.»

«Voy a hacer que me lo demuestres una y otra vez cuando regrese.»

«Pensaba hacerlo», respondo, y dejo el móvil en la mesa, sin esperar ninguna respuesta ni recibirla.

El placer que me ha dado este intercambio de mensajes debería calmarme un poco, pero en vez de eso sólo detona una dosis más potente de nervios. ¿Realmente puedo decírselo?

10

Estoy mirando el reloj, esperando la llamada de Chris, cuando Ava entra en la cafetería. Necesito algo que me saque del bucle que tengo en la cabeza y observo cómo se detiene junto al perchero y se quita la chaqueta. Lleva pantalones ajustados de color negro y una blusa roja; la enmarañada melena oscura impresiona a medida que baja por su espalda. Quizá sea por todas las mesas y cachivaches que hay entre las dos, pero su piel, incluso después de haber sido sometida al inclemente viento, tiene el mismísimo aspecto del chocolate con leche.

Al verme, me saluda y avanza hacia mi mesa. Hay una elegancia confiada y despreocupada en ella que admiro muchísimo. Estoy segura de que Ava no habría derramado el café como hice yo durante mi primer encuentro con Chris en esta misma cafetería.

Se desliza en el asiento que tengo delante e intercambiamos saludos. Mi portátil ocupa la mesita redonda y cierro la tapa, lo que la lleva a fijarse en mis papeles.

—¿Mark te ha dado más trabajo?

Me doy cuenta de que acaba de llamarlo por su nombre de pila, y me sorprende porque nadie más lo hace, salvo Chris. Pero, por otro lado, ¿de qué otra forma iba a llamarle una persona que le conoce, pero que no se acuesta con él?

—Sí —confirmo, e intento encontrar un ángulo para descubrir el tipo de relación entre Ava y Rebecca—. Me pregunto si Rebecca tuvo que pasar por esto o si me ha guardado toda la diversión a mí. La verdad es que parece que disfruta con la imagen irónica de la maestra que tiene que hacer deberes.

Tuerce la boca.

—Los hombres suelen tener sus pequeñas fantasías con sus profesoras, ¿no es cierto? —pregunta, apartando a Rebecca de la conversación.

Hago una mueca ante el comentario al que estoy tan acostumbrada.

—Te lo digo por experiencia propia: sólo las tienen los hombres equivocados.

—Creo que acabarás descubriendo que hay, por lo menos, un hombre que bien vale una fantasía o dos. ¿Cómo se encuentra cierto artista sexy que nos tiene loquitas a las dos?

Su pregunta me provoca una punzada. Aunque sé que lo más seguro es que se trate de una tontería y sea sólo un comentario normal entre dos chicas que hablan de hombres guapos, me carcomen los celos e intento apaciguarlos sin éxito.

—La verdad —comento un poco ronca, con ganas de cambiar de tema— es que sí que me ronda por la cabeza un artista. ¿Conoces a Ricco Álvarez?

—Lo conozco, sí. Solía pasarse bastante a menudo y charlábamos.

—Entonces sabrás que ya no trabaja con la galería.

—¿No acaba de participar en el acto benéfico?

—Sí, pero al parecer ya se había comprometido a hacerlo antes de que Rebecca se marchara. Cuando se fue ella, se fue él.

—Ay. Seguro que eso no le gustó nada a Mark, pero Rebecca mimaba a Álvarez. Supongo que largarse es su forma de mostrar su cabreo.

—¿Rebecca lo mimaba? —pregunto, con la esperanza de que me proporcione las respuestas que busco.

—Bueno, así lo entendía yo. Soy la camarera de todo el mundo en horas de oficina. Se toman un café y se les suelta la lengua. En el caso de Rebecca, entraba entusiasmada por alguna venta, lo cual nos llevaba a hablar de Ricco. Ella era muy protectora con él y parecía entender su temperamento artístico cuando nadie más lo hacía. —Tiembla—. Era un poco raro. Como si buscara en él la figura del padre, o algo así. Un hombre que, a pesar de tener cuarenta y pico de años y ser veinte años mayor que ella, no la veía como a una hija.

Entiendo perfectamente lo que quiere decir. Mi padre siente fijación por ciertas mujeres de los lugares exóticos que visita que no son mucho mayores que yo.

—Voy a reunirme con él esta noche para intentar convencerle de que organice con nosotros unas visitas privadas. ¿Hay algo que debería preocuparme?

Sus grandes y oscuros ojos marrones, ligeramente más oscuros que los míos, se abren como platos.

—¿Le has convencido para que se reúna contigo?

—Sí, yo…

Suena mi teléfono y me olvido de todo, salvo de comprobar el número y confirmar que la llamada entrante es de Chris.

—Tengo que cogerlo.

Arruga la frente y parece un poco molesta.

—Claro. Hablamos después.

—Gracias. Lo siento. Es importante. —Aprieto el botón para aceptar la llamada, pero miro a Ava, que sigue estando demasiado cerca—. Espera un segundo, Chris. —Al echar un vistazo a mi alrededor me siendo cohibida por los clientes que me rodean, en este espacio tan pequeño, y me pregunto por qué se me ocurrió que este era un buen sitio para tener esta conversación—. De hecho, ¿sabes?, necesito ir a algún sitio donde pueda hablar tranquila. Siempre y cuando puedas esperar unos minutos, claro.

—Sí. Claro que puedo. —Me traspasa el tono grave y lleno de matices de su voz, y a pesar de mi ansiedad por la llamada, tiemblo con todos los sentidos en alerta. Este es el poder que tiene este hombre sobre mí, y la posibilidad de perderle si esta llamada sale mal se me clava.

Miro hacia la puerta y rápidamente descarto la posibilidad de poder concentrarme con el frío que hace fuera. En vez de eso, me dirijo en línea recta hacía el único cuarto de baño del local y cierro la puerta con pestillo después de entrar.

—Vale. ¿Me oyes?

—Sí —masculla—, ¿y por qué suenas tan atacada como la noche en que te llamé justo después de que salieras del trastero?

—Porque lo estoy, aunque sea por un motivo diferente. —Me sorprende mi propia confesión—. ¿Estás en algún sitio donde puedas hablar?

—Sí. ¿Qué pasa, Sara?

—Nada. —Intento ir poco a poco—. Nada grave. Lo que pasa es que no quiero que haya nada malo entre nosotros, Chris. Y será mejor que sepas que voy a soltar una parrafada. Eso es lo que hago cuando estoy nerviosa.

—No tienes por qué estar nerviosa conmigo. Nunca. Cuéntame qué te está pasando por la cabeza, y hazlo pronto, antes de que enloquezca intentando adivinar qué es lo que ocurre.

—Lo haré. Lo estoy haciendo. Yo… Bueno, he estado pensando en palas de color rosa y en mariposas y…

—No tenemos que hacer nada que no quieras hacer.

—Lo sé y ahí está la cuestión. O más bien la cuestión no es esa. —Aquí llega la parrafada—: La cuestión es que sé que me llevarías al país de las palas rosas y de las mariposas, pero tú no eres de palas rosas y de mariposas. Tú eres cuero y dolor y oscuridad.

—¿Es así como me ves, Sara?

—Así es como eres, Chris, y me gusta quien eres y eso significa que yo también tengo que ser esas cosas.

—Sara…

—Por favor, déjame terminar antes de que no pueda hacerlo. —Me tiemblan las rodillas—. He permitido que el miedo al fracaso me impida hablar por toda clase de motivos que son demasiado complicados para explicar ahora, y no estoy segura de que yo misma lo entienda del todo, pero lo intento. No quiero que eso me impida hablar ahora, así que sólo voy a decirte lo que pienso sin ni siquiera pararme a respirar. Sé que te dije que no soy la típica mujer de chalet adosado, y no lo soy, y nunca lo seré, pero tampoco puedo imaginarme estar sin ti. Lo que eso significa para mí es que necesito ir donde tú necesites que vaya. Y no me digas que tú sólo me necesitas a mí. Ojalá fuera verdad, y significa mucho para mí cuando me lo dices, pero tú tienes una forma de lidiar con la vida, un lugar en el que te refugias. Todo en ti, tu pintura, el club y tu forma de comportarte en general me recuerda a ese lugar. Y no quiero que haya otra persona allí cuando necesites esas cosas. Quiero estar yo. Quiero que confíes en que no saldré corriendo. —Paro de hablar y el vacío que se produce es insoportable y apenas puedo contener la tentación de llenarlo con más palabras—. Chris, maldita sea, di algo. Me estoy muriendo.

—¿Y qué pasa si no puedes aguantarlo? —No ha rebatido ninguna de mis palabras.

Hay una repentina y aplastante presión en mi pecho. Esto es lo que teme, lo que le da miedo. Que yo no pueda con todo lo que él implica.

—Los dos necesitamos saber si puedo hacerlo. No quiero que esto se acabe y que nos preguntemos si fue porque no lo intenté.

—No puedes.

—Está bien —digo con la voz áspera, y la presión aumenta dolorosamente—. Entonces supongo que no hay nada más que decir.

—¿Qué quieres decir?

—Quiero decir que ya sabes que no soy lo que necesitas. Que yo sé que no soy lo que necesitas. No alarguemos esto más de lo necesario. Voy a hacer las maletas y a…

—No. No vas a hacer las maletas. No vas a marcharte. No después del incidente del trastero.

La inseguridad que siento hace que me lleve la mano a la garganta. ¿Ha querido romper conmigo y no lo ha hecho por el incidente del trastero?

—No me debes un lugar seguro donde quedarme. No necesito protección por caridad, Chris.

—Eso no es lo que quería decir. Maldita sea, Sara, no quiero que te vayas.

Sufro. Él es puro dolor y ahora lo soy yo también.

—Querer, necesitar. Lo que está bien, lo que está mal. Son palabras que se lían en mi cabeza, estoy harta de estar hecha un lío, Chris. Nosotros, esto, los dos… va a acabar todo por destruirme si sigo por este camino.

—Y tú vas a acabar destruyéndome si me abandonas, Sara.

Más dolor. Su dolor esta vez. Rezuma de sus palabras y se insinúa en la profundidad de mi alma, tal y como había hecho antes él.

—No quiero marcharme —susurro.

—Pues no lo hagas. —Su voz es un suave ruego que expone su lado vulnerable, tan difícil de encontrar y al que no puedo resistirme—. Volveré esta noche y arreglaremos esto juntos.

—No —replico rápidamente—. No lo hagas. Que quieras hacerlo es suficiente. Estaré aquí cuando llegues a casa. Te lo prometo. Estaré aquí.

—Puedo comprar un billete y estar ahí mañana por la mañana.

—No, por favor. No lo hagas. Lo que estás haciendo es demasiado importante y, de todos modos, esta noche trabajo hasta tarde.

—Voy a ir a casa. —Una voz en la distancia le reclama y añade—: Tengo que irme. Quizá no pueda volver a llamar, pero te veré cuando llegue.

—No voy a poder convencerte de que no vengas, ¿verdad?

—Ni por asomo.

Nos decimos un rápido adiós impuesto por una persona que le vuelve a llamar, y cuando escucho cortarse la llamada, dejo caer la cabeza hacia atrás y la golpeo contra la superficie de la puerta de madera en la que me apoyo. Siento que me estoy alegrando demasiado de que Chris vaya a pasarlo mal esta noche para poder verme por la mañana, y él está demasiado empeñado en que así suceda. ¿Qué nos estamos haciendo el uno al otro? ¿Y por qué no podemos parar?

Después de recomponerme, salgo del cuarto de baño pero algo alerta mis sentidos y hace que frene en seco. Levanto la vista buscando la causa. Se me cierra la garganta al ver a Mark de perfil en la barra, a la derecha de la caja, hablando con Ava. No le puedo ver la cara, pero ella no parece contenta, incluso parece disgustarse aún más cuando Mark se inclina hacia ella, con un gesto íntimo, y se acerca a su oído para terminar la frase. Está claro que su relación es mucho más compleja de lo que imaginaba, y me pregunto si acaso conozco a alguna de estas dos personas.

Ava alza la mirada y se encuentra con la mía, y me doy cuenta de que no sólo estoy mirando fijamente, sino que, además, me han pillado haciéndolo. Me fuerzo a desviar la atención y avanzo rápidamente hacia mi mesa, mientras siento la presión de la mirada de Mark en la espalda, intensa y pesada. Me pregunto si las demás personas del local entienden que el poder que electrifica el aire de aquí emana de él, que es su modo de poseer la habitación, simplemente le basta con estar presente, o si sólo perciben cierta energía estática en el ambiente, tal y como hice yo al salir del cuarto de baño.

Recojo mis cosas de la mesa, preparándome para explicar por qué estoy aquí y no en la galería. Aunque debería sorprenderme que Mark no se acerque a mi mesa, no me sorprende en absoluto. Esto es muy propio de él: dejar que la tensión se acumule para garantizar mi inquietud. Y todo para divertirle. Suele emplear este método conmigo, es su forma de controlarme o, mejor dicho, de intentar someterme. Se trata de algo que encaja con la forma de ser de Mark a la perfección. Hubo una época en la que yo misma me acostumbré a estar así. Pero ya no; he recorrido mucho para poder llegar a entender a Mark; incluso para poder ver, a día de hoy, los aspectos positivos que hay en él. Pero entender una cosa y que te guste son dos cosas muy distintas, y lo que veo ahora no me gusta.

Espera a que esté a punto de salir por la puerta para aparecer a mi lado. Altísimo, me abre la puerta; sus ojos oscuros me retan con la misma insistencia de siempre.

—Temía que hubiera desaparecido como Rebecca, señorita McMillan.

Levanto la vista para mirarle y parpadeo. Algo ha ocurrido en estas últimas semanas que ha anulado mi sentido de autocensura. Es como si se me hubiera agotado.

—Ya le dije a Amanda que estaría aquí. Y, además, no es tan fácil librarse de mí. —Abro la puerta y me preparo para la ráfaga de viento que me golpea en la cara al salir. Mark sale junto a mí y en ese mismo momento me doy cuenta del doble sentido, incluso del triple sentido, que podrían tener mis palabras. Si ha matado a Rebecca, quizá piense que quería decir que yo no soy fácil de eliminar, pero no creo que Mark haya matado a Rebecca. Sólo se la follaba. De muchas maneras diferentes. Me doy cuenta de que acabo de deshacer potencialmente la barrera que he establecido con él al invitarle a ponerme a prueba, prometiendo que no huiré.

Dejo de caminar y me giro para mirarle.

—No quería decir lo que quizás ha entendido.

Su mirada lúgubre parece iluminarse, como divertido por mis palabras.

—Lo sé, señorita McMillan. Pero recuerde que es el privilegio de toda mujer poder cambiar de opinión porque sí.

—Me cuesta creer que permita que una mujer piense por sí misma como para poder cambiar de opinión.

—Quizá le sorprendería lo que estaría dispuesto a dejar que hiciera la mujer adecuada.

Siento calor en las mejillas.

—No pretendo...

Se ríe con una risa grave, suave, y me quedo a cuadros. Creo que nunca lo había oído reír.

—Ya sé que no tiene ninguna intención de hacer muchas de las cosas que yo querría que hiciera.

Abro la boca para decir que ni siquiera deberíamos estar teniendo esta conversación, pero me corta al añadir:

—Y no, no voy a presionarle. —Se gira y da un paso en dirección a la galería—. Volvamos a la galería. Le he dejado un pequeño regalo en su mesa.

Afortunadamente le estoy dando la espalda, así que no puede ver mi reacción ante sus palabras. Mark ha logrado hacer lo que hasta ahora sólo había podido hacer Chris. Me ha inundado el cerebro con adrenalina por la expectación que me ha provocado y apenas puedo evitar aumentar la zancada para llegar cuanto antes al despacho. No sé qué esperar. ¿Una pieza de arte muy rara? ¿Una oferta oficial para un puesto de trabajo? Son muchas las posibilidades.

Imagino que Mark me seguirá hasta el despacho, pero es algo totalmente impredecible. Cuando no lo hace, siento cierto alivio; estoy convencida de que conviene evitar, en la medida de lo posible, que Mark me vea reaccionar ante cosas así, para que no sepa qué es lo que funciona conmigo. Cuando entro al despacho me quedo petrificada. Sobre mi mesa hay un diario idéntico a los que he encerrado en la caja fuerte de Chris.

11

Tengo el diario que me dejó Mark sobre el regazo, mientras conduzco en dirección a la mansión victoriana de Álvarez, situada en la elegante zona de Nob Hill de San Francisco. Es el territorio de ricos y famosos, a sólo diez minutos de la Galería Allure. Y, además de estar atiborrada de mansiones, los teatros y los centros comerciales de los alrededores están dirigidos a las élites. He pasado de evitar las cosas que me hacen pensar en el dinero al que renuncié a estar completamente ahogada por su presencia.

Maniobro para meter el coche en la entrada, que es bastante reducida, pero con todos los problemas de espacio que tiene la ciudad, se trata, incluso aquí, de algo normal. La falta de espacio en el exterior se ve compensando con creces por el *glamour* que se esconde dentro. Al buscar la dirección en Google me aparecieron varias referencias a un arquitecto de renombre y, por lo que veo, esta mansión también debe ser obra suya.

Después de apagar el motor del 911, contemplo la puerta roja con preocupación, mordiéndome el labio inferior. «No me estoy ahogando», me digo a mí misma. Ya no me escondo. Ya no estoy en fase de negación. Tengo una cita con el afamado artista que rebosa talento Ricco Álvarez. Así que ¿qué hago que no salto del coche cuando faltan cinco minutos para nuestro encuentro? Llegar pronto causa muy buena impresión.

Rodeo con los dedos el diario, que ha resultado ser un tesoro y una decepción a partes iguales. No constituye para nada un retrato oscuro y revelador del alma de Rebecca como ocurre con los otros. Se trata de una enumeración muy detallada de todas las piezas que ha vendido o tasado para Riptide. Lo más revelador son las pequeñas anotaciones sobre el personal, los compradores, los vendedores y los artistas con los que se fue encontrando durante su tiempo en la galería. En ellas comenta los rasgos extraños de su personalidad, sus intereses o su historia.

Los apuntes que hay sobre Chris han sido tachados y no logro leer nada, por mucho que lo intente. No me sorprende, por otro lado, descubrir que ha vendido varias obras a través de Riptide en subastas benéficas a favor del hospital infantil. Pero ahora no puedo pensar en eso. Este encuentro tiene que salir bien, tengo que tener éxito, a pesar de la inquietud que siento y que no tiene razón de ser. Las notas que tenía Rebecca sobre Álvarez eran positivas. La gente, por lo general, se equivoca con la percepción que tienen de él; si bien es verdad que se mueve impulsado, sobre todo, por sus deseos de obtener más fama y dinero, también se ha mostrado generoso en muchas ocasiones.

Estoy cerca de la galería. Se supone que tengo que llamar a Mark después de la reunión. Varias personas saben dónde me encuentro. Pero... no quiero actuar de una forma estúpida. ¿Qué pasa si Mark y Álvarez son los dos hombres que aparecen en el diario?

Saco el teléfono del bolso y aprieto el uno; he configurado la marcación rápida con el número de Jacob. Contesta antes de que termine el primer tono.

—¿Todo bien, señorita McMillan?

—Sí. Perfectamente bien. Sólo quiero... que siga todo bien. Quizás estoy siendo una paranoica, pero...

—Mejor pecar de paranoica que de descuidada.

No sé cuánto sabe de Rebbeca ni de lo que tengo entre manos, pero creo que no importa.

—Me dirijo a una reunión de trabajo y mi jefe sabe dónde estoy, pero después de lo que ha ocurrido últimamente, me gustaría que lo supiera alguien más.

—Dígame la dirección.

—Es la galería privada del artista Ricco Álvarez —explico tras decirle la dirección—. No estoy segura de cuánto durará la reunión. Podrían ser quince minutos o dos horas. Si no dura mucho regresaré a la galería, donde se está desarrollando un acto.

—¿Puede llamarme dentro de una hora para que sepa que está bien?

—Lo intentaré, pero no quiero ser grosera en medio de la reunión.

—Pues envíeme un mensaje, si puede, eso lo puede hacer discretamente.

—Vale, de acuerdo. Gracias, Jacob. —Dudo y me encojo, imaginando el momento en que el jefe de seguridad le cuente a Chris dónde estoy—. Por favor, no informe a Chris de esta reunión mientras esté de viaje. Se preocupará. Ha tenido un viaje horrible y no quiero que se estrese más de la cuenta.

—Si me lo pregunta, no tendré más remedio que decírselo. Pero tampoco voy a anunciarlo a los cuatro vientos.

—Muchas gracias, Jacob.

—Un placer, señorita McMillan, se lo digo en serio. Chris parece otro desde que está usted por aquí.

Es lo mismo que me había dicho su madrina cuando visitamos su bodega.

—¿Y eso es bueno?

—Lo es. Manténgase a salvo.

—Lo haré. —«Eso espero.» Me despido y cuelgo. Para evitar darle demasiadas vueltas, agarro con decisión mi maletín, salgo del coche y me dirijo a la puerta. Meto el teléfono en el bolsillo de la chaqueta, donde me he acostumbrado a guardarlo.

Después de subir varios escalones, me encuentro de pie en el porche, aliviada al ver que hay dos puertas de entrada, una de las cuales está rotulada con la palabra «ESTUDIO». Esta disposición me consuela porque se me antoja más profesional y seguro. Levanto la mano para tocar a la puerta del estudio y esta se abre de golpe y aparece ante mí Ricco Álvarez. Tiene un aspecto muy llamativo, no es atractivo, para nada, pero hay en él cierta confianza arrogante por la que resulta más sereno que beligerante. Su piel tiene un tono marrón muy vivo y posee unas facciones estilizadas y muy bien definidas, como los trazos de su pincel; su personalidad, según tengo entendido, también es afilada.

—Bienvenida, señorita McMillan.

—Sara —digo a modo de saludo. Su camisa verde azulado, que combina bien con sus pantalones negros, acentúa unos ojos del mismo color—. Y gracias.

—Sara —repite, asintiendo gentilmente con la cabeza, y la tensión que siento en la espalda se relaja un poco al oírle usar mi nombre.

Retrocede un poco para dejarme pasar y levanto la vista para ver el enorme techo acristalado.

—Espectacular, ¿verdad? —pregunta Ricco.

—Lo es —asiento, permitiéndole coger mi maletín y mi chaqueta—. Y lo mismo puede decirse del suelo. —La madera tiene un brillo y un tono que casi da pena pisarlo—. Menudos sois los artistas a la hora de elegir emplazamientos impresionantes.

Cuelga mis cosas en un elegante perchero de acero fijado a la pared.

—Hay quien dice que soy el mejor en ello.

Teniendo en cuenta todo lo que se dice de él, me sorprende la sonrisa que tiene dibujada y me gusta que sea capaz de bromear sobre sí mismo.

—Algo de eso he oído —me atrevo a contestar, curvando los labios.

—Por lo menos hablan de mí. —Da un paso hacia mí—. Bienvenida a mi estudio, *Bella**.

«Bella.» La palabra suena hermosa en español. Esta cariñosa palabra debería acrecentar mi inseguridad. Pero, en vez de eso, presiento de golpe que lo que intenta es conferirle a todas las cosas un aire romántico, desde su espectacular casa a su conversación.

Para entrar al estudio pasamos bajo un arco que tiene una altura de al menos dos metros, y la presencia del pintor domina el espacio, ya que debe medir bastante más de metro ochenta. Observo por primera vez el espacio y es como si hubiera regresado a Allure. La habitación, estrecha y rectangular, tiene varias paredes elegantes para exponer obras, y en cada una de ellas hay como mínimo seis lienzos.

Álvarez se coloca a mi lado y hace un gesto que abarca toda la habitación.

---

* En español en el original (*N. del T.*).

—Estas son las piezas que tengo en este momento y con las que se pueden negociar ventas privadas.

Levanto la vista para decir lo que, imagino, debe ser la verdad.

—Quieres decir que estas son las piezas que estás dispuesto a mostrarme ahora.

—Eres muy directa, ¿no?

—Sólo estoy ansiosa por ver cada una de tus increíbles obras, es decir, las que quieras mostrarme. —Señalo los cuadros con la mano—. ¿Puedo?

—Por supuesto.

Doy un paso al frente sin pensar y me voy derecha a un cuadro que hay al fondo. Me detengo frente al paisaje mediterráneo picassiano que tiene trazos muy definidos y colores muy dinámicos y mis sentidos quedan abrumados.

—¿Te gusta el *Meredith*? —pregunta.

—Me encanta —contesto y le lanzo una mirada de soslayo—. ¿Por qué lo llamas *Meredith*?

—Una mujer a la que conocí, claro.

—Seguro que lo considera todo un honor.

—Me odia, pero, ay, es tan delgada la línea que separa el amor del odio…

—Si es así, Mark y tú debéis estar muy cerca de ser dos tortolitos —comento, lanzando un cebo para que me hable de los motivos que le llevaron a retirar sus obras de la galería.

Se le encienden los ojos con un brillo de diversión.

—Eres un personaje bastante curioso, Bella. Me gustas. Ya veo por qué le gustas también a Mark.

—¿Cómo sabes que le gusto?

—Porque quiere recuperar nuestros acuerdos comerciales y confió en ti lo suficiente como para enviarte aquí.

—¿Por qué se rompieron esos acuerdos?

—¿Qué motivos te dio él?

—Me dijo que querías los datos personales de Rebecca y que él no podía facilitártelos.

Sus ojos se inundan de desdén.

—Eso sólo es una diminuta parte de todo el asunto, y Mark lo sabe.

—Me encantaría oírlo.

—Seguro que sí —masculla, y por primera vez detecto en su voz un tono cortante que me lleva a creer que sería capaz de sajar la carne de cualquiera sólo con sus palabras—. Pero, por respeto a Rebecca, no voy a decir nada más.

—Lo siento. No pretendía molestar.

Veo cómo se va borrando poco a poco la tensión de sus rasgos, y el acero de hace unos segundos ha desaparecido.

—Perdóname, Bella. Rebecca es un tema delicado para mí. Bueno, ¿y si le echamos un vistazo a los cuadros y te cuento un poco de cada uno?

Comprendo que la oportunidad para conseguir información está perdida, pero espero que se presente otra. Empezamos a movernos por la habitación y hago preguntas y aspavientos frente a sus obras. Entre una pregunta y otra, también contesto alguna formulada por él: «¿Quién es tu pintor renacentista favorito?», «¿Cómo puedes asegurarte de que no estás adquiriendo una falsificación?», «¿Cuáles han sido los cinco cuadros más caros de los últimos cinco años?» Después de un rato, parece satisfecho con mis respuestas y caminamos de una forma más distendida.

Tras advertir que tres de sus cuadros llevan nombres de mujeres, no puedo menos que comentarlo:

—Debes ser todo un donjuán…

—Me han llamado cosas peores —me asegura—. Y sí, quizá lo sea. Supongo que depende de quién defina el término donjuán.

Más allá de la intención de la frase, se me ocurre que dice una gran verdad. ¿Cuántos de nosotros permitimos que sean otros los que nos definan y terminamos siendo, por lo tanto, lo que ellos quieren que seamos, no lo que deberíamos o podríamos ser?

Seguimos charlando sobre los cuadros y para cuando mi visita guiada llega a su fin, me doy cuenta de que he perdido la noción del tiempo.

—Tienes unos conocimientos impresionantes, Bella.

Esta vez no intento controlar mi sonrisa.

—Me alegra ver que lo crees. No sé quién me ha sondeado más sobre mis conocimientos de arte, Mark o tú...

Sus ojos se estrechan.

—¿Él permite que le llaméis Mark?

Me encojo por dentro ante mi desliz.

—Ah, no. Señor Compton.

—Ya me extrañaba. —Es difícil no detectar la malicia de su tono—. Mis amigos me llaman Ricco, Sara, me gustaría que lo hicieras tú también.

—¿Significa esto que me vas a dejar mostrar tu trabajo a mi cliente? —pregunto esperanzada.

—Tú puedes mostrar mi trabajo. Pero Mark no. Te daré una comisión privada de un veinticinco por ciento. A él no le daré nada.

Palidezco y se me agarrotan todos los músculos del cuerpo. Me está utilizando para vengarse de Mark por algo que este le hizo en el pasado.

—No puedo hacer eso. Trabajo para él. Eso no estaría bien.

—Mark vive para Mark. Será mejor que aprendas eso más pronto que tarde, o acabarás aplastada por él como acaban todos a su alrededor. No dejes que eso pase, Bella.

Estoy desesperada por recuperar las riendas de esta reunión y hago un intento por arreglar su relación con Mark.

—¿No participaste hace poco en un acto benéfico con Mark? Eso estuvo muy bien. ¿Y si intentáramos retomar las cosas por ese camino?

—Eso lo organizó Rebecca, y hay muchas entidades dispuestas a aceptar obras mías para una buena causa. Elegí utilizar Allure porque me lo pidió Rebecca.

»Déjame enseñarte a trabajar por tu cuenta. —Implora, volviendo a dirigir la conversación hacia su oferta.

—Te lo agradezco, pero...

—No dejes que te arrastre a su mundo. Es un mundo peligroso y él también lo es.

¿Por qué será que todos los artistas acaban previniéndome sobre Mark?

—Salvo que un día aparezca por la galería con un machete —comento bromeando sin mucha convicción—, creo que sabré manejarlo.

—Los hombres como Mark no necesitan un machete para reducir a pedazos tu independencia y el respeto por ti misma. Te comen la cabeza.

La certeza que parecen contener sus palabras me golpea como una bofetada, y apenas puedo evitar dar un paso hacia atrás.

—Debería marcharme, pero, por favor, antes de irme quiero que sepas que adoro tu trabajo. Lo digo en serio. Me encantaría poder representarlo.

—Y puedes. Siempre y cuando lo hagas tú, tú sola.

—No voy a hacer eso.

Me estudia durante varios segundos tensos y hace un gesto hacia la puerta.

—Está bien. Te acompaño a la salida y dejo que te lo pienses en casa.

Volvemos a caminar el uno al lado del otro, y cuando estoy lista para salir del estudio, coge mi chaqueta y me ayuda a ponérmela. En cuanto meto los brazos en las mangas, siento vibrar el bolsillo. Maldita sea. ¿Cuánto tiempo ha pasado? Deslizo la correa del maletín sobre el hombro y meto la mano en el bolsillo. Rodeo el teléfono con mis dedos, angustiada por no haberle dicho nada a Jacob.

Álvarez se detiene un instante con la mano apoyada en el pomo de la puerta.

—Ha sido un placer conocerte, aunque el resultado no haya sido el que ninguno de los dos queríamos.

—Voy a volver a intentarlo, ¿sabes?

—Lo sé.

Me abre la puerta, salgo, y nos decimos brevemente adiós. Estoy a punto de bajar por las escaleras cuando me asalta una duda que me retiene en el porche. El acto benéfico en el que participó en Allure era para el mismo hospital infantil que apoya Chris, pero ya que no parecen amigos, me provoca curiosidad saber por qué se da esta coincidencia. Me doy la vuelta para tocar a la puerta y mi teléfono vuelve a vibrar en la palma de mi mano.

Lo saco del bolsillo y veo que tengo un mensaje y seis llamadas perdidas. Abro el mensaje, que es de Chris.

«No vuelvas a entrar por esa puerta.»

Se me sube el corazón a la boca y me doy la vuelta a toda velocidad para barrer la calle con la mirada. Me llama la atención algo oscuro que se mueve en la entrada y vislumbro la Harley de Chris aparcada entre las sombras, detrás del 911, y él está apoyado en ella.

12

Empiezo a bajar por las escaleras del porche de Álvarez y siento una opresión tan grande en el pecho que es como si tuviera las costillas comprimidas con la maldita cinta americana con la que parece que a Chris le gusta tanto atarme, y atarme en corto. Me enfurece que esté aquí. Y me avergüenza pensar que Álvarez seguramente tiene cámaras de seguridad y acabará enterándose de esto, si es que no lo está viendo ahora mismo. La delgada línea divisoria entre mi trabajo y nuestra relación se ha vuelto muy difusa. De hecho, maldigo al pensar que seguramente soy la única que alguna vez imaginó que existía.

Pensar que tenía la convicción de que era menos controlador de lo que es se traduce en mis pasos cabreados. Avanzo hecha una furia hacia el 911, el coche que yo misma accedí a conducir, en vez de salvaguardar mi identidad. Ni siquiera miro a Chris, pero, maldito sea, lo siento por todo mi cuerpo, por todas partes, dentro y fuera, y en lugares íntimos a los que no puedo convencerme de que no es bienvenido. Me resulta terriblemente frustrante saber que un enfado así de grande no basta para acabar con el temblor nervioso que me provoca el simple hecho de estar cerca de él.

Siento reverberar en la profundidad de mi ser las palabras de Rebecca en la primera entrada del diario que leí, y no es la primera vez que la situación hace que las recuerde: «Era letal, era una droga, y yo tenía miedo». Me pongo en el lugar de ella y entiendo la pasión desmedida dentro de la que se perdió. No quiero ser ella. No soy ella. Y, por primera vez desde mis primeros encuentros con Chris, me pregunto si me siento atraída por él porque soy autodestructiva, y él por mí por la misma razón.

Alcanzo el lateral del coche y, con las prisas por refugiarme en el 911, no he sacado la llave. Sin mirar a Chris, rebusco en mis bolsillos. Sé que estará ahí de pie, junto a su Harley, con su chaqueta de cuero y sus vaqueros, la viva imagen del sexo, del pecado y de mi satisfacción. La llave cae al suelo. Me agacho para recuperarla e intento serenarme.

De pronto tengo a Chris ahí, a la altura de los ojos, igual que cuando nos conocimos, la noche en que el contenido de mi bolso acabó esparcido por el suelo. Alzo la mirada y encuentro la suya, y todos mis sentidos se ponen en alerta con un latigazo que me golpea hasta la médula. Me pesan los pechos, me duelen los muslos. Siento punzadas en la piel. «Una línea delgada separa el amor del odio», había dicho Álvarez, y en ese momento comprendo a qué se refería. Clavo mi mirada en la profundidad de sus ojos y me pregunto si él también está pensando en la noche en que nos conocimos y en todas las maneras en que hemos hecho el amor. Y en todas las formas que todavía nos falta por probar y que aún quiero experimentar con él, cuando no debería. Debería estar buscando mi espacio, mi independencia y mi propia identidad; objetivos que él amenaza al adueñarse de mi vida. Todo lo que estoy sintiendo durante estos momentos eternos no tiene sentido. ¿Cómo puedo estar tan furiosa con Chris y, aun así, sentirme tan completa y poderosamente a su merced?

—Tenemos mucho de qué hablar, ¿no crees? —pregunta, rompiendo el hechizo. Habla en voz baja, y es imposible no detectar el áspero enfado que hay detrás de sus palabras. Me devuelve a la realidad de una sacudida. ¿Se presenta en la casa de mi cliente y resulta que es él el que está enfadado conmigo?

El cabreo se adueña de todas las otras emociones que siento y alargo la mano para recuperar la llave. Su mano se cierra sobre la mía y una ola de calor recorre mi brazo y me invade el pecho.

—No vuelvas a hacer lo que has hecho esta noche, Sara. Nunca más.

El brusco tono imperativo de su voz hace saltar todas las alarmas de las cosas que no soporto de la dominación masculina, y son muchas. Intento retirar la mano, pero me tiene bien agarrada. Mis únicas armas ahora son las palabras.

—Lo mismo te digo, Chris. Y, sí, tenemos mucho de qué hablar… A ser posible en algún sitio que no sea la entrada de la casa de un cliente.

Sus ojos verdes llamean un momento antes de soltarme la mano y ayudarme a ponerme en pie. Hay en su tacto un cariz posesivo que hace que me incline hacia él cuando debería estar apartándole de mí. Él también lo nota; puedo verlo en cómo se estrechan sus ojos ligeramente, en el destello de satisfacción que albergan sus profundidades y que anhelo tanto como deseo rechazar.

—Te seguiré hasta mi casa —me informa.

—No tengo ninguna duda de que lo harás. —Aprieto el mando para desbloquear las puertas del 911. Estoy a punto de abrir la puerta cuando, de pronto, su mano me lo impide y se inclina hacia mí, cerca, tan cerca que siento su aliento cálido en mi cuello y en mi oreja. Ese olor almizclado suyo, en el cual podría regocijarme una vida entera, impregna mis sentidos, derribando mis defensas, ya débiles de por sí.

Me da un golpecito con la cadera.

—Ni se te ocurra pensar por un momento que al llegar a casa vas a pedir que traigan tu coche para largarte.

No puedo hacer nada para enfrentarme a él cuando me toca. Evito mirarle a propósito, segura de que cualquier intento por mantener las distancias con él fracasará.

—Si decido marcharme, no podrás detenerme.

—Tú ponme a prueba, cariño. Vas a subir a casa.

Me intento apartar.

—No quiero…

—Pero yo sí —sentencia interrumpiéndome, y antes de que pueda intuir qué pretende, sus dedos se enroscan en mi pelo y me lleva a sus brazos, apretándome contra su cuerpo duro y cálido.

—Suéltame —siseo entre dientes, apoyando la palma de la mano sobre su pecho. Pretendo apartarlo de mí, pero los poros de mi palma absorben el calor de su piel y siento cómo asciende por mi brazo. Se me afloja el codo y mi cuerpo se acerca al suyo, aunque no lo suficiente.

—Ya te gustaría —asegura, cubriendo mis labios con los suyos, lleno de convicción. Su lengua brutal invade mi boca con un imponente embate tras otro, y ya no me quedan fuerzas para resistirme. Soy débil, terriblemente débil, cuando se trata de este hombre. Como siempre con Chris, exige de mí una respuesta y yo no puedo más que dársela. Segundos después estoy húmeda y ansiosa, mis pezones erectos duelen, llenos de deseo.

Intento resistir la tentación que él representa para mí, pero su sabor, tan conocido y brutalmente masculino, se conjuga con su enfado y el mío, y el resultado es una explosión de pasión. Quiero gritarle, empujarle, apartarle de mí, acercarle, arrancarle la ropa, y castigarle por todo lo que me está haciendo, por todo lo que me quita. Por lo que me obliga a necesitar.

Después, cuando sus labios se separan de los míos, demasiado pronto y sin embargo tras permanecer allí demasiado tiempo, apenas puedo combatir el impulso de traerle de nuevo hacia mí.

—¿Eso lo has hecho para darle un espectáculo a las cámaras, Chris? —digo sin aliento, furiosa conmigo misma por haber sido tan débil.

—Eso ha sido porque me he asustado cuando no contestabas al teléfono. Me importan una mierda las cámaras. —Su boca cubre de nuevo la mía y su mano se desliza bajo mi chaqueta y se posa sobre mi trasero, atrayéndome hacia su gruesa erección.

Gimoteo, excitada sin remedio, y mis manos se pierden bajo su robusta chaqueta de cuero, rodeando su cintura. Me acaricia la espalda con la mano, presionando mi cuerpo contra el suyo, marcándome a fuego con una pasión crepitante que amenaza con robarme la capacidad para razonar. Hasta hoy, ningún hombre me había hecho olvidar dónde estaba, olvidar por qué debía importarme.

—Y eso —dice con brusquedad, separándome un poco de él— ha sido por las últimas doce horas en las que, en lugar de estar concentrado en el trabajo, como debía, he estado pensando en palas rosas, en pinzas para los pezones en forma de mariposa, y en todos los sitios donde te voy a lamer, besar y, después de esto, no lo dudes, infligir castigos cuando lleguemos a casa.

Casi vuelvo a gemir tras escuchar sus palabras y no tengo ni idea de cómo logro ordenar mis ideas para formular una frase coherente, pero lo consigo.

—Si crees que vas a resolver esta discusión con sexo, estás muy equivocado.

—Te doy toda la razón, pero es una buena forma de empezar y de terminar la conversación tan ilustrativa que vamos a tener. Y la vamos a tener, de eso puedes estar segura. —Me aparta un poco para abrir la puerta del coche—. Vámonos a casa, vámonos donde pueda follarte hasta quitarme el mal trago que me has hecho pasar y donde tú puedas hacer lo mismo.

Mirándole, los millones de cosas que podría decir o hacer quedan anulados por las palabras «a casa», que resuenan en bucle en mi cabeza. Sigue utilizando una y otra vez esas palabras, y me afecta cuando lo hace; me afecta de una forma profunda y real que me deja con el alma en carne viva y sintiéndome vulnerable.

Al ver que no me muevo, vuelve a atraerme hacia él, me acaricia el cabello y me planta un beso rápido en los labios.

—Métete en el coche, Sara —me ordena con suavidad y, como hago siempre, aunque estoy bastante convencida de que él no estaría de acuerdo con esta afirmación, le obedezco.

Diez minutos más tarde, cuando me aproximo al edificio de Chris, sigo casi sin aliento por su tórrida forma de asaltarme, pero he conseguido rescatar algunos retazos de pensamiento coherente. Estoy más calmada, y entender que estaba realmente preocupado por mí me resulta casi tan afrodisíaco como la reminiscencia de su sabor en mis labios y mi lengua. Está claro que le di a Jacob razones para estar preocupado. Si al incidente del trastero le añadimos todos los intentos frustrados por contactar conmigo, Chris tenía motivos más que suficientes para estar subiéndose por las paredes. Eso lo puedo aceptar. Pero es a todas luces un fanático del control y, aunque dejarme controlar por él sea una necesidad casi física en privado, fuera del dormitorio necesito sentir que soy libre. Y no estoy segura de que él sea capaz de ofrecerme eso.

El botones abre la puerta del 911 y los últimos retales de mi enfado salen volando en la noche fría. Necesito a Chris. Necesito que me rodee con sus brazos. Necesito sentirlo cerca. Cuando se trata de este hombre, todo es necesidad, y siento que es imposible escapar.

Salgo del coche y mi mirada hambrienta le busca. Se está bajando de la Harley y, madre mía, así, junto a la moto, realmente es la potencia sexual personificada. Si Mark es poder, Chris es dominio absoluto, y lo sabe. Lo detecto en su elegancia natural, que logra exudar una cualidad ruda de macho alfa. No necesita que la gente lo llame de un modo u otro, ni intimidarlos para que beban café frío, como hizo en su día Mark conmigo. Cuando necesita poder, lo tiene. Cuando lo quiere, lo hace suyo. Cuando me quiere a mí, me hace suya, y se me encoge el estómago al pensar, horrorizada, que podría llegar el día en que ya no me quisiera.

Le entrega el casco y las llaves a un segundo botones antes de centrar toda su atención en mí. Siento las olas de lujuria, blancas y espumosas, que nacen en él y que terminan rompiendo contra mí, bañándome y dejándome petrificada con su impacto. Avanza hacia mí, fanfarroneando, y cuando Rich me entrega mi maletín, es Chris quien lo agarra, colgándomelo al hombro. Sus dedos acarician mi brazo y mi chaqueta no logra aislarme de la electricidad que me transmite su tacto.

—Vayamos dentro a... hablar —murmura, y hago lo posible por tragar el nudo que tengo en la garganta.

—Sí. Hablemos.

Hemos subido los primeros dos escalones cuando oigo que el botones me llama.

—No se olvide de esto. —Da una zancada hacia mí y me entrega el diario.

Siento el aire helarse en mi garganta y mis ojos buscan los de Chris, que a su vez se posan sobre las tapas de cuero rojo que ahora sostengo entre las manos. Pasan unos segundos eternos durante los cuales sé que debería ofrecer alguna explicación, pero hay una parte de mí que al parecer ansía ser castigada, porque no hago más que esperar su reacción. Por fin, dirige su mirada hacia mí con ojos acusatorios, cargados de duda, que me dejan el corazón hecho trizas. Había confesado el desliz que tuve al leer la entrada del diario antes de guardarlos, y hacerlo, lejos de granjearme su confianza, está sembrando nuevas dudas en él. Lo único que puedo hacer para no explotar en este momento, ante los atentos ojos de los botones, es respirar profundamente y reprimir toda reacción. Montar una escenita no es mi estilo y no me daría, además, más que una satisfacción momentánea.

Me giro para llamar a Rich.

—Voy a necesitar mi coche —digo.

—No —intercede Chris, con una voz grave y letal, atrapando mi brazo con fuerza entre sus dedos—. No será necesario.

Intento fulminarle con la mirada, pero acabo sojuzgada por sus afilados ojos.

—Te lo juro, Sara —murmura tenso—, si hace falta que te cargue escaleras arriba sobre un hombro, lo haré.

Quedo desarmada durante un momento por la excitación que me provoca su amenaza. Estoy húmeda y caliente y ansiosa por sentir cómo me carga sobre el hombro hasta su apartamento, por estar allí, desnuda y a su merced. Su falta de confianza me hiere profundamente y, pese a todo, me complazco en la cualidad primitiva de su frase, que demuestra que cuando se trata de él mis mecanismos de defensa no sirven de nada.

Le sostengo la mirada, y no me cabe la menor duda de que tiene la intención de cumplir con su amenaza.

—Subiré, pero no me quedo.

Durante unos instantes no parpadea ni contesta; me estudia, mide mis fuerzas. Me pregunto si puede adivinar en mi rostro la reacción que ha generado su amenaza en mí, si soy tan transparente como el ventanal contra el que me folló aquella vez.

Sin decir nada más, me suelta y me dirijo hacia la puerta. Se coloca a mi lado y acompasa su zancada a la mía. Abrazo el diario y pienso en su confianza defraudada. Se me forma un nudo en el estómago al pensar que quizá merezca los reproches que siente, incluso sin tener en cuenta el equívoco del diario. Se trata de un diminuto anticipo de cómo será cuando se entere de la verdadera mentira que le he contado, y no me gusta la idea. Siento cómo crece en mí un volcán, una mezcla salvaje y bulliciosa de emociones ardientes y peligrosas que apenas puedo contener.

Entramos al edificio y diviso a Jacob tras el mostrador del vestíbulo. Logro emitir un pequeño saludo. Chris y yo entramos en el ascensor y nos situamos el uno al lado del otro, mirando al frente. Apenas nos separan unos centímetros. En el ambiente cargado flotan las palabras que no decimos, la tensión que estallará, seguro, en cualquier momento.

Sin que constituya un acto consciente, ese momento llega para mí cuando se cierran las puertas. Me giro hacia Chris y aprieto el diario contra mi pecho.

—Esto me lo ha dado Mark hoy mismo. Son los apuntes que tomaba Rebecca en la galería. Te dije que había guardado los diarios en la caja fuerte y lo hice.

Me rodea las muñecas con sus fuertes manos y me tira hacia él. El diario queda aprisionado entre los dos.

—¿Puedes hacerte una idea de lo poco que me apetece oír el nombre de Mark ahora mismo? No tenía que haberte dejado ir a casa de Álvarez sola.

Sus palabras están llenas de tensión y aderezadas con el enfado que confesó tener en casa de Álvarez, y me doy cuenta de que ha estado haciendo todo lo posible por mantener a raya su furia. Lo noto en la tensión de su cuerpo apretado contra el mío, lo veo en el destello pétreo de sus ojos. En Chris todo tiene que ver con el control, y me olvido de ello con demasiada facilidad.

—Es mi jefe. —Mi labio inferior tiembla al decir estas palabras—. No es mi guardián. Y tampoco lo eres tú, dicho sea de paso.

Sus ojos verdes centellean con filos de color ámbar hechos de puro acero.

—Ya te lo dije, Sara. Te voy a proteger.

Intuyo detrás de sus palabras una actitud posesiva sin límites que me excita y me enfurece a la vez. Vuelvo a quedar anonadada ante lo poco que me conozco y me pregunto qué motivos puede haber para que reaccione así ante esta faceta dominante de Chris.

—La línea que marca la diferencia entre cuándo me proteges y cuándo me controlas es la misma que separa mi vida privada y mi vida laboral.

—Pregúntame si me importan ahora las líneas, Sara. Pregúntame si tengo la más mínima intención de volver a vivir alguna vez el infierno que he vivido esta noche, cuando no me cogías el teléfono.

Me quedo aturdida por el tono grave y vehemente de su respuesta, salpicada con una amenaza que no entiendo.

—¿Y eso qué significa?

Enreda sus dedos en mi cabello y tira de mí hasta dejar mi boca al lado de la suya, tan cerca que casi puedo notar el sabor del control que emana de él sin esfuerzo alguno.

—Significa —mascula con voz ronca— que ahora mismo, Sara, no estoy para palas rosas aterciopeladas, y tú tampoco.

13

Las puertas del ascensor se abren con el sonido amortiguado de una campana y Chris me agarra de la mano y me introduce de un tirón en su apartamento. Antes de que me dé tiempo a pestañear, me tiene mirando hacia la pared de la entrada. Con una mano sujeto el diario de Rebecca y con la otra me apoyo en la superficie que tengo delante. Chris se sitúa detrás de mí, enmarcando mi cuerpo con su cuerpazo, y noto la dureza de sus músculos con la misma intensidad con la que noto la dureza de su enfado.

Su mano se desliza hasta el centro de mi espalda, marcándome a fuego, controlándome. Tira de mi bolso y de mi maletín y los deja caer al suelo. Noto cómo se libra de su chaqueta y alarga la mano para hacer lo mismo con la mía. Atrapa el diario y lo rodea con sus dedos.

El aire parece espesarse y pasan varios segundos durante los cuales las manos de ambos aferran el cuero rojo del diario. Reproduzco en mi mente las imágenes eróticas que suscitaron las palabras de Rebecca y recuerdo cuando leí uno de los pasajes junto a Chris. Me pregunto si él también está pensando en ese día o si piensa en algo completamente diferente. ¿Acaso piensa en Rebecca? Quiero preguntárselo, pero siento en el pecho una punzada aguda que me retiene.

Chris me quita el diario y no tengo ni idea de dónde lo deja. Ya no está y, acto seguido, ocurre lo mismo con mi chaqueta. Se pone detrás de mí y olvido todo lo que sé de él. Apoya las manos en mis caderas con una actitud posesiva, y su boca, esa boca tan deliciosa y a veces también tan brutal, roza el lóbulo de mi oreja.

—Si lo que buscas es dolor y oscuridad, cariño, lo has encontrado.

Me recorre cierto espanto ante la promesa inesperada y pienso en los dos sosteniendo el diario y en las oscuras entradas que contiene, que me intrigan y aterrorizan.

—¿Y qué pasó con eso que me dijiste…, eso sobre no poder soportar esta parte de ti, Chris? —pregunto, y mi voz tiembla al hacerlo.

—¿Qué pasó? Esta noche es lo que pasó —responde, y no detecto ni un atisbo de inseguridad en su voz, sólo frío acero y enfado—, y quiero asegurarme de darte motivos para que te lo pienses dos veces antes de dejar que se repita.

Me sobrevienen emociones encontradas. Anhelo su forma posesiva de ser y a la vez quiero resistirme a ella. De pronto me levanta el vestido hasta la cintura y se me borra cualquier pensamiento anterior. Me ha dejado con el trasero al aire. Oigo cómo se rasgan mis braguitas y después noto varios tirones, cuando me las arranca por completo. Sus manos acarician mis nalgas y la crispada tensión que hay en él es como una ola que me embiste.

Se inclina hacia mí y sus labios rozan mi oreja, un aliento cálido que abanica mi piel, que me promete fantasías deliciosas y prohibidas que sólo Chris puede hacer realidad.

—Voy a azotarte antes de que acabe la noche, Sara.

Sus palabras aterciopeladas y amenazantes me seducen. Apenas puedo respirar, menos aún contestar. Me gira hacia él, colocándome los brazos sobre la cabeza y atrapando mis muñecas con una de sus poderosas manos.

—Pero primero voy a llevarte tantas veces hasta el borde del clímax, sin permitirte ir más allá, que pensarás que te estás volviendo loca, como lo pensé yo cuando no me contestabas al teléfono. —Tira de la cremallera de mi vestido y me lo baja hasta la cintura; me desabrocha el sujetador y empieza a jugar con uno de mis pezones—. ¿Algo que objetar?

—¿Acaso importaría? —susurro, mientras siento olas de placer que recorren mi cuerpo.

—No, salvo que me digas que me detenga. —Se inclina hacia mí y me muerde el labio como hizo la noche anterior, sanando después la zona con su lengua—. Pero si me dices que me detenga, Sara, será mejor que estés completamente convencida de que eso es lo que quieres, porque entonces lo haré. ¿Lo entiendes?

—Chris…

—Contesta, Sara. —Sus dedos se deslizan entre mis piernas, separando la piel que siento arder y dejando mis pezones ansiando más. Tengo la impresión de que me está inculcando que la palabra «detente» es mala.

—Sí —jadeo—. Sí, lo entiendo.

Su pulgar acaricia mi clítoris y desliza dos dedos dentro de mí, llenándome, abriéndome. Gimo de placer, imaginando el momento en que estará dentro de mí.

—Como te corras antes de que yo te lo diga, te azoto ahora mismo.

—¿Cómo? —digo sin aliento—. No puedo...

—Sí que puedes y sí que lo harás.

Sus palabras son tan poderosas como su tacto y por mis entrañas asciende la agridulce sensación del ansiado desahogo.

—¿Por qué tengo la impresión de que disfrutarías mucho con mi fracaso?

—Porque quiero azotarte. —Sus labios rozan los míos, sus dedos me acarician con una precisión lenta y sofocante que me vuelve loca—. Y tú quieres que lo haga.

Quiero que lo haga y no tengo ni idea de por qué, pero la certeza de saber que lo hará es tan intensamente erótica que mi sexo se contrae alrededor de sus dedos. Siento el principio de un orgasmo y la sensación me atrae casi tanto como su mano sobre mi trasero.

De pronto saca los dedos, negándome el placer, y gruño llena de frustración.

—Eres un cabrón, Chris.

—Llámame cabrón todo lo que quieras, pero no te vas a correr hasta que yo te lo diga. —Me acaricia el pezón y le da golpecitos con los dedos—. Voy a soltarte las muñecas, pero te vas a quedar quieta. ¿Entiendes?

Pienso: «¡No! ¡No lo entiendo!» Pero asiento, segura de que hacer lo que me dice es la única forma de lograr la satisfacción que anhelo.

Aparta la mano con la que jugaba con mi pezón y me observa detenidamente, como si me estuviera estudiando, como si estuviera intentando adivinar cuánta fuerza de voluntad tengo. O a lo mejor sólo me tortura con la ausencia de sus manos en mi cuerpo. Estoy a punto de chillar por lo injusto que me parece todo cuando se arrodilla delante de mí y posa las manos sobre mis caderas.

Levanta la mirada y atrapa con ella la mía, y quiero ordenarle que coloque la boca en la zona más íntima de mi cuerpo. Lentamente, baja la boca, pero no hasta el lugar donde ansío que esté, sino hasta mi vientre. El tacto suave de sus labios, seguido por la delicada caricia de su lengua, desata un escalofrío por mi cuerpo y mi vientre tiembla bajo su boca. Nada que haya experimentado antes me llena de expectación y me excita tanto como su carácter: el contraste entre la ternura que muestra a veces y lo duro y dominante que puede llegar a ser otras.

Lentamente, dibuja una senda sobre mi tierna piel con sus labios, su lengua juega con mi ombligo, recorre el hueso de mi cadera, y finalmente merodea por encima de la uve que forman mis piernas.

Respiro fuerte porque intento controlar mis ganas de bajar mis manos hasta su cabeza, y los músculos de mi sexo se contraen tanto que duele.

—¡Chris! —suplico cuando no puedo más.

Recompensa mis ganas lamiendo mi clítoris. «Sí, por favor, más», pienso sin atreverme a decir una sola palabra en voz alta, temiendo que haga justo lo contrario. Gimo y me vuelve a lamer y, cuando por fin su boca recubre mi sexo, la sensación sólo puede describirse como celestial. Me chupa el clítoris, que tengo hinchado, absorbiendo con fuerza mi piel, tan sensible, utilizando la lengua justo en los momentos adecuados, hasta que siento que voy a enloquecer. Me recorren las sensaciones y me abandona mi fuerza de voluntad. Ya no tengo control. Me arrojo hacia el orgasmo e inmediatamente retira la boca, negándome la satisfacción plena, dejándome los músculos agarrotados con una tensión que busca soltarse.

Cierro las rodillas, pero ya se ha puesto en pie, rodeándome la cintura y levantándome del suelo. Me coge en brazos y empieza a caminar hacia el dormitorio. Resuenan sus palabras en mi cabeza: «Como te corras antes de que yo te lo diga, te azoto ahora mismo». Cuando Chris dice algo, lo dice en serio, y mi corazón se acelera ante la inminencia de su castigo.

14

Chris me lleva hasta su dormitorio y descubro que la idea de que me azote me excita mucho más de lo que me asusta. Estoy demasiado perdida en el deseo de adentrarme en este baúl de secretos llamado Chris Merit como para que me importe. Llevo mucho tiempo anhelando poder echar un vistazo al interior de su psique, y pensé que tardaría mucho más en poder hacerlo. Sé que su enfado y su necesidad posesiva de protegerme han abierto las puertas de su lado más oscuro, y me regocijo por mi capacidad de provocar estas cosas en él. No paso por alto cómo nuestra forma de reaccionar el uno frente al otro constituye una prueba más de lo jodidos y dañados que estamos los dos, pero elijo ignorarlo, por ahora.

Me deja en el centro de la habitación con la cama a mis espaldas y el cuarto de baño directamente delante de mí. Me veo reflejada un instante en el espejo. Tengo el vestido abierto por arriba y la parte de abajo subida hasta la cintura. Tengo una pinta rarísima que roza el ridículo y que no me resulta nada sexy.

Al intentar colocarme el vestido, Chris viene a socorrerme. Desliza las tiras de mi sujetador por mis hombros y desprende la tela hacia abajo. El tejido forma un montículo a mis pies, dejándome sin nada, salvo medias y tacones altos.

Doy un paso para librarme del todo de la ropa y Chris me atrapa por la cintura; me encierra con sus fuertes brazos y me fundo con las duras líneas de su cuerpo. Me levanta, aleja mi ropa de una patada y, sin soltarme, posa delicadamente mi espalda sobre el suelo.

Nuestros ojos se encuentran y los mantenemos así, sin apartar la mirada. Es imposible no adivinar un brillo depredador en los suyos, así como no sentir la expectación que se respira en la habitación.

—Te dije que no te corrieras hasta que te diera permiso —murmura con una voz opaca.

Me muerdo el labio inferior, nerviosa.

—Nunca se me ha dado bien obedecer órdenes.

Hay destellos de color ámbar en sus ojos.

—Ya lo sé. Y puede que así lo disfrute más.

Mis dedos se aferran a su camiseta.

—¿Lo dices porque… quieres azotarme? —pregunto, bajando la mirada, avergonzada por mi propia pregunta.

Desliza un dedo bajo mi barbilla, obligándome a mirarle.

—Y tú quieres que lo haga.

—Yo… Yo no sé lo que quiero.

Me da la vuelta de modo que ahora estoy mirando hacia la cama y planta su mano con firmeza sobre mi estómago; siento su enorme erección apretándose contra mi trasero.

—Entonces ha llegado la hora de que lo descubras. —Su voz es un ronroneo seductor y sus labios rozan mi hombro, enviando escalofríos a lo largo de mi espalda—. No te gires.

Siento pánico.

—Pero…

—Lo sabrás antes de que ocurra —promete, y sus manos dibujan un camino que va desde mi cintura hasta mi trasero desnudo, donde me acaricia y me golpea una nalga con suavidad.

Suelto un pequeño chillido ante la sensación inesperada y escucho vibrar detrás de mí el suave temblor de su risa profunda y sexy. Ya no está enfadado, ya no le arrastran las emociones que pensé que dictaban sus acciones y, con todo, sigue empeñado en azotarme. No sé qué pensar de todo esto y estoy demasiado nerviosa y distraída como para intentarlo. Oigo cómo cae su ropa al suelo mientras se desviste e intento predecir todo lo que hace, por miedo a lo inesperado. Sí, me ha dicho que me avisará antes de azotarme, pero, hasta donde yo sé, eso podría ocurrir sólo unos escasos segundos antes de que lo haga. Parece tardar siglos, o a lo mejor es que el tiempo está pasando a cámara lenta. Ya no puedo soportarlo más. Empiezo a darme la vuelta y me atrapa rodeándome la cintura, y siento el latido de su gruesa erección que aprieta contra mi cadera.

—Veo que vamos a tener que trabajar mucho con tus problemas para seguir órdenes —murmura, levantándome sin previo aviso, y colocándome sobre la plataforma que sostiene la cama—. Ahora vas a subirte al centro de la cama y te vas a poner a cuatro patas, Sara. Cuando estés colocada, te voy a azotar seis veces solamente, lo haré rápido y te daré duro, y luego te voy a follar hasta que nos corramos los dos. Cuenta los golpes y sabrás cuándo está a punto de acabar. ¿Lo has entendido?

De pronto entiendo por qué estoy así, accediendo de buena gana a estos azotes. He sentido desde el principio que Chris no es sólo la persona que más me comprende, sino que sólo él es capaz, por la conexión que nos une, de ayudarme a lidiar con el «yo» que he dejado trastabillando en las profundidades de algún compartimento secreto de mi mente. Me está obligando a enfrentarme con ese «yo» y, a la vez, es él quien me proporciona una vía de escape cuando hacerlo se vuelve demasiado abrumador. Esta noche esa vía de escape alcanza nuevas cotas. Me está llevando a un lugar donde el dolor de mi pasado se vuelve dolor en el presente; dolor que experimento aquí y ahora y que se transforma en placer. Eso espero.

—Dime que no, y me detendré —murmura Chris rozando mi oreja con voz suave.

—Sí. —Estoy casi afónica y repito mi respuesta con más fuerza—. Sí. Entiendo qué es lo que va a suceder.

—Dime qué va a suceder, para que sepa que estás segura.

Me mojo los labios.

—Me voy a subir a la cama y me voy a poner a cuatro patas. Me vas a azotar y luego vamos a follar. Tengo que contar hasta seis.

—Súbete a la cama, Sara —ordena después de un silencio, y hay una ternura en su voz que no se había manifestado esta noche hasta ahora.

Lentamente, avanzo en la cama y el colchón se hunde detrás de mí porque él me sigue. Tiene sus manos sobre mi trasero, me acaricia, me toca, me tortura con la anticipación de lo que está a punto de ocurrir.

Cuando estoy en el centro de la cama, siento cómo se me dispara la adrenalina, la expectación que me provoca no saber cuándo va a azotarme es casi insoportable. Vuelvo la mirada, buscando una respuesta, y me lo encuentro de rodillas detrás de mí.

—Mira al frente —ordena, y desvío la mirada, pero siento que me inunda el pánico. Las manos de Chris me acarician la cintura y se deslizan por mi trasero. Me acaricia una y otra vez y me resulta insoportable no saber cuándo la delicadeza será sustituida por algo diametralmente opuesto. Tengo que parar esto ahora. Tengo que...

De pronto su mano desciende sobre mi culo; un golpe duro que escuece. Quiero gritar, pero antes de poder hacerlo recibo el siguiente golpe, y luego el siguiente. Sin saber cómo, me acuerdo de contarlos. Tres. Cuatro. Siento el quinto y es mucho más duro, más profundo. Arqueo la espalda por la sensación que me provoca y llega el sexto, con más fuerza todavía. Apenas proceso que los azotes han llegado a su fin cuando Chris me penetra, abriéndome con su enorme miembro. Me embiste con fuerza, hundiéndose en mí sin desperdiciar ni un segundo. Empieza a bombear enseguida, su miembro se clava al entrar y me acaricia al salir, y lo repite una y otra vez.

Siento cada embestida en todo el cuerpo, con mis terminaciones nerviosas vivas como nunca antes lo habían estado. El placer conquista cualquier otra sensación y me aprieto contra él, hasta que me encuentro suspirando y gimiendo sin remedio. El clímax que previamente me había negado está aquí, lo tengo delante, puedo alcanzarlo y no se me escapará.

Me oigo chillar, pero no reconozco el sonido como mío. Yo nunca me expreso así, pero lo estoy haciendo, y ansío llegar, terminar. Siento como si se hubiera incendiado cada músculo de mi cuerpo y mi sexo abraza el de Chris y empieza a vibrar. Varias sacudidas recorren mi cuerpo y una espiral de placer arranca desde mis entrañas y asciende por todo mi ser. Un sonido gutural y grave se escapa de los labios de Chris y se clava en lo más hondo de mí. Siento el calor húmedo de su liberación y la tensión de mis piernas empieza a aflojar. Tengo los brazos débiles de pronto y me apoyo en los codos. Él se echa a un lado y me abraza por detrás, pegando su pecho a mi espalda.

Su pierna se enreda con la mía y me rodea con los brazos. Me siento protegida, siento que le importo y, para mi sorpresa, siento una profunda emoción. Me pican los ojos y se avecina una tormenta en mi interior sobre la que no tengo ningún control. Se me llenan los ojos de lágrimas y el llanto asoma a mi garganta; estoy llorando sin control y me tiembla el cuerpo cargado de emociones.

Avergonzada, intento levantarme, pero Chris me sujeta junto a él, enterrando su rostro en mi nuca.

—No te reprimas, cariño.

Y no lo hago, porque realmente no tengo elección. No sé durante cuánto tiempo lloro, pero, cuando termino, me tapo la cara con las manos, avergonzada por mi falta de control. Chris me acaricia el pelo de esa forma delicada que ahora adoro y me entrega un pañuelo. Me limpio los ojos, pensando que ojalá no tuviera la sensación de tener una pinza de la ropa en la nariz.

Sigo sin mirarle.

—No sé qué es lo que me ha pasado.

Me da la vuelta y pega su frente a la mía.

—Es el subidón de adrenalina —explica, y desliza la almohada bajo nuestras cabezas—. Le pasa a mucha gente.

—Pensé que la idea era obtener placer con el dolor. No desmoronarse.

—Tienes que aprender cuáles son tus puntos calientes y tus límites. —Me coloca el pelo detrás de la oreja—. Sabía que querías probar esto por nuestra conversación sobre la pala rosa; si no, no habría hecho lo que hemos hecho esta noche.

Recuerdo el momento en el que pensé que Chris ya no estaba enfadado y aun así me azotó.

—¿Así que ahora sí que estás dispuesto a explorar intereses más oscuros conmigo? —pregunto.

—Nunca me negué a explorar contigo, Sara. Pero tengo límites bien marcados que no cambiarán.

—¿Y eso qué significa?

—Nada de clubs. Nada de collares. Nada de fustas ni de látigos.

Nada de roles de Amo y Sumisa. —Sus ojos resplandecen traviesos—. Siempre y cuando entiendas que yo soy el que manda, claro.

Me río y sé que está intentando mantener un clima distendido. También sé que, hasta cierto punto, está evitando mi pregunta, pero decido dejarle pasar todo menos el tema del control.

—Sólo durante el sexo.

Mueve las cejas.

—Bueno, eso ya lo veremos.

—No.

—Entonces, quizá debería atarte a la cama —sugiere, y tira de mí para acercarme, y no estoy del todo segura de que lo diga en broma.

—Supongo que debería alegrarme de que no se te ocurriera la idea cuando aún estabas enfadado. Dabas bastante miedo.

Su humor da el giro de ciento ochenta grados al que ya me tiene acostumbrada y su voz se vuelve lúgubre.

—Sigo muy cabreado contigo, Sara, pero debes saber que nunca te pondría una mano encima por ningún otro motivo que no fuera darte placer. Eso no quiere decir que no me divirtiera volverte loca como hiciste tú conmigo esta noche. Lo disfruté. No tenías que haber ido a casa de Álvarez sola.

Mis mecanismos de defensa se activan.

—Chris…

Se inclina hacia mí y me besa.

—Es tu trabajo. Lo entiendo. Pero si crees que voy a dejar que eso evite que te proteja, te equivocas. La próxima vez no te dejes el móvil en el abrigo.

Aprieto los labios.

—La próxima vez, no te imagines enseguida lo peor.

—Te refieres al diario.

—Sí —confirmo—. Me dolió que pensaras que te podría mentir.

—Lo siento. Nunca te haría daño a propósito.

Ninguno de los numerosos machos dominantes que he conocido en mi vida pediría disculpas tan rápidamente. Para mí, esto es un síntoma de confianza en sí mismo, no de debilidad.

—No reaccioné así porque no confiara en ti —continúa—. Fue porque me vuelve loco pensar que podrías llegar a juzgarme por las acciones de terceras personas. —Entonces sus ojos se iluminan con ternura—. No tengo que irme hasta mañana por la noche. Ya sé cuál va a ser tu primera reacción, pero escucha mi propuesta. Me gustaría mucho que pudieras arreglarlo para venirte conmigo.

Abro la boca para protestar y me besa, su lengua acaricia la mía de una forma lenta y sensual.

—Escucha mi propuesta —repite.

—Me has convencido.

—¿Para que vengas conmigo?

Sonrío.

—Para que escuche tu propuesta.

—En las actividades que tengo previstas para los próximos días participan algunos peces gordos que sé que harían salivar a Mark si pudiera conseguirlos como clientes. Tú irás en calidad de representante de la galería.

—¿Quién estará?

—María Méndez. Nunca ha mostrado su obra en Allure. Creo que será posible convencerla para que done un cuadro y Riptide podría gestionar la venta. También estará Nicolas Matthews, el flamante *quarterback* de los New York Jets. Aunque no sea un artista, creo que conseguir una donación para Riptide sería tan sencillo como entregarle un balón y un rotulador para que lo firme.

La posibilidad de realizar este viaje con Chris me entusiasma.

—¿Crees que será suficiente para persuadir a Mark?

—Estoy convencido.

—Parece que lo conoces muy bien...

—Lo conozco mucho más de lo que querría. —Se da la vuelta y se levanta de la cama antes de que pueda indagar más, y atraviesa la habitación luciendo su hermoso cuerpo desnudo. Agarra los pantalones y se los pone, después me muestra su teléfono móvil y lo lanza sobre la cama.

Cojo el teléfono.

—No sé su número.

—Es el cuatro en la marcación rápida.

—¿Tienes puesto su número en marcación rápida?

—El precio de hacer negocios con Mark es que no puedo librarme de él, y ya que es uno de los patrocinadores de mi fundación benéfica, tampoco quiero hacerlo. —Avanza hacia mí, pura elegancia masculina, completamente seguro de sí mismo, y vuelve a tumbarse a mi lado en la cama—. Por si necesitas más motivos para tomarte unos días, mañana voy a reunirme con el detective privado y, si estás libre, podrías venir.

Aprieto el cuatro y le doy a «LLAMAR».

—Merit —mascula Mark al contestar, con tono seco.

—La verdad es que soy yo —murmuro.

—Señorita McMillan. Entonces ya puedo imaginarme por qué no he recibido ninguna llamada suya tras su reunión con Álvarez. Habrá estado muy ocupada.

«Oh, mierda.»

—Me dejé el teléfono en el abrigo, pero de todos modos no fue bien. Ha dicho que no. Dice que hay un motivo que conocen los dos y por eso no quiere tener tratos con usted.

—Entonces, ¿por qué se reunió con usted?

—Para intentar ficharme para que gestione su obra.

Chris levanta una ceja, sorprendido, y asiento con la cabeza para confirmar que fue así. Se rasca la barbilla y noto que lo que acaba de oír no le ha gustado un pelo.

El silencio de Mark me indica lo mismo y parece alargarse una eternidad.

—¿Y usted qué le dijo?

—Le dije que yo no pensaba traicionar la confianza de Allure. Hablando de Allure, ha surgido una oportunidad. —Los nervios me juegan una mala pasada y empiezo una larga perorata sobre el evento y los invitados y Riptide—. Así que podrá entender que…

—Suficiente, señorita McMillan. Dígale a Chris que ha hecho un buen trabajo armándola de motivos para que acceda, pero asegúrese de traerme clientes. —Cuelga sin despedirse y contemplo durante unos segundos el teléfono en mi mano.

Chris ríe y me lo quita.

—Deja de mirarlo como si te fuera a morder. —Tira de mí hasta que quedo debajo de él—. Creo que te debo un orgasmo o dos.

—Seis —le corrijo—. Uno por cada vez que me has azotado.

Hay un destello en sus ojos.

—Cinco. Ya tuviste uno.

Se inclina hacia mí para besarme y aprieto los dedos contra su boca.

—Si cumples, dejaré que me azotes de nuevo.

—Siempre he disfrutado con un buen reto. —Su boca se une a la mía y estoy bastante segura de que, sea cual sea al final el número en cuestión, es imposible que salga perdiendo en este reto.

Tres orgasmos más tarde, me encuentro desnuda cuando Chris me coge de pronto en brazos y me lleva hasta el cuarto de baño para posarme sobre el frío mármol, junto al lavabo. Se dirige al armario de las toallas y estudio el dragón que tiene tatuado, pensando en el adolescente herido y sin rumbo que era cuando se lo hizo. ¿Qué edad tenía cuando se metió en el mundo del BDSM? ¿Y qué es lo que todavía no me cuenta?

—¿Y tú también has reaccionado alguna vez así al subidón de adrenalina? —pregunto, con la esperanza de romper su silencio.

Está a punto de colocar las toallas en la balda de la ducha, pero se queda helado al oírme, y sé que he tocado un asunto delicado.

—No —dice, y termina de poner las toallas, lanzándome una mirada antes de deslizar la mampara—. Ya te lo dije. Yo siempre tengo el control. Acompaño a las personas que quieran subirse a la montaña rusa. Pero yo nunca me subo. —Abre el grifo.

—Pero ¿cómo consigues mantener el control mientras alguien te provoca… dolor? ¿No es eso lo que necesitas? ¿Dolor?

—Necesitaba —me corrige, dando un paso hacia mí y alzándome con sus fuertes brazos del lavabo—. Y nunca había sexo.

—¿Dejabas que alguien te pegara sin más? —exclamo, horrorizada.

—Eso pertenece al pasado —dice, metiéndome en la ducha. El agua, tibia y agradable, cae sobre nosotros y nos envuelve. Me abraza y me contempla desde su portentosa altura—. Si necesito perderme, me perderé en ti. —Sus labios se unen a los míos y su beso está cargado con todo el dolor y los tormentos que nunca me deja ver. Hay en él mucho más dolor del que me hubiera imaginado, y me pregunto qué me queda todavía por descubrir de este hermoso e increíble artista. Me pregunto, también, si alguna vez podré llegar a penetrar realmente en su mundo interior, si alguna vez podré ayudarle a acabar con el dolor que lleva dentro. El miedo a no ser nunca suficiente hace que también me pregunte si me atreveré a amarlo… Pero la verdad es que ya es demasiado tarde. Ya le amo y ansío poder decírselo; que sienta él lo mismo. Pero antes debo confesarle otras cosas, cosas que me provocarán más dolor que el látigo que ha prometido no usar nunca conmigo.

15

No me gustan las flagelaciones en público, pero mis opiniones no importan. Él es mi Amo, y he accedido a hacer lo que él pida. Con todo, es mejor que cuando me comparte. Odio cuando me comparte, y no me importa que diga que lo hace para complacerme. Le complace a él, no a mí, como complace a los muchos ojos que me han observado esta noche. Las flagelaciones parecían no tener fin, yo estaba atada a un poste mientras me rodeaba, sin omitir un solo rincón de mi cuerpo. Cuando terminó, tenía los pezones escocidos, la espalda en carne viva, el trasero enrojecido. Estaba descompuesta. No sé qué tuvo esta noche para que fuera diferente a las otras noches, pero algo hubo. Y él también estaba... diferente.

No lamento que ocurriera. Le contentaba, y después de flagelarme me sedujo con la misma perfección con la que me había castigado. Y mientras escribo esto, siento que le amo más que nunca, pero no puedo evitar pensar cuál es el precio que pagaré por sentirme así. Me ha dejado claro que no hay lugar para estos sentimientos en su vida, y que tampoco puede haberlo, de hecho, en la mía. Cree que el amor complica la vida y hace que las personas reaccionen de manera irracional. Dice que el amor no existe, que sólo existen diferentes grados de lujuria.

Parpadeo, despierta, rememorando la entrada del diario de Rebecca, y la tenue luz de la habitación me aleja de las imágenes tan siniestras y, a la vez, tan provocadoras del texto. El sueño se desvanece, y sonrío al darme cuenta de que Chris me está abrazando. Su cuerpo envuelve el mío, una de sus manos de artista se posa sobre mi hombro, pero, por una vez, no me hace pensar en el talento con el que pinta, sino en sus habilidades para complacerme. La verdad es que una podría acostumbrarse a quedarse dormida, así, después de haber sido saciada del todo, y despertar para encontrarse con que un pedazo de hombre la está abrazando.

—Me gusta tenerte en mi cama. Creo que voy a mantenerte aquí.

Ahora sonrío de oreja a oreja y me giro para mirarle, y encuentro que tiene el pelo despeinado de una forma muy sexy, en parte por mi culpa.

—No creo que el avión nos venga a buscar a la cama.

—Quiero decir siempre. Ven a vivir conmigo, Sara.

Palidezco.

—¿Cómo?

Me acaricia la mejilla.

—Ya me has oído. Ven a vivir conmigo.

—Sólo hace unas semanas que me conoces.

—Te conozco lo suficiente.

Pero no es cierto.

—Antes de estar conmigo ni siquiera estabas dispuesto a compartir tu cama con otras mujeres, ¿y ahora quieres que viva contigo?

—Ellas no eran como tú.

Sus palabras me alientan, me siento tentada a zambullirme en un mar profundo de riesgos con él, y lo haría si no fuera por mi secreto.

—Chris...

—No me contestes ahora. Piénsatelo durante este fin de semana. —Suena su teléfono y se gira para recuperarlo de la mesilla de noche—. Buenos días, Katie.

Me incorporo y me apoyo en el cabecero de la cama al escucharle nombrar a su madrina. Observo cómo agarra el mando a distancia para abrir las persianas eléctricas de la ventana. Lentamente, la preciosa silueta refulgente de la ciudad aparece ante mis ojos, pero no puedo disfrutarla. La cabeza me da vueltas pensando que ya no me queda tiempo. Tengo que contarle todo, pero no estoy preparada.

—Sí, está aquí —dice, contestándole a Katie.

Mi mirada se dirige a Chris.

—Katie dice hola —informa.

—Hola, Katie —exclamo, conmovida de que pregunte por mí y haciendo todo lo posible por sonar alegre cuando la verdad es que estoy hecha añicos.

—Tendré que ver cuál es el horario de Sara para saber cuándo podremos ir —continúa Chris. Estoy entusiasmada de que dé por hecho que estaré a su lado, hasta que oigo lo que dice a continuación—. No volveré a París sin pasar a verte.

«París.» Me parecía imposible que algo pudiese inquietarme todavía más esta mañana, pero esa palabra lo consigue. Todas las suposiciones de que su invitación significaba algo se han resquebrajado. La entrada del diario que recordé al despertar chilla en mi cabeza: «Dice que el amor no existe, que sólo existen diferentes grados de lujuria». No puedo evitar preguntarme si Chris también se siente así. ¿Cómo puede pedirme que viva con él, que cambie toda mi vida, cuando él está a punto de volver a París? ¿Todo para qué? ¿Para disfrutar de unas cuantas semanas de buen sexo? Pensarlo me parte el alma.

Echo a un lado la manta, salgo de la cama y cojo la camiseta de Chris que me puse cuando saqueé la cocina una noche. El olor a hombre y a tierra me enciende por dentro cuando me la pongo. Pero, pensándolo bien, ¿por qué no iba a hacerlo? El sexo es su especialidad.

Atravieso a toda velocidad la habitación y siento cómo los ojos de Chris me siguen. Ojalá no se dé cuenta de que estoy hecha polvo. Segundos antes de que escape, su mano desciende por mi brazo y aprieto los ojos al escuchar lo que dice.

—Deja que te vuelva a llamar, Katie.

Me sitúa frente a él y sufro la desventaja de tener que enfrentarme a su impresionante desnudez.

—Tengo que volver durante los días festivos por mis compromisos con la fundación benéfica —explica, como si yo hubiera hecho alguna pregunta—. Y quiero que me acompañes.

Digo que no con la cabeza, sabiendo que esto implicará cierto dolor.

—Yo...

—Tengo trabajo —dice, completando mi frase—. Lo sé. ¿Tienes tu certificado de nacimiento?

—En mi piso, pero...

—Bien. Pasaremos a recogerlo para que puedas tramitar tu pasaporte hoy mismo.

—No puedo irme sin más.

— En París hay oportunidades increíbles y puedo ayudarte a abrir esas puertas.

—Llevo toda la vida viendo cómo era otra persona la que me conseguía las cosas. No quiero repetir esa situación. No lo haré.

—Te da miedo contar conmigo.

—Me da miedo no poder contar conmigo misma.

Detecto un atisbo de emoción en sus ojos antes de que su mirada se vuelva ilegible. Me suelta el brazo.

—Lo entiendo —afirma con voz monocorde, su mirada impasible.

Creo que le he hecho daño, y la realidad me golpea en la cara. Me he permitido pensar en él como si fuera una especie de demonio, para así evitar los demonios de mi pasado.

Con dos pequeños pasos estoy delante de él, rodeándolo con los brazos y apretando mi mejilla contra su pecho.

—Creo que no te das cuenta de cuánto me importas y de lo fácil que te resultaría hacerme mucho daño. —Levanto la vista para que vea que le estoy diciendo la verdad—. Así que la respuesta es sí; tengo miedo de contar contigo.

La tensión en su cuerpo se reduce y su mirada pierde dureza. Pasa sus manos por mi cabello y su tacto es delicado y amable.

—Entonces pasaremos miedo juntos.

—¿Tú tienes miedo? —pregunto, sorprendida por una confesión así.

—Tú me proporcionas toda la adrenalina que necesito en mi vida, cariño. Muchísimo mejor que el dolor que has reemplazado.

Por primera vez pienso que a lo mejor, sólo a lo mejor, soy todo lo que Chris necesita.

Una hora más tarde estoy de pie en la cocina, frente al fregadero, sorbiendo café mientras Chris habla por teléfono en la otra habitación con uno de los organizadores del acto benéfico. Sigo dándole vueltas a su propuesta de que viva con él. Mi mente me atormenta con una preocupación tras otra. ¿Cómo podré mantener mi trabajo y mi identidad? ¿Acaso necesito mi trabajo para tener mi propia identidad si me aventuro a nuevas posibilidades? ¿Importará algo de esto cuando Chris sepa que le he mentido? ¿Entenderá por qué lo he hecho? ¿Por qué me da tanta vergüenza la verdad? Si alguien puede comprenderlo, creo que es Chris.

—¿Lista para que nos marchemos?

Chris entra en la habitación y sonrío al verle. Lleva puestos unos vaqueros y una camiseta marrón en la que pone Galería Allure, idéntica a la mía, salvo porque es de color rosa. Dos obsequios de Mark, enviados por mensajero.

—Todavía no puedo creerme que te hayas puesto la camiseta.

Se detiene frente a mí y ese olor a tierra, tan deliciosamente Chris, juega con mis sentidos y me provoca un hormigueo en todo el cuerpo.

—Tengo mis discrepancias con Mark, pero ha apoyado mucho el hospital.

Abro la boca para preguntar cuáles fueron las discrepancias, pero me quita la taza y termina su contenido. Esta no es la primera vez que compartimos una taza de café, pero hay una nueva intimidad entre los dos y la percibo en cada parte de mí. Nuestros ojos se encuentran, siento que me humedezco de inmediato y aprieto los muslos.

Chris se acerca y me rodea con un brazo para dejar la taza en el fregadero, luego lleva una mano hasta mi nuca y roza sus labios con los míos. Tiemblo y en sus labios aflora una sonrisa que me indica que se ha dado cuenta.

—Sabes a café y a tentación —murmura—. Si no nos marchamos ahora, no lo haremos nunca. —Estira la espalda, y apruebo la nueva camiseta marrón que se amolda a cada uno de los músculos bien marcados de su torso.

Cuando entramos en el salón, me quedo helada al ver la pila de diarios sobre la mesa.

—¿Qué hacen aquí?

Chris agarra una bolsa de cuero y empieza a introducir los diarios en ella.

—El detective quiere verlos.

—No podemos entregárselos sin más.

—Jacob va a realizar copias y luego los va a guardar.

—¿Te fías de Jacob?

—Completamente. Hice que lo investigaran antes de contratarle para unos trabajos con la fundación benéfica.

—¿Y qué hay de respetar la intimidad de Rebecca?

—Si al final vamos a la policía, lo más seguro es que tengamos que entregar los diarios. Mejor dejar que el detective lo investigue todo completamente.

—¿Cree el detective privado que deberíamos ir a la policía?

—Sólo sé que necesita más información, y espera que los diarios y tus aportaciones, después de estar prácticamente viviendo la vida de Rebecca, puedan ayudar.

Los ojos se me desorbitan. ¿Estoy viviendo la vida de Rebecca? La idea me provoca náuseas. Intentaba encontrarme de nuevo, intentaba crear la vida que quería. ¿Acaso me he perdido en la vida de Rebecca?

Pienso en el hombre que había robado su identidad y observo a Chris, recordando en cómo me ha consumido a mí, y rechazo compararle con el Amo del diario. Chris me ha ayudado a enfrentarme a mí misma. Me está obligando a enfrentarme con mi pasado.

Después de tramitar la solicitud de mi pasaporte, Chris aparca el 911 delante de varias tiendas de moda de renombre a sólo unas manzanas de la galería. Frunzo el ceño.

—¿Dónde está tu banco? —pregunto, pues me ha dicho que es allí adonde nos dirigimos.

—A la vuelta de la esquina. Pensé que primero podríamos ir de compras.

—¿Para qué?

—Necesitas un vestido para el sábado por la noche.

—Ya tengo algo en casa. —Un vestido patético, pero un vestido.

Sus dedos se deslizan por mi pelo y tira de mí para acercarse a mi boca, acariciando mis labios con los suyos.

—Te voy a comprar un vestido. Lo puedes elegir tú o lo elijo yo.

—No necesito...

Me besa y su lengua es un delicado susurro que se retira demasiado pronto.

—Sí que lo necesitas y yo también. —Me suelta y sale del coche, y no creo que esté hablando del vestido.

Para cuando abro la puerta, tengo a Chris al lado, tendiéndome la mano. El momento en que mi palma toca la suya, un pensamiento me recorre con una punzada.

—¿Sabes? —empiezo a decir, de pie delante de él—. No me gusta...

—Gastar dinero —concluye—. Pero a mí me gusta gastarlo por los dos.

—No tienes que gastarte dinero en mí. Te qui... —Me detengo a tiempo, alucinada por la facilidad con que se me ha escapado.

Su mirada se vuelve más perspicaz y da un paso hacia mí, rodeándome por la cintura.

—¿Qué decías, Sara? ¿Te qué? —tantea con suavidad.

Estoy a punto de realizar una confesión que debería hacerse en privado.

—Te quiero... —Me detengo, sin saber qué decir después— contar que me encanta estar contigo.

Sus ojos bailan traviesos y sonríe.

—Te quiero... —Hace la misma pausa que he hecho yo— contar que me encanta estar contigo.

Se me ponen los ojos como platos. ¿Acabamos de confesar nuestro amor? No puede ser.

—¿Te encanta... estar conmigo?

—Mucho —asegura, e introduce sus dedos entre los míos—. Y el sábado por la noche me va a encantar quitarte el vestido que estás a punto de comprarte. Me imagino que hará que supere el trauma de ir vestido de pingüino.

Me río.

—Me muero de ganas de verte vestido de pingüino.

Estoy de buen humor al entrar en la tienda Chanel que adoro, pero que he evitado desde que dependo de mi salario de profesora. Chris me suelta la mano y empiezo a vagar por la tienda. Me llama la atención un vestido largo y entallado verde esmeralda, y avanzo hacia él; el color me recuerda a los ojos de Chris cuando está en ese lugar oscuro y peligroso que ahora vivo anhelando.

Me detengo delante del vestido, admirando el material sedoso, y no puedo evitar alargar la mano para mirar la etiqueta del precio. Su mano rodea la mía.

—Ni se te ocurra mirar eso. —Giro la cabeza para observarle por encima del hombro—. Pruébatelo —ordena.

—Sí, Amo.

Se ríe.

—Ya, como si fueras a permitirme ser tu Amo. —Me quedo boquiabierta ante el mensaje implícito de que a él le gustaría que se lo permitiera; sonríe maliciosamente y luego baja la voz—. No quiero ser tu Amo, Sara. Sólo quiero que hagas lo que yo diga.

Resoplo y agarro el vestido.

—Pues buena suerte con eso. —Mira el vestido y luego me mira a mí, y echo chispas por los ojos—. Me gusta. No me lo pruebo porque me lo hayas dicho tú.

—Claro.

Al alejarme, escojo varios vestidos más antes de dirigirme a los probadores, donde, para mi sorpresa, me encuentro con Ava de pie junto a la entrada. Lleva un vestido azul cielo con un cinturón, y está guapísima.

—¡Sara! —exclama y me abraza—. El mundo es un pañuelo. —Saluda a Chris con la cabeza—. Veo que sabes cuidar bien a una mujer.

Me arde la cara y la mano de Chris resbala por mi espalda, calmando mis malos humos por el comentario.

—Hola, Ava —dice a modo de tenso saludo.

Ella desliza la mano sobre el tejido del vestido verde.

—Oh, este te va a quedar de maravilla. Tengo algo de tiempo. Qué ganas tengo de vértelo puesto.

Chris se gira hacia mí.

—¿Por qué no te dejo comprando y voy un momento al banco? Ahora iré a aumentar el crédito en mi cuenta. Compra lo que quieras. Tenemos toda una hora todavía. El restaurante donde hemos quedado está a unas cuantas manzanas.

Noto cómo Ava nos observa y me incomoda.

—Estaré lista para cuando vuelvas.

Se inclina hacia mí y me susurra al oído.

—Yo siempre estoy listo.

Me muerdo el labio para evitar reírme.

—Sí. Lo sé.

Juega con un mechón de mi cabello y, aunque su rostro es impenetrable cuando le dice adiós a Ava, tengo la clara impresión de que no se alegra de que esté aquí.

Unos minutos más tarde cruzo una estancia hasta una sala diáfana donde Ava está reclinada con una copa de champán.

—Te queda espectacular —exclama, refiriéndose al vestido esmeralda.

—Me gusta —admito, acercándome a un espejo triple—. Normalmente los vestidos no me gustan tanto vérmelos puestos como cuando los veo en la percha, pero en este caso sí me gusta.

—Bueno, pues entonces hay algo que celebrar. —Llama a una de las dependientas—. Tráigale una copa a Sara. Estamos celebrando un vestido perfecto. —Le da unas palmaditas al sofá de terciopelo azul donde está sentada—. Siéntate conmigo. Me muero de ganas de que me cuentes lo tuyo con Chris.

No hay forma de escapar de su curiosidad. Suspiro para mis adentros y me siento en el lugar que me ha indicado.

—Vamos a una gala en Los Ángeles y necesito un vestido.

—Interesante —comenta, frunciendo los labios de una forma que, por ser ella, resulta hermosa. Si lo hiciera yo, sería una mueca rarísima.

—¿Y eso qué significa?

—En todos los años que llevo viendo a ese hombre entrar y salir de mi cafetería, no lo he visto nunca con una mujer. Me figuré que tendría alguna amante en París.

Pienso inmediatamente en la tatuadora, y la verdad es que hubiera sido preferible pegarme un puñetazo en el pecho.

—Ay, corazón mío —susurra Ava, posando su mano en mi pierna—. Te he hecho sentir mal. No quería decir que piense que tiene a otra. Sólo que creo que un hombre así debe tener a muchas mujeres haciendo cola en su puerta.

—¿Haciendo cola? ¿Muchas mujeres?

—¡Sara! —exclama Ava—. ¡No tiene a muchas mujeres! Estás coladita por Chris, ¿a que sí?

—Yo... —asiento con la cabeza—. Sí. Supongo que lo estoy.

Sonríe.

—Es un partidazo, corazón. Deberías estar contenta, no paranoica. Te mira como si fueras el tesoro más grande de la isla.

—¿No me habías dicho que me miraba como si fuera a comerme? —pregunto, recordando el día en que Chris y yo estuvimos en su cafetería.

—Eso también. Eso también. —Suena su móvil y pone mala cara—. Mi ex. Grrrr. No lo soporto. Pero tengo que contestar o llamará veinte veces. —Se pone de pie y camina hasta el otro lado de la sala.

Aparece la dependienta con una copa de champán.

—Esto es para usted —me informa, entregándome una nota.

Arrugo el ceño, la abro y me encuentro con la letra de Chris: «HE PUESTO CINCO MIL EN MI CUENTA. GÁSTATELO, O LO HARÉ YO».

—¿Le traigo algo más para que se pruebe? —pregunta la mujer, y detecto por su entusiasmo que trabaja a comisión. También estoy segura de que Chris habla en serio y creo que tenemos que sentarnos a hablar sobre el dinero.

—Sí, por favor —accedo, por ahora, y le suelto una lista de prendas mientras el tema del dinero pierde protagonismo frente al tema de París, y qué, o más bien quién puede estar esperando a Chris a su vuelta. «Te dijo que fueras con él», me recuerda una voz en mi cabeza.

—¡Eres el mayor imbécil que he conocido! —oigo proferir a Ava un momento antes de colgar.

—¿Todo bien? —pregunto a su regreso.

—Intenta hacerse con la mitad de la cafetería.

—Vaya, ¿te estás divorciando ahora? Pensé que te referías a él como tu ex porque ya lo era.

—Llevamos separados dos años. Ha evitado firmar los papeles y el año pasado empezó a dejarse ver con una modelo para ponerme celosa. No le funcionó. Es un imbécil, un osito de gominola sabría más que él sobre ser un buen amante.

Me atraganto con un sorbo de champán.

—¿Un osito de gominola?

Sonríe.

—Prefiero a hombres que sepan mandar, él nunca podrá hacerlo.

—Bueno, pues con Mark tienes material para rato.

Ava se acaba el champán y desvía la mirada, y estoy segura de haber tocado un tema delicado.

—Sí, bueno, Mark es la clase de hombre que te tantea para ver qué tal y luego pasa a la siguiente.

—Tú y él habéis...

—¿Follado hasta no poder más? Sí, pero era muy consciente de qué iba la cosa. Él es la clase de hombre que te dura toda la noche, no toda la vida.

—Así que... ¿eras asidua a su club?

Tuerce los labios, con más desdén que placer.

—Así que sabes lo del club.

—Sí. Lo sé.

—¿Eres socia?

—No. Eso no es para mí.

—¿No?

—Ni de lejos —digo rotundamente.

—Supongo que eso explica por qué Chris lleva tiempo sin venir.

¿Acaso ha visto a Chris en el club? Sí, claro. Lo ha dejado clarísimo. ¿Han estado juntos? Desecho la idea por ridícula. No. Claro que no. Chris me lo habría dicho. Y con lo que le gusta el chismorreo a Ava, seguro que me lo acabaría contando.

Aparece la dependienta cargada con un montón de ropa, y acudo velozmente a un probador y cierro la puerta. Ava empieza a hablarme de no sé qué tienda de lencería que tengo que visitar, pero apenas oigo la mitad de lo que me cuenta. Hago memoria y recuerdo la vez que me dijo que quería probar a Chris, o algún comentario por el estilo. No estoy celosa, pero el comentario continúa atentando contra mis nervios por razones que no termino de entender. No es lógico; no ha hecho más que repetir una y otra vez lo loco que está Chris por mí. Pero, pese a todo, hay algo en Ava que me tiene con la mosca detrás de la oreja.

Para cuando me estoy acabando de probar los últimos artículos, un par de vaqueros azules y un vestido *tank* naranja chillón, he conseguido charlar con Ava y me hace tantos cumplidos sobre la ropa y mi estilo que la verdad es que no sé por qué estoy tan tensa con ella.

Abro la puerta del probador para descubrir que Chris ha vuelto. Ava está sentada mirando hacia él, con la falda muy subida, revelando sus hermosas piernas. Él ya no lleva la chaqueta puesta, está cruzado de brazos y sus impresionantes bíceps estiran el tatuaje. Me está observando fijamente, pero no puedo mirarle a la cara. Me incomoda saber que los dos pertenecen a un club que nunca formará parte de mi mundo. Un club que Chris ha hecho que sea parte del suyo.

—¡Oh, me encanta ese *tank*! —exclama Ava, poniéndose en pie para inspeccionarme. En sus ojos animados ya no queda rastro de la admiración por Chris que, sospecho, expresaban hace apenas unos instantes—. Tienes que llevártelo.

No sé cómo consigo asentir, aunque el gesto queda forzado.

—Sí. Me gusta. —Mi mirada vuela hasta Chris—. Me cambio y nos vamos. —Retrocedo, me meto en el probador y cierro la puerta. Apoyo la espalda contra ella y cierro los ojos, haciendo lo posible por calmar los nervios que me comprimen el estómago y por alejar todas las suposiciones fatalistas que recorren mi mente. Debo salir de aquí sin perder la compostura.

Suelto un grito ahogado cuando la puerta me empuja la espalda.

—¡Está ocupado!

—Desde luego que lo está. —Chris fuerza la puerta y se mete en el probador—. Por nosotros.

—¿Estás loco? Esto es el probador de mujeres.

—El probador de mi mujer. —Me acorrala contra la pared y lleva una mano hasta mi mejilla y con la otra me rodea la cintura. Esos ojos demasiado perspicaces se clavan en mí, y no puedo evitar sentirme afectada por él y por la afirmación de que soy su mujer.

—Háblame —ordena, con rostro impasible.

Me tiene arrinconada, no hay más que decir.

16

Intento empujar a Chris, pero este hombre es un muro. Tozudo, sexy y varonil.

—¿Por qué haces esto? —gruño, exasperada.

—¿Por qué hago qué?

—Esto. Obligarme a hablar cuando no quiero hablar.

—Porque me importas.

—¿Ah, sí? —replico, antes de poder evitarlo.

—Te pedí que vinieras a vivir conmigo, Sara. Eso debería contestar a esta pregunta. —Me coloca un mechón de pelo detrás de la oreja y apenas puedo evitar temblar. He perdido la cuenta de los momentos en que he pensado que tiene demasiado poder sobre mí. Momentos como ahora, cuando me siento insegura y...

—¿Qué pasa? —indaga, firme.

—No puedo hablar de esto aquí. Alguien podría oírnos.

—Les he dicho a todos que se marchen.

Me quedo boquiabierta.

—¿Cómo? ¿Así, sin más? Les has dicho que se marchen.

—Sí —declara secamente.

Estoy atrapada. No voy a poder salir de aquí sin tener esta conversación. Bajo la mirada, cerrando los puños sobre su pecho y, maldita sea, es un pecho soberbio, y huele tan bien... Me pregunto si Ava sabe lo bien que huele.

—Sara.

Mi mirada regresa a la suya.

—Ojalá me hubieras dicho que Ava era socia del club de Mark. Fue raro enterarme por ella —confieso.

—Te lo habría dicho si lo hubiera sabido.

—¿No lo sabías?

—Nunca digo nada si no lo pienso de verdad.

Tiene razón; no lo hace. Me gusta eso de él, sobre todo cuando quiero obtener respuestas.

—Ella sabe que tú eres socio.

Frunce el ceño.

—¿Qué? Eso no tiene sentido. Esa información está protegida y no se puede consultar.

Sacudo la cabeza, confundida e inquieta por su respuesta.

—Entonces, ¿cómo lo sabe?

—Buena pregunta, y quiero que me la respondan. Los socios pagan un buen dinero por proteger su intimidad.

—Ella no fue una de las mujeres que tú...

—Claro que no. Yo elegía entre los ficheros del club, y tenía muchísimo cuidado.

¿Es esto lo que he notado en Ava? ¿Es esto lo que me resulta tan molesto?

—Llevabais máscaras, ¿no? No podría ser que...

—Sara. No era Ava.

—¿Así que conocías los nombres de las mujeres que elegías? —Mueve la mandíbula y leo la respuesta en su mirada. Mi estómago decide darse otra vuelta en la montaña rusa—. Puede que tú y ella...

—No —sentencia—. Ya te lo he dicho. No estuve con Ava.

Alargo el brazo y recorro sus tatuajes de colores.

—Tus tatuajes son difíciles de confundir o de olvidar.

Envuelve mi mano con la suya y me atrapa con una mirada.

—Lo sabría, Sara. Lo notaría cuando estuviera cerca de ella.

Siento una presión en el pecho, ahora hay otra cosa de la conversación con Ava que me molesta.

—Cuando dije que yo no era socia del club y que no quería serlo, sugirió que tú lo dejaste por mí.

—Y ya estás preocupada por si echo de menos ese mundo. No lo echaré de menos, Sara. No lo necesito. Y me gustaría saber cuáles eran sus intenciones para hacerte pensar eso.

—No creo que tuviera ninguna intención. Creo que pensaba que era una prueba de que te importo, de que podrías llegar a dejarlo por mí. No creo que supiera que para mí era un tema delicado. He reaccionado exageradamente. Lo siento.

—Prefiero que reacciones así a que no me lo digas, Sara. —Chris cierra su mano sobre la curva de mi trasero y me aprieta contra él—. Tú eres un tema delicado para mí. —Agachándose, me hace cosquillas en el cuello con su nariz, siento el calor de su aliento—. Eso lo sabes, ¿no?

—Mmmmm —murmuro, sin poder luchar contra el deseo que me provoca su forma de tentarme—. Puedes recordármelo tantas veces como quieras.

Su lengua juega con el lóbulo de mi oreja.

—¿Qué tal si te lo recuerdo ahora? ¿Has tenido alguna vez un orgasmo en un probador? —susurra.

—¿Qué? —exclamo—. No. —Su mirada está llena de traviesa determinación—. Y no. No podemos.

Tira de mi top hacia arriba y me lo quita tan rápido que me resulta imposible detenerle. En cuanto vuelvo a tener los brazos libres, intento frenarle.

—Chris…

Su boca cubre la mía, un caramelo fogoso y dulce que utiliza para distraerme mientras me desabrocha el sujetador. Y cuando masajea mis pechos con la palma de sus manos, pellizcándome los pezones, apenas puedo reprimir un gemido que seguro que no pasa desapercibido.

Chris busca con sus manos el botón de mis vaqueros.

—Detente —mascullo con un hilo de voz—. Dijiste que me harías caso si te decía «detente».

Su risa, grave y profunda, me atraviesa, llenándome de tensión.

—Eso era anoche. Nuevo día. Nuevas reglas.

—Pero…

Me besa de nuevo, ofreciéndome el aperitivo de su lengua.

—No vas a irte de este probador hasta que tengas una sonrisa en la cara. —Se arrodilla y aprieta la boca contra mi estómago como hizo la noche anterior, y el efecto me abrasa. Sé hacia dónde se dirige esa boca y, mientras mi mente cree que el sitio donde estamos es un problema, mi cuerpo no ve problema alguno con el sitio donde está él.

Su lengua, llena de talento, se sumerge en mi ombligo y tiemblo. Sonríe, apretándose contra mi piel, y me lanza una mirada calenturienta.

—Veo que esto te gusta.

—Y veo que tú puedes ser muy abrumador. —Y juguetón, y oscuro y, en ese sentido, una mezcla de todas esas cosas opuestas que me excitan como una loca.

Desabrocha mi pantalón vaquero y me baja la cremallera.

—Tengo la intención de ser eso y mucho más antes de que nos marchemos. —Cuela sus dedos dentro del pantalón y me lo baja.

Lo agarro para intentar evitarlo, pero es demasiado tarde.

—No tenemos tiempo para esto.

—Y por eso tienes que darte prisa y quitarte la ropa. Venga. —Señala con un gesto mis pantalones y hago lo que dice, porque tenerlos así, por los tobillos, me parece ridículo.

—No hay tiempo...

Sus dedos apartan mis braguitas y se deslizan sobre la piel sensible que hay debajo.

—Chris, no...

—Chris, sí —replica, levantándome una pierna hasta su hombro.

—Chris...

Su boca desciende sobre mí.

—¡Oh! —suspiro, y dejo caer la cabeza hacia atrás a medida que empieza a lamer y a explorar. No tiene piedad en sus incursiones; su pulgar juega con mi clítoris mientras su lengua entra y sale, pasa por encima y lo rodea. Sus dedos se abren paso, me aprietan por dentro y recorren el dulce pasillo. El aire que exhalo raspa mi garganta seca, mis manos bajan hasta su cabeza y, por una vez, me deja tocarle. Esto me complace y resulta tan erótico como la combinación mágica de sus dedos y su lengua, que me acarician y me vuelven loca.

La sangre ruge en mis oídos y lo olvido todo menos cada punto que toca, el punto que sigue al anterior. Cada lugar que toca se convierte en un foco de placer. El tiempo deja de existir y el probador se desvanece.

Empiezo a sentir que algo se contrae en mi estómago y viaja velozmente más abajo. En la lejanía me oigo a mí misma jadear. Suaves gemidos que escapan de mi garganta, que no puedo reprimir ni sé por qué debería hacerlo. Chris me acaricia el clítoris justo en el lugar adecuado y mis dedos se agarran a su pelo. Ahí, sí. Quédate ahí. El calor irradia desde ese punto de placer, extendiéndose como un incendio por mis piernas. Me arqueo hacia él y bombeo las caderas contra su mano, a punto de gritar en busca de ese punto que queda fuera de mi alcance. Mi cuerpo se encoge y mi corazón parece detenerse un instante. De pronto siento que me desmayo y el primer espasmo sacude mi cuerpo. El placer me recorre con tanta profundidad que lo siento en los huesos.

Vuelvo a tener los dos pies en el suelo y me flojean las piernas. Chris sube deslizándose por mi cuerpo y me besa. Siento el sabor salado de su lengua en la mía.

—Nota tu sabor en mí. El sabor que indica que me perteneces. No lo olvides.

Salimos de la tienda quince minutos después, cargando más bolsas de las que me gustaría. Al abandonar el probador no había ni rastro de Ava, lo cual agradecí. Poco importa el ligero escozor que siento en el clítoris y que me recuerda que Chris tiene tanto talento con la lengua como con el pincel; mi malestar con Ava continúa siendo bastante intenso.

Para cuando aparcamos delante del restaurante, sigo sin saber por qué me siento así. No es que no me fíe de Chris. Pero hay una zona gris en mi mente que no consigo sortear, y me fastidia.

Dentro del restaurante, que es una franquicia de esas que sirven de todo, me obligo a olvidar a Ava. Rebecca es quien importa y tengo el corazón en ascuas sólo de pensar qué cosas podría contarnos el detective privado.

La camarera nos indica que la sigamos. Chris alarga el brazo y me separa los dedos para introducir los suyos entre ellos.

—Relájate, cariño.

Es increíble cómo sabe detectar cuáles son mis estados de ánimo.

—Sólo quiero saber que está bien y me pone paranoica pensar lo contrario.

—Lo sé —asegura—. A mí también.

Al llegar a la mesa nos saludan dos hombres y me encuentro de pronto sitiada por testosterona. Son apuestos, están en forma. Llevan vaqueros y camisetas en las que se lee «SEGURIDAD WALKER». Ambos se ponen de pie para recibirnos.

—Blake Walker —dice uno de ellos, tendiéndome la mano. Tiene el pelo largo y moreno, atado en una coleta en la nuca; sus ojos son marrones y tienen una expresión inteligente y profunda, como de haber visto cosas horribles.

—Kelvin Jackson —dice el otro, que tiene el pelo rubio, un poco rizado y ojos azules fieros—. Llevo la oficina de San Francisco.

Blake ríe.

—Cuando tengamos las oficinas. De momento, hasta que nos terminen el edificio, trabaja desde casa, de ahí que nos reunamos en este sitio. Me alegraré de volver a Nueva York y de salir de su salón.

Frunzo el ceño. Me preocupa que no estén muy instalados aquí, y Chris parece leerme los pensamientos cuando nos sentamos.

—Seguridad Walker no es sólo una de las mejores empresas que hay, sino que, además, Kelvin trabajó para el FBI en San Francisco.

—Era del Departamento de Alcohol, Tabaco, Armas y Explosivos —añade el aludido—. Mi hermano Luke forma parte de la unidad SEAL. Mi hermano Royce estaba antes en el FBI. La lista sigue. —Le lanza a Chris una mirada rápida—. Por cierto, tu hombre nos trajo los diarios.

Estoy impresionada y más tranquila. Chris se reclina en su asiento y pasa el brazo por detrás de mi silla.

—Jacob es un buen hombre.

—Lo he notado —comenta Kelvin—. Necesito un hombre como él.

—Las manos quietas —advierte Chris—. Me gusta más mi edificio sabiendo que él trabaja allí.

Kelvin parece recoger el guante.

—Que él te haya impresionado sólo aumenta mis ganas de contratarle.

—¿Habéis descubierto algo sobre Rebecca? —interrumpo, ansiosa por saber qué es lo que tienen que contarnos.

Aparece la camarera y echa por tierra mi oportunidad de recibir una respuesta inmediata. Chris consulta el menú.

—Será mejor que pidamos. Vamos a ir muy justos para llegar al aeropuerto.

Me esfuerzo por echar un vistazo a la carta y pido mi primera opción en todas partes: pasta. Los tres hombres piden hamburguesas.

Cuando se retira la camarera, Blake reanuda la conversación.

—Hemos localizado al misterioso nuevo novio de Rebecca en Nueva York. Asegura que hicieron un viaje por el Caribe y que después iban a ir a Grecia, pero que ella cambió de opinión y quiso volver a casa antes de lo previsto. Hemos comprobado su historia. Partió con él y volvió sola.

Un escalofrío gélido me recorre la espalda.

—¿Regresó aquí?

Kelvin asiente, convencido.

—Hace seis semanas.

Vuelvo a sentir náuseas.

—Nunca sacó sus cosas del guardamuebles. Nunca volvió al trabajo. Entonces, ¿dónde está?

—No lo sabemos —confirma Kelvin—, y no hay nada que parezca indicar que se marchó utilizando algún medio de transporte público.

—También hemos comprobado las empresas de alquiler de coches y no hemos obtenido nada —añade Blake, untando de mantequilla un trozo de pan—. Y no existe ningún coche a su nombre que podamos rastrear.

Me aplasta una sensación de culpabilidad. Tuve el presentimiento de que Rebecca estaba en peligro. Tenía que haber confiado en mis instintos y haber presionado mucho antes para obtener respuestas.

—Entonces, ¿cuál es el siguiente paso? —pregunto, y no puedo evitar el tono urgente de mi voz—. ¿La policía?

Blake suspira con pesar.

—Es complicado. Tenemos bastante para justificar una denuncia por una persona desaparecida, pero al no tratarse de una menor de edad, tiene todo el derecho de hacer lo que quiera.

—Y le dijo a todo el mundo que se marchaba —comento.

Blake asiente.

—Exacto. Es difícil que le hagan mucho caso a este tipo de denuncias.

Kelvin aparta los cubiertos que tiene delante, saca una carpeta y la coloca sobre la mesa.

—Tampoco queremos que la policía se ponga a hacer preguntas que lleven a alguien a ocultar pruebas que nos podrían resultar muy valiosas.

¿Pruebas? Me incorporo en mi asiento. Salta a la vista que estos hombres se plantean la posibilidad de un crimen.

—Creemos que denunciar su desaparición no es una buena idea, por lo menos no de momento.

—Puedes fiarte de estos tíos, cariño —me asegura Chris, su dedo acariciándome delicadamente el hombro—. Saben lo que hacen.

—Y me fío —le aseguro, dirigiéndome también a toda la mesa—, y comprendo que lo mejor es no denunciar. Lo que pasa es que no me gusta el cariz que está tomando este asunto. Me asusta pensar en lo que podría haberle pasado a Rebecca.

Blake aprieta los labios.

—Créeme, no nos gusta a ninguno.

—Hablando del papel que desempeña Sara en todo esto —dice Chris—, ¿hay alguna novedad respecto al incidente del trastero?

Kelvin abre la carpeta.

—Tuvimos suerte y pudimos hacernos con una grabación muy interesante de unas cámaras de seguridad de un negocio cercano. —Saca una fotografía, colocándola en el centro de la mesa—. Este tipo entró en el edificio después de Sara y salió unos diez minutos después de que ella se marchara.

Tomo aire.

—Ese es el empleado de la empresa de guardamuebles que me daba mala espina.

—No trabaja para la empresa de guardamuebles —me informa Kelvin—. Es un detective de los bajos fondos llamado Greg Garrison. Alguien lo contrató para encontrar los diarios.

—¿Quién? —pregunta Chris, cortante.

—Dice que no lo sabe —contesta Blake—. Le pagaron por transferencia y le enviaron instrucciones por correo electrónico desde un lugar imposible de localizar.

Me abrazo y tiemblo. Tenía razón. No estaba sola en la oscuridad.

Chris me coge de la mano y aprieta.

—¿Estás bien?

—Lo estoy —contesto apesadumbrada—. Pero no sé si Rebecca lo está. —Alterno la mirada entre Kelvin y Blake—. No hay nombres en los diarios. Los he leído todos.

—Pero alguien los quiere lo suficiente como para contratar a Greg —dice Blake—. Eso quiere decir que necesitamos saber por qué y utilizar todos los medios a nuestro alcance para intentar encontrar cualquier detalle que, a lo mejor, se nos está escapando a todos.

—Exacto —coincide Kelvin—. Y no debemos obviar la posibilidad de que haya más diarios. Nos gustaría registrar el guardamuebles.

—Os daremos la combinación antes de irnos —dice Chris.

Mis peores temores sobre Rebecca están empezando a echar raíces. Quiero que estos hombres hagan todo lo que sea necesario para encontrarla.

Kelvin vuelve a introducir la foto en la carpeta.

—Sé cómo trabaja Greg. Si fue él quien apagó las luces, me imagino que fue con la intención de reemplazar vuestro candado por otro que sólo él pueda abrir. ¿Habéis vuelto desde entonces?

Digo que no con la cabeza; llega nuestra comida.

—Y si realmente lo ha reemplazado, ¿qué hacemos? —pregunto cuando la camarera se ha marchado.

—Si ese es el caso, lo cortaremos y lo sustituiremos por otro —contesta Kelvin, metiéndose una patata frita en la boca.

Chris ignora el plato que tiene delante, parece tan angustiado como yo.

—¿Hasta qué punto debería estar preocupado por la seguridad de Sara? —pregunta.

He perdido por completo el apetito. No voy a comer ahora, ni hablar. Ni siquiera me apetecía al principio.

Blake suspira, y me doy cuenta por su expresión tensa de que no me va a gustar su respuesta.

—Yo no me pondría paranoico, pero, por otro lado, alguien está lo bastante desesperado como para contratar a Greg para que encuentre los diarios. A eso añádele que no hay rastro de Rebecca... Yo me andaría con ojo.

—No hagas más preguntas sobre Rebecca —añade Kelvin—. Deja que las hagamos nosotros.

Chris me lanza una mirada.

—¿Lo has oído? Deja que hagan ellos las preguntas.

—Yo puedo enterarme de ciertas cosas que ellos no —protesto, acordándome de mi charla con Ralph—. Una de las comerciales de la galería odia a Rebecca.

Esto nos lleva a hablar de todos los empleados mientras terminamos de almorzar. Para cuando salimos del restaurante, estoy ansiosa por abandonar la ciudad y poder pasar unos cuantos días sin tener que mirar por encima del hombro.

17

Chris y yo regresamos un momento a su piso para meter unas cuantas cosas más en las maletas, entre ellas mi vestido. Jacob ya había devuelto los diarios y convencí a Chris para que nos los lleváramos. Si los lee él quizá descubra alguna pista que yo haya pasado por alto.

En el 911 no caben bien las maletas de los dos, así que llamamos a un taxi privado. Una vez dentro, las novedades sobre Rebecca hacen que me preocupe de nuevo por Ella, y trato de llamarla otra vez. Tras varios intentos, abandono.

—Estará bien —me asegura Chris, dándome un apretón en la pierna—. Está de luna de miel en París.

Consigo sonreír a duras penas.

—Lo sé.

—Lo que pasa es que no lo sabes. Te noto la preocupación en la cara. —Desengancha el teléfono de su cinturón y pulsa un solo número.

—Blake. Sí, hola, ¿tenéis a alguien más que pueda comprobar una cosilla para mí?

Me quedo corta si digo que lo que está haciendo Chris por mí me emociona. Me acuerdo de la primera vez que me dijo que lo que hacía era protegerme, fue durante la cata de vinos. Yo le repliqué que no necesitaba su protección. Me repito a mí misma que ahora tampoco lo necesito, pero la verdad es que me gusta tener a alguien que me proteja. Puede que me guste demasiado, considerando lo insegura que me siento respecto a nuestra relación.

—Una amiga de Sara se fue de luna de miel y su teléfono no funciona —continúa Chris—. Todo este asunto de Rebecca hace que se tema lo peor. ¿Puedes comprobar las aerolíneas y asegurarte de que cogió el vuelo y averiguar cuándo se supone que vuelve? —Se aleja el teléfono de la boca—. ¿Cómo se apellida y cuándo se fue?

Tras mirar el calendario de mi teléfono, le facilito los datos que me ha pedido. Él se los transmite a Blake y cuelga.

—Tendremos buenas noticias para cuando aterricemos.

Siento que desaparece un poco la tensión de mi cuerpo.

—Gracias, Chris.

Me besa.

—Lo que sea con tal de evitar que te preocupes.

Me relajo en sus brazos y, durante el corto trayecto en coche, me permito abandonarme a la idea de que sea mi Príncipe Oscuro, sin preocuparme de qué nos depara el futuro.

Casi dos horas después del almuerzo con los detectives, Chris y yo embarcamos en el avión. Nos detenemos en los asientos de primera clase que él ha comprado para los dos y no puedo evitar pensar en todo el dinero que se ha gastado en mí hoy.

Me invita con un gesto a sentarme junto a la ventanilla.

—Yo ya he disfrutado muchas veces de las vistas. Tú no has viajado tanto.

Avanzo hasta el asiento y él me sigue. Cuando estamos sentados y con los cinturones abrochados, no puedo evitar acariciar un cabello rebelde que cuelga sobre su frente.

—Gracias.

Cubre mi mano con la suya y nos apoyamos en el reposabrazos.

—¿Por qué?

—Por la ropa. Por ir en primera clase. Por ayudarme con Rebecca y con Ella. Todo esto te está costando mucho dinero.

—A mí el dinero me da igual. —Su tono es indiferente, desdeñoso.

—¿Y qué hay del adolescente de antaño, que soñaba con tener dinero y poder?

—Se hizo un hombre.

—Con dinero y con poder.

Me ofrece una sonrisa irónica.

—Permíteme reformular la frase. No me importa gastar dinero porque tengo mucho. Y tampoco me apetece dejar de tenerlo. Es una forma de control. Me gusta el control.

—¿No me digas? —ironizo, burlona.

Recorre mi labio inferior con el pulgar y luego hace lo mismo con su boca.

—Te gusta cuando tengo el control.

—A veces —concedo.

—Estoy trabajando muy duro para que sea siempre.

—Pues no te agotes, o el mundo se quedará sin un artista maravilloso.

—Hablando de dinero, ese comentario te va a costar caro —amenaza, mientras la azafata empieza a recitar las indicaciones de seguridad.

Siento un dardo de calor en la columna. No sé adónde me llevará Chris a continuación, pero no tengo ninguna duda de que será deliciosamente inolvidable. Se inclina hacia mí.

—¿Sabes? Conozco un club estupendo al que podríamos apuntarnos juntos —susurra.

Me tenso en mi asiento y el profundo redoble de su risa hace vibrar mi cuello con promesas seductoras.

—El club de la milla de altura —añade—. Ya sabes, el club de los que lo han hecho en un...

Me giro para mirarle a la cara.

—Olvídalo —digo sin dejarle acabar—. Y eso no es negociable, hagas lo que hagas. Hay gente por todas partes.

—¿Y si alquilo un avión privado para cuando regresemos?

No puede hablar en serio.

—¿Harías eso sólo para que... para que pudiéramos pertenecer al club?

En sus labios se dibuja una sonrisa maliciosa.

—Sin dudarlo. De hecho, ya que este viaje es el primero de muchos que quiero hacer contigo, se me ocurre que quizás es la mejor forma de volar. —Adopta un gesto de confusión—. Una cosa, ¿cómo es que no has viajado si teníais dinero en vuestra familia?

La pregunta me sienta como un tiro y me tenso antes de poder evitarlo.

—Supongo que estuve siempre liada con actividades extraescolares y cosas así. —El avión se dirige a la pista y, temiendo que se dé cuenta del pánico que me ha sobrecogido, procuro girarme hacia la ventanilla y fingir un interés desmedido por lo que veo. En silencio, me reprocho haber desperdiciado una oportunidad para empezar a compartir mi pasado con Chris. Pero lo que sucede es que tengo la firme convicción de que, si abro la caja de Pandora para dejar salir un demonio, aunque sea uno de los más pequeños, los más grandes se escaparán antes de que esté preparada.

Chris retira su mano de la mía y percibo que su alejamiento no es sólo físico. Me cuesta horrores no arrastrar su mano a mi regazo de nuevo.

—Parece que habrá tormenta —murmuro con los ojos puestos en las nubes oscuras, cargadas con un chaparrón inminente, que me hacen pensar en el peso del secreto que albergo dentro.

—No tendrás miedo, ¿verdad?

Me pregunto si se refiere a volar en la tormenta. Chris suele decir las cosas con doble sentido. Aunque me cuesta, intento poner buena cara y me giro hacia él para enfrentarme a su penetrante mirada. Sabe que al mirar por la ventanilla estaba evitando su pregunta; lo veo en sus ojos.

—No sé qué esperar. Esto es nuevo para mí —contesto.

—Porque en realidad apenas has viajado.

No es una pregunta y esta vez estoy segura de que no estamos hablando del tiempo. Parpadeo ante su mirada indescifrable, pero hay expectación en el aire. La respuesta a por qué no he viajado está en la punta de mi lengua, colgada ahí, pero no consigo empujarla más allá.

—Sí. Porque apenas he viajado.

Despegamos, y es como conducir por una carretera llena de baches. Mis dedos vuelven a enroscarse en el reposabrazos, pero esta vez se me ponen los nudillos blancos de tanto apretar. Chris vuelve a colocar su mano sobre la mía y suspiro por dentro al volver a sentir su tacto.

—Sólo son turbulencias —me asegura—. Se calmará cuando alcancemos una mayor altitud y volemos por encima de las nubes.

Como si desafiara su afirmación, el avión recibe una sacudida y parece caer. Me pongo tensa y me falta la respiración.

—¿Estás seguro de que esto es normal?

—Muy normal.

—Vale —resoplo—. Me fío de ti.

—Pero no siempre.

Hay serenidad en sus ojos, y me pregunto cuánto tardará en levantar otra vez un muro delante de los míos. Vuelvo a estar arrinconada. Si le cuento todo a Chris, puede que lo pierda. Si le mantengo apartado, puede que sea él quien se aparte de mí de nuevo. Es hora de, por lo menos, empezar a recorrer la senda que lleva a mi infierno.

El avión recibe otra sacudida y el corazón me baja al estómago.

Tiro de mi mano para sacarla de debajo de la suya y levanto el reposabrazos, esperando retirar también, de algún modo, el muro que nos separa.

—Éramos las mascotas de nuestro padre —digo, inclinándome hacia él—. Nos dejaba en casa y se iba por ahí con alguna de sus numerosas amantes.

Su rostro se vuelve comprensivo y se gira hacia mí.

—¿Cuándo te enteraste de la existencia de las otras mujeres?

—Cuando fui a la universidad. Entonces se me cayeron las gafas que me hacían ver el mundo de color de rosa, las gafas que mi madre se había empeñado en que nos pusiéramos las dos.

—Ella lo sabía. —No es una pregunta.

—Desde luego —afirmo—. Claro que lo sabía. Si te digo que éramos sus mascotas, hazte a la idea de que ella era su perrita faldera. Estaba tan enamorada de él que aceptaba cualquier migaja que le daba. Y apenas recibía nada.

Tiene la mirada pensativa, preocupada.

—¿Qué papel tenía tu padre en tu vida?

—Era un ídolo que nunca estaba. Besaba el suelo que pisaba, igual que mi madre. Cómo iba a imaginar que no éramos más que una familia de cara a la galería, la familia que le servía para quedar bien con los clientes, los amigos, o quién sabe. Creo que era una cuestión de poder. O, quizá, lo hacía sólo porque podía hacerlo. O porque no quería que mi madre se quedara con todo su dinero. No tengo ni idea. Hace años que dejé de intentar buscarle un sentido. Imagino que él tendría algún motivo.

—¿Crees que tu madre sabía por qué?

—Creo que se convenció a sí misma de que él la amaba. Estaba cegada de amor.

—No te tomes esto a mal —avisa con voz suave—, pero ¿lo que la cegaba era el amor o el dinero?

Odio esta pregunta que yo misma me he hecho, sólo para rechazarla de inmediato, más veces de las que podría contar.

—Realmente no tengo ni idea de qué le pasaba por la cabeza. La madre que creía conocer no era la que descubrí cuando me quité las gafas. —Niego con la cabeza—. Pero no. Nunca me dio la impresión de que aguantaba por el dinero. —Mi mente viaja al pasado—. Abandonó todo lo que amaba salvo la pintura. Escondía los cuadros y las pinturas cuando él estaba en casa.

—Me dijiste que fue ella la que te hizo amar el arte.

Asiento.

—Sí. Fue ella. —Suelto un suspiro profundo, intentando escapar de la sensación tensa que me estrangula las vías respiratorias—. Al mirar atrás veo que se trataba de una relación abusiva, casi un síndrome de Estocolmo, donde el secuestrado adora a su secuestrador.

El avión vuelve a moverse y le aprieto la mano. Siento cómo su fuerza y sus ánimos van penetrando en mí, y me alegro de habérselo contado.

—¿Tienes algún cuadro suyo? —pregunta un instante después.

—No. Cuando yo me fui a la universidad, ella abandonó la pintura por completo. Mi padre quería que invirtiera el tiempo en organizar actos benéficos para gente VIP que le hacían quedar bien a él. Regresaba de uno de los eventos que organizaba la cadena cuando murió. Él ni siquiera estaba en el país cuando ocurrió, claro.

—Por eso le culpas a él por su muerte.

Me miro la mano que, de algún modo, ha acabado posada sobre su pierna. Revivo el recuerdo atroz del momento en que me dijeron que mi madre había muerto. Chris me acaricia la mejilla.

—¿Estás bien?

—Yo sólo… Estoy recordando el día en que murió. —Tengo que hacer un esfuerzo para despejar la mente y continuar—. No le culpo a él por su muerte. Le culpo por su vida miserable. Aunque fue ella quien decidió y aceptó vivir así, eso no hace que pueda disculpar su forma de tratarla toda la vida. —Me recorre una quemazón punzante sólo de pensar en lo que voy a revelar—. Ni siquiera lloró en su funeral, Chris. Ni una sola lágrima. Ni una.

Lleva su mano hasta mi nuca y apoya su frente en la mía. Abre la boca para hablar y le prevengo rápidamente.

—No digas que lo sientes. Sabes que eso no ayuda.

—No, no ayuda.

Nos reclinamos en los asientos y me apoyo en su hombro. No dice nada más, pero no tiene que hacerlo. Vuelve a estar a mi lado cuando lo necesito. La sensación es agridulce porque sé que, ahora, mis demonios no serán sólo míos. Serán también los suyos.

Cuando estamos en Los Ángeles, y acomodados en el asiento trasero de un taxi privado rumbo al hotel, Chris revisa sus mensajes.

—Blake ha encontrado el vuelo de Ella. Sólo compró un billete de ida. ¿Crees que tenía pensado quedarse en París y no quería decírtelo?

—Dejó todas sus pertenencias y me dijo que volvería en un mes. —Niego con la cabeza—. No. No pretendía quedarse. Se iba también a Italia.

Le envía un mensaje a Blake con la información y obtiene una respuesta al instante.

—Blake dice que ha comprobado si Ella utilizó algún medio de transporte para salir de París. No hay nada que indique que fuera a Italia. Quiere saber si estás segura de que no ha renunciado a su puesto en el colegio.

Arrugo la frente y ya estoy marcando.

—No se me había ocurrido eso. —Tengo que dejar un mensaje para la persona indicada—. Espero que no tarden en devolverme la llamada.

—Entérate de cuál es su situación actual en el colegio, y si no ha renunciado, haré que el equipo de Blake siga buscando.

Asiento y me preparo mentalmente para la llamada del colegio. No sólo necesito saber que Ella está a salvo, sino que es hora de que renuncie oficialmente. Es un poco descorazonador, a pesar de mi nueva profesión soñada.

El coche se detiene delante del hotel y entramos a toda prisa para dejar nuestras cosas en la habitación y acto seguido nos dirigimos al hospital. Llegamos justo a tiempo para el acto que está organizando Chris para un grupo de veinte niños, todos pacientes de la unidad infantil de oncología. Tanto los padres como los niños ingresados nos reciben con gran entusiasmo, y acabo posando para fotos en las que no esperaba estar. Entonces, por fin, me presentan a Dylan, el niño con leucemia. Está claro que tiene un vínculo muy fuerte con Chris, y este con él. Es un chaval de lo más simpático; amable y listo. Mi corazón se retuerce al ver sus ojos enmarcados por siniestras ojeras, la cabeza sin pelo que delata los tratamientos que recibe y la fragilidad de su cuerpo, que hace que aparente tener menos de trece años.

Chris toma asiento frente a un caballete colocado delante de las camas de los niños, y Dylan y yo lo acompañamos. Juntos observamos a Chris, mientras satisface las peticiones de los niños para que dibuje cosas. Estoy alucinada por su forma de interactuar con el público que tiene delante. Realmente tengo el corazón en la garganta, más que en el pecho, al ver cómo arranca sonrisas a muchas caras taciturnas.

Transcurrida la primera hora del encuentro, me dirijo a la cafetería para traerle a Chris un refresco y una chocolatina, puesto que no ha comido desde el almuerzo y ya son las siete. La madre de Dylan, Brandy, una rubia muy guapa de treinta y tantos, me aborda en el pasillo y caminamos juntas.

—¿Te importa que te acompañe?

—Para nada —aseguro—. Dylan es un chico estupendo. Ya veo por qué tiene a Chris encantado.

—Gracias, y sí, tienen una conexión especial. Chris ha sido una bendición a muchos niveles. —Se abre la puerta del ascensor y entramos mientras continúa—. ¿Sabías que llama a Dylan todos los días y, además, me llama a mí o a mi marido para ver qué tal estamos?

—No lo sabía, pero no me sorprende. Habla de vosotros a menudo.

Se abren las puertas del ascensor y nos dirigimos a la cafetería.

—Ha pagado las cosas que no cubría nuestro seguro, y no es una cifra pequeña. —Hay una mezcla de agradecimiento y tristeza en su voz.

—Pagaría lo que hiciera falta para salvar a Dylan —afirmo.

Deja de caminar.

—No hay dinero que pueda salvarle. —Las palabras salen temblando de sus labios y se desvanecen en un susurro. Sus ojos se humedecen y asoman lágrimas como gotas de lluvia—. Se va a morir. —Me agarra el brazo, y siento su desesperación cuando clava sus dedos en mi piel—. ¿Sabes que Chris se culpará por ello, verdad?

Se me agarrota la garganta.

—Sí, lo sé.

—No dejes que lo haga.

—No creo que pueda evitarlo, pero estaré allí para apoyarle —digo bajando la voz—, y para apoyarte a ti también, si me necesitas. Por favor, apúntate mi teléfono. Llámame cuando quieras, Brandy. Pídeme lo que quieras.

Poco a poco me suelta el brazo e intercambiamos nuestros números de teléfono. Nos dirigimos a la cafetería sin decirnos nada más. Tras el silencio lúgubre, por increíble que parezca, conseguimos charlar distendidamente. Poco después nos encontramos en la habitación, observando a Chris y a Dylan hablar animadamente mientras engullen chocolate.

—Los médicos le tienen prohibido el dulce —susurra Brandy—, pero ¿cómo voy a negarle las cosas con las que disfruta?

—Yo tampoco le negaría nada de lo que quisiera —asiento. Mis ojos viajan de Dylan a Chris. Es bueno con los niños y me pregunto si habrá pensado en tener hijos. Yo no había pensado nunca en ello, pero, después de hoy, no sé si quiero ser madre. ¿Cómo resistir que te arrebaten a alguien a quien amas tanto? Perder a mi madre ya fue muy duro. Y si algún día pierdo a Chris…

—Le amas —dice Brandy en voz baja—. Lo veo en tus ojos cuando le miras.

Me quedo mirando a Chris, embelesada.

—Sí. Le amo.

—Bien —dice con aprobación, y centro mi atención en ella—. Sam y yo hemos sido testigos de toda la pena que arrastra este hombre por el mundo. Necesita que alguien comparta con él esa carga.

Este análisis me golpea el pecho. Chris ha soportado estoicamente y a solas todos los embates de la vida desde que era un adolescente. Que Brandy vea lo que esconde bajo su coraza afable me dice mucho sobre la clase de personas que son ella y su marido. Están viviendo una verdadera pesadilla y, con todo, son capaces de ver más allá y preocuparse por Chris. Pienso en lo hecho polvo que estaba al hablar por teléfono hace dos noches, y comprendo que necesita que yo le ayude a sobrellevar las emociones de este fin de semana. Este no es el momento de compartir con él los demonios que llevo dentro, y no se trata de que quiera aplazar el odiado momento. Porque, ahora, lo que toca es estar aquí para él, demostrarle que le quiero, aunque no me atreva a decírselo hasta estar realmente segura de que sabe quién soy.

Brandy hace un gesto con la barbilla.

—Nos reclaman.

Levanto la vista. Chris y Dylan gesticulan para que nos acerquemos. Unos minutos más tarde he cedido ante lo que parecía imposible. He accedido a ver *Viernes trece* con ellos dos tras convencer a Brandy y a Sam de que se vayan a casa y disfruten de unas merecidas horas de descanso.

Tres horas más tarde, Chris y yo nos hemos enroscado en el sillón que hay junto a la cama de Dylan. A nuestro lado, sobre una mesilla de hospital con ruedas, reposa el cuadro de Freddy y Jason que pintó Chris. La peli por fin termina y Dylan no ha parado de reírse ante mis gritos y mis quejas. Su alegría es música para mis oídos. Es un chaval asombroso. Se merece vivir.

Chris acciona el mando del DVD para apagarlo y mira el reloj.

—Son las once. Será mejor que te vayas a dormir, Dylan.

Hago una mueca.

—Duerme por los dos. Porque yo seguro que no voy a poder.

El chico se ríe y se acurruca en la cama.

—¿Os quedaréis hasta que me duerma?

Chris y yo nos miramos y yo asiento.

—Estamos aquí, campeón —le asegura Chris, y reclina el sillón hasta que queda como una cama. Le doy la espalda, me encajo contra él y me rodea con su brazo.

Dylan atenúa las luces con un botón que hay junto a su cama y cierro los ojos. Estoy agotada. Ha sido un día de locos, lleno de emociones fuertes, intrigas y noticias inesperadas.

—Me alegro de que estés aquí —me susurra Chris al oído, enviando un escalofrío por mi espalda.

—Yo también —susurra Dylan, que lo ha escuchado.

—Y yo —contesto a los dos. Ha sido un día de emociones fuertes, intrigas, noticias inesperadas y, además, un descubrimiento agridulce.

18

*Él es todo lo que soy, todo lo que no soy. Ya no recuerdo dónde
empiezo y dónde acaba él, o dónde acaba él y dónde empiezo yo. Él
es mi Amo. Yo soy su esclava. Me esfuerzo por recordar quién era
yo antes de que apareciera él. Me aterroriza pensar que he sido capaz de entregarme a él tan completamente cuando sé que él no ha
hecho lo mismo conmigo. ¿Qué será de mí cuando él no esté?
¿Acaso me atrevo a quedarme y descubrir que la respuesta es nada?
¿Y qué hará él si le digo que me marcho?*

Me despierto de golpe con una de las últimas escalofriantes entradas del
diario de Rebecca dando vueltas en mi mente. La luz del día entra por la
ventana de la habitación del hospital, y al mirar a mi alrededor me doy
cuenta de que Dylan y Chris no están.

Noto un trozo de papel que se arruga bajo mi mano y lo levanto para
descubrir la letra de Chris: «He sacado a Dylan a escondidas para un
encuentro secreto con el cocinero y un montón de tortitas de chocolate.
Tenemos que ir al hotel, ducharnos y estar listos a las diez. La enfermera
te ha dejado un neceser en el baño».

Miro el reloj y son las ocho de la mañana. No me puedo creer que
Chris y yo hayamos dormido tanto tiempo y tan profundamente en un
sillón. Me pongo en pie, me estiro y me dirijo al baño, llevándome el teléfono por si llama Chris. Sobre el lavabo, bajo el neceser desechable,
hay un periódico que obviamente han colocado allí para que yo lo vea.
Lo recojo y parpadeo ante una foto en la que aparecemos Chris, Dylan y
yo. Chris ha garabateado bajo ella: «MARK DEBE ESTAR CONTENTO». Frunzo el ceño un momento hasta que se me enciende la bombilla. «Vaya, sí,
Mark sí que debe estar contento.» Chris y yo llevamos nuestras camisetas

de Allure y se ven perfectamente. Le hago una foto al periódico con el móvil y se la envío a Mark. Apenas he abierto mi cepillo de dientes nuevo cuando recibo su respuesta: «LA CAMISETA LE QUEDA MEJOR A USTED QUE A CHRIS». Me quedo mirando fijamente el mensaje y suelto una carcajada. «¡Ja!» Esta es una de esas respuestas completamente extrañas que Mark incluye a veces en sus correos electrónicos y, al parecer, también en sus mensajes de texto, con las que aparenta ser una persona normal más que un Amo. Intuyo que detrás de él hay más de lo que sugieren sus encorsetados «señorita McMillan, esto, señorita McMillan, lo otro», y me pregunto si realmente es el hombre de los diarios. Por algún motivo no acabo de imaginarme al Amo que ha descrito Rebecca haciendo chistes como este, o poniendo fin a un correo electrónico, como hizo una vez conmigo, escribiendo una cita de Los juegos del hambre, que dice: «Y que la suerte esté siempre de su lado». Empiezo a teclear mi respuesta y acabo borrándola dos veces, luego agarro mi cepillo de dientes. ¿Por qué le estoy dando tantas vueltas a un mensaje para Mark?

Unos minutos más tarde he conseguido domar mi pelo enmarañado. Me miro en el espejo y mis ojos marrones, combinados con el castaño de mi cabello, parecen resaltar mucho más la palidez de mi piel. Pero ya no le doy la importancia que le habría dado hace sólo veinticuatro horas. Ver a estos chicos luchar junto a sus familias por su vida me ha hecho contemplar mis inseguridades con cierta perspectiva. También me ha hecho pensar en lo importante que es vivir el momento, en lo fácil que resulta que te arrebaten la vida, como les fue arrebatada a mi madre y a la madre de Chris. Por mucho que me aterrorice la decisión, tengo que renunciar el lunes a mi trabajo de profesora.

Salgo del baño y regreso a la habitación de Dylan, con la determinación de compartir esta decisión con Chris, pero compruebo que sigo sola. El sonido de unas voces me lleva a mirar hacia la puerta entreabierta, donde veo a Brandy enfrascada en una tensa conversación con un hombre en bata y zuecos. No parece contenta. El hombre, que deduzco debe ser médico, le da un apretón en el hombro y se marcha. Ella se lleva las manos a la cara.

Cruzo volando la habitación y abro la puerta.

—¿Brandy? —exclamo. Se aparta las manos de la cara y veo que las lágrimas le bañan las mejillas—. ¡Oh, cariño! ¿Qué pasa? —La envuelvo con un abrazo y se cuelga de mí.

—Su cáncer progresa más rápido de lo esperado.

Me siento como si acabaran de vaciarme por dentro, y Dylan ni siquiera es hijo mío. ¿Cómo debe sentirse ella y qué puedo hacer para consolarla?

Un momento después da un paso hacia atrás.

—Necesito ver a mi hijo. Necesito llamar a Sam. Está en el trabajo.

—Ya le llamo yo —ofrezco—. Tú ve a refrescarte un poco y a estar con Dylan.

Me da el número de su marido y me vuelve a abrazar, temblando. Levanto la vista y el corazón me da un vuelco al ver a Chris salir del ascensor junto a Dylan. Le hago un gesto con la mano para indicarle que se marche y rápidamente vuelve a subirse al ascensor, llevándose al niño con él. Suelto un suspiro mudo de alivio ante lo que podría haber sido un descalabro emocional para madre e hijo. No sé cómo, pero tengo que ayudar a Brandy a recobrar la compostura y a estar fuerte para su hijo, cuando sé que se está muriendo por dentro junto a él. Y, sin saber cómo, también me digo que debo ayudar a Chris a superar estos momentos. En el fondo, tengo la certeza de que esto va a abrirle heridas muy profundas a mi hombre, ya herido, y sufro sólo de pensarlo.

Cuando por fin tengo a Brandy más o menos serena, le envío un mensaje a Chris diciendo que él y Dylan ya pueden subir. Unos minutos después, el chico entra en la habitación, caminando sin prisa y sonriendo mientras canta la canción de «Pesadilla en Elm Street».

—Uno, dos, Freddy viene por ti. Tres, cuatro, cierra la puerta. Cinco, seis, coge un crucifijo.

Chris le sigue, con la sombra rubia de su barba de un día en la mandíbula, su pelo despeinado y sexy y sus ojos apesadumbrados, como los de Brandy. Todavía no está al tanto de las novedades sobre el avance del cáncer, pero es lo bastante listo como para saber que han llegado malas noticias.

Dylan continúa cantando al sentarse sobre la cama.

—Siete, ocho, mantente despierta.

—Basta —exclamo, pero sonrío ante sus intentos de atormentarme.

—Sí, basta —dice Brandy, riendo—. A mí también me pone los pelos de punta esa canción.

—No puedes tener miedo sólo por oír la canción —argumenta Dylan.

Tiemblo sólo de pensar en esa película.

—Hay muchos motivos por los que accedí a ver *Viernes trece* en lugar de *Pesadilla en Elm Street*, y esa canción es el principal.

—La próxima vez obligaremos a Sara a verla —promete Chris, sentado junto a él.

Dylan golpea la cama.

—¡Sí! —exclama, y se ríe.

Al verlos juntos diciéndose adiós por hoy, antes de marcharnos, me doy cuenta de golpe de que tanto Dylan como Chris sustituyen una forma de horror por otra: el chico utiliza películas de ficción y monstruos para enfrentarse al cáncer; Chris recurre al dolor para combatir el dolor. No me sorprende que los dos hayan creado un vínculo tan fuerte.

—¿Y bien? —pregunta cuando entramos al ascensor.

Me cuesta mucho decirle algo que sé que le hará daño.

—Su cáncer avanza más rápido de lo esperado.

Deja caer la cabeza hacia atrás, levantando la vista al techo, y su gesto atormentado me desgarra por dentro. Rodeo su cintura con mis brazos y aprieto la mejilla contra su corazón, que late a toda velocidad.

—Lo siento.

Entierra la nariz en mi pelo y aspira, como si le aliviara.

—Ya he pasado por esto antes, pero este chico… Él es especial.

Levanto la barbilla y mi mirada se encuentra con su mirada turbada.

—Lo sé. Veo el vínculo que has creado con él.

Se abre el ascensor y entrelaza sus dedos con los míos. Poco después nos encontramos disfrutando del buen tiempo de Los Ángeles, mucho más cálido que el de casa. Pasamos un rato intentando parar un taxi, un esfuerzo más que ahora mismo Chris no necesita. Por fin, estamos camino del hotel y saco el difícil tema del padre de Dylan.

—Le dije a Brandy que llamaría yo a su marido. Creo que sabía que si hablaba con él, se derrumbaría de nuevo. ¿Quieres hablar tú con él o lo hago yo?

Chris desengancha el móvil del cinturón.

—Lo haré yo.

Lo observo mientras le explica al padre de Dylan lo que ha ocurrido. Su rostro es una máscara carente de emociones durante toda la conversación, pero se está agarrando la pierna con tanta fuerza que los músculos de su brazo se retuercen bajo el tatuaje del dragón.

Cuando llegamos al hotel Chris sigue hablando por teléfono, le extiende al conductor un billete de cien dólares por un viaje de sólo diez y le indica que se marche. La conversación termina cuando llegamos a nuestra planta y se nota que tiene los nervios a flor de piel. Tampoco me mira a mí y no sé muy bien qué decir ni qué hacer ahí de pie, en silencio, mientras introduce la tarjeta en la cerradura y abre la puerta de un empujón.

Me sorprende que entre primero cuando siempre me cede el paso. Cierro la puerta detrás de nosotros a tiempo de verle golpear la pared y luego apretar los puños contra la superficie. Deja caer la cabeza entre los hombros y puedo ver cómo tiemblan los tersos músculos de su cuerpo.

Reduzco la distancia que hay entre nosotros y alargo los brazos hacia él.

—No lo hagas —ordena, y me detiene en seco con su voz grave, brusca y cortante—. Estoy en un lugar peligroso.

—Quiero que estés allí conmigo, Chris. Déjame ayudarte.

La profundidad de la desesperación en sus ojos parece un túnel que lleva al infierno.

—Esta parte de mí es el motivo por el que quise alejarte de mi vida.

—No te funcionó entonces, y no te va a funcionar ahora.

Me agarra y me coloca entre la pared y él.

—En momentos así es cuando yo…

—Lo sé —interrumpo—. Este es uno de esos momentos en que necesitas dolor para sustituir al dolor. Lo entiendo, y más después de lo que he visto durante las últimas veinticuatro horas. Pero si queremos que esto salga bien, tendrás que encontrar el modo de llevarme contigo, estés donde estés.

—No hay nada delicado en mí cuando me siento así. No quieres estar con el que soy ahora mismo.

—Quiero estar contigo siempre, Chris.

Me mira durante unos segundos y, entonces, de pronto, sus dedos se enredan en mi pelo y me está besando. Su enfado y su dolor sangran en mi boca, abrasándome con su intensidad. Mis manos van a su pecho y me las aprisiona con una de las suyas.

—No me toques. No hasta que haya superado esto.

—Vale. —Sin saber cómo, consigo sonar fuerte, aunque estoy consternada por lo fuera de sí que está.

—Desvístete —ordena—. No me fío de mí mismo para hacerlo.

No sé lo que quiere decir con eso, pero da un paso hacia atrás y se quita la camiseta de un tirón. Me quito el top y el sujetador, y trato de quitarme los pantalones, pero me cuesta porque la mano me tiembla incontrolablemente.

En un momento tengo a Chris delante de mí, posando sus manos firmes sobre el temblor de mis muñecas.

—Maldita sea, sabía que esto era una mala idea. Te estoy asustando, Sara.

—Tú no me asustas, Chris. Tú sufres, así que yo sufro.

Una tormenta de emociones recorre su rostro. Deja caer la frente y la apoya contra la mía, como hizo en el avión. Respira de forma entrecortada y resulta obvio que está luchando por controlar lo que siente.

Es casi imposible resistir la necesidad imperiosa que tengo de tocarle.

—Deja de intentar controlarlo, Chris. Déjalo salir. Puedo con ello.

—Yo no puedo.

Da un paso hacia atrás y me deja de piedra cuando se da la vuelta y camina hasta el baño. Parpadeo a su espalda. ¿No puede? ¿Y qué quiere decir eso? Oigo cómo suena la ducha e intento quedarme donde estoy, está claro que quiere espacio, pero no puedo dárselo. Sé que mi desnudez no es la vestimenta más adecuada para una confrontación, pero él tampoco está precisamente vestido.

Entro al baño como un torbellino justo cuando él está metiéndose en la ducha acristalada. Sigo avanzando y abro la puerta.

—¿No puedes? —digo, retándolo—. ¿Y eso qué quiere decir? ¿No puedes estar conmigo? ¿Quieres que me marche?

Saca la cabeza de la ducha y me besa.

—Significa que no puedo. Que no quiero hacer algo que te pueda obligar a marcharte. —Acaricia mis labios con su pulgar mojado—. Y ahora mismo creo que lo haría.

Pero advierto que la parte más negra de su estado de ánimo ha cambiado de rumbo a la misma velocidad de siempre. No es el que era hace sólo unos minutos. Me atrevo a meterme en la ducha y le abrazo. El agua caliente me envuelve y, para mi alivio, también lo hacen sus brazos. Noto cómo se le endurece el miembro, cómo se vuelve más grueso, y me voy excitando con la idea, hasta que miro sus ojos y detecto que la tormenta no ha amainado todavía. No está bien, como pensaba. Ni de lejos. Dice que no gestiona el dolor a través del sexo, pero está excitado, y no puedo hacerle daño. No le haré daño. Sólo puedo ofrecerle placer.

Le aprieto contra la pared, sacándolo del chorro de agua, y me permite hacerlo. Lo tomo como una buena señal y lentamente bajo por su cuerpo y me arrodillo. Su suave inspiración es una indicación de que puedo seguir y de que soy bienvenida. Me saco el pelo mojado de la boca y rodeo con mi mano el tronco de su palpitante miembro. No le atormento. Necesita que le alivie de forma rápida y contundente. Necesita liberarse. Eso espero. Introduzco la delicada piel de su firme erección entre mis labios y siento en mi lengua el sabor salado de su excitación. Sin más demora, me meto todo lo que puedo de él en la boca y su mano baja y sujeta mi cabeza.

—Más duro —ordena con voz ronca, sus caderas se arquean hacia la succión de mi boca y siento cómo late sobre mi lengua.

Levanto la vista y observo su forma de mirarme. Sus dientes apretados, su mandíbula tensa, la lujuria y la cólera, todo está en su mirada ardiente. Es excitante provocarle una reacción así a este hombre poderoso y sexy; es excitante que me desee, que me necesite. Y me necesita. Nunca he estado tan segura de ello como ahora.

Mis dedos se tensan alrededor de él y chupo con más fuerza, tragándole más. Bombea contra mí, introduciéndose hasta el fondo de mi garganta, follándome la boca, y su deseo es una criatura que vive, que respira y me posee. Todo lo que me dé es poco. Mi lengua recorre su palpitante falo y gime con una voz grave, gutural. Echa la cabeza hacia atrás contra los azulejos y siento cómo su mente, al fin, se queda en blanco.

Me arde el cuerpo con su sabor, con su tacto contra mi lengua, con el poder que tengo para alejarle de su dolor. Rodeo sus nalgas con la mano para apretarme contra él y la tensión que noto me indica que está cerca de la liberación.

—Bien, cariño —murmura, con la voz grave, ronca. Sexy—. Muy bien. —Su mano se tensa alrededor de mi cabeza y la urgencia le atraviesa hasta llegar a mí. Empieza a embestir más fuerte, apretando su falo contra el fondo de mi boca y me lo trago. Me lo trago, ansiosa por sentir el momento que llega con un gemido afónico que se escapa de sus labios. Su miembro palpita en mi boca y siento su salada liberación en mis papilas gustativas, donde he sentido sangrar su enfado no hace mucho. Deslizo mi lengua y mis labios de arriba abajo, relajándole lentamente para terminar.

Chris baja la barbilla, respira fuerte y me mira. Me pongo en pie y me aprieta contra él.

—Dime que eso ha ayudado —susurro, y se lo estoy exigiendo. Necesito saber que puedo ser lo que él necesita, que podemos atravesar juntos la oscuridad.

—Haces más que ayudar. Eres el motivo por el que sigo respirando. —La ronca declaración es un susurro contra mis labios un momento antes de que me bese. Su delicada lengua acaricia la mía y me dice tanto o más que sus palabras.

Termina el beso y no hablamos. Nos enjabonamos, perdidos el uno en el otro, y no tiene nada que ver con el sexo, sino con profundizar en el vínculo que hay entre nosotros. Cuando llega el momento, me aprieta contra la pared y se introduce en mí. Nuestros ojos conectan como lo han hecho nuestros cuerpos y lo que sucede me llena de una manera que nunca había experimentado. Él me necesita y yo le necesito a él. Nunca he dudado de que eso fuera cierto. Siempre he sabido que éramos dos piezas del mismo puzle que encajaban en el hueco de nuestro dolor. Hubo un tiempo en el que estaba segura de que ambos estábamos demasiado heridos como para no acabar por destruirnos mutuamente. Ahora pienso que nos estamos salvando.

19

Llegamos al almuerzo benéfico y miro a Chris, esperando que haya superado el momento turbio que ha tenido. Nos sentamos en una de las veinticinco mesas y escuchamos cómo un hombre relata a los potenciales donantes la historia de su hijo que murió de cáncer. No puedo evitar pensar en Dylan y aparto los ojos del orador para posarlos sobre Chris. Está de perfil con expresión impasible, sentado rígido. Sé que sabe que le estoy observando, pero se limita a mirar al frente, con la mandíbula tensa. Alargo el brazo, le cojo la mano y se gira lentamente hacia mí, y durante un fugaz instante me permite ver el dolor que emana de las astillas ámbar de sus ojos. Le acaricio la mejilla, diciéndole en silencio que lo comprendo, y me aprieta la mano. Su atención regresa poco a poco al escenario.

Una vez más, me invade una cruda certeza. Chris es dolor y oscuridad, y no importa que insista en que tiene esa parte suya bajo control, está claro que no es así. No dudo que realmente quiere tenerla bajo control. Quiero sanarle, quiero estar allí para él, pero me pregunto si realmente puedo estarlo. No estoy segura de que me lo permita.

Sigo dándole vueltas a esto durante el resto de las intervenciones y siento cierto alivio cuando el almuerzo llega a su fin, pero no voy a poder escapar tan fácilmente, todavía. Chris y yo nos mezclamos con los invitados y me deja anonadada cómo consigue mantener su fachada de buen humor. Sabe qué decir en cada momento y no le cuesta arrancar sonrisas a sus interlocutores.

Una hora más tarde, hacemos una visita a los chavales en el hospital. Chris bosqueja para ellos animales graciosos y personajes de dibujos animados. Increíblemente, nadie salvo yo parece notar lo atormentado que está. Al observarle veo más allá del hombre hermoso y sexy que aparenta ser; veo al hombre que, a pesar de su propio dolor, se entrega por completo a estas familias que lo pasan mal, y me enamoro aún más de él.

Cuando terminamos de visitar a los pacientes, nos dirigimos hacia la habitación de Dylan, la última parada en nuestro recorrido. Poco antes de llegar, Chris se detiene y baja los ojos para leer un mensaje de texto.

Me preocupa la mirada lúgubre que esboza.

—¿Qué? —exijo.

Teclea un mensaje antes de contestar.

—Según Blake, no han cambiado el candado del trastero, pero parece que alguien lo ha dejado todo patas arriba. Quiere saber si había cosas tiradas por todas partes la última vez que estuvimos allí.

—No. Dile que no.

—Ya se lo he dicho. —Vuelve a dirigir los ojos al móvil para leer la respuesta de Blake—. Piensa que el detective ese de poca monta aprovechó el apagón para cambiar nuestro candado abierto por otro igual.

Intuyo lo que me va a decir a continuación y me anticipo.

—No cerramos el trastero con nuestro candado. Lo hicimos con el suyo. Así podía regresar cuando le diera la gana.

—Eso es. Estoy convencido de que llevaba esperando la oportunidad de hacerlo desde la noche en que te lo encontraste. Seguro que volvió a sustituir su candado por el original cuando encontró lo que buscaba en el trastero.

Me empieza a doler la cabeza.

—¿Hasta qué punto lo ha revuelto todo?

—Por lo que dice Blake, hay cosas tiradas por todas partes.

Un sonido de frustración se escapa de mis labios.

—¿Podemos llamar a la policía?

—Blake afirma que será imposible demostrar que otra persona ha entrado en el trastero. Cree que deberíamos seguir sin involucrar a la policía, como decidimos en su momento.

A regañadientes, acepto que estamos entre la espada y la pared.

—Si había más diarios, están perdidos para siempre. —Y, con ellos, la respuesta al interrogante de su paradero y la identidad del responsable de su desaparición.

—Blake y todo el equipo de Seguridad Walker son de lo mejor que hay. Si alguien puede encontrar a Rebecca, son ellos.

—Que no la hayan encontrado a pesar de lo buenos que dices que son, Chris, hace que me preocupe más todavía.

Tensa la boca.

—Por desgracia, estoy de acuerdo.

Antes de entrar en la habitación de Dylan intento deshacerme de mi lúgubre estado de ánimo, pero al llegar compruebo que mis esfuerzos son en vano. El niño lleno de energía que conocí el día anterior ya no está por ninguna parte. Está en la cama, doblado sobre una cuña, vomitando mientras su madre, a su lado, intenta consolarle. La única cosa que mantiene mis pies en la tierra es la necesidad de ayudar a que todo el mundo siga con los pies en la tierra. La mano de Brandy tiembla con cada arcada, y detecto cómo crece en Chris una energía oscura. Es como un animal salvaje que recorre una jaula de arriba abajo y no puede escapar.

Sin embargo, consigue dominarse y descubre que Brandy no ha comido ni ha dormido. La convence para que se tome un descanso y nos sentamos con Dylan. Chris se apoya en el borde de la cama del niño y accede al ruego de dibujar otra imagen de Freddy Krueger. Milagrosamente, el chico parece mejorar en el momento en que Chris empieza a trazar la figura sobre el cuaderno que ha llevado todo el rato con él.

A las cuatro, se marcha para reunirse con los patrocinadores de la fundación y yo me quedo con Dylan y con Brandy. Acordamos encontrarnos en el hotel a las cinco y media. Pero llegan las seis menos cuarto y sigo delante del hospital, donde llevo más de media hora intentando parar un taxi. Le he enviado un mensaje a Chris, pero no me ha contestado.

Al fin me llama.

—Acabo de salir de mi reunión. ¿Ya has conseguido un taxi?

—No —contesto con desesperación—. Al parecer hay dos grandes congresos en la ciudad y además se estrena una película.

—Llama y dile a la empresa de taxis que les darás una propina de cien dólares. Te veré delante del hotel para pagar. Si eso no funciona, te envío un taxi privado.

Quince minutos más tarde, Chris me recibe delante del hotel con vaqueros y una camiseta blanca. Varios mechones de pelo húmedo le caen sobre la cara. Me abre la puerta y se asoma a la ventanilla del copiloto para pagar al conductor. Salgo del taxi con prisa, porque me tiene que dar tiempo a ducharme y a vestirme. Antes de subir a la acera, Chris posa sus manos sobre mis hombros y me besa con fuerza en los labios.

—Te he echado de menos.

Aunque es muy receloso de su intimidad, parece ignorar a todos los que nos rodean. Le miro y parpadeo, perdiéndome en la vulnerabilidad que adivino en su mirada y que resulta tan raro ver; una vulnerabilidad que siempre consigue penetrar profundamente en mí y volverme del revés. Acaricio uno de sus mechones húmedos y se precipita sobre mí una cascada de emociones.

—Chris, yo... —Suena un claxon, él tira de mi brazo y un taxi pasa a mi lado a toda velocidad. Me subo a la acera y, en silencio, termino mi frase: «te quiero...».

—Maldito majara —gruñe, entrelazando sus dedos con los míos.

Empezamos a andar hacia la entrada del hotel, pero mi confesión espontánea me ha sido arrebatada por un taxi amarillo. Me digo que es algo bueno. Ha sido una locura hacer esa declaración ahora. No es el momento ni el lugar, pero no puedo librarme de la sensación de que me arrepentiré de haber dejado escapar el momento.

Me ducho a toda prisa, me pongo el albornoz del hotel, me peino y me maquillo. Acabo de alisarme el pelo con las planchas cuando aparece Chris en el umbral de la puerta. Lleva puesto su esmoquin. Dejo las planchas sobre el lavabo y me doy la vuelta, deleitándome con su aspecto. El esmoquin, sin una arruga y hecho a medida, se ajusta a su percha musculada y fibrosa con resultados deliciosos. Y a pesar de haber accedido a ir, según establece el protocolo, «vestido de pingüino», como dice él, no se ha afeitado y una sombra clara le recubre la mandíbula. Su pelo rubio está despeinado y un poco salvaje. Al contemplarlo siento que el contraste lo reafirma como el hombre que conozco y amo y también como un rebelde con causa.

—Eres el hombre más sexy que existe —declaro.

Chris sonríe y, por primera vez en todo el día, también lo hacen sus ojos.

—Voy a dejar que me demuestres que efectivamente crees que lo soy cuando regresemos aquí esta noche. —De detrás de su espalda saca una cajita forrada de terciopelo—. Esto es para ti. —Sonríe—. Y para mí.

Me quedo sin aliento al leer «ADANYEVA.COM» sobre la caja. Es la tienda de juguetes eróticos de la que le hablé a Chris hace dos noches por teléfono.

—Me imagino que no será una pala rosa...

—No pongas cara de decepción —me dice con tono de burla—. Haré que nos manden una para cuando regresemos. —Abre la tapa y descubre tres piezas de joyería sobre seda negra. Por un lado hay dos aros de plata, de los que cuelgan sendas tiras de rubíes. La tercera pieza es otro aro con una tira en forma de lágrima y engastada con los mismos rubíes.

—Para ponerte bajo el vestido —anuncia.

Sin poder evitarlo, resuena en mi cabeza una de las entradas del diario de Rebecca, como si me estuviera hablando aquí mismo: «Me giró, me tiró del vestido y el sujetador hacia abajo y me colocó unas pinzas en los pezones al tiempo que me ordenaba que aguantase el dolor». Me cruzo de brazos y niego con la cabeza.

—No. No puedo llevar eso durante la fiesta.

Chris deja la caja sobre el tocador y avanza hacia mí. Doy un paso hacia atrás, pero ya lo tengo delante, rodeando mi cara con sus manos.

—No son pinzas, si es eso lo que crees. No te pediría que te pusieras pinzas durante un periodo de tiempo tan largo. Son joyas. A ti te provocarán una deliciosa fricción, y a mí me distraerán y me excitarán, algo que necesito, creo, esta noche.

—Ah.

—Ah —repite, curvando los labios. Baja la mano para deshacer el nudo de mi albornoz y clava su mirada en la mía—. Déjame enseñarte.

El pánico de hace unos momentos se transforma en un ardiente calor en mi tripa. No desvío los ojos de su penetrante mirada. Dejo caer los brazos y mi albornoz se abre. El aire frío sobre mi piel me resulta dulcemente provocador. Su rostro adopta un gesto de aprobación y sus dedos rozan delicadamente mis pezones. Intento tragarme un gemido, sin éxito. Chris me lleva a un lado y apoya mi trasero contra el tocador, sus caderas se amoldan a las mías y siento cómo el grueso pulso de su erección se aprieta contra mi estómago.

Con una actitud indolente, toca las puntas rosadas hasta que se convierten en duros nudos, y me atraviesan sensaciones dulces y deliciosas. Le sujeto las muñecas.

—Para. Nos tenemos que ir. Tengo que vestirme.

—Sólo estoy asegurándome de que estás preparada.

—Estoy preparada. Ése es el problema.

Toma mis pechos entre sus manos y los aprieta juntos, agachándose para lamer mis pezones a la vez. Aletean mis pestañas y bajo la mano hasta su cabeza. No tengo fuerzas para decirle que se detenga. Tendré que vestirme más deprisa. No me doy cuenta del momento en que alarga el brazo para alcanzar uno de los aros para los pezones. De pronto lo está enganchando en mi turgente piel.

Me muerdo el labio y bajo la mirada para observar las joyas que ahora cuelgan.

—¿Te duele? —pregunta, dándole unos golpecitos con el dedo y enviando dardos de placer directamente a mi sexo.

—No —digo, suspirando con fuerza—. No duele.

Su hermoso rostro luce satisfacción y vuelve a agachar la cabeza, raspando mi pezón desnudo con su lengua. Esta vez, al observar cómo ajusta el aro, algo me excita más que la visión de las joyas en mi cuerpo; la idea de que Chris estará pensando en ellas toda la noche.

Me levanta con sus brazos, me coloca sobre el lavabo y me separa las piernas. Se agacha y me acaricia la ingle con la palma de su mano, deteniéndose a lamer la carne hinchada de mi sexo, que mima y tortura con su pulgar.

—¿Estás pensando en follarme, Sara?

—No. Estoy pensando en que me folles tú a mí.

Se ríe. Un sonido grave y sexy que hace que me derrita como la miel. Siento que me humedezco aún más y él también lo nota. Lo sé por la forma que tiene su mirada de volverse más incisiva y oscura, y también por el bailoteo ámbar que adivino al fondo de sus ojos.

—A pesar de lo mucho que me gustaría follarte ahora, cariño, presiento que la espera valdrá la pena. —Extrae de la caja el aro para el clítoris y lo cierra alrededor del montículo hinchado y sensible. Separa mis piernas más todavía—. No te muevas. Quiero mirarte. —Da un paso hacia atrás.

Cierro el albornoz de golpe y me pongo en pie de un salto, situándome delante de él sin tocarle. Levanto la barbilla.

—Me has dejado con las ganas. Si quieres verme, tendrás que esperar a después. —Le esquivo y pongo distancia entre nosotros, antes de darme la vuelta para mirarle de frente—. Y ahora fuera, tengo que ponerme el vestido.

—Nada de sujetador ni braguitas. —Es una orden. El macho alfa Chris que conozco bien y que encuentro tan rematadamente excitante, en toda su gloria.

—Ya veremos.

En una fracción de segundo se ha colocado delante de mí y me aplasta contra él con fuerza.

—Ni sujetador ni braguitas, ¿entendido?

Su corazón late con vigor bajo la palma de mi mano. Esta conversación también le afecta. No tiene todo el poder, pero se nota en el aire su necesidad de tenerlo, y es tan viva como yo me siento cuando me toca.

Me pongo de puntillas y le beso.

—Sí. Entendido.

Hay un instante en que se muestra tenso y parece no ceder; después encuentro de repente su mano sobre mi piel desnuda, bajo mi albornoz, que ahora está abierto. Sus labios rozan los míos, luego su lengua; su tacto es como un susurro breve.

—¿Cómo es que siempre acabas haciendo justo lo contrario de lo que creo que vas a hacer? —pregunta con voz grave. Me aparta y sale del baño, cerrando tras él.

Me quedo varios segundos mirando la puerta, preguntándome si hacer lo contrario de lo que espera es algo bueno o malo. Pero la verdad es que con Chris no intento ser una persona diferente, como lo he intentado con otros hombres en mi vida. Me estoy redescubriendo, o quizás es que me estoy encontrando por primera vez en mi vida.

Me mentalizo y me activo de un salto. Me pongo las medias negras, los tacones altos y, finalmente, el vestido esmeralda. Sin sujetador. Sin braguitas. Los rubíes ya me están provocando sin piedad igual que lo ha hecho Chris con la boca y los dedos. Inspecciono mi reflejo en el espejo, y el vestido me encanta, incluso más de lo que me gustó en la tienda. El verde tan vivo favorece mi piel pálida y el vestido se ajusta a mi cuerpo sin ser demasiado sexy. Y, afortunadamente, me tapa lo bastante como para esconder bien las joyas que cuelgan de mis pezones.

Alcanzando el picaporte de la puerta, me detengo un momento y me sube la adrenalina ante la idea de que Chris me espera al otro lado. Entro en el dormitorio y lo encuentro apoyado contra la puerta de la entrada, una pierna cruzada sobre la otra, el brazo sobre el pecho. Me mira con expectación, invitándome en silencio a caminar hacia él, y no tengo fuerzas para desafiarle. Ver el poder que emana me excita sin remedio. Sus ojos siguen cada uno de mis pasos, tocándome sin tocarme, seduciéndome con la promesa del placer que ya ha demostrado que él, y sólo él, puede ofrecerme.

Me detengo delante de él y sigue sin moverse, no alarga su brazo hacia mí.

—Date la vuelta.

Hago automáticamente lo que me pide. Tiene razón. Deseo fervientemente estos momentos en los que él tiene el control. Me arde en las entrañas la incógnita de lo que pretende hacer a continuación. No me dejaría llevar así por nadie más, pero con él siento que puedo hacerlo.

Algo frío se desliza por mi cuello y me doy cuenta de que me está colocando un collar. Sorprendida, llevo la mano hasta la joya que tengo en la garganta.

—Ve a mirarte al espejo —susurra inclinándose hacia mí.

Llena de curiosidad, me apresuro al baño para mirar mi reflejo. El collar desciende hasta mi escote; se trata de una joya redondeada de color esmeralda con un filo de diamantes que brillan como estrellas. Chris aparece detrás de mí, sus ojos se encuentran con los míos en el espejo, y la conexión me lleva otra vez a ese estado de anhelo que sólo él me crea y del que nunca me canso. Hay una voracidad desnuda en su expresión, mucho más profunda que la necesidad física que existe entre ambos. El regalo le importa. Es especial. No tiene nada que ver con los obsequios que mi padre le hacía a mi madre. Me gusta que sea tan importante para él.

—No podría ser más perfecto —digo en voz baja—. Gracias.

Sus ojos se escurren posesivamente hasta mi ombligo y entierra su cara en mi pelo, apretando su boca contra mi oreja.

—Tú sí que eres perfecta —susurra con voz animal.

Todo lo que hace Chris es crudo y verdadero, como el dolor que se esfuerza por enterrar en la profunda caverna de su alma. Y odio pensar que llegará el momento en que descubra que yo no soy en absoluto perfecta.

20

Tras dejar la habitación del hotel, entramos en el ascensor, que está repleto. Chris se apoya contra la pared y yo me encajo bajo su brazo. Su tacto es una quemadura que gozo, aunque hay en él una intimidad que me resulta difícil experimentar en público. Los rubíes cuelgan entre mis piernas y me excitan al rozar mi clítoris, una sensación que no duele, pero de la que es imposible escapar. Tampoco puedo escapar del abultado paquete de Chris, que se ciñe, henchido, contra mi trasero. Me acaricia el cuello con la nariz, y tiemblo. Casi puedo saborear su placer ante mi reacción, y sus manos recorren mis costillas de arriba abajo, tirando de la seda de mi vestido y de las joyas que tengo en los pezones. Llevo mis manos a las suyas, procurando mantenerlas quietas con un reproche silencioso, y él se ríe junto a mi oreja en voz baja de una forma muy sexy.

Sonrío ante su actitud juguetona y de pronto me choca el contraste entre este momento y otro, en la bodega, en el que tampoco llevé sujetador ni braguitas. Me había reprendido por intentar ver romanticismo en lo que era una aventura sexy. Ni siquiera conocer a sus padrinos aquella cálida noche de agosto pudo disipar mis dudas de hacia dónde nos encaminábamos Chris y yo. Si me dejara llevar, no sería difícil juntar todas mis dudas y liarme con todo lo que podría ir mal esta noche. La lista de preocupaciones es larga: el inminente regreso de Chris a París; las decisiones que debo tomar respecto a mi vida profesional; mi secreto… Se me encoge el estómago y justo entonces se abren las puertas del ascensor.

Al salir, dejo mentalmente mis preocupaciones dentro. Esta noche Chris necesita que tenga la cabeza despejada y que esté centrada. Mi Príncipe Oscuro está haciendo equilibrios en el borde del abismo por Dylan y necesito ser la cuerda de la que pueda valerse para no caer.

Una vez en el pasillo, Chris entrelaza sus dedos con los míos y este acto, pequeño e íntimo, me sobrecoge el corazón y me provoca una sensación mucho más cálida que el delicado balanceo de las joyas entre mis piernas al caminar. Le lanzo una mirada de soslayo y descubro que él está haciendo lo mismo y es como si me llegara una brisa de verano. Él flota dentro de mí y me completa, y por primera vez en toda mi vida, en lugar de sentir que estoy sola o que pertenezco a alguien, siento que estoy en una relación. Qué irónico, pienso, considerando que este es el mismo hombre al que he rogado que me reclame como suya y que me posea. Él es pasión oscura y calor travieso, y todo lo que obtenga de él me sabe a poco.

Salimos del hotel a la cálida noche sin nubes; sobre nuestras cabezas brillan docenas de estrellas. Cuelgo mi bolso pequeño, negro y brillante de mi hombro, sobre el fino tirante esmeralda. El taxi privado que ha pedido Chris nos está esperando, pero nos giramos al escuchar a una pareja de ancianos que también va a la gala y que no logra parar un taxi.

Chris y yo compartimos una mirada, entendiéndonos sin hablar, y da un paso hacia la pareja.

—Pueden venir con nosotros. Vamos todos al mismo sitio.

Un elegante 911 se detiene junto al botones y tengo un *flashback* momentáneo: me veo de regreso a la noche de la cata de vinos en la galería. Había salido de la galería y me había encontrado a Chris apoyado en el 911, el mismo coche que tiene mi padre. Me doy cuenta de que entonces comparé a dos hombres imposibles de comparar, y las sonrisas que Chris acaba de ofrecer a la pareja de ancianos lo confirman.

Dentro del coche, sentada en el centro, empiezo a hablar con la mujer que tengo al lado. Chris reposa su mano sobre mi rodilla, acariciando distraídamente mis medias de seda, transmitiéndome calor. Me suben corrientes de placer por la pierna, dardos que hacen diana en mi clítoris hinchado, que está extremadamente sensible.

Se está volviendo imposible centrarme en la conversación y, cuando ya no puedo más, le sujeto la mano para que se quede quieto y le lanzo una mirada de advertencia.

Él arquea una ceja.

—¿Algún problema?

Le miro a los ojos y hablo con voz suave.

—Sabes perfectamente lo que estás haciendo.

—Sí —coincide, y mueve los labios—. Perfectamente.

—Claro que sí —replico, y el hecho de que lo sepa, más que asustarme, me atrae por lo erótico que resulta. Por eso mismo procuro no soltarle la mano durante los diez minutos que dura el trayecto.

El chófer detiene el coche delante del Museo de la Infancia, donde se está celebrando la gala. Nada más salir empiezan a destellar los flashes de las cámaras. Según avanzamos por la alfombra roja que han colocado sobre las escaleras de entrada, la incomodidad de Chris es obvia y no me sorprende cuando rechaza amablemente visitar la sala de prensa. Sé lo poco que le gustan los focos, y que se exponga a ellos por una buena acción me dice mucho de cuánto significa todo esto para él.

Una vez dentro del edificio, nos detenemos bajo un enorme arco que da a la gran sala triangular donde se está desarrollando el evento. Entre nosotros y la banda que toca al fondo se congregan unos cien invitados que charlan de pie. La música asciende hacia la enorme bóveda que nos cubre y me quedo sin aliento al admirar los murales que decoran las paredes.

Como se me parecen a otro mural, mucho más familiar, no puedo evitar mencionarlo.

—Me recuerda al despacho de Mark. Tú pintaste el mural, ¿verdad?

Se le tensan las comisuras de la boca.

—Sí.

—¿Sí? ¿Sólo sí?

Se encoge de hombros.

—Me aseguró que vendería uno de mis cuadros en Riptide por una cifra astronómica y acordé pintarle la pared si lo conseguía.

—Y donaste el dinero al hospital.

Veo cómo las emociones recorren su cara y se endurecen las líneas de su expresión.

—Pagué por los tratamientos de Dylan y abrí una cuenta para su familia que todavía no saben que existe.

Sus palabras me golpean el pecho y sé que a él también.

—Parece que Mark y tú hacéis juntos muchas cosas buenas, pero tenéis una relación extraña.

—Tenemos una relación comercial.

—Pero fuisteis amigos.

—«Amigos» es una palabra que demasiada gente usa a la ligera —comenta en tono seco, y salta a la vista que está harto de hablar de Mark. Dirige la mano hacia una mesa con comida—. ¿Tienes hambre?

—Estoy hambrienta —contesto, pero me molesta su forma de evitar el tema de Mark.

Su mano me rodea la cintura, juntando nuestras caderas con discreción.

—Yo también estoy hambriento, pero no de comida —murmura, y dejo de pensar en Mark al instante. Parece que quiera devorarme aquí y ahora. Mi cuerpo reacciona y la ausencia de mis braguitas hace que el calor húmedo entre mis muslos me resulte más que evidente.

Me sonrojo ante el comentario y no sé por qué. Hace menos de una hora, este mismo hombre me lamió los pezones y enganchó rubíes en ellos, pero es que hay momentos en los que Chris es un macho tan poderoso que me derrito por él.

Y él lo sabe. Lo veo en su cara, en el calor travieso que arde al fondo de sus ojos verdes. Tampoco me importa que lo sepa. Ya no me da miedo, como antes, que conozca mi forma de reaccionar ante él. Siento alivio al ver que, poco a poco, se va dibujando una sonrisa sensual en sus labios, que borra las líneas duras que tenían sus facciones hace un momento.

—Anda, mira —dice con un tono suave y seductor—, nuestra dulce maestra se sonroja. Parece que no la he corrompido del todo… todavía. —Hace una pausa—. Pero descuida, estoy trabajando en ello.

—Tú me acusaste de intentar corromperte a ti.

—Y lo has hecho, pero me has corrompido de la mejor forma posible, cariño.

Frunzo las cejas.

—¿Y eso qué significa?

—Si no lo sabes aún, pronto lo sabrás.

Me conduce hasta el centro de la multitud y me quedo con la duda del significado de sus palabras. En cualquier caso no debería sorprenderme. Con él, todo son dobles significados y enigmas; mensajes ocultos que entiendo más tarde, si es que llego a hacerlo.

Pasamos junto a varias mesas con comida y nos detenemos ante una que ofrece muchos tipos distintos de canapés. Llenamos nuestros pequeños platos y hacemos lo posible por comer mientras charlamos con todas las personas que se acercan para hablar con Chris. Le acabo de dar un mordisco a un sándwich cuando, de repente, surge de no sé dónde Gina Ray, una actriz bastante famosa que, según he visto en Google, ha salido con Chris. Viene hacia nosotros.

Tiene el pelo largo y sedoso de color castaño y lleva un vestido rojo con mucho escote. Al ver a Chris se abraza a él, apretándose contra su brazo.

—¡Chris! —exclama—. ¡Qué bueno verte! —Su voz, al igual que ella, es muy expresiva; una mezcla de animal salvaje y bombón de Hollywood.

Me sofoco y súbitamente parece que las inseguridades que me juré dejar en el ascensor han hallado la forma de llegar hasta la gala. Comparada con ella, que es toda una estrella digna de alguien como Chris, me siento torpe y poco femenina. Tengo la impresión de interpretar el papel de la dulce maestrilla que está fuera de lugar en un evento importante; que no pega nada con un hombre como Chris. Dejo mi plato en la mesa y lucho contra mis ganas de salir corriendo; aunque, si lo hiciera, ignoro dónde iría.

Chris parece notar mi reacción y se escurre del abrazo de Gina para rodearme la cintura.

—Sara, esta es Gina Ray. Gina lleva varios años apoyando de forma activa nuestra fundación. —Me lanza una mirada cargada de intenciones—. Y en contra de lo que afirman ciertos *paparazzi* que la persiguen a todas partes como animales hambrientos, nunca hemos salido juntos. Gina, esta es Sara McMillan, con quien sí que estoy saliendo. Espero que me veas con ella muchas veces en el futuro.

Sus palabras me alivian y me provocan un dulce calor en el pecho. Me fundo con Chris, que lleva sus dedos hasta mi cadera.

Gina mira al cielo con un gesto juguetón.

—Ya me disculpé con mi talonario por el escándalo de que salíamos juntos, Chris. Deja de culparme por hacerte pasar por eso. —Centra su atención en mí, y sus pálidos ojos azules, tan distintos de mis ojos profundos y achocolatados, me recuerdan a diamantes bajo la luz de la luna—. Y encantada de conocerte, Sara. —Me tiende la mano y yo la acepto. La luz del flash de una cámara nos ciega un instante y, sin soltarme la mano, le lanza a Chris una mirada de reproche.

»No me culpes si las noticias de mañana dicen que Gina Ray ha tenido un encontronazo con la nueva novia de su examante, ¿vale? No-me-culpes. —Alguien la llama y me suelta la mano—. ¡Os veo en un ratito!

—Así que leíste el cotilleo ese que afirmaba que salíamos juntos —susurra Chris con tono acusatorio cuando estamos a solas de nuevo.

—¿Por qué dices eso? —pregunto con tono culpable.

—Cuando me abrazó, por poco te atragantas con el sándwich.

Me encojo de hombros.

—Es una estrella de cine. Al verla aluciné.

Frunce los labios.

—¿Ah, sí?

—Bueno, vale. Puede que haya buscado información sobre ti en Internet en algún momento.

—¿Hay alguna otra cosa que hayas descubierto que necesite explicarte?

—No. Nada más. —Y lo digo de verdad. Creo que todavía tiene secretos sobre los que no quiere hablar, pero ninguno que yo pueda descubrir a través de Google. Los descubriré buscando en su dolor, que espero me permita entender algún día. Mi voz se suaviza—. Sé todo lo que necesito saber.

En sus ojos verdes brilla un atisbo del tormento que al parecer se me da tan bien crear en él.

—Sara... —Es interrumpido por un grupo de personas que quieren hablar con él y conocerme a mí. Y me quedo con las ganas de saber qué es lo que estaba a punto de decirme. Nos enfrascamos en varias conversaciones, pero nuestros ojos se buscan y no dejamos de mirarnos. Las palabras que no nos decimos queman en el aire, deseando ser escuchadas.

Durante la siguiente hora nos dedicamos a mezclarnos con la animada concurrencia y siento alivio a medida que nos relajamos para disfrutar de una noche distendida y amena. Me regocijo en su forma de tocarme a menudo, cada roce de su mano entibia mi alma, donde este hombre se ha instalado y ha echado raíces. Y cuando nuestros ojos se encuentran, me recorre una sensación que no tiene que ver tanto con la fricción que me provocan los rubíes, como con el sentimiento que me despierta nuestro vínculo, cada vez más profundo. Estoy feliz y eso no es algo que haya podido afirmar muchas veces durante mi vida adulta. En mi caso la felicidad no suele durar, pero esta vez voy a luchar para que no sea así.

Veo que los camareros están preparando una mesa con distintos tipos de café y tartaletas de chocolate y nata. Mientras arrastro a Chris en esa dirección, es abordado por una fan muy emocionada de sesenta y pico años. Por lo visto, Chris le firmó un pincel en un evento anterior y ahora quiere otro para su hijo.

—Estaré donde el chocolate —informo. Le beso la mejilla—. Es mi tentación favorita, después de ti —susurro.

Musita algo en francés y estoy segura de que debe ser algo obsceno. Me muerdo el labio por lo excitante que suena.

Sigo sonriendo por dentro por lo que nos hemos dicho cuando me entregan un café con chocolate y nata montada por encima. Me traslado a una mesita alta y hundo la cuchara en la nata. Es deliciosa, como mi forma de tontear con Chris. Estoy asombrada por lo fácil que me resulta ser yo misma con él.

—Hola, Sara.

Me quedo petrificada con una segunda cucharada de dulce nata en la boca. Mi atención se clava en el esmoquin que tengo justo delante de mí; en una mano conocida que ahora reposa sobre el mantel blanco; en la voz familiar que, para el caso, bien podría ser ácido abrasando mi espalda. No puede ser. No puede estar aquí. Han sido dos años de silencio, desde que le amenacé con una orden de alejamiento. Dos años que confiaba fuesen para siempre.

Lentamente bajo la cuchara, la dejo sobre el platito y maldigo el temblor de mi mano que sé que notará. Es un manipulador, una persona que te utiliza. Un bastardo que no hubiera querido volver a ver, pero no soy la misma chica que era hace cinco años o tan siquiera la misma de hace dos. No me acobardaré.

Preparándome para el impacto, levanto la vista, pero no veo a la persona que la mayoría ve como un hombre apuesto, alto y moreno. Ni siento el impacto de su feroz mirada azul como lo sienten los demás…, como antes lo sentía yo. No veo otra cosa que el monstruo que descubrí la última vez que nos vimos.

—Michael. —Odio la forma que tiene su nombre de arañarme la boca, y cómo mi garganta se cierra con repulsión. También me odio por permitir que me conmocione. Sufro un arrebato de pánico, una sensación de que la tierra cede bajo mis pies. No. Chris no debería averiguar mi pasado en este momento ni de esta manera. Este fin de semana ya tiene demasiadas preocupaciones como para tener que cargar también con las mías. Motivo más que suficiente para no derrumbarme. No lo haré. Seré fuerte.

Aprieto los puños.

—¿Qué haces aquí?

—Vi tu foto en el periódico y, de todos modos, tenía que pasar por nuestro centro de investigación en Silicon Valley. Tu padre y yo pensamos que era la oportunidad perfecta de contribuir con una buena causa y, de paso, ver qué tal te va la vida.

Mi padre, que no ha hecho un solo intento, a pesar de sus recursos, por contactar conmigo en cinco años; que ni siquiera acudió al acto que se hizo en memoria de mi madre, donde Michael y yo nos vimos por última vez. Odio que las cosas que hace sigan fastidiándome. Odio la forma tan ridícula que tengo de echar de menos a un padre al que le importaba un bledo; al que le importaba un bledo mi madre, que le amaba con todo su corazón.

Crispo los labios.

—Los dos sabemos que mi padre no te envió aquí.

—La verdad es que sí, lo hizo. Verás: te seguimos la pista, Sara. Siempre lo hemos hecho. Eso quiere decir que le seguimos la pista a la gente que incluyes en tu vida. Lo cual me lleva a esta noche y a las compañías que frecuentas últimamente.

Me arde la cara y tengo el corazón a punto de estallar.

—¿Y eso qué quiere decir?

—Quiere decir que Chris Merit tiene una manera muy curiosa de divertirse, ¿no?

Me explota el corazón en el pecho. Chris. Está usándolo en mi contra. Sabe lo del club. Tiene que estar refiriéndose a eso. Esto no puede estar pasando. No puede estar pasando.

—Esperábamos que te dieras cuenta por ti misma de su naturaleza destructiva y que decidieras abandonarlo, pero ahora que te dejas ver en público con él, que te sacas fotos que luego salen en el periódico, no podemos mantenernos al margen, porque es algo que podría ser dañino para ti y para nosotros.

—¿Nosotros? —exclamo—. Tú no formas parte de ningún nosotros en el que yo esté incluida.

—Te equivocas de nuevo. Verás: ya que soy el nuevo vicepresidente de tu padre, lo que le haga daño a él me hace daño a mí, y viceversa. Y estoy seguro de que una fundación benéfica infantil estaría bastante molesta con los intereses de Chris. ¿No crees?

Está obsesionado y enfermo.

—Sólo me quieres a mí porque soy la heredera de mi padre. Así podrás quedarte con mi dinero.

Se inclina hacia mí y tengo que esforzarme para no pegar un salto hacia atrás, para no demostrar debilidad.

—Sólo quiero que la mujer a la que amo regrese a casa, Sara. —No hay amor en su voz. Sólo afán posesivo y ganas de ser mi dueño—. Estoy en el hotel Marriott del aeropuerto. Espero verte allí pronto. —Me esquiva y desaparece, dejándome inmersa en las arenas movedizas de sus amenazas.

Me quedo helada, derrumbándome por dentro. La sala se desvanece y no existe nada salvo lo que ocurrió dos años atrás, y el agujero negro de mi angustia. Y la certeza de que yo misma he provocado esto y se lo he provocado también a Chris, con mis acciones, mi falta de previsión. Mi debilidad. Cuando ocurrió, yo estaba tan sola y perdida… Michael era la única persona que tenían en común mi madre y mi padre, quien, supuestamente, no quería saber nada de mí. Y él parecía diferente. O a lo mejor es que yo quería verlo de un modo distinto. En el fondo, había ansiado una excusa para volver a casa, para tener un hogar. Michael había sido cálido y cariñoso, y había sentido que le estaba conociendo por primera vez, que le había juzgado con demasiada dureza en el pasado. Pero me había equivocado, me había equivocado tanto… Estoy empezando a derrumbarme y sé que tengo que ir a algún sitio donde pueda estar sola y recomponerme, donde pueda encontrar una forma de salvar esta situación. Levanto la vista buscando una salida y mis ojos chocan con la mirada de Chris, que me intenta localizar desde el otro extremo de la sala. Veo la preocupación en su rostro, la percibo desde la distancia. Así de poderosa es nuestra conexión, y el nudo que tengo en la garganta se hace más grande. Oh, Dios. Amo a este hombre y estoy a punto de destruirle. Le doy la espalda y me abro paso entre la gente. No puedo enfrentarme a él hasta recuperar la compostura. Necesito superar esta noche sin una debacle pública.

Me marcho a toda prisa, abriéndome paso entre la gente; temo que Chris me alcance antes de que pueda serenarme, antes de que pueda pensar en cómo arreglar este desastre, pero no tengo ni idea de hacia dónde me dirijo. Sólo estoy caminando, abriéndome paso, buscando a ciegas una escapatoria.

Abordo a un camarero que cruza por allí.

—¿Los servicios?

Señala un cartel y salgo pitando, doblo una esquina, escabulléndome, cuando estoy a punto de chocar con Gina Ray.

—Lo siento, lo siento.

Me agarra del brazo para tranquilizarme y me mira con ojos preocupados.

—¿Estás bien?

—Sí. Sí. He comido algo que no me ha sentado bien. Necesito ir al servicio. —Es una excusa horrible, pero es la única que tengo.

—De acuerdo. —Se aparta—. ¿Quieres que vaya a buscar a Chris? —exclama a mis espaldas.

—¡No! —grito, girándome de golpe—. Por favor, no. No quiero que me vea así. —Abro la puerta y paso junto a una mujer frente al espejo y ni siquiera la miro. Me dirijo directamente al baño reservado para discapacitados y cierro con pestillo la puerta. Me tiemblan las piernas, me apoyo en la pared que hay frente al inodoro y me dejo caer. Aquí está el resultado de la colisión de todos los elementos de mi vida: yo, mirando al inodoro, mientras intento no derrumbarme. En cierto modo resulta una imagen de lo más apropiada.

Me domina de pronto un recuerdo de hace dos años. Michael me lleva en coche de nuevo a mi hotel y me acompaña a la puerta. Parece dulce y delicado. Lo invito a pasar para hablar. Sólo para hablar, le digo.

En cuanto cierro la puerta todo cambia. Se enfada, me insulta por marcharme, por hacerle quedar mal. Revivo el momento en que me aprisiona contra la pared y su cuerpo cubre el mío. Sus manos me recorren por todas partes, recorren todo mi cuerpo. Empiezo a temblar de nuevo. No puedo dejar de temblar. Me abrazo e intento olvidarlo todo. Me escuecen los ojos y me obligo a no llorar. No le daré a Michael la satisfacción de hacerme llorar. Tengo que volver a la fiesta y estar presentable. Tengo que sonreír. Tengo que superar esta noche sin estropeársela a Chris.

—¡Sara!

Es la voz de Chris, y no puedo creerme que esté en el servicio de señoras. Nunca hace lo que espero ni se atiene a convencionalismos. Y siempre está a mi lado en mis peores momentos. Siempre. Es la única persona que ha estado conmigo cuando lo necesitaba.

—Está al fondo —informa la mujer que se miraba en el espejo.

—¿Nos puedes dar un minuto? —pregunta él.

—Vigilaré la puerta —contesta ella, y está claro que se conocen.

Estupendo. Ya hay alguien que pueda contarle a todo el mundo que algo ha pasado esta noche con la pareja de Chris.

—Sara. —Su voz es una suave caricia, una promesa de que está aquí para mí, y me pregunto si será la última vez.

—No puedes estar aquí dentro, Chris. —Y, maldita sea, se me quiebra la voz.

—Abre la puerta, cariño. Necesito verte.

—No puedo. No puedo abrir la puerta.

—¿Por qué?

—Porque si lo hago lloraré y se me va a correr el rímel.

—Déjame entrar, Sara. —Su voz es suave, pero insistente.

—Por favor, Chris. Estaré fuera en un minuto y estaré bien. —Pero no sueno convincente. Tengo la voz forzada, casi irreconocible.

—Ya me conoces. No voy a marcharme sin que abras la puerta.

«Ya me conoces.» Sí que le conozco y sé lo mucho que le importan la confianza y la privacidad. No sólo le he mentido, sino que además me ha dejado entrar en su mundo íntimo. El mismo que ahora Michael está dispuesto a airear.

—Sara. —Hay algo brusco en su forma de decir mi nombre. Es una orden, suave, pero una orden.

No se va a marchar. Es demasiado tozudo. Abro la puerta y retrocedo hasta la pared mientras trato de inventar otra mentira para que pueda superar la noche, para protegerle. Se lo confesaré todo una vez que estemos de vuelta en el hotel. Este es mi plan, pero fracasa estrepitosamente. Pierdo los papeles en cuanto poso la mirada en Chris, el artista maravilloso y herido que me permitió entrar en su vida, el mismo al que estoy a punto de perder. Mis piernas ceden y me desmorono; las lágrimas brotan de algún lugar oculto que nunca he visitado, pero que siempre he sabido que estaba ahí.

Chris se pone en cuclillas delante de mí y posa las manos sobre mis hombros, fuerte y seguro, y lloro con más intensidad. No puedo detener la cascada. Cambia su posición para apoyarse contra la pared y tira de mí.

—No era así como tenía que suceder.

—¿Qué es lo que no tenía que suceder así? —pregunta, acariciándome el pelo y levantándome la barbilla con dos dedos para que le mire a los ojos—. ¿Tiene esto algo que ver con el hombre con el que te vi hablar?

—Michael. —Se me hace un nudo en el estómago al pronunciar su nombre—. Era Michael. Yo... —Respiro hondo para reunir fuerzas y apresuro mi confesión—. Hay cosas que no te he dicho. Sabía que tenía que hacerlo, pero yo sólo... Sólo quería olvidar y... —Me tapo la cara con las manos. No puedo mirarle. No puedo. Tiemblo y hago lo posible por contener las lágrimas, pero no puedo evitarlo.

Chris coge mi cabeza entre sus manos y me obliga a mirarle, sus ojos verdes buscan los míos y en ellos ve demasiadas cosas; ve lo que yo no quiero que vea, todo aquello de lo que no puedo esconderme. Ve los demonios contra los que lucho y la facilidad con la que me han dominado.

—Todos tenemos cosas que queremos olvidar. Nadie lo sabe mejor que yo, pero me puedes contar lo que sea. A estas alturas ya deberías saberlo.

—Me vas a odiar, Chris.

—No puedo odiarte, cariño. —Me limpia las lágrimas con los pulgares y sus ojos se ablandan, se vuelven más cálidos—. Te quiero demasiado para eso.

Siento como si me acabaran de atrapar el corazón en un cepo. Me quiere. Chris me quiere, y aunque sea exactamente lo que llevo tanto tiempo ansiando escuchar, no puedo aceptarlo ahora. No me conoce lo bastante bien como para amarme. Niego con la cabeza.

—No. No, no lo digas hasta que sepa que lo dices de verdad.

—Ya lo digo de verdad.

—Te he mentido, Chris —declaro—. No quería que supieras una cosa de mí, así que te... mentí. Yo... te dije que no había tenido sexo en cinco años, pero eso no era verdad. —Sus manos van hasta mis rodillas, y ya siento cómo se va alejando, preparándose para lo que sea que voy a decir. Aprieto mis dedos contra mis sienes y tiemblan—. Hace dos años... no, eso tampoco es verdad. Hace diecinueve meses y cuatro días, regresé a Las Vegas para asistir a un acto benéfico en honor a mi madre. Mi padre no vino y eso me dolió. Me dolió mucho. Michael estaba allí, yo estaba sola y vulnerable, y él actuó como si se preocupara por mí, y yo...

—Espera —interrumpe con una voz que corta como un cuchillo. Me gira y me lleva contra la pared, sujetándome los brazos con sus poderosas manos—. ¿Sabes exactamente cuántos días hace desde que te lo follaste por última vez?

Me encojo.

—No. Quiero decir sí. Pero no era así, era...

—¿Todavía le quieres? ¿Es eso lo que me quieres decir?

—¡No! ¡Por Dios, no! Te quiero a ti, no a él. Nunca quise a Michael. Él... Él vino a mi cuarto y cometí el error de dejarle pasar. —Los recuerdos abren surcos en mí y agacho la cabeza. Apenas puedo respirar al recordar a Michael tocándome, al sentir su mano sobre mis pechos—. Le dejé pasar. —Me obligo a mirar a Chris y murmuro—: Únicamente le dejé pasar...

Él lleva las manos a mi rostro, su mirada busca la mía.

—¿Me estás diciendo que te violó?

—Sólo... hice lo que me pidió.

—¿Querías que te tocara, Sara?

—No —susurro, y las lágrimas han desaparecido. El frío penetra en mis piernas, bajando por mi columna e instalándose en la profundidad de mi ser, instalándose en el lugar donde ha vivido durante estos dos años.

—¿Y le dijiste que no?

—Sí. Se lo dije una y otra vez, pero no me escuchaba. —Ahora mi voz es más calmada, pero sigue teniendo un tono forzado. Todavía no sueno como yo misma, pero, por otro lado, ¿quién demonios soy? Ya no lo sé—. Después ya no sé lo que pasó. Simplemente... abandoné.

—Entonces te violó.

—Abandoné, Chris. Me dijo que hiciera cosas y las hice. Las hice. Fui patética y débil y abandoné. No sé por qué no me limité a decirte que llevaba sin hacerlo dos años. Yo sólo... Si no lo bloqueo, me sobrepasa. Acabábamos de conocernos y pensaba que tú eras... Que nosotros éramos...

Me acaricia la mejilla.

—Lo sé, cariño.

—No lo sabes —digo con vehemencia al ponerme en pie.

En una fracción de segundo lo tengo a mi lado, apoyando la mano contra la pared junto a mi cabeza.

—Sé todo lo que necesito saber, Sara —masculla, repitiendo mis palabras.

Digo que no con la cabeza.

—No. No eres consciente de lo terrible que fue. Me desperté con ese hombre en la cama y solamente yo tenía la culpa. Dejé que me pusiera de nuevo un anillo en el dedo y me ordenó volver a Las Vegas.

—Pero no fuiste.

—No. —Se me pone la piel de gallina sólo de pensar en esa mañana, en cómo me tocaba Michael, en su forma de actuar como si fuera suya.

—Dime —tantea—. ¿Qué ocurrió?

Bajo la mirada al pecho y respiro hondo, intentando calmarme, pero parece que el aire se queda atrapado en mi garganta y no puedo sacarlo.

Los dedos de Chris bajan por mi barbilla.

—¿Qué pasó después, Sara?

—Le convencí de que volvía a California para recoger mis cosas. Entonces esperé a aterrizar en San Francisco, le llamé y amenacé con pedir una orden de alejamiento.

—¿Y?

—Se echó a reír y me dijo que yo prácticamente le había suplicado que me follara, y eso es lo que le diría a la policía. Le dije que se lo contaría a todo el mundo y me respondió con la amenaza de retratarme como la hija desheredada que buscaba venganza.

—¿Y tú qué le dijiste?

—Adelante. A mí me daba igual mi reputación, pero a él la suya le importaba mucho.

—Y se mantuvo alejado.

—Hasta esta noche.

Chris toma mi cara entre sus manos y me besa, labios con labios, pero no es sólo un beso. Es fuego y hielo, y pasión y calor, y amor. Hay amor en el beso y me inclino hacia él, mis manos viajan a su muñeca, y no quiero que este momento termine. Sus labios se quedan suspendidos sobre los míos, y durante estos breves momentos no hay nada salvo nosotros, no hay Michael, no hay pasado, no hay futuro por el que preocuparse.

—Sara —susurra, acariciándome el pelo y buscándome la cara—. Que pensaras que podía llegar a odiarte por esto demuestra hasta qué punto este tío te ha hecho daño.

—Yo me odio por aquella noche, Chris. Odio lo débil y patética que fui. Odio cómo…

Me interrumpe con un beso y recorre mi labio con su pulgar.

—Eres lo opuesto a una persona débil. Tu manera de lidiar con lo que pasó refleja que eres muy valiente y lista. Y él nunca volverá a tocarte. Tienes mi palabra.

—Chris —susurro, llevando mi mano a su muñeca—. Chris, hay más, esta noche…

—Más tarde. Cuéntamelo más tarde. Ahora lo que tienes que hacer es quedarte aquí. Volveré a por ti.

Empieza a alejarse y me sobreviene el pánico. Le agarro del brazo.

—No. Detente. ¿Qué estás haciendo?

—Voy a encargarme de Michael yo mismo.

—¡No! —digo rápidamente—. Eso es lo que tengo que decirte. Creo que sabe lo del club, y ha amenazado con decírselo a la fundación. Lo hará. Así se las gasta ese monstruo.

Me acaricia la mejilla.

—Si crees que un imbécil va a destruirme, es que todavía no me conoces tan bien como llegarás a conocerme un día. —Se inclina hacia mí y me besa de nuevo con fuerza—. Él no volverá a tocarte. —Huye antes de que pueda detenerle.

Me toco los labios donde sigue flotando su sabor. El sabor de este hombre que ha entrado en mi vida y me ha vuelto a despertar. ¿Qué he hecho contándole lo de Michael? Salgo por la puerta y pongo rumbo a la salida. Tengo que evitar que Chris haga algo de lo que pueda arrepentirse.

21

Estoy a punto de salir del servicio cuando Gina entra corriendo, bloqueándome el paso.

—No, no, no —dice levantando la mano—. No vas a salir con ese aspecto. La prensa os acribillará a Chris y a ti. Son buitres.

—Apártate, Gina —ordeno. Nunca antes había deseado causarle daño físico a otra persona, pero ahora quiero hacerlo. Quiero que se aparte—. Tengo que detener a Chris antes de que haga algo de lo que se arrepentirá.

Clava en mí una mirada cargada de determinación.

—Me lo agradecerás después. Chris ha llamado a seguridad para que se lleven a la persona que te estaba dando problemas. Estarán en la oficina que hay detrás del museo. Arreglaremos tu maquillaje y luego podrás encontrarte con él allí.

—No, yo…

—Mírate al espejo, Sara. —Su orden es casi un ladrido—. Piensa en toda la atención que atraerás hacia Chris y hacia ti.

Respiro profundamente varias veces y hago lo que me dice. Y tiene razón. Se me ha corrido el rímel por las mejillas. Sería imposible no darse cuenta. Soy una imagen de pesadilla para una portada.

Levanta su bolso.

—Mi bolso milagroso. Déjame hacer mi magia.

Recorro con las yemas de los dedos la hinchazón que se ha formado bajo mis ojos.

—No hay maquillaje que arregle esto.

—Tengo un gel milagroso para eso en mi bolso —asegura—. Vamos a ponernos manos a la obra.

Vacilo. No tengo tiempo para esto. No quiero que ella me ayude. Ni siquiera quiero que ella esté involucrada.

—Déjame ayudarte. Tienes tiempo. —Camina hasta el lavabo y posa el bolso en él—. Los de seguridad tardarán varios minutos en encontrar a quienquiera que Chris esté buscando. Y también llevará algo de tiempo escoltarle con cierta discreción a la garita que hay detrás del museo.

Mis hombros se relajan lentamente y me sitúo junto a Gina.

—Date prisa, por favor.

—Soy toda una correcaminos cuando se trata de dar esquinazo a la prensa. —Saca una toallita desmaquilladora y poco a poco me limpia las mejillas—. Y no te preocupes por Chris. Nunca hace nada sin estar completamente seguro.

La insinuación de la intimidad que comparten me crea un nudo en el estómago.

—Hablas como si lo conocieras muy bien.

Gina me aplica un gel frío en las bolsas de los ojos.

—No empieces a imaginarte lo que no es. Nunca hemos salido y, además, haríamos muy mala pareja. Adoro ser el centro de atención y para ese hombre representa lo peor. —Le cuesta tragar, noto la tensión en su delicado cuello—. Yo… Mi hermana murió de cáncer.

Me quedo de piedra y apenas consigo reprimir la disculpa que sé que la haría sentir peor.

—¿Cuántos años tenía?

—Dieciséis. —Empieza a extenderme con un pincel una base de maquillaje—. Tenía los mejores tratamientos a su disposición, pero le preocupaba que otros no los tuvieran. —Se le quiebra la voz—. Fue voluntaria hasta que la enfermedad se lo impidió. Así es como conocimos a Chris.

Sus palabras acaban a la vez que el momento de calma que me he concedido. Si Michael logra retratar a Chris como una especie de pervertido, todo su trabajo con la fundación podría irse al garete. No permitiré que eso ocurra. Debo evitarlo por todos los medios posibles.

—Tengo que irme —digo, y esquivo a Gina antes de que pueda detenerme.

—¡Sara!

Ignoro su grito y dejo atrás, sin que apenas se dé cuenta, a la mujer que vigila la puerta. Entro a toda prisa en la sala principal y me dirijo hacia la parte de atrás del museo, donde Gina ha dicho que encontraría la garita de seguridad.

—Se supone que tengo que ver a alguien en la garita de seguridad —le digo al primer camarero que me encuentro—. ¿Dónde está?

Señala un arco que conduce a unas escaleras. Corro hacia allí y casi me caigo al intentar subir los escalones con mis zapatos de tacón alto. Finalmente veo un cartel que indica dónde está la garita de seguridad; cualquier esperanza de encontrar a Chris antes de que localice a Michael se evapora cuando escucho su voz.

—Bien, estoy listo para anotar el número —escucho decir a Chris.

—Sigue soñando, gilipollas —responde Michael—. No te voy a decir una mierda.

—Como quieras. Puedo conseguirlo yo solo.

Michael resopla.

—Pues buena suerte. Ni siquiera Sara lo tiene.

Oigo el teléfono, está puesto el manos libres, alguien marca un número y vuelvo a escuchar la voz de Chris.

—Blake, necesito el móvil particular de Thomas McMillan; sí, estoy hablando del presidente de la cadena de televisión. Es el padre de Sara.

¿Está llamando a mi padre? ¿Por qué está llamando a mi padre? Alargo la mano hacia el picaporte para detenerlo, pero entonces me freno. Sé lo malvado que es Michael. Me dirá cosas horribles delante de Chris, y Chris lo machacará sin pensar en las consecuencias. Me muerdo el labio y me apoyo en la pared, apretando los ojos y esperando a lo que sucederá después.

—Dame unos… sesenta segundos —responde Blake, y por el altavoz le oigo teclear. Nunca podrá conseguirlo. No figura en ninguna lista. Ni siquiera yo tengo el maldito número. Blake me demuestra que me equivoco en menos de sesenta segundos. Han pasado más bien treinta cuando anuncia el número—. Setecientos dos, doscientos setenta y siete, cuatrocientos cuatro. ¿Algo más?

—De momento no —responde Chris—. Ya te llamaré. —La llamada

se corta y Chris resopla, imitando a Michael—. Pues supongo que he tenido suerte.

Michael suelta una carcajada grotesca.

—Llámale. Os enterrará a ti y a tu álter ego pervertido bajo una roca de la que nunca podréis escapar.

—¿Ah, sí? Pues yo creo que serás tú el que acabará bajo una roca. —Se hace una pausa durante la que imagino que estará sonando el teléfono. Aguanto la respiración preguntándome si mi padre contestará—. Thomas McMillan, aquí Chris Merit. Sí. El artista que está saliendo con Sara. —Hay un silencio y Chris hace un sonido burlón de asombro—. ¿De verdad? ¿Tan rico es usted? Pues permítame decirle que no me impresiona demasiado. Sí. —Otra pausa—. No acostumbro a alardear de billetera, pero como se empeña en seguir con el tema, hablemos de ello. Añada la palabra «asquerosamente» delante de su «rico» y ya podrá hacerse una idea de lo rico que soy. Es decir, que no me asustan sus amenazas.

Aunque parezca imposible, descubro que estoy sonriendo porque se ha referido a cuando yo le pregunté si era asquerosamente rico, pero la sonrisa no tarda en desvanecerse. Chris está hablando con mi padre. Una parte de mí ha querido creer que mi padre no formaba parte del asunto con Michael, pero sí. Está claro que sí.

—¿Seguimos comparando billeteras? Está bien. Sí, eso es. Al año gano unos cuantos millones con mis cuadros, cifra que en boca de usted parece poca cosa. Afortunadamente, las fundaciones a las que dono el dinero no comparten su punto de vista. Tendría que haber hecho que su chico, Michael, investigara un poco más allá de mis hábitos personales antes de decidir amenazarme. Mi banquero es Rob Moore del Banco Chase de San Francisco. Llámele y le confirmará cuánta pasta tengo para gastar. Y, ahora mismo, nada me produciría más placer que gastarme hasta el último centavo en arruinarle a usted y a su amiguito Michael, aquí presente, que cree que «no» quiere decir «sí» a la hora de ponerle las manos encima a Sara. —Hay un silencio durante el cual, imagino, está hablando mi padre; entonces vuelve a hablar Chris—. Realmente me da igual lo que piense acerca de lo que sucedió. Si Michael vuelve a acercarse a Sara, le voy a destrozar la vida y, de paso, también destrozaré la suya. Le envío a Michael de vuelta para que lo discutan. Y, señor McMillan, hasta esta noche no había entendido por qué Sara quiso dejar atrás su vida en Las Vegas. Ahora lo entiendo. No le necesita a usted ni su dinero. Me tiene a mí y yo la cuidaré bastante mejor de lo que lo ha hecho usted jamás.

Congelada contra la pared, me abrazo, herida y sanando a la vez. Mi padre... Chris... Mi padre... Recuerdo que cuando era una niña pequeña esperaba que llegara a casa, muerta de ganas de verle. Pero nunca estaba en casa con nosotras. *En casa*. Las palabras siguen atormentándome.

—¿Hemos acabado? —pregunta Michael.

—Tú estabas acabado antes de llegar aquí —contesta Chris.

—Lo siento, señor, pero se tiene que quedar hasta que terminemos de completar el papeleo. —Hay una tercera voz en la habitación y me sorprende que Chris haya permitido entrar a otra persona.

—Esto es ridículo —gruñe Michael—. No he hecho nada.

—Es el protocolo, señor. Todas las acciones de seguridad deben quedar registradas.

Mi estómago se encoge sólo de escuchar la voz de Michael y lucho contra los recuerdos que amenazan con tomar forma en mi cabeza. ¿Por qué no pueden quedarse en el agujero donde los enterré? Ese agujero que hace dos años ni siquiera existía.

Suenan pisadas al otro lado de la puerta, me giro a medida que se abre y surge Chris, con el cabello enmarañado, como si se hubiera pasado las manos por él. Posa sus ojos verdes en mí y el reflejo duro de sus profundidades se atenúa enseguida. Cierra la puerta al salir.

—Entiendo por qué te fuiste. Lo entiendo todo —murmura suavemente.

Me cuelgo de él, como si mi vida dependiera de ello.

—Debería habértelo dicho.

—Me lo habrías dicho. —Se echa un poco hacia atrás para mirarme—. Cuando estuvieras preparada. Todos tenemos que esperar a estar preparados para enfrentarnos a los fantasmas que llevamos dentro.

Mis dedos recorren la incipiente barba de su mandíbula; entiendo sus palabras a la perfección. Él tampoco me lo ha contado todo. No estoy segura de que podamos superar nuestros respectivos pasados y me llena de angustia pensar que hay cosas que todavía no sé, secretos oscuros que podrían herirnos.

—Su coche le espera en la puerta de atrás, señor. —Nos giramos y nos encontramos a un guardia de seguridad—. Nos hemos librado de los periodistas.

Se dan la mano y resulta evidente que ya se conocen.

—Gracias, Max. Eres un buen hombre.

Salimos del aparcamiento y nos metemos en el coche. Me acomodo bajo el brazo de Chris, buscando el calor de su cuerpo y la protección que tantas veces, más de las que recuerdo, he jurado no necesitar. Pero esta noche la necesito. La necesito y lo necesito a él, como nunca he necesitado a otro ser humano. Me aterroriza y consuela a la vez pensar que todos mis temores han salido a luz. Ya no sé quién soy sin Chris. No sé dónde empieza él y dónde termino yo. Dice que es mío. Dice que soy suya, pero da igual lo que diga, él no es realmente mío, en absoluto. Sigue siendo prisionero de sus propios demonios y me preocupa que ahora, también, pueda serlo de los míos.

Perdidos en nuestros pensamientos, no decimos una sola palabra durante el breve trayecto de vuelta al hotel. La dura realidad de lo que acaba de suceder penetra en mi mente y se extiende por mi cuerpo. A pesar de que afuera hay veintiséis grados, tiemblo, y Chris me frota el brazo. Me apoyo en él, con la oreja sobre su pecho, escuchando los latidos de su corazón, intentando evadirme con su pulso constante. Pero mis pensamientos encuentran una forma de colarse en el pulso. Mi padre logra colarse en mi cabeza. Debería hallarme fuera de su alcance, incapaz de sentir nada que tenga que ver con él, pero no puedo. Mi madre está muerta. A mi padre le daría igual si yo lo estuviera. Michael es el hijo que siempre quiso y sería capaz de justificar cualquier cosa que hiciera, incluso forzarme.

Para cuando estamos caminando por el vestíbulo del hotel, soy una bomba de emociones a punto de estallar. Intento huir de mis obsesiones horadando las paredes de mis propios pensamientos, pero no hay escapatoria posible y este maldito dolor punzante en mi pecho no acaba de marcharse.

Entramos en el ascensor y Chris me rodea con su abrazo, encajando mis caderas en las suyas, apoyando una mano en mi espalda. Recorro con mis dedos su pelo rubio, buscando en su mirada, y encuentro exactamente lo que temo. Está preocupado por mí, por nosotros, le preocupa que mi pasado, mi debilidad con Michael, signifique que soy demasiado frágil para formar parte de su vida. No me preocupaba el odio de Chris. El odio era mío. Yo lo poseo. Yo lo he vivido. No. Lo que me preocupaba de él era precisamente esto: que sintiera lástima. Él mirándome como si fuera un animal herido. Intento separarme de él empujándole el pecho. Sus dedos atrapan los míos y me coge de nuevo. Veo la pregunta en su cara y tengo la intención de contestarla, sólo que no aquí.

Se abren las puertas del ascensor y corro hacia fuera. Quiero intimidad antes de explotar. En cuanto entramos en la habitación, me giro hacia él.

—No me mires como si fuera un cachorro desvalido que necesita mimos, Chris. Eso no es lo que necesito ahora. Necesito lo que tú necesitabas hoy. Necesito escapar. Necesito saber... —Tantas cosas. Demasiado—. Necesito... —Ya no tengo palabras. Sólo necesidad.

Llevo las manos a mi espalda, me desabrocho el vestido y lo dejo caer al suelo. Me quedo así, en medias y tacones, con los rubíes colgando. Estoy dispuesta a llevar a Chris al límite y obligarle a que me tome como lo hace siempre, apasionadamente, completamente.

Él tira con fuerza de mí, apretándome contra su cuerpo; es duro donde yo soy blanda, fuerte donde yo todavía soy débil. «Sí.» Esto es lo que necesito.

—Fóllame, Chris. Llévame a ese lugar adonde vas tú, y no seas delicado.

Me peina el pelo con los dedos.

—Esta noche no, Sara. No después de que me has contado que ese cabrón te forzó.

—Fue hace dos años...

—Pero lo has revivido esta noche.

—No hagas esto. No me trates como si fuera un objeto frágil o como si Michael hubiera ganado.

—No te estoy tratando como si fueras un objeto frágil.

—Lo haces, y si lo haces ahora, lo harás siempre. Nos cambiará.

—No. Una noche no es una vida entera.

—Esto no es sólo una noche. Es esta noche. Es la noche en que... —El dolor en mi pecho me deja sin palabras y me aparto—. Dolor que es placer. Dolor que es una forma de escapar. Esta noche necesito lo que tú necesitas.

—No, cariño. No voy a ir a ese sitio contigo esta noche.

—¡Querrás decir que nunca irás conmigo a ese sitio! —exclamo acusándolo—. Te da miedo llevarme ahí ahora. Esto no va a funcionar. Lo sé muy bien. —Sacudo la cabeza—. Necesito salir de aquí. Necesito irme a casa. —Tiro de mis brazos, pero me sujeta sin esfuerzo—. Suéltame. Maldita sea, ¡suéltame!

—Sara...

Me agarro a las mangas de su chaqueta.

—Sabía que esto pasaría. Sabía que si te lo contaba te daría miedo ser tú mismo. —Tengo las mejillas bañadas en lágrimas. No sé por qué demonios sigo llorando—. Suéltame para que pueda acabar con todo el mal en una sola noche, Chris. Suéltame para que pueda buscar mi forma de afrontar esto de una vez. Para que pueda hacerlo sin ti.

Me empuja contra el escritorio, sus manos sobre mis caderas, su mirada inescrutable. Sigue controlando la situación. Estoy desnuda por dentro y por fuera; él, en cambio, está tan lejos de derribar el muro que han erigido los hechos de esta noche como cuando estaba completamente vestida.

—Deja que me marche ahora, Chris. —Mi voz es apenas audible. Estoy derrotada y hundida—. Por favor.

Sus facciones se suavizan y me limpia las lágrimas.

—Sara, cariño, no estás sola. No voy a darte la espalda. No voy a dejarte fuera.

—Lo harás. Lo estás haciendo. Has intentando dejarme fuera hoy, incluso antes de que supieras todo esto. ¿Cómo puedo creerte cuando me dices que irás conmigo a esos lugares a los que necesitas ir si hace unas horas no me veías capaz de que yo pudiera acompañarte? —Cierro los dedos alrededor de sus solapas y el tormento que estoy sintiendo me subyuga y apenas encuentro mi voz—. ¿Y qué pasa si soy yo la que necesito ir ahora a ese lugar? Necesito escapar. Necesito sentir algo distinto a lo que estoy sintiendo ahora, Chris.

Me mira fijamente y veo sombras en sus ojos, veo turbación, un vasto mar de emociones que no entiendo, y tengo miedo de que nos estemos ahogando los dos. Es demasiado. Siento que todo es demasiado.

—Chris —musito, y es un ruego para que haga desaparecer este dolor que me consume. Un ruego para que me lleve lejos, como sólo él puede hacer.

De pronto, me levanta en brazos y me lleva a la cama. Caemos sobre el colchón y se quita la chaqueta de un tirón y la arroja lejos. Y luego está encima de mí. Su peso, su dulce y maravilloso peso, es lo único que hace que no pierda el juicio.

Se apoya en los codos y nuestros ojos se encuentran, y estoy perdida en el fogoso abismo de la pasión que este hombre despierta en mí.

—Sara —susurra, y al escuchar mi nombre siento que todo el aire de la habitación se desplaza ante la presencia de Chris, lo siento por todas partes, incluso en lugares en los que no me está tocando. Un temblor me recorre y llevo mi boca a la suya, bebiéndole, ardiendo por él.

Entonces sus labios dejan los míos y siento un dolor físico por haber perdido ese contacto. Este hombre puede herirme profundamente, causarme heridas incurables, y ya es demasiado tarde para impedirlo.

Empieza a desnudarse, y yo me incorporo y lo miro. Sus pupilas se detienen en las joyas que cuelgan de mis pezones y un gesto cálido recorre su rostro. Un regalo bienvenido que contrasta con el vacío helado de mi estómago. Y algo me dice que esta noche no es el final, sino un nuevo comienzo para nosotros.

22

Pura perfección masculina, fibroso y musculado, Chris me vuelve a tumbar sobre el colchón, sus manos amasando mis pechos, sus dedos jugando con los rubíes. Pequeños dardos de placer viajan a la velocidad de la luz hasta la uve de mi cuerpo, donde se posa su gruesa erección.

Tomo su mejilla en la palma de mi mano.

—Necesito lo que tú necesitabas hoy. —Mi voz es áspera, urgente bajo el peso de todo lo que ha ocurrido en las últimas horas, todo lo que ha sido revelado. Apenas la reconozco como mía—. Llévame allí, Chris. Por favor.

—El sitio al que necesitaba ir fue el sitio al que me llevaste tú. Te estaba dejando fuera, como intento hacer siempre con todo, y tú me trajiste de vuelta. Tú me hiciste ver lo que es importante. Lo que es real. Tú me hiciste verte a ti. —Sus labios rozan los míos—. Quiero que ahora me veas a mí, Sara.

—Te veo.

—No. No me ves. Ves lo que pasó esta noche y lo que tú has decidido que significa para nosotros. Mírame ahora, Sara, como tú me hiciste verte a ti. —Besa la comisura de mi boca y sus labios viajan por mi mandíbula—. Quiero que me veas de verdad.

—Lo intento. —Mis manos se deslizan hasta su pelo—. Pero yo…

Me besa y nuestras lenguas se acarician dulcemente.

—No hay peros que valgan. O me ves o no. O me dejas entrar o no. —Su boca vuelve a tocar la mía, apenas me roza con el tacto de una pluma—. Déjame entrar, Sara.

La confusión invade mi mente. ¿Que yo soy la que le está dejando fuera a él? ¿No es él el que me está dejando fuera? No. Sí. No lo sé. Sus dedos acarician mi pezón y su boca merodea por mi mandíbula hasta la delicada curva de mi cuello, y apenas puedo pensar. Su aliento es cálido contra mi oreja y su voz es una promesa profunda, grave y sensual.

—Estoy aquí. —Sus palabras susurran en mi oído y recorren mi cuello, mi piel, y van a parar al abismo sin fondo que hay dentro de mí y que sólo él puede llenar.

Deslizo mi mano hasta su cara y vuelvo a llevar su boca a la mía.

—Una parte de ti no es suficiente, Chris. No puedes reprimirte por lo que has descubierto esta noche. No puedes.

Roza mi lengua con la suya y es terciopelo dulce que me seduce.

—Saborea esto. Esto soy yo. Esto somos nosotros. —Su lengua acaricia la mía—. Nosotros, Sara. Olvida todo lo demás. —Su boca vuelve a cubrir la mía e intento combatir la pasión que me consume. Intento combatirla porque no me ha respondido que no se reprimirá. No me ha dicho lo que necesito oír y sé por qué. Nunca dice algo que no piense de verdad. Pero es una batalla perdida. Sobre todo cuando siento sus manos sobre mis pechos y su boca abre una senda en mi cuello.

Su lengua juega con la tira de rubíes y me abandonan las pocas fuerzas que me quedaban para preguntarme quiénes somos juntos y hacia dónde se dirige todo esto. Me chupa el pezón, tirando del aro que hay enganchado y, oh, Dios, su otra mano se desliza entre mis piernas, aplicando presión a las joyas que cuelgan de mi clítoris. Gimo y mis manos se deslizan por su pelo. Y me permite hacerlo. Una parte de mi mente se da cuenta de que esto no es lo normal, de que me está permitiendo un control que normalmente no tengo, pero en estos momentos no puedo procesar esa información. No mientras su boca le está haciendo a mi pezón las cosas más increíbles, no mientras sus dedos avanzan dentro de mí. Su pulgar acaricia mi clítoris y parece haber encontrado el lugar exacto desde donde enviar sensaciones que me recorren en espiral. Suspiro sorprendida por lo rápido que estoy al borde, cuando se mete la joya en la boca y después me besa. Me hago añicos al sentir su lengua en la mía, un placer que reverbera en largas olas de sensaciones a través de mí.

—A veces el placer es sólo placer —afirma, su boca quemándome.

—¿Y eso es suficiente para ti?

—Ni siquiera estamos cerca del lugar que yo considero suficiente.

Y con esa promesa desciende por mi cuerpo, separa mis piernas y lame mi clítoris hinchado.

Jadeo.

—No. No puedo. Estoy demasiado sensible. Es demasiado. Todo es demasiado esta noche.

—Yo te diré cuándo es demasiado. —Me lame otra vez y siento cómo arranca la joya, sustituyéndola por su boca. Tiemblo con una mezcla de dolor y placer. No, es todo placer. Es placer y estoy casi perdida por cómo me lame y acaricia y tortura hasta que, de un modo imposible, estoy otra vez a punto. Tan cerca y, sin embargo…, no termino de llegar. Necesito estar allí. Necesito llegar allí de nuevo. Y esto es dolor. Es dolor y placer, y es Chris, quien me empuja, quien me lleva hasta allí. Siempre me lleva a un lugar que no conozco.

No está lejos, puedo alcanzarle, y también puedo alcanzar mi liberación. Mi sexo se contrae con violentos espasmos, vacío y necesitado, y gimo de deseo. Chris contesta a mis ruegos, cubriendo mi cuerpo con el suyo, pero no entra en mí. Utiliza su miembro para acariciar la sensible uve de mi cuerpo y vuelvo a gemir, quejumbrosa, pestañeando hacia él.

Su mano se desliza hasta mi cara.

—Mírame cuando entre dentro de ti. —Su voz es intensa y dominante—. Quiero que me veas, Sara.

—Sí…

Se aprieta contra mi cuerpo y me embiste, enterrándose en mí profunda y completamente.

—Siénteme.

—Sí.

Baja la cabeza y su boca sobrevuela la mía.

—¿Sientes que este viaje lo hacemos juntos?

Mis manos le rodean, uniéndome a él.

—Sí.

—No estoy seguro de que lo sientas. —Roza sus labios con los míos—. Pero antes de que acabe la noche, lo harás.

El sonido del teléfono sobre la mesilla penetra en mi dulce estado de sopor. Y noto al instante la luz que entra por la ventana del hotel y el maravilloso peso de la pierna de Chris sobre la mía, su cuerpo duro curvado sobre el mío.

Alarga el brazo y coge el teléfono.

—Necesito el coche a las nueve y cuarto. Bien.

Me doy la vuelta mientras él escucha lo que sea que le están diciendo. Acaricio la sombra que dibuja la incipiente barba de su mandíbula, dejando que me raspe los dedos antes de tirar de un mechón de su pelo rubio, sexy y despeinado, que resulta mucho más sexy porque sé que mis dedos contribuyeron a enmarañarlo. Me dominan recuerdos de anoche en una mezcla de calor y frío, hielo y fuego. La forma en que hicimos el amor sólo podría definirse como increíble, pero aun así hay muchas cosas de Chris y de mí que necesito comprobar que todavía existen.

Él vuelve a estirar el brazo por encima de mí y cuelga el teléfono.

—Buenos días —dice, colocando mi trasero sobre su paquete, rodeándome con el brazo y hundiendo su nariz en mi nuca.

—Buenos días —susurro—. ¿Qué hora es?

—Las ocho. Y como tenemos que pasar por el hospital de camino al aeropuerto, sólo contamos con unos treinta minutos para echar un polvo de buenos días. —Me besuquea la nuca y su incipiente barba raspa mi piel de una forma dura pero deliciosa, y me recuerda lo duro y delicioso que puede ser a veces. Como quiero que sea ahora.

Siento un pellizco en el pecho, una señal de que el hielo regresa.

—Creía que pensabas que era demasiado delicada para tales cosas.

Su mano recorre mis pechos, acariciando mi pezón, y de mis labios se escapa un sonido de placer. ¿Cómo es posible que nunca llegue a cansarme de Chris?

—¿Por qué no lo comprobamos? —pregunta, y me mordisquea el lóbulo de la oreja, apoyando su gruesa erección contra mi trasero antes de apretarla entre mis piernas.

—Sí. —Llevo la mano a mis muslos y le acaricio, retándole. Empujándole de la misma forma que deseo que me empuje a mí—. Si te atreves.

Guía mi mano hasta su miembro y lo conduce al calor sedoso y húmedo de mi sexo.

—Será si te atreves tú. Porque, cariño, que te proteja no significa que no vaya a follarte. Sigo siendo yo y sigo con la intención de follarte de un montón de maneras que ni siquiera has imaginado. —Me aprieta los pechos, pellizca mi pezón y mantengo su mano ahí. No quiero que se detenga. Su voz es tan dura como su tacto, ambos son como un coñac dulce que quema al bajar, y me deja deseando más—. Te voy a atar como te pinté, Sara. ¿Te asusta eso?

—No. Contigo no me asusta nada.

—¿No? —Su mano me agarra el trasero.

Me acuerdo de sus azotes en mi culo, de su dolor tan erótico. El momento en que su grueso miembro empezó a embestirme... El placer.

—No.

—Pues debería.

Su dedo se desliza por la hendidura de mi trasero y suspiro ante la íntima intromisión, y entonces jadeo.

—¿Hemos vuelto a esto? ¿A que tú lances advertencias para alejarme de ti? —pregunto.

Me explora de atrás hacia delante.

—Lo de anoche hizo que te ganaras el derecho a un último aviso. Una oportunidad para salir corriendo ahora que todavía estás a tiempo. —Aplasta sus labios contra mi hombro, arañándome con los dientes, mordiéndome—. Pero debes saber una cosa, Sara. —Sus dedos se deslizan más adentro, entre mis nalgas, mientras la otra mano tienta mi clítoris con sus caricias, con golpecitos delicados que contrastan con el tono duro y autoritario de su voz—. Te voy a poseer, seré dueño de tu cuerpo, de tu alma. Te voy a atar. Te voy a follar el culo. La boca. Haré lo que quiera. Y nada de esto se acerca ni remotamente a las cosas que he hecho y que no haré contigo.

Mi cuerpo reacciona a las primitivas promesas eróticas, y estoy caliente y mojada, más excitada de lo que he estado en toda mi vida. Lucho contra el mareo que me provoca el deseo, el profundo calambre de mi sexo amenaza con convertirse en un orgasmo. Me está poniendo a prueba, intenta asustarme, y me llena de rabia pensar que actúa así porque lo de anoche hace que dude de mí y de nosotros.

—Yo soy esta persona, Sara. Te protegeré de todo y de todos los demás, pero no puedo protegerte de quien soy o de quien seré si te quedas conmigo.

—Sé quién eres —susurro, y tengo la mente más clara de lo que la he tenido en mucho tiempo. Le necesito. Le he necesitado desde el momento en que le conocí. Incluso entonces, aquella primera noche, sentí que podía dejarme llevar por él, sentí que podía ser yo misma, cuando ni siquiera sabía quién era yo misma—. Pero tú necesitas saber que ahora yo también sé quién soy. Sé lo que necesito para quedarme contigo. Si tú eres dueño de mi cuerpo, yo soy dueña del tuyo. —He renunciado a demasiado en mi vida, por eso ahora lo quiero todo, no me conformo con menos.

Su cuerpo se pone rígido, la tensión recorre sus músculos. Enfado y dolor me apuñalan el pecho e intento girarme. Me sostiene, su abrazo me atrapa y me inmoviliza.

—Tú eres dueña de todo lo que yo esté dispuesto a dar —susurra con voz ronca.

—No, no es cierto. No hasta que me lleves a esos lugares a los que dices que nunca me llevarás. Necesito saber que algún día lo harás.

De pronto ya no está, ya no me toca. Me giro y lo veo sentado en el borde de la cama, con los músculos de sus impresionantes hombros en tensión.

De un salto me pongo de rodillas y estiro el brazo para tocar el suyo.

—Chris...

En cuanto le toco, tira de mí para colocarme sobre su regazo.

—Te amo, Sara. —Me aparta el pelo de la cara—. Pero hay partes de mí que odio. No iremos allí. Nunca iremos allí. ¿Entiendes?

No. No lo entiendo. Pero sí que entiendo lo que significa odiarse a uno mismo. Entiendo esa emoción.

—Yo también te amo. —Le acaricio la mejilla y la apoya en mi mano, cerrando las pestañas. Su barbilla se relaja—. Y nada de lo que hagas podrá cambiar lo que siento.

Mueve la mandíbula y sus ojos se dilatan.

—Sí. Hay cosas que no podrías aceptar... —susurra—, y debería alejarme antes de que sucedan, por el bien de los dos. —Apoya su frente contra la mía—. Pero no puedo.

Mis dedos se enredan en su pelo. ¿Qué puede haber tan horrendo que le atormente de este modo?

Me coge en brazos y me lleva hasta el cuarto de baño. Nos duchamos juntos, pero no hacemos el amor ni echamos un polvo para quitarnos la sensación de desánimo y frustración. Sólo nos abrazamos. Él me ha encontrado donde una vez estuve perdida. Pero ahora sé que apenas he empezado a descubrir realmente a Chris. Él sigue perdido.

Estoy de pie frente al lavabo junto a Chris. Estar así, acabando de plancharme el pelo mientras él se cepilla los dientes, me parece raro, maravilloso e íntimo. Llevo puestos unos vaqueros y una camiseta verde con cuello en uve para lucir el collar de esmeraldas y diamantes que no quiero quitarme. No puedo dejar de lanzarle miradas a Chris, quien, incluso con un cepillo de dientes en la mano, parece cualquier cosa menos hogareño. Ya preveo que voy a pasar el día deliciosamente distraída con el recuerdo de los fibrosos músculos, perfectos y duros que se esconden bajo su camiseta marrón de Harley-Davidson, sus vaqueros gastados y sus botas.

Desenchufo la plancha, enrollo el cable y, mientras él cierra su bolsa de viaje, me quedo mirando nuestro reflejo en el espejo. Me saca bastante más de una cabeza y mi cabello oscuro contrasta con su pelo rubio, que le llega a la barbilla, húmedo y rizado a la altura de las orejas. Tiene una confianza en sí mismo y un poder que me resultan adictivos. Es masculino y duro de la forma adecuada, y hace que me sienta femenina y suave... y fuerte.

Levanta la vista y nuestros ojos se encuentran en el espejo. Todos mis sentidos se ponen en alerta y siento que se me eriza la piel del pecho, de los hombros y de todo mi cuerpo.

—Sigue mirándome así —avisa— y no llegarás a trabajar mañana porque perderemos el vuelo.

Sonrío.

—Muy tentador.

Alguien llama a la puerta y me hace un gesto con la barbilla.

—¿Qué prefieres, servicio de habitaciones o tenerme a mí a tu servicio?

Me muerdo el labio, completamente consternada, y suspiro llena de resignación.

—Considerando que Dylan nos espera, supongo que tendremos que conformarnos con la segunda opción. Servicio de habitaciones.

Alarga el brazo para tirar de mí y me planta un beso rápido y cálido. Su lengua penetra un instante en mi boca; después se dirige a la puerta.

—Mmmmm —exclamo a sus espaldas, mordiéndome el labio—. Menta fresca.

El teléfono empieza a sonar.

—Contesta tú, ¿quieres, Sara?

Corro hasta el dormitorio y descuelgo el teléfono que hay junto a la cama.

—Uno, dos, Freddy viene a por ti.

—Y nosotros vamos a por ti, Dylan —prometo, riéndome—. En media hora, más o menos, estamos allí.

—¿Podéis traerme una chocolatina? —susurra en tono conspiratorio.

—Sí —respondo—. Te llevaré una chocolatina. Te veo ya mismo. —Cuelgo mientras Chris le da una propina al camarero y nos sentamos en la cama para comer.

—¿Cómo sonaba? —pregunta.

—Contestó cantando la canción de Freddy.

Arquea la ceja y un destello de esperanza le llena los ojos.

—¿De verdad? Supongo que han disminuido los efectos secundarios del tratamiento.

—Sí —coincido, pero con cautela. Me preocupa hasta qué punto puede llegar Chris a derrumbarse por Dylan—. Es algo positivo, desde luego. —Levanto la tapa de mi bandeja e inspecciono los huevos.

Estamos dando buena cuenta de nuestros respectivos desayunos cuando suena el teléfono de Chris. Mira la pantalla.

—Blake —dice al contestar.

Escucho llena de expectación y él me busca con la mirada al responder a algo que ha preguntado Blake.

—Mark es el Amo del diario. Sé que no hay nombres, pero sí, estoy seguro. Tenían una relación. No tengo ni idea de quién es el segundo hombre que menciona.

—Ryan Kilmer —sugiero, y recibo una ceja alzada de Chris, que me anima a seguir—. El promotor inmobiliario...

Aleja el micrófono de su boca.

—Sé quién es. Pero ¿cómo lo sabes tú?

Su tono me dice que no se alegra de ello.

—Estoy haciendo un trabajo para él. Creo que es la otra persona que aparece en el diario.

—¿Por qué?

—Un presentimiento. Una corazonada.

—¿Basada en qué?

—Parece un buen amigo de Mark y —dudo, segura de que a Chris no le van a gustar mis observaciones— no es dominante. No creo que Mark pudiera compartir a Rebecca con alguien que se pareciera mucho a él. —«Como tú», añado en silencio.

Chris me mira fijamente sin mover un músculo, una piedra que no puede ser tallada, y escucho el murmullo de la voz de Blake al otro lado de la línea.

—Sí. Estoy aquí —responde—. Hay un tío llamado Ryan Kilmer. Es socio del club que tiene Mark. Son amigos. Sara cree que es él. —Escucha durante un minuto y termina la llamada. Deja el teléfono en la mesilla de noche junto a mí y me ayuda a levantarme, pasando la mano por detrás de mi espalda—. No me gusta lo bien que conoces a Mark Compton.

El matiz posesivo que tienen su abrazo y su voz no deberían alegrarme, pero lo hacen...

—Lo que sé es por los diarios.

—Entonces deja de leer esas malditas cosas.

—Los he traído para que los leas tú.

—No quiero leerlos, Sara. Sólo me hacen pensar en lo que Mark quiere hacer contigo. Y estoy intentando ser comprensivo con tu trabajo. Los diarios no me ayudarán a ello. Cuando regresemos a San Francisco, los volveremos a meter en la caja fuerte, salvo que Blake necesite que consultemos algo concreto.

—Sí, Amo —digo sonriendo para provocarle, intentando rebajar un poco la tensión.

Su reprimenda no tarda en llegar.

—No me llames así. No soy tu Amo. Tú no eres mi esclava sumisa. Y puedes estar segura de que tampoco serás nunca la maldita sumisa de Mark.

Vale, la gracia me funcionó mucho mejor la última vez. Me pongo en pie y aprieto mis labios contra los suyos.

—No. Nunca lo seré, porque te quiero, Chris.

Posa la mano en mi cuello y me besa, y no lo hace con delicadeza. Es un beso tórrido, posesivo y turbulento con el que me reclama, y me hace temblar con intenso deseo.

—¿Qué es lo que me estás haciendo, mujer? —gruñe, su boca junto a la mía—. Me vuelves loco. ¿Te puedes hacer una idea de lo mucho que quiero llevarte a París y alejarte de ese hombre? Pero sé que ahora mismo no te vendrás conmigo. Quieres ese trabajo y estoy intentando entenderlo. —Me aparta, se pasa la mano por el pelo, da un paso y se gira—. No me gusta que de pronto Ryan contrate a la galería. Se parece demasiado a lo que ocurre en los diarios.

Sin haberlo deseado, un escalofrío me baja por la columna y me abrazo. Hay muchas cosas en mi vida que se parecen demasiado a lo que aparece descrito en los diarios, pero estoy intentando evitarlo.

—Dijiste que Mark no era capaz de hacerle daño a Rebecca.

—No creo que pudiera o que lo hiciera, pero él la introdujo en su mundo, al que ella no pertenecía, y por lo tanto es responsable de las consecuencias que eso pudiera tener. No sé nada de Ryan ni de cualquier otra persona que Mark pudo haber puesto en contacto con Rebecca. No me gusta esto, Sara. No me gusta que esté intentando arrastrarte a su mundo. Y lo está intentando. Vaya si lo está intentando, joder.

Salta a la vista que este asunto le atormenta, es una bola de fuego que le quema. Voy hacia él y le abrazo, posando mi barbilla sobre su pecho.

—No podrá. Mientras estés tú en mi vida, compartiéndola conmigo, no hay nada salvo nosotros, Chris.

La tensión desaparece a medida que nos terminamos el desayuno y nos dirigimos al hospital, donde encontramos a Dylan y a Brandy de un buen humor que resulta contagioso. Para cuando estamos subidos en el avión de vuelta a San Francisco, estamos relajados y riéndonos, y me siento más cómoda con Chris de lo que he estado nunca.

Nos estiramos en nuestros asientos y él saca su iPad.

—Tengo un remedio para tus nervios durante el vuelo: una peli. Podemos empezarla aquí y terminarla en casa.

—En casa —repito suavemente.

Me acaricia la mejilla.

—Sí. Nuestra casa. Ahora tu sitio está conmigo.

Las palabras de Mark regresan a mí: «No hay medias tintas. No deje que la convenza de que las hay». Si lo quiero todo de Chris, no puedo entender la línea que divide una cosa de la otra. No puede haber término medio. Los detalles funcionarán solos.

—Sí. Así es.

Me recompensa con una de sus deslumbrantes sonrisas y me besa.

—Sí. Así es.

Son casi las siete cuando aterrizamos en San Francisco y, poco después, el coche nos está dejando en la puerta del edificio de Chris. El botones nos recibe y se ofrece a subir nuestras maletas.

—Por esta noche me parece bien—le responde Chris, y me mira—. ¿Te apetece terminar la peli y pedir una pizza?

—Perfecto —asiento entusiasmada.

Le da al botones unos billetes.

—¿Y qué tal si nos pides además un par de pizzas?

—Lo que usted desee, señor Merit.

Chris lleva mi mano a la suya y nos estamos riendo por una escena de *La boda de mi mejor amiga*, la peli que he elegido como compensación por sufrir *Halloween*, cuando nos encontramos con Jacob.

—Buenas noches, señor Merit, señorita McMillan —dice al recibirnos, inclinando un poco la cabeza.

Chris me pasa la mano por el hombro.

—¿Ha pasado Blake por aquí?

El recuerdo de que Rebecca continúa desaparecida y de que parece que ha ocurrido algo malo me saca bruscamente del momento.

—Lo hizo —confirma Jacob—. Hemos aumentado la seguridad del edificio. Cualquier otra cosa que necesite, estoy a su disposición.

Tengo los nervios oficialmente a flor de piel cuando nos metemos en el ascensor.

—¿Blake estaba lo bastante preocupado como para pasar por aquí y ayudar con la seguridad?

Chris me sujeta la cara con las manos.

—Sólo es por precaución.

—¿Porque crees que Rebecca está muerta?

—Porque quiero que tú estés a salvo. Sólo debes tener cuidado y decirnos dónde vas durante unos días, mientras conseguimos más información.

Lucho contra mi inquietud y afirmo con la cabeza.

—De acuerdo.

Se abren las puertas del ascensor y me indica que pase.

—Vamos a terminar de ver esa peli. Todo lo demás seguirá allí mañana. Esta noche vamos a intentar disfrutar de estar en casa juntos.

«En casa juntos.» Me gusta cómo suena. Le lanzo una pequeña sonrisa y vuelvo a asentir con la cabeza.

—Eso me gustaría mucho.

Salimos del ascensor y me coge de la mano y me abraza.

—No voy a darte tiempo para que cambies de idea. Voy a contratar una empresa de mudanzas para traer tus cosas aquí.

Tengo un fugaz momento de incertidumbre, pero aparto de mi mente los millones de cosas que podrían ir mal. Me he pasado una vida entera hundiéndome en las arenas movedizas de la existencia, y Chris es la única persona que me ha ofrecido tierra firme. Le rodeo el cuello con los brazos y decido dar el paso.

—Está bien.

Me besa y me lleva hasta el salón. *Nuestro* salón.

Media hora más tarde, nos hemos quitado los zapatos y estamos viendo el resto de la película en una pantalla enorme colocada sobre la chimenea, intentando comer pizza entre risas. Cuando la peli acaba, tenemos la tripa llena. Chris vuelve a poner una escena en particular y volvemos a reírnos de nuevo. Me limpio las lágrimas de los ojos y se coloca encima de mí en el sofá.

A medida que alzo la vista para mirarlo, siento el calor en el vientre que él me provoca con tanta facilidad. Y me doy cuenta de que, aunque he pasado un fin de semana algo infernal, me estoy riendo. Soy feliz. Ahora lo soy, aunque no estaba acostumbrada a la felicidad.

Y todo gracias a Chris.

23

Entro en la galería el lunes por la mañana con un vestido de color melo-
cotón, tacones negros y una sonrisa en la cara. ¿Cómo no iba a estar
sonriendo? Me he despertado con un artista brillante y sexy en la cama y
estoy trabajando en el lugar que siempre he soñado. ¿Y qué si el susodi-
cho artista brillante y sexy estaba tan preocupado por mí que me llevó al
trabajo en coche? Elijo no darle vueltas a esa parte o acabaré enferman-
do de los nervios.

—Buenos días, Amanda —digo, y ella me estudia de arriba abajo.

—Buenos días. Hoy estás guapísima.

—Vaya, gracias.

Me dirijo hacia los despachos del fondo y me quedo petrificada al
encontrarme de frente con Mark. Este hombre es capaz de desarmarme.
Como fuego que abrasa el hielo, es capaz de derretir a una chica ahí
mismo, sobre sus tacones altos.

—Buenos días —consigo musitar, y me pregunto si alguna vez tiene
un solo cabello descolocado o un traje que no le quede tan perfectamente bien como su elección de hoy, uno gris pálido que realza la intensidad
de su persuasiva mirada.

Recorre mi cuerpo con sus ojos y los levanta hacia mí.

—Amanda tiene razón. Desde luego que está usted guapísima hoy,
señorita McMillan.

—Gracias.

Se hace a un lado y me deja pasar. Cuando me doy cuenta de que va
a seguirme con la mirada hasta mi despacho, me quedo helada, como un
cervatillo ante un coche con las largas puestas. Maldito sea este hombre
y sus juegos de poder. No me gusta eso ni la forma como me ha hecho
pensar de pronto en Michael y en mi padre, en mi temor de que aún

podrían causarle problemas a Chris. ¿Qué significa que Mark me recuerde a Michael?

Respiro y doy un paso, intentando no tambalearme con los tacones y mandar al traste lo que me acaban de decir sobre estar guapísima. Y no es que necesite los cumplidos de Mark. No los necesito.

Pero a medida que me acomodo detrás de mi escritorio y guardo mis cosas, me doy cuenta con amargura de que sí que necesito sus cumplidos. ¿Por qué sigo siendo así? No deseo a Mark, es un hombre demasiado dominante.

—Sin medias tintas… Y que lo digas… —murmuro.

—¿Algún problema, señorita McMillan?

Mark se apoya en el quicio de la puerta y elevo la mirada hacia las delicadas rosas del cuadro de O'Nay que hay en la pared. El mismo que él puso aquí para Rebecca. El problema es que ella está desaparecida. Él es el Amo que aparece en el diario, y tiene que saber más cosas sobre su paradero.

Abro la boca para decir precisamente eso, pero la cierro, acordándome de las advertencias de que tuviera precaución. No quiero que oculte pruebas ni quiero ponerme yo misma en peligro.

—Estoy nerviosa —contesto—. Hoy voy a renunciar a mi puesto de maestra.

Alza una ceja rubia.

—No me diga, ¿sí?

—Sí.

Sus ojos brillan con aprobación y me anima pensar que valora mi presencia lo suficiente como para alegrarse.

—Bueno, pues entonces la dejo tranquila.

Desaparece y me echo hacia atrás en mi asiento. De verdad, este hombre me deja agotada en cada encuentro. Mi mirada vuelve a dirigirse hacia el cuadro de la pared, mis pensamientos hacia Rebecca. «No voy a quitarte el puesto. Regresa. Quiero que estés bien. Y eso también va por ti, Ella.» Pensar en Ella me pone en marcha. Me incorporo y marco el número de la escuela. Tengo que dejar un mensaje para que me devuelvan la llamada. Estupendo. Más cosas de las que preocuparse.

Llama Ryan y me envía por correo electrónico unas fotos de los pisos piloto del inmueble que debo ayudar a decorar, y me pongo a trabajar buscando posibles adquisiciones para el proyecto. A media mañana ya voy con retraso, así que saco el diario de trabajo de Rebecca y empiezo a recorrerlo en busca de algún buen consejo sobre ventas. Frunzo las cejas ante una página de anotaciones aleatorias: «Pieza de subasta de Riptide. ¿Auténtica? Encontrar experto». Tomo aire con fuerza. ¿Estaba Rebecca investigando una obra falsa que forma parte del catálogo de Riptide? ¿Es posible que eso la haya metido en problemas? Pero seguro que Mark está al tanto. Él tenía el diario. Tenía que haberlo leído. Salvo que... Mark estuviera involucrado. No. Nunca me habría entregado el diario. ¿Me lo dio por esa razón? ¿Quiere que lo sepa? Estoy perpleja por lo que podría significar todo esto.

Levanto la vista justo a tiempo de ver a Ricco entrando por la puerta. Me sobrecoge el pánico. ¿Está aquí para quejarse de que Chris apareciera en su casa? Me pongo en pie y corro hacia el pasillo a tiempo de ver cómo el afamado artista desaparece tras la puerta del despacho de Mark. Busco a Ralph, que es mi fuente de información, para ver si me proporciona alguna explicación que no tenga que ver conmigo, pero no está en su mesa. Mi siguiente parada es la cocina, y es un error. Me meto en la boca del lobo. Mary se da la vuelta cuando entro, con una taza en la mano.

—¿Cómo te fue con Ricco? —pregunta.

Hago todo lo posible por no parecer azorada y me encamino hacia la cafetera para llenar mi taza.

—No muy bien. Básicamente me mandó a paseo.

—¿De verdad? ¿Y está aquí a pesar de eso?

Le añado leche a mi café.

—No tengo ni idea de por qué está aquí.

Me mira fijamente.

—Habrás hecho algo para cabrearle.

El brillo malévolo de sus ojos me indica que tenía la intención de herirme, y lo consigue. ¿Podría ser más fría y más pérfida?

—Bien. Gracias por las palabras de aliento. —Empiezo a darme la vuelta.

—Querida, no hay palabras de aliento que puedan compararse con que el jefe quiera levantarte la falda.

¿Cómo ha podido mi alegre mañana haberse vuelto una mierda? Estoy a punto de dejar mi trabajo como maestra y, sin embargo, no soy la única persona que se preocupa de que tenga este puesto porque Mark quiera «levantarme la falda». ¿En qué estoy pensando? Regreso a mi despacho, cierro la puerta y llamo a Chris.

—Una vez me dijiste —mascullo en el momento en que contesta— que no pertenezco a este mundo. No te referías al mundo del arte, ¿no?

—No, cariño. Ya sabes a qué me refería.

—No puedo renunciar a mi trabajo en el colegio si Mark sólo me quiere aquí para convertirme en Rebecca. ¿Haría eso? ¿Me contrataría por razones estrictamente personales? —Su silencio es demasiado prolongado y no puedo soportarlo más—. ¿Chris?

—Me gustaría decirte cualquier cosa para sacarte de la galería, pero no. No lo haría. Es consciente de tu talento, Sara. Como lo sería cualquiera que pasase un rato contigo.

Amanda me avisa de que me llaman del colegio.

—Ponlo en espera —pido.

—No eres una maestra, Sara —dice Chris—. No hay medias tintas, cariño.

—Eso es. No hay medias tintas. Tengo que dejarlo.

—Vas a alegrarte de haberlo hecho. Llámame después.

—Lo haré.

Diez minutos más tarde, ya no trabajo en el colegio. Pero siguen contando con Ella para dar clase y no estoy segura de qué pensar. Si hubiera renunciado, me dolería que me hubiera excluido de su vida, pero sabría que su silencio se debe a una elección. Le envío un mensaje a Chris para contárselo, me da la enhorabuena y me promete indagar más sobre el paradero de Ella.

Acabo de dejar mi teléfono en mi bolso cuando alguien llama a la puerta y se abre. Aparece Ricco, con pinta de Antonio Banderas, con sus atractivas facciones oscuras, vestido con pantalones negros y una camisa negra con varios de los botones del cuello desabrochados.

—Vamos aquí al lado a tomarnos un café, Bella.

Una orden.

—Claro. —Me levanto y me pongo la chaqueta—. Espero que tu visita signifique que has reconsiderado trabajar con nosotros...

—Hablaremos mientras nos tomamos el café —contesta, con una mirada impasible.

Suspiro por dentro y cojo mi bolso. Todos los hombres que cruzan esta puerta parecen recibir una especie de inyección que les lleva a desear fervientemente tener el control y hacer lo que les viene en gana.

Cuando llegamos a la cafetería, Ricco me abre la puerta y entro. Siento inmediatamente la presencia de Chris, como si otra parte de mí cobrara vida. Y sabiendo lo que opina de Ricco, intuyo que está a punto de ocurrir un desastre. Ricco se ofrece a quitarme la chaqueta y digo que no. Me quedaré con mi armadura, real o imaginaria.

Me adentro en la cafetería y vislumbro a Chris sentado en una mesa al fondo. Ava dice mi nombre y me ofrece una sonrisa radiante, anunciando mi presencia a Chris por si aún no me ha visto. Consigo sonreír. Creo.

—Coge tus cosas y siéntate —ordena Ricco—. Iré a pedir. ¿Qué te gustaría?

—Café con leche, por favor.

Cuando se da la vuelta para dirigirse al mostrador, camino hacia las mesas y me encuentro con la afilada mirada de Chris. Rápidamente bajo las pestañas sin poder mirarle. No puedo hacerlo; necesito centrar toda mi atención en la reunión con Ricco.

A pesar de ello, me siento mirando hacia Chris, porque aunque tenga miedo de lo que pueda encontrar en su rostro, tampoco puedo soportar estar sin verle. Estoy hecha un lío.

Coloco el bolso a mi lado y me quito la chaqueta por hacer algo. Me abruma la fuerza que me impulsa a mirarlo, y antes de que pueda evitarlo, levanto la vista y nuestras miradas se encuentran. La inquietud que siembra en mí recorre mi cuerpo y se convierte en el crepitante motor de nuestro respectivo malhumor.

Ricco se sienta frente a mí y me empuja la taza de café. Echa un vistazo por encima del hombro hacia Chris antes de volver la mirada hacia mí. Frunce los labios y salta a la vista que sabe que Chris estuvo en su casa. Abre la boca para hablar y aguanto la respiración, preparándome para una confrontación.

—¿Has reconsiderado mi oferta?

—Estoy comprometida con la galería —digo, aliviada al ver que me interroga sobre un tema para el cual tengo una respuesta clara.

—Muy loable por tu parte —comenta con tono seco—. Le dije a Mark que no te merece, como tampoco merecía a Rebecca.

Se me ponen los ojos como platos.

—Oh. Yo… Ricco, yo…

El trueno grave de su risa escapa de sus labios.

—No te preocupes, Bella. No te afecta a ti. Además, hoy tengo pensado ofrecerte algo que te dará seguridad laboral. Tengo una pieza para subastar que le he dado a Crystal, que como sabrás es la principal competencia de Riptide. Estoy considerando retirarla para dársela a Riptide —hace una pausa, obviamente buscando un efecto dramático—. Si te interesa, claro.

Se me erizan los pelos, en alerta.

—¿Por qué? ¿En qué condiciones?

—Quiero que encuentres la forma de ponerte en contacto con Rebecca.

Palidezco, asombrada ante este giro de los acontecimientos.

—Pero yo no la conozco. No tengo ni idea de cómo puedo llegar a hablar con ella, Ricco.

—Me doy cuenta, pero tú me puedes decir si contacta con la galería. Podrías incluso acceder a los ficheros privados de Mark.

¿Es Ricco el otro hombre del diario? ¿Es el hombre que Rebecca utilizó para poner celoso a Mark?

—No —digo con voz firme, segura—. No tocaré los ficheros privados de Mark.

Se rasca la barbilla y lanza al techo una mirada de desdén que imagino debería ser para mí.

—Me parece aceptable —pronuncia escuetamente, devolviendo su mirada infranqueable hacia mí—. Sólo pido que hagas lo que puedas sin llegar a incomodarte.

Su insistencia resulta convincente y a la vez da miedo. Si amaba a Rebecca, no puedo imaginar el dolor que debe sentir por su ausencia, pero hay otra posibilidad, más retorcida. Le hizo daño y trata de saber qué se descubre sobre su ausencia.

—Quiero trabajar contigo, Ricco. Y esperaba que, en el caso de que aceptaras que trabajáramos juntos, sería porque confías en mi talento.

Se inclina hacia delante, su mano cubre la mía sobre la mesa, su tormento por Rebecca se muestra claramente.

—Sólo dime que lo intentarás, Bella —insiste—. Es lo único que te pido.

Imaginar a Chris buscándome si yo de pronto desapareciera me lleva a realizar la promesa.

—Lo intentaré.

Noto cómo la tensión de su cuerpo se relaja de manera considerable.

—Excelente. Entonces tenemos un trato. —Se pone en pie y yo le sigo. Me coge la mano y me la besa y siento el peso aplastante de la mirada de Chris—. Tengo quince días para retirar mi pieza de Crystal antes de que el contrato con ellos me lo impida. Espero saber de ti para entonces. —Se da media vuelta y avanza a paso tranquilo hacia la puerta.

Quedo boquiabierta. ¿Me acaba de chantajear?

24

Estoy recogiendo mis cosas para irme cuando oigo la voz de Mark en la zona de recepción y salgo de mi despacho.

—¿Podemos hablar un momento? —pregunto desde el pasillo.

Camina hasta mi despacho y entra, dejando la puerta abierta.

—¿La puede cerrar? —pregunto, y casi al instante me arrepiento de habérselo pedido. De pronto estamos en mi pequeño cubículo el uno frente al otro, y es imposible ignorar la tensión que corta el aire. Quiero huir—. Veo que se ha reunido con Álvarez hoy.

Se apoya en la puerta y se cruza de brazos.

—Hemos rematado algunos asuntos que teníamos pendientes.

Se está haciendo de rogar a propósito.

—¿No ha dicho nada de mi reunión con él?

Arruga los labios de manera irónica.

—Me ha dicho que no la corrompa como corrompí a Rebecca.

Me quedo sin palabras durante un momento.

—¿Y usted qué le ha respondido?

—Que usted era perfectamente capaz de decidir por sí misma quién la corrompe.

Creo que esto es un cumplido. O quizá no. Cuando se trata de Mark, realmente no tengo ni idea.

—Me pidió que tomara café con él.

—Y durante ese café juntos, ¿consiguió lo que quería de usted?

—No sé qué es lo que quiere de mí. —Sueno tan exasperada como estoy—. Ustedes dos hablan con mensajes cifrados.

—Bueno, entonces déjeme que le descifre algunos de esos mensajes, señorita McMillan, porque sinceramente ya estoy cansado de jugar a los juegos de Ricco. Quiere a Rebecca. No la puede tener. Me culpa a mí.

Pensaba que quizás usted podría ayudarle a separar lo profesional de lo personal. Después de hablar con él hoy, no creo que sea posible.

La franqueza de su respuesta me descoloca.

—No. No creo que lo sea.

—Entonces no haremos negocios con él. Algunas cosas, señorita McMillan, es mejor dejarlas como están. —Pienso inmediatamente en Rebecca, pero se apresura a desviarme del tema—. ¿Ha renunciado hoy a su puesto en el colegio?

—Sí.

—Excelente. Entonces ahora es toda mía. —Hay un destello en sus ojos y sé que ha elegido las palabras dándose cuenta perfectamente del doble significado—. Buenas noches, señorita McMillan.

Empieza a girarse en dirección a la puerta y no sé qué me pasa por la cabeza.

—¿Lo hizo? —espeto.

Se queda quieto y se da la vuelta, clavando en mí su mirada de acero.

—¿Que si hice qué, señorita McMillan?

—¿Corrompió a Rebecca?

—Sí.

—¿Y? —pregunto, porque no se me ocurre nada más que decir.

—Y está claro que fue un error o ella seguiría aquí.

Me quedo sin palabras de nuevo. No me salen. Mark se aprovecha del silencio para deslizar otra pregunta inesperada.

—Se da cuenta de que Chris tiene la cabeza muy jodida, ¿verdad?

Mi respuesta es instantánea, defensiva. Protectora.

—¿Y no lo estamos todos un poco?

—No como él.

No le pregunto cómo lo sabe. Podría ser por el club. Quizá por la amistad que tuvieron y que ahora han perdido. No importa.

—Son sus imperfecciones las que hacen que sea perfecto —respondo, y hay convicción en mi voz.

Su mirada es fiera y penetrante.

—Es que no me gustaría que le hicieran daño.

La voz se le quiebra ligeramente, de un modo que nunca antes había percibido en él, y le creo.

—¿Como le hizo usted daño a Rebecca?

Algo se mueve en sus ojos y desaparece a la misma velocidad con la que apareció. ¿Culpabilidad? ¿Dolor?

—Sí. —Su voz es suave, ha perdido el tono autoritario que le caracteriza.

—¿Por eso se marchó?

—Sí.

Este hombre y sus acciones me confunden más que nunca.

—Entonces, ¿por qué intenta llevarme por el mismo camino?

—Usted no es Rebecca, del mismo modo que yo no soy Chris.

Abandona mi despacho y le sigo con la mirada.

Salgo de la galería por la puerta principal y veo el 911 aparcado en la esquina. La tranquilidad que siento al ver que Chris me está esperando no contribuye a aliviar mi aprensión; sé que estará enfadado por haberme visto con Ricco.

Se abre la puerta y su sola imagen amenaza con consumirme. Por una vez, no quiero que la presencia de Chris me consuma. No ahora, con lo inquieta que me siento por no saber qué ha supuesto toda esta semana para nosotros.

Me inclino para colocar mis bolsas en el asiento de atrás y él me las quita de las manos. Se queda petrificado un momento y me pregunto si él también nota la tensión en el ambiente. Pone mis cosas detrás y me acomodo en el asiento del copiloto, encerrándome en el pequeño espacio junto a él. Ardo en deseos por su tacto, quiero que me toque.

Ninguno de los dos habla durante unos tensos segundos. Con una mano que me tiembla de forma desquiciante alcanzo el cinturón de seguridad y se me escurre. Chris se inclina hacia mí para ayudarme, su brazo roza mi pecho y el calor de su cuerpo me invade. Su pelo me hace cosquillas en la mejilla y durante un instante se detiene ahí, con su boca junto a la mía. Me cuesta horrores no levantar las manos y acercar sus labios a los míos, pero enseguida se ha vuelto a ir y suelto un suspiro tembloroso. Abrocha mi cinturón y vuelve a apoyarse en el respaldo de su asiento. Sigue sin mirarme. Mete la marcha y se incorpora al tráfico.

Aprieto los dedos sobre mi regazo y, cuando Chris aparca en el primer sitio que encuentra, estoy a punto de explotar.

Permanecemos un momento quietos, mirando al frente. Su silencio me mata y lucho por no gritar. Dejo caer la cabeza hacia delante y entierro los dedos en mi pelo.

—Sara, ¿qué pasó con lo de tener cuidado y avisar siempre de dónde ibas a estar?

Le miro con cara de póquer, sus palabras me pillan tan desprevenida que no puedo procesarlas.

—Fui a la cafetería para estar cerca de ti, porque estaba preocupado, y entonces te veo entrar con Álvarez, de quien no me fío.

Le fulmino con la mirada.

—Álvarez es parte de mi trabajo. Sólo de mi trabajo. Necesitas aceptar eso, como yo he aceptado que no hay nada entre Ava y tú. —Mi voz se ablanda—. Pero tienes razón, tenía que haberte dicho dónde iba. Siento haber hecho que te preocuparas.

—Maldita sea, Sara. —Enreda sus dedos en mi pelo y baja su boca hasta dejarla a un aliento cálido de la mía—. Eres la razón por la que sigo respirando —susurra—. ¿Por qué no te das cuenta de eso?

Su pregunta acaba con lo que quedaba de mi enfado. Me acurruco contra él, mis dedos acariciando su mandíbula.

—Vámonos a casa, cariño. —Me besa en la frente—. Tengo algo que enseñarte.

Chris entrelaza sus dedos con los míos mientras caminamos hacia su apartamento. Tras recorrer el pasillo, abre una puerta.

—Esto es lo que he hecho esta tarde. No te iba a dar la oportunidad de cambiar de idea respecto a la mudanza.

Entro y me encuentro con un montón de cajas apiladas y con los pocos muebles que tenía en mi apartamento.

—Te robé la llave del llavero. Mandé que lo trajeran todo para que pudieras decidir qué quieres quedarte y he pagado la fianza por cancelar el alquiler. —Me acerco a él, y su tacto es mi casa—. De ahora en adelante, lo que es mío es tuyo, Sara.

Le abrazo, apretando mi oreja contra su pecho, y no quiero soltarme. Aunque sea generoso con sus «cosas», no *todo* lo que es suyo es mío. Sólo él es dueño del dolor de su pasado, un dolor que, al igual que el mío, no tardará en alcanzarnos.

25

A la mañana siguiente, me termino de maquillar en el cuarto de baño. Chris y yo hemos quedado para desayunar con Kelvin, el detective. Hablaremos de Álvarez y de la referencia a la posible falsificación que he encontrado en el diario de trabajo de Rebecca. Kelvin también ha prometido crear una alerta en el ordenador que le avise si Ella reserva cualquier billete a su nombre. No es un gran consuelo, pero es mejor que nada, desde luego.

Estoy cerrando mi bolso, a punto de dirigirme hacia el dormitorio, cuando aparece Chris detrás de mí y posa una tarjeta de crédito American Express Negra sobre la repisa del lavabo. La miro con incredulidad y empiezo a decir que no con la cabeza.

—No. —La cojo y me giro hacia él—. No quiero esto. No quiero tu dinero.

—Esto garantiza que tendrás todo lo que necesites o lo que quieras hasta que podamos pasar por el banco y abrirte una cuenta.

—No, Chris, no voy a aceptarla. —No quiero ser como mi madre, dependiente de un hombre—. Quiero ganar mi propio dinero. Tengo que ganar mi propio dinero.

Toma mi cara entre sus manos.

—Quiero cuidar de ti.

Mis dedos van a su muñeca.

—Sólo quiéreme. Con eso basta.

—Esta es mi manera de quererte. Por favor. Coge la tarjeta.

Me humedezco los labios y lucho con todos los demonios de mi pasado que esta situación me trae a la memoria.

—Sólo la tarjeta, para emergencias. No quiero ninguna cuenta.

—Sara...

—Sólo la tarjeta. Ese es el trato, ¿vale? Y sólo para emergencias.

Vacila, sin duda reticente, pero finalmente cede.

—Sólo la tarjeta.

Que esté tan predispuesto a ofrecerme su espacio significa mucho más para mí de lo que creía al principio. Me pongo de puntillas y pego mis labios a los suyos.

—Gracias, Chris.

Pasa sus manos por mi nuca.

—¿Por qué?

—Por ser tú. —«Y por dejarme ser yo.»

Es viernes y, mientras cruzo el umbral del restaurante mexicano Diego María, donde Chris y yo tuvimos nuestra primera cita, siento que tengo decenas de motivos para sonreír. Hemos creado una rutina, una relación, que me hace tocar el cielo. Me lleva al trabajo y me recoge cada día. Disfrutamos de la cena en casa, que suele ser algo sencillo que preparamos entre los dos mientras hablamos con Dylan por el manos libres. Parece que ha estado aguantando bastante bien, según nos cuenta Brandy. Luego Chris desaparece en su estudio y se sumerge en su pintura hasta altas horas de la madrugada, cuando me rodea con sus brazos y dormimos. Juntos. En *nuestra* cama.

Saludo a María mientras la puerta se cierra a mis espaldas haciendo sonar una pequeña campana. Nada más entrar me doy cuenta de que, en lugar de su hijo Diego, el copropietario del restaurante, hay un empleado que no conozco echando una mano. Me uno a Chris en una mesa junto a la ventana: su nuevo rincón para dibujar durante el día.

—Hola, cariño —dice, poniéndose en pie para saludarme. El crudo atractivo sexual de su melena rubia contrasta con su camiseta negra de AC/DC y con sus vaqueros negros, enloqueciendo mis sentidos.

—Hola —digo, dejando que mis dedos jueguen con algunos cabellos rebeldes que cuelgan sobre su frente.

Apoya la palma de la mano en mi espalda y tira de mí. Me besa con fuerza antes de quitarme la chaqueta de los hombros y ofrecerme una silla.

—¿Alguna noticia de Blake y Kelvin sobre Rebecca? —pregunto una vez acomodada, colocando mi carpeta junto a la silla y colgando mi bolso del respaldo.

Chris vuelve a sentarse y frunce los labios de forma desalentadora.

—Nada relevante que valga la pena mencionar sobre Rebecca ni sobre Ella.

Me desconciertan todas las pistas que siempre parecen conducirnos a callejones sin salida.

—Yo tampoco encuentro más anotaciones sobre el cuadro falso que mencionó Rebecca.

—Bueno, tengo algo positivo que contarte —comenta Chris—. Me llamó tu padre.

Me pongo recta en mi asiento y me preparo para el inminente golpe.

—¿Cómo? ¿Te llamó?

Cubre mi mano con la suya.

—Relájate, cariño. Te he dicho que se trata de algo positivo. Todo va bien. Me ha asegurado que se ha encargado de Michael, después de llamar a mi banquero, claro.

—¿Encargado? ¿Qué significa eso?

—«Bajo control», fueron sus palabras. Tengo a Blake indagando sobre Michael y no le quitan ojo en ningún momento, para estar seguros.

—Bajo control —repito, tensa—. Sí. Bueno, se le da bien controlar a las personas.

Chris lleva mis nudillos hasta sus labios y los besa.

—¿Estás bien?

Afirmo con la cabeza.

—Sí, estoy bien. —Miro hacia el mostrador y compruebo que Diego sigue sin aparecer.

Chris me lee la mirada.

—Se ha marchado a París para buscar a esa estudiante de intercambio con la que tuvo aquella historia.

—Se le va a romper el corazón si le rechaza —pronostico con tristeza, ya que María me ha comentado que la chica no estaba tan loca por él como Diego por ella—. Intenté que comprendiera que no era una buena idea.

Suena mi teléfono móvil, lo saco del bolso y miro a Chris.

—Ricco Álvarez —le informo antes de contestar.

—Ah, Bella, cuéntame —me dice Ricco. Ha repetido palabra por palabra su saludo de la llamada de hace dos días—. Dime que tienes buenas noticias para mí.

—Lo siento, Ricco. Rebecca no ha llamado a la galería y nadie sabe nada de ella.

Suspira y percibo su tristeza a través de la línea telefónica.

—Por favor, haz lo que puedas.

—Lo haré. —Apenas he dicho esto cuando la línea se corta.

Pongo mi teléfono sobre la mesa y Chris arquea una ceja.

—Qué rápido —apostilla.

—Sólo quiere una cosa. Rebecca. Está completamente obsesionado con ella.

—Blake y Kelvin tienen a un hombre vigilándolo por si hace algo sospechoso.

—No creo que él le haya hecho ningún daño. Creo que realmente la quiere. Es como Diego, está persiguiendo el fantasma de un imposible.

—O persiguiendo un error que intenta ocultar —advierte Chris—. No dejes que tu gran corazón haga que te confíes y bajes la guardia.

—Lo sé. Tengo cuidado.

Aparece María con nuestro pedido de siempre. Hablo con ella un momento sobre Diego, y me doy cuenta de que está preocupada por su hijo.

Cuando se marcha, Chris me escruta durante un segundo.

—Nuestras cicatrices nos definen, Sara; Diego tiene que vivir la vida para aprender a apreciarla.

—Sí. —Se me forma un nudo en el estómago al pensar que todavía desconozco el modo en que las cicatrices de Chris le definen a él.

Se acaba su cerveza y alarga la mano para coger el tenedor.

—Come, cariño. Se te enfría la comida.

Asiento y aparto a un lado mis preocupaciones. Me habla de París, esforzándose por convencerme de que dé otro gran paso y me marche con él.

Nos retiran los platos y saco mi carpeta.

—Quiero enseñarte algo. —La abro—. Estas son las obras que he seleccionado para el encargo del inmueble de Ryan.

Paso los siguientes quince minutos enseñándole todos mis increíbles hallazgos. Levanto la vista y me siento cautivada por su tierna mirada. Roza mi mejilla con sus nudillos.

—Verdaderamente amas lo que haces.

—Sí. Esto es un sueño para mí. Pero sé… Sé que no tiene por qué ser en Allure. —Es la primera vez que insinúo que podría irme a París con él.

Se queda muy quieto.

—¿Qué estás diciendo?

Tengo cada vez más claro que París es el lugar donde podría bucear en las capas que protegen a Chris.

—Significa que mi lugar está contigo.

Nos miramos el uno al otro y casi puedo sentir cómo las raíces de nuestro vínculo se extienden en las profundidades de mi alma.

—Sí —dice con suavidad—. Así es.

El camarero nos interrumpe para traer la cuenta y la magia del momento se desvanece. Le lanzo una mirada tímida a Chris.

—Me preguntaba si cierto artista genial aceptaría peticiones.

—Casi todo es posible si quien me llama genial es cierta mujer sexy-hasta-más-no-poder que, además, comparte mi cama.

Se me calientan las mejillas al rememorar todo lo que ha sucedido en nuestra cama. Pienso, sobre todo, en las correas de cuero que ha instalado en el cabecero para atarme y atormentarme con placer.

—Sí, bueno. Mañana, por fin, veré la propiedad de Ryan para comprobar de primera mano cómo quedan mis tesoros. Esperaba que tú pudieras acompañarme porque… —Le doy la vuelta a una página que muestra una pared del inmueble y giro la carpeta hacia él—. Sueño con una silueta de San Francisco de Chris Merit. Podrías donar el dinero y yo…

—Con una condición —interrumpe, y no mira la fotografía. Me mira a mí—. Que tú poses para mí y me dejes pintarte.

Recuerdo que, en el pasado, la idea me intimidaba. Me decía que era por el talento y la fama de Chris, pero había además otro motivo. Me intimidaba lo que su pincel podría llegar a capturar, los secretos que podrían revelar cada uno de sus trazos. Estudio su mirada y veo que está en alerta. Para él la petición tiene que ver con la confianza; debo confiar en que seguirá amándome después de ver lo peor que hay en mí. Y a lo mejor, sólo a lo mejor, si deposito esa clase de confianza en él, hará lo mismo conmigo.

—Sí. Posaré para ti.

A media tarde termino de ayudar a un cliente y regreso a mi despacho, donde descubro sobre mi mesa una caja con una tarjeta. Reconozco la letra de Chris inmediatamente. Abro la tarjeta y leo: «PARA ESTA NOCHE. ÁBRELO CUANDO ESTÉS SOLA Y CON LA PUERTA CERRADA. CHRIS».

Repaso las nítidas letras de su firma, creadas por la misma mano que realiza obras maestras que se venden por millones.

Amanda asoma la cabeza.

—Ha llegado hace unos minutos. —Se muerde el labio—. ¿Puedo ver qué es?

—Eh… no. No es buena idea.

Se le ilumina la cara.

—Un regalo erótico —suspira—. Yo también quiero que un artista sexy y famoso me envíe regalos eróticos. Te cerraré la puerta.

Rompo la cinta que cierra la caja roja y me río al encontrar dentro una pala rosa y un par de pinzas para pezones con forma de mariposa. Sonrío y una ola de calor me recorre el cuerpo, pero este regalo hace que sienta mucho más que deseo. No ha permitido que nos afecte lo que pasó con Michael. Si lo hubiera hecho, no sé qué habría sucedido. Necesito la liberación que Chris me da, así sé que puedo confiar en él y que nunca me hará daño. Y ese es el verdadero regalo.

Me he pasado la tarde en las nubes, anticipando mi noche con Chris, y una hora antes de cerrar la galería suena mi teléfono móvil. Miro el número y, no sé por qué, en cuanto lo reconozco siento un violento escalofrío.

—¿Dylan? —digo al contestar, aguantando la respiración mientras espero oír su voz, joven y alegre.

—Sara.

Mi nombre, como un susurro pleno de dolor en los labios de Brandy, me atraviesa el cuerpo y se me llenan los ojos de lágrimas. Sé lo que me va a decir.

—No. No puede ser.

—Se ha ido. Mi niño se ha ido.

—Yo... —Y digo las palabras que odio decir. No puedo evitarlo—. Lo siento. Lo siento mucho, Brandy.

—Ve con Chris. No se lo ha tomado bien. Yo... Yo... Sólo... ve con él. Te necesita.

—Sí. Sí. —Oh, Dios. Chris—. Voy. Voy ahora mismo.

Llora e inspira con fuerza.

—Llámanos y dinos que está bien.

—Lo haré.

Me limpio las lágrimas que bañan mis mejillas y llamo a Chris. No contesta. Vuelvo a llamar.

—¡Amanda!

Entra corriendo en mi despacho con los ojos como platos.

—¿Qué ocurre?

—Llama al restaurante Diego María y pregunta si Chris está allí —digo, y ya estoy marcando el número de Jacob.

—De acuerdo. Vale.

Jacob contesta.

—¿Está Chris ahí? —pregunto.

—No, señorita McMillan. No ha pasado por aquí en todo el día. ¿Está usted bien?

—Ha habido una emergencia. Si aparece, llámeme.

—¿Está usted en peligro?

—No. Estoy bien. No es por mí. Es Chris. Llámeme si lo ve. —Cuelgo cuando Amanda entra de nuevo en mi despacho.

—No está allí.

—¿Tienes el número de la cafetería?

—Sí. ¿Quieres que llame?

—No. Sólo quiero el número.

Desaparece y me llama por el intercomunicador. Marco el número y contesta un hombre.

—¿Está Chris Merit ahí? —La respuesta es no—. ¿Está Ava? —La respuesta también es no—. Se me encoge el estómago. Me dejo caer sobre el escritorio.

Mark aparece en el umbral de mi puerta.

—Dylan, el paciente con cáncer del que nos hicimos amigos Chris y yo... —Tomo aire con energía—. Él... Él... —No puedo decirlo.

—Eso lo explica, entonces.

—¿Explica el qué?

—Que Chris esté en el club.

Mi mundo da vueltas, estalla en un millón de pedazos y empiezo a temblar. Las lágrimas me caen por las mejillas como un torrente.

—Señorita McMillan —dice Mark, cortante, y de algún modo lo tengo casi encima y no recuerdo que se haya movido—, tranquilícese. ¡Coja su bolso y sígame!

Ignoro la razón, pero hay algo convincente en el tono de su voz que hace que alcance mi bolso automáticamente, como si fuera un robot. Me pongo en pie, apoyándome en mi escritorio para no caerme. Pero no puedo dar ni un paso. Me flaquean las piernas y lloro.

Mark me rodea la cintura con su brazo y me levanta la barbilla para obligarme a que le mire.

—Señorita McMillan —me limpia las lágrimas con el pulgar—, ya le advertí de que Chris tenía la cabeza muy jodida. Usted lo aceptó. ¿No es así?

—Sí. Pero...

—Hoy no hay peros que valgan —dice, interrumpiéndome—. Hoy debe decidir si acepta o no su forma de lidiar con el dolor. Debe elegir ahora.

—Lo intento. Es sólo que... Pensé...

—No piense. No le traerá más que problemas. Hace tiempo que tomó la decisión. Acepte su forma de hacer las cosas aunque no la entienda, o si no, aléjese de él.

Me humedezco los labios resecos.

—La acepto —susurro.

Me aparta delicadamente.

—Entonces, en marcha.

—¿Dónde vamos?

—A mi club.

26

Mark y yo no nos decimos nada durante los veinte minutos que dura el trayecto. Parece entender que cualquier comentario me haría estallar en lágrimas de nuevo. Reposo la cabeza en el suave asiento de cuero de su Jaguar, mirando a través de la ventanilla hacia las luces y las estrellas que centellean a nuestro paso. Ahondo en lo profundo de mi ser y reabro el agujero negro en el que enterré mis emociones antes de encontrar los diarios, antes de encontrar a Chris. Para superar esto, necesito regresar a ese lugar al que esperaba no tener que volver nunca. Me pregunto ahora si fue una buena idea dejarlo atrás.

Poco a poco logro adquirir cierta compostura, que se tambalea momentáneamente cuando diviso las verjas de la enorme mansión que es el club de Mark, situada en el centro del elitista barrio de Cow Hollow. ¿Encontraré a Chris con otra mujer? Puedo aguantar muchas cosas, pero no sé si podré con estas dos a la vez.

Aparcamos delante de una larga escalinata y un guardia de seguridad vestido de traje y con un intercomunicador en la oreja me abre la puerta. No me muevo. No puedo moverme.

—Señorita McMillan.

Mark me ordena que le mire. Pero esta vez su rol de Amo no funciona. Me quedo mirando al frente. Tengo la cabeza lo bastante lúcida como para interrogarme sobre sus motivos para traerme aquí, a pesar de agradecerle que me dé la oportunidad de enfrentarme a este asunto con Chris sin que importe el resultado. Pero los motivos que empujan a Mark podrían ocultar su intención de separarnos, o... a lo mejor... está mostrando verdadera preocupación por un antiguo amigo por el que sigue sintiendo algún vínculo. No creo que importe. Lo que salga de esta noche depende de Chris y de mí, y de nadie más.

—No me va a gustar lo que me encuentre, ¿verdad? —pregunto al fin.

—No.

Su fría y dura honestidad me pone en marcha.

Sea lo que sea lo que me espera dentro, sólo quiero saberlo. Salgo del coche y, aunque me he dejado la chaqueta en la galería, bendigo el aire frío de la noche que me permite sentir algo distinto al dolor que me quema por dentro. Deslizo mi bolso sobre el hombro. El dinero y las tarjetas de crédito me facilitarán una vía de escape si la necesito, y me sorprende a mí misma esta clarividencia en medio de la tormenta. He encontrado ese agujero profundo o, por lo menos, el borde del abismo que conozco tan bien.

Mark rodea el coche, me agarra del codo y le murmura al guardia algo que no consigo escuchar. Luego me acompaña escaleras arriba hacia las puertas dobles de color rojo que sólo he franqueado antes una vez. Se abren conforme nos acercamos y otro hombre vestido de traje saluda a Mark.

Parece que se me llena la boca de algodón a medida que entramos en la mansión y pisamos la alfombra oriental tan cara. Mi mirada se dirige hacia los techos altísimos y las valiosas piezas de arte y decoración que me rodean, y casi suelto una carcajada ante la fachada de aparente decoro.

Mark señala la escalera de caracol forrada con una alfombra roja, en lugar del pasillo que queda a la derecha y que una vez recorrí con Chris. No me había fijado en que la escalera de caracol también bajaba. Ahora descendemos por ella, sin que sepa hacia dónde nos dirigimos. Descendemos y el camino circular se me hace eterno y tortuoso. El corazón me late con fuerza en los oídos, detrás de los ojos, latiendo y latiendo. Me agarro al pasamanos y sin darme cuenta me he agarrado también al brazo de Mark. No sé de qué manera alcanzamos otra puerta roja. De pronto estamos ahí, sin más. Es de madera y alabeada, con un gran cerrojo de metal. Se me hace un nudo en el estómago. Oh, Dios. Una mazmorra. Dolor. Tortura.

Mark me gira la cara hacia él, sosteniéndome la mano.

—Acéptele o aléjese de él.

—¿Por qué hace esto?

—Porque está peligrosamente cerca de caer en el abismo, y creo que usted puede traerle de vuelta.

Busco en su mirada, intentando saber si su respuesta es sincera, y lo es. Me da igual por qué le importa lo que le ocurra a Chris. Pero sé que le importa. Saco pecho.

—Lléveme donde está.

Me analiza durante un buen rato, evaluando mi estado anímico, y al parecer me da el visto bueno. Sin mediar palabra, abre el pesado cerrojo y empuja la puerta. Me llega el olor de algo especiado, como de incienso, que me quema como un ácido hecho de miedo. Aguanto la respiración al dar un paso al frente, bloqueando mis temores, y me encuentro dentro de lo que parece un calabozo, que debe tener unos seis metros de largo por seis de ancho. Al menos media docena de antorchas alumbran la sala desde las alturas.

Inhalo aire para tranquilizarme y miro fijamente la gran pantalla en blanco que ocupa la pared que tengo justo delante, muy parecida a la que usó Chris para mostrarme a una mujer a la que estaban flagelando en otra parte de la mansión. El frío me baja por los huesos y tiemblo; la sensación de estar bajo tierra y atrapada es casi insoportable.

—¿Dónde está? —pregunto.

Mark señala la puerta de madera que hay a mi izquierda.

—Está en la siguiente habitación, pero necesito dejarlo claro. Permitirle irrumpir en los juegos rompe todos los códigos de este club. Me entrometo solamente si juzgo que el bienestar de alguien está en peligro.

—¿Qué está diciendo?

—Cuando está así, va demasiado lejos. El informe que he recibido al llegar es que esta noche está peor que nunca.

Entierro las uñas en la palma de mis manos.

—Lléveme donde está.

Camina hasta la pantalla y coge un mando a distancia colocado en la pared.

—Antes de dejarle entrar, necesito saber que podrá enfrentarse a lo que se va a encontrar.

—Quiero verlo ahora —exijo, apretando uno de mis puños contra mi pecho, como si así pudiera evitar que me explotara el corazón que me late con furia.

—Las razones por las que disfrutamos aquí de los juegos son varias. La mayoría de nosotros simplemente encontramos un subidón de adrenalina y una forma placentera de evadirnos. Chris no lo hace por placer. Lo hace para castigarse.

—Maldita sea, Mark, quiero verlo.

Aprieta los labios cuando pulsa el botón del mando. La pantalla parpadea y oigo la voz de Chris antes de verle. Oigo su respiración, áspera y entrecortada. Ahora intento procesar lo que veo. Está dentro de una celda redonda de hormigón, sin camiseta, sólo con los vaqueros puestos. Tiene los brazos estirados y atados a una especie de postes. No lleva máscara, pero la mujer que está de pie tras él y que aparece en la parte superior de la pantalla sí que la lleva. Viste una especie de traje de cuero que apenas la cubre y botas altas y... ¡Dios mío! Me tapo la boca al ver cómo le suelta un latigazo en la espalda. Su cuerpo se sacude con el impacto.

—¡Más fuerte! —brama Chris, y veo cómo el sudor se le acumula en la frente—. Dame con ganas, joder, o llama a alguien capaz de hacerlo.

Le vuelve a dar. Se contorsiona por el impacto y luego suelta una risa amarga.

—¿Eres tú la nenaza o soy yo?

La mujer vuelve a enrollar el látigo.

—¡No! —grito—. ¡Basta! —Corro hacia la puerta y tiro de ella sin que Mark me lo impida. Entro al círculo de la mazmorra por detrás de Chris y la imagen de las llagas sangrando en su espalda me resulta casi insoportable.

—Al fin —ruge Chris al oír la puerta, sin la menor idea de que soy yo—. Una sustituta; confío en que seas mejor que tu predecesora.

—Suéltalo —espeto a la mujer enmascarada, mientras rodeo los postes para situarme frente a Chris. Las lágrimas le bañan la cara, una espiral de tormento gira en las profundidades de sus ojos inyectados en sangre.

—Sara. —Deja caer mi nombre de sus labios antes de echar la cabeza hacia atrás, gruñendo, sumido en la más completa angustia.

—Chris. —Su nombre es un murmullo cargado de sufrimiento y arrancado de lo más hondo de mi alma. Empiezo a llorar, temblando a medida que toco su cara, obligándole a mirarme. Baja las pestañas, negándose a hacerlo—. ¡Suéltalo! —grito, porque la mujer no se ha movido.

Escucho hablar a Mark a través de algún sistema de megafonía.

—Hazlo.

Rodeo con mis brazos a Chris. Mi hermoso hombre, roto.

—¿Por qué no viniste a buscarme? ¿Por qué?

—Se supone que nunca deberías haberme visto así. —Sus palabras suenan pesadas y doloridas, y pega su pecho al mío.

Uno de sus brazos se suelta y luego el otro y caemos juntos al suelo, donde Chris entierra su cara en mi cuello.

—No deberías estar aquí —susurra.

—Mi lugar está contigo.

—No, Sara. No lo está. Me equivoqué. Nos equivocamos los dos.

Siento sus palabras como un puñetazo en el pecho que me aplasta el corazón. Este es el momento que he temido siempre. El momento en que sus secretos nos destruyen si yo lo permito. Aprieto mis labios contra los suyos.

—Te amo, maldita sea. ¡Podemos superar esto juntos!

Toma mi cabeza entre sus manos y su aliento me abrasa la piel.

—No. No podemos. —Se pone en pie y me lleva con él—. Ven conmigo. —Me conduce hacia una puerta a nuestra izquierda que da a una habitación privada. Nada más entrar me suelta. Tambaleándome, apenas me doy cuenta de que nos encontramos en una habitación que parece la de un hotel. Me recuerda a la que visitamos la última vez que estuve en el club.

Recupera su camiseta de no sé dónde y se la pone, y oigo el quejido que intenta reprimir. Me da la espalda, metiendo los dedos en su melena rubia. Se queda así, quieto en esa postura.

Me acerco a él y alargo un brazo para tocarle, pero acabo retirando la mano por miedo a hacerle daño.

—Chris...

Se da la vuelta y me mira desde su portentosa altura, sus ojos inyectados en sangre, atormentados.

—Intenté avisarte de que te alejaras —masculla—. Lo intenté una y otra vez.

—Sigo aquí, Chris.

—No deberías.

Me encojo ante el tono lleno de inquina que ha utilizado, pero procuro recordar que quien me habla es el dolor.

—Sí, debería. Te amo.

Tensa la mandíbula y la vuelve a relajar. Su respuesta tarda una eternidad en llegar.

—Voy a coger un avión para ayudar a la familia de Dylan.

—Iré contigo.

—No. —La palabra es un latigazo que nos parte en dos—. Necesito hacer esto solo.

—No me dejes fuera, Chris —suplico.

—Te protejo.

—¿Apartándome? ¿Me proteges recurriendo a cualquier cosa menos a mí para superar tu dolor?

—Te voy a destruir, Sara, y no puedo vivir con ese pensamiento.

Casi creo oír cómo una puerta se cierra con llave entre los dos.

—No dejarme formar parte de ti… Eso sí que va a destruirme, Chris.

—Luego me lo agradecerás, te lo prometo. Voy a hacer que Jacob y Blake te ayuden para que puedas superar este asunto de Rebecca.

Como si tuviera alguna obligación de *protegerme*.

—No necesito que nadie me ayude a superar nada. Como tampoco lo necesitas tú, ¿no, Chris? Si hemos terminado, hemos terminado. Enviaré un camión de mudanzas para que lleven mis cosas de vuelta a mi apartamento.

—No. —Me agarra del brazo y me atrae hacia él—. No hagas que tenga que preocuparme por ti, joder, además de enfrentarme con lo de Dylan. Te vas a quedar en mi apartamento y vas a aceptar protección hasta que Blake diga que estás a salvo, o te juro por Dios, Sara, que te encerraré en un cuarto y te dejaré allí.

Aprieto los ojos e intento hallar un poco de consuelo en el hecho de que no quiere que me marche. De que a lo mejor, sólo a lo mejor, está agarrándose a mí, y a nosotros, y que esta noche el que habla es su dolor.

—Haz lo que tengas que hacer —susurro.

—Te vas a quedar en mi apartamento.

—Está bien. Sí. Me quedaré.

Poco a poco me suelta el brazo hasta dejarme ir.

—Haré que alguien te lleve a casa. Yo voy directo al aeropuerto.

Intento combatir el dolor que me impulsa a darme la vuelta y salir corriendo. Está sufriendo. Está fuera de sí.

—Cogeré un avión para asistir al funeral.

—No. No será necesario y, de todos modos, no será en Los Ángeles.

—Voy a ir al funeral —insisto, y avanzo hacia él y aplasto un beso contra su boca—. Te quiero, Chris. Nada de lo que ha ocurrido esta noche cambia eso. —Lentamente me aparto de él, pero él no me mira. Con un esfuerzo extremo, me doy la vuelta y camino hacia la puerta con una actitud impasible. Alcanzo el picaporte y vacilo, esperando que me detenga, pero no lo hace.

Deja que me marche.

No guardo ningún recuerdo de cómo consigo llegar a la entrada de la mansión. De pronto estoy bajando las escaleras y un tipo trajeado me mira con expectación. No me detengo al llegar al final. No me detengo por él. Sigo caminando y busco mi teléfono móvil mientras le ordeno que abra la verja. Marco el número de información.

—Póngame con una empresa de taxis.

—¿Para qué dirección? —pregunta la operadora.

Hago una mueca al percatarme de que no tengo ni idea de dónde estoy y ya he recorrido la mitad del camino serpenteante que conduce a la salida. No saber dónde estoy resulta ser otra fantástica metedura de pata.

—Volveré a llamar cuando vea algún cartel —digo, y cuelgo ante la verja cerrada.

La verja no se abre cuando llego. Rodeo con mis manos los barrotes de hierro y apoyo la cabeza contra el metal. Los barrotes están helados. Qué oportuno, porque yo estoy muerta de frío de un millón de maneras posibles.

El sonido de un coche a mis espaldas me da esperanzas de que se abra la verja, y al apartarme me encuentro con el Jaguar a mi lado. Se baja la ventanilla.

—Entre —ordena Mark.

Me planteo negarme, pero quiero salir de aquí. Sólo quiero salir. Me meto en su coche.

27

—¿Dónde quiere ir? —pregunta Mark, dejando el coche en punto muerto.

No le miro. Tengo la mirada perdida y le doy la dirección de mi apartamento. No me importa que no haya muebles. Chris tiene su modo de afrontar las cosas y yo tengo el mío. La idea de regresar a su casa, que se supone que debía ser nuestra casa, me resulta insoportable esta noche. Me enfrentaré a ello mañana.

—Sara —dice Mark con voz suave y me giro hacia él—, ¿está bien?

—Aún no. Pero ya encontraré la forma de sobrevivir. Siempre lo hago.

—Es mejor que no esté sola esta noche. Tengo un cuarto de invitados y vivo a unas cuantas manzanas de aquí.

—No. No voy a ir a su casa. Gracias, pero necesito estar sola.

Me mira durante un momento y mete la marcha. Empiezo a sentir que se me adormecen las extremidades. Me acuerdo de esta sensación cuando se murió mi madre. El adormecimiento de todo mi cuerpo y de mis sentimientos. Y me alegro por ello, pues sé que es la forma que tiene mi mente de sobrevivir.

Veinte minutos más tarde, rompo el silencio y guío a Mark a mi edificio.

—Puede dejarme aquí.

—Voy a acompañarla a la puerta.

Suspiro en mi interior. No voy a ganar esta batalla y ya no me quedan fuerzas para luchar.

Aparca y caminamos hasta mi puerta. Me giro hacia él.

—Gracias por traerme.

—Déjeme su teléfono. —No le pregunto por qué. Se lo entrego sin más. Teclea algo y me lo devuelve—. Mi dirección está en sus contactos. Mi oferta no caduca. Si me necesita, mi puerta está abierta.

No me planteo cuáles serán sus motivos, porque en este estado mental no pueda juzgar nada.

—Se lo agradezco.

Me observa detenidamente.

—Voy a esperar a que esté dentro y bien.

Busco en mi bolso y dejo caer la frente contra la puerta.

—No tengo la llave.

Mark se apoya en la puerta, girado hacia mí. Tiene la americana desabrochada y me choca la rectitud con la que se comporta incluso ahora, el control que posee, y le envidio por ello.

—Venga a casa conmigo —me dice—. Deje que la cuide esta noche.

Levanto la cabeza y miro sus ojos plateados, y una parte de mí quiere alimentarse del control que tiene, para hacerlo mío. Pero no. Si Chris supiera que me he ido a casa de Mark, aunque fuera para quedarme en el cuarto de invitados, se hundiría. O quizá no lo haría. Yo elegí creer que me ama lo bastante como para no hacerlo.

—No le haré eso a Chris.

Me estudia durante un rato largo y su mirada resulta más ilegible que nunca.

—¿A dónde quiere que la lleve entonces? —pregunta, empujando contra la puerta.

—A casa de Chris... —De pronto se me enciende una bombilla, me aparto de la puerta y rebusco en el bolso. Bingo. Tengo la llave de Ella. La levanto triunfalmente—. El apartamento de mi vecina. Está fuera del país. —Camino hasta su puerta y deslizo la llave en la cerradura. Afortunadamente, abre. Enciendo la luz y me giro hacia Mark—. Muchas gracias, de nuevo.

—¿Está segura de que aquí está bien?

—Sí. Muy segura.

Duda.

—Llámeme si me necesita.

—Lo haré.

Espero a ver cómo dobla la esquina antes de entrar en el piso de Ella y cerrar. Me apoyo en la puerta, posando la vista en el sofá azul y en las enormes sillas a juego, acordándome del vino y de la pizza y de las largas charlas con Ella. Debería estar de vuelta la semana que viene, si tiene pensado dar clase este semestre. No, «debería» no. Tiene que estar de vuelta en casa. Tiene que estar bien.

De repente tengo una idea. Me quito el bolso y empiezo a buscar por el apartamento cualquier cosa que pueda indicarme que está bien. Rebusco entre papeles, cajones, armarios… No encuentro nada. Ni siquiera fotos de ella con David. Ni una mención de él o de París o de la boda. Nada.

Termino en su dormitorio y me dejo caer sobre el edredón de su cama, tan blanco y suave. Mi madre está muerta. Mi padre es un indeseable al que no le importaría que yo estuviera muerta. Dylan está muerto. Ella está perdida. Chris está perdido. Todos a los que me atrevo a amar desaparecen.

Coloco una almohada bajo mi cabeza y me acurruco. La soledad es el único lugar seguro. Estar sola duele mucho menos.

Le dije que ya no puedo seguir con esto, que no puedo ser lo que necesita que sea. Me respondió que ya se encargará él de pensar las cosas por mí. Él decidirá qué es lo que puedo y no puedo ser. Luego me levantó la falda y se clavó en mí. Una vez que ese hombre está dentro de mí, estoy perdida. Pero quizá sea ese el problema. Estoy perdida.

Me despierto de golpe, dándole vueltas todavía a la entrada del diario de Rebecca con la que estaba soñando. Recorro con la mirada el dormitorio de Ella y las sombras de la noche me rodean. El sonido de unos golpes me sacude de nuevo y gateo hasta el borde de la cama. La puerta. Alguien está llamando a la puerta. Se me llena el corazón de esperanza ante la posibilidad de que sea Chris.

Me apresuro hacia la puerta y la empiezo a abrir, pero el sentido común me rescata en el último instante.

—¿Quién es?

—Blake.

Inclino la cabeza contra la puerta con resignación. Maldita sea. Maldita sea. Maldita sea. Maldita sea.

—¿Vas a dejarme entrar? —pregunta, tras varios segundos.

—¿Cómo sabías que estaba aquí?

—Mark pensaba que podría encontrarte aquí.

Claro. Se lo ha dicho Mark. Suspiro con desaliento, abro la puerta y lo encuentro recostado contra el marco, con el brazo sobre la cabeza, su cabello largo y oscuro le cae caprichosamente de la coleta que tiene en la nuca.

—Chris me ha pedido que salga a buscarte. Está preocupado porque no estás en su casa.

—¿Está aquí?

Sus labios se estrechan y sacude la cabeza.

—Está en Los Ángeles.

—Claro —musito—. ¿Qué hora es?

—Las dos de la mañana.

—No quiero volver allí esta noche.

—En su casa estarás más segura.

—Claro —repito—. Porque vivo bajo la amenaza de alguien que no sabemos quién es y que podría haber matado a Rebecca. Sólo que no la podemos encontrar, ni tampoco a Ella, ni tampoco tenemos ningún indicio que nos dé pistas de qué está pasando.

Me estudia, sus ojos marrones se vuelven perspicaces antes de tornarse amables.

—Regresemos a casa de Chris, Sara; así estaremos todos mucho más tranquilos.

Me planteo discutir, pero ¿para qué? Por lo menos Chris estaba lo suficientemente preocupado como para averiguar que no estaba en casa. «En su casa», me corrijo en silencio. Dejó claro que debía quedarme allí hasta que se resolviera el misterio de Rebecca. En otras palabras, su casa nunca fue mi casa.

—Está bien —concedo. Cojo mi bolso y cierro el apartamento de Ella.

Tras meterme en su coche y salir a la carretera, se me ocurre hacerle una pregunta.

—¿Qué sabemos de Rebecca?

Me detalla los resultados de sus pesquisas. Para cuando llegamos al edificio de Chris, siento la misma cantidad de preocupación que de consuelo ante lo rigurosas que son las investigaciones de Blake y la falta absoluta de información sobre Rebecca.

El botones me abre la puerta del copiloto.

—Sara —dice Blake, deteniéndome.

—¿Sí?

—Este fin de semana viene mi mujer. También trabaja en Seguridad Walker. Podéis hacer lo que sea que hacéis las mujeres cuando os juntáis y hablar de todas estas cosas. Quizá te acuerdes de algo útil.

Resumiendo: ahora tengo una guardaespaldas que no quiero.

—Voy a estar trabajando. Tú disfruta de la visita de tu mujer. —Salgo del coche y paso junto al guardia de seguridad nocturno; me alegro de que no sea Jacob. No quiero ver en su mirada la preocupación, podría conseguir que me desmoronase.

Cojo el ascensor para subir al apartamento de Chris, y cuando las puertas se abren, no me muevo. Solamente cuando empiezan a cerrarse de nuevo, las detengo y avanzo. Su olor está por todas partes. Un olor a tierra. Pero él no está.

Me duermo en el sofá y, al despertar, me ajusto a la misma rutina de todas la mañanas, como si fuera una zombi. Me pongo un vestido completamente negro con medias negras y tacones. Dirijo la vista a la caja fuerte del ropero y me arrodillo para tirar de la puerta. Está cerrada, claro, y no tengo la combinación.

Unos minutos más tarde estoy en la cocina, sin saber muy bien qué hacer conmigo misma, y me atrevo a intentar llamar a Chris. Cada tono es como el filo de una navaja que se clava en mi corazón, hasta que salta el contestador. Esta vez tampoco dejo un mensaje. Marco el número de Brandy y me contesta su marido. El funeral no será hasta la semana que viene, porque un equipo de investigadores le van a realizar unas pruebas. Será en Carolina del Norte. Le dirá a Chris que me cuente todos los detalles.

Al llegar al vestíbulo me encuentro con Jacob.

—Quiero mi coche.

—Señorita Mc...

—Quiero mi coche, Jacob —digo interrumpiéndole.

Entrecierra los ojos y adopta una mirada severa.

—El señor Merit...

—No está aquí.

—Sabe que debe tener cuidado, ¿verdad?

—Sí. Lo sé, pero quiero conducir mi coche.

Pide mi coche y me acomodo en el asiento, deseando no haber dejado nunca la seguridad de lo que conozco. Todo está roto. Yo estoy rota.

Ni siquiera recuerdo cómo manejar las marchas.

Lo primero que me encuentro al llegar al trabajo es un sobre blanco con mi nombre garabateado encima. Creo que se trata de la letra de Mark. Me siento, lo abro y dentro hay un cheque por valor de cincuenta mil dólares firmado por mi jefe. Es la comisión que tenía pendiente cobrar. Junto al cheque hay una nota.

Señorita McMillan,

Dadas las circunstancias actuales, he decidido abonarle el cheque antes de lo previsto. Tener dinero en el banco le proporciona a uno cierta paz y la libertad de poder decidir lo que quiera. Después de lo de anoche, pensé que le irían bien estas dos cosas. Si necesita tomarse unos días para ir al funeral, hágalo sin ningún problema.

Jefazo.

Pese a apreciar el dinero, no puedo evitar pensar en la ironía que hay en sus palabras, teniendo en cuenta cómo me lo gané. Aprieto el cheque contra mi frente y revivo la noche de la cata de vinos y el momento en que Chris se enfrentó a Mark para exigir que yo recibiera esta comisión:

«Vengo aquí esta noche para apoyar a Sara. Espero que se lleve la comisión de mis ventas». Al preguntarle por qué lo había hecho, me dijo que fue para evitar que Mark me consumiera y me destruyera. Después me besó por primera vez y fui suya a partir de entonces. «Y lo sigo siendo», susurro, doblando el cheque e introduciéndolo en mi cartera. El problema es que no creo que él sea mío. Creo que realmente nunca lo fue.

Se trata de un pensamiento inquietante que me retuerce las entrañas y hace que tense la espalda en mi asiento, sin saber si levantarme o qué hacer. «No.» Estoy sentada detrás del escritorio de Rebecca. ¿A quién quiero engañar? Esta es su vida, su mundo. Soy una intrusa que le debe más que el robo de su puesto. Esta idea me enciende. Cierro la puerta y empiezo a rebuscar entre todas las cosas de su despacho. Abro los libros, las carpetas, las revistas y... ¡bingo! Pegado a la estantería, detrás de unos libros, hay otro diario. Lo saco y empiezo a leer. Tras unas cuantas páginas, me doy cuenta de que lo ha utilizado para anotar los detalles de una serie de obras falsas que cree que Mary ha entregado a Riptide. Hay notas sobre Ricco Álvarez revisando las piezas. Busco rápidamente en Google y descubro que a Ricco Álvarez se le considera un experto autentificando cierta clase de cuadros. No hay nada en las notas de Rebecca que parezca indicar que se fijara en estos cuadros concretos.

Marco el número de Ricco. Contesta inmediatamente.

—Bella...

—Reúnete conmigo en la cafetería.

—Quince minutos.

Siento la adrenalina subiéndome como un volcán en erupción y reviso la información que me dio Mark sobre Riptide para encontrar las piezas que Rebecca ha enumerado en sus notas. Se vendieron justo después de que se marchara, o, más bien, después de que desapareciera. Dejo los papeles que me entregó Mark y me pongo a revisar los documentos de mi ordenador. Imprimo los detalles sobre aquellas piezas y sobre las nuevas que Mary ha previsto que formen parte de la nueva subasta. Lo introduzco todo en mi maletín, agarro el bolso y el abrigo y, una vez de pie, marco el número del despacho de Mark. No contesta.

Me dirijo al pasillo y me detengo junto al mostrador de Amanda.

—Voy a ver a un cliente aquí al lado. ¿Está Mark en la galería?

—No. No estará hasta esta tarde, pero me ha dicho que te comunique que ha cancelado tu reunión de esta noche con Ryan. Me ha dicho que quizá querrías sugerirme otra fecha para volver a programarla.

Odio lo agradecida que estoy por escuchar estas noticias. He soñado con este trabajo, esta vida que ahora se ha vuelto un pequeño pedazo de infierno.

Aparece Mary en el otro extremo del mostrador de Amanda. Se me sonrojan las mejillas ante la certeza de que está envuelta en la desaparición de Rebecca.

—Llámame si Mark regresa antes de que lo haga yo —pido, y me apresuro hacia la puerta, ansiosa por hablar con Ricco.

Al entrar en la cafetería de Ava, aspiro el aroma a café y a dulces y consigo lanzarle un saludo que me queda poco natural. Ricco ya está aquí y me siento delante de él, intentando no mirar la mesa que ocupa siempre Chris. Pero lo hago. Miro como si fuera a aparecer milagrosamente, y a duras penas me trago las emociones que su ausencia provoca en mi pecho.

—¿Has encontrado alguna forma de localizar a Rebecca? —pregunta el artista con urgencia.

—No. Lo siento. Pero estoy indagando en un asunto en el que ella trabajaba. ¿Es posible que te preguntara por un par de falsificaciones? —Saco la carpeta y le muestro los cuadros—. ¿Revisaste estas obras para ella?

—Oh, sí. Recuerdo que Rebecca estaba preocupada por el tema, pero se limitó a consultar mi opinión. Nunca llegó a traerme todo lo necesario para verificar las obras.

—¿Y qué necesitas?

—Puedo empezar con fotos digitales, pero lo ideal, claro, es poder examinar las obras directamente.

—¿Cuánto por cuadro?

—No cobro. Siento que si lo hiciera, rebajaría mi credibilidad.

Deslizo la carpeta hacia él.

—Tengo detalles de cada pieza y fotografías. Dos de las cuatro piezas están en la galería Allure. Las otras dos no. Por favor, ¿podrías analizarlas para mí?

—¿Está esto relacionado con las preocupaciones de Rebecca?

—Sí.

—¿Crees que tiene algo que ver con los motivos de su desaparición?

«Desaparición.» La palabra flota en el aire y me recuerda que debo tener cuidado. ¿Acabo de cometer un error? ¿Es posible que Ricco esté involucrado junto a Mary?

—No lo creo —contesto—. No creo que averiguara mucho respecto a esto.

Entorna los ojos y su respuesta tarda en llegar.

—Muy bien, Bella. Lo investigaré. —Agarra la carpeta—. ¿Te acompaño a la galería?

—No. Gracias. Voy a quedarme un ratito.

Observo cómo se marcha y me planteo llamar a Mark, pero vacilo. Me pregunto si él estará implicado, y no es la primera vez que lo hago. Las dos primeras piezas que suscitaron dudas en Rebecca se vendieron por grandes cifras de dinero. En vez de telefonearle a él, decido llamar a Blake. Le cuento lo que he descubierto y me escucha sin decir nada.

—Sabías que yo antes formaba parte de una unidad especial dedicada, entre otras muchas cosas, al robo y falsificación de obras de arte, ¿no?

—La verdad es que no.

—Bueno, pues ya lo sabes. Y sí, creo que está ocurriendo algo y estoy investigándolo. Tú, sin embargo, no deberías estar haciendo preguntas. Repito: estoy al tanto de la situación y, por cierto, estoy siguiendo a Ricco Álvarez muy de cerca.

—¿Está Mark involucrado?

—Mark Compton es muchas cosas, pero por lo que he podido ver no es ningún ladrón. Aunque, por ahora, no quiero descartar ninguna posibilidad.

—¿Crees que... crees que Rebecca husmeó demasiado en el tema y que alguien...?

—No tengo nada que conecte su desaparición con el comercio de las obras falsas, pero parece lógico que exista alguna relación. De todas formas, mantente al margen de esto. Si de mí dependiera, te subiría a un avión rumbo a Los Ángeles para que estuvieras con Chris.

Si de mí dependiera, yo también estaría en un avión para estar con él. Cuelgo y vuelvo a llamar a Chris. No contesta. Estrujo el teléfono y me pregunto qué clase de clubs tienen en Los Ángeles. Me pregunto qué cosas hará para esconderse de su dolor y con quién decidirá hacerlas. Marco el número de Brandy y vuelve a contestar su marido, que me cuenta que está muy sedada y hecha polvo. Cuelgo y súbitamente me invade una certeza. Chris se molestará si aparezco de pronto, y Brandy se molestará a su vez si ve que mi presencia hace que él se sienta aún peor. Entiendo con claridad meridiana que la vida que estaba convencida de que era la mía nunca lo fue. Ni siquiera puedo llorar por ese niño valiente como se merece sin sentir que soy una intrusa.

Derrotada, recojo mis cosas y doy varios pasos hacia la puerta, pero me detengo al ver que Mark entra con Ryan. Los dos juntos son pura testosterona, luciendo unos trajes hechos a medida, y me llama la atención el contraste que hay entre el cabello rubio de uno y el cabello oscuro del otro. La belleza masculina que emana de ellos es casi un crimen, y resulta absolutamente cegadora para el resto de los humanos.

—Cariño mío —dice Ryan al verme y, no sé cómo, consigue mirarme de arriba abajo sin que sea raro ni ofensivo—. Estás preciosa.

Sus encantos me arrancan una pequeña sonrisa. Creo que es por la calidez de sus ojos marrones, tan opuesta al brillo ferruginoso que desprenden los de Mark.

—Gracias, Ryan, pero sé que hoy estoy muy lejos de estarlo.

—¿Significa ese vestido negro que piensa viajar a Los Ángeles? —pregunta Mark.

—No. De momento no voy a ir. —De repente comprendo que Ava le contará a Mark que estuve con Ricco—. He venido a reunirme de nuevo con Ricco, pero sigue sin estar dispuesto a llegar a un acuerdo. Debe ser que disfruto castigándome.

—Sí —coincide Mark, con ironía—. Debe ser que le gusta.

Me enfurezco al darme cuenta de que se está refiriendo a Chris y lucho para no soltarle una impertinencia: «Pues él es la clase de castigo que me gusta». Entonces suena la campanilla de la puerta de la cafetería y Mark y Ryan dan un paso hacia mí para permitir que entre la gente. Termino apretada contra mi jefe, contemplando la profundidad de sus ojos grises. Se me dispara el pulso y retrocedo un palmo.

—Debería volver a la galería.

Mark frunce los labios.

—No muerdo, señorita McMillan.

—No sé por qué, pero no le creo —le espeto antes de poder reprimirme.

Mark arquea una ceja con arrogancia y Ryan suelta una carcajada que parece sincera.

—Vaya, si hay algo que me gusta en una mujer es que tenga un poco de nervio. Pero antes de que te escabullas a la galería, Sara, quiero contarte que han llegado las obras que pediste para los pisos piloto y el vestíbulo. Si me acompañas al inmueble, podrás dirigir a los operarios e indicarles dónde deben colocar cada una de las piezas.

Le lanzo una mirada interrogativa a Mark. Hace un gesto con la mano que significa que vaya.

—Adelante. Vaya a ver las obras que amó lo bastante como para comprarlas y cierre el trato para que ganemos todos algo de dinero. Le hará sentir mejor y sé que hará que yo me sienta mejor.

La única cosa que hará que yo me sienta mejor es escuchar la voz de Chris.

—Entonces vamos al edificio. ¿Te sigo a ti, Ryan?

—Claro. —Posa la mano de forma casual sobre mi hombro, un gesto atrevido considerando que apenas nos conocemos, pero es un tipo amigable—. Pero déjame pedir un café para el camino. ¿Quieres uno?

—Nunca rechazaría un chute de cafeína —bromeo. Luego dirijo la mirada hacia la barra y veo que Ava ya no está. Me parece raro, aunque no hay ningún motivo para que lo sea.

Todavía más raro me parece no poder dejar de pensar en su ausencia hasta que me encuentro dentro del elegante piso piloto del edificio de Ryan. El inmueble está situado frente al océano, que se divisa a través de una pared llena de ventanas muy semejantes a las que hay en el apartamento de Chris. Avanzo hasta la chimenea de mármol claro, que combina con los suelos oscuros de caoba, y observo la pared blanca y lisa que hay sobre ella. Tenía la intención de que la pared albergara un original de Chris Merit. Está tan vacía como lo estoy yo.

28

Seis días después de la marcha de Chris, y faltando poco para el 1 de octubre, día en que Ella debería empezar las clases, estoy histérica en el interior de mi despacho, anhelando que me llamen. Es jueves y casi mediodía, y por primera vez en toda la semana intento prepararme para romper con Chris. Incluso me visto con mi ropa antigua, una sencilla falda negra y una blusa roja de seda. Será inevitable encargarle a una empresa de mudanzas que lleve mis cosas de nuevo a mi apartamento. Prefiero hacerlo yo ahora a que lo haga Chris al volver.

Cada vez me siento más como la mujer mantenida que fue mi madre, siempre pendiente de un hombre que no está, y me muero de ganas por escapar de los límites de la galería. Preocupada por la tranquilidad de Chris, hago lo que llevo haciendo varios días y llamo a Jacob, le informo de que voy a la delicatesen que hay calle abajo, a tres manzanas. Una vez allí, pido un sándwich de lechuga y huevo y me sitúo en una mesa al fondo; pero aparto la comida. No puedo comer. No he podido comer desde que Chris se marchó.

Suena la campanilla de la puerta y alzo la vista. Mark y Ava están entrando en la delicatesen. La forma que tiene ella de mirarle me quema desde el otro lado del restaurante. Me da pena su marido, que intenta competir con mi jefe y no tiene ninguna oportunidad.

Mark alza la vista y su mirada choca con la mía. Le susurra algo a Ava y da un paso para alejarse de ella, y durante un momento veo un destello de algo maligno en su rostro. Caramba, eso sí que es nuevo. Creía haber detectado ya antes que me odiaba, pero confirmarlo me provoca una sacudida que me hace ver la realidad.

Mark se une a mí sin preguntarme, se sienta al otro lado de una mesa que está pensada más para una persona que para dos.

—¿Piensa comerse el sándwich o va a mirarlo como si fuera la tele?

—Vaya, veo que usa su sentido del humor más allá de los correos electrónicos y de los mensajes.

No se ríe.

—Parece delgada. —Me pone el sándwich delante—. Coma.

Sorprendentemente, en los últimos días se ha portado más como un padre preocupado que como un Amo que hace chasquear su látigo, pero en este caso tiene razón. He perdido casi dos kilos y medio que no tenía que perder, pero a pesar de sus buenas intenciones no estoy de humor para que me obliguen a nada.

—No quiero comer y no me dé órdenes como si fuera su sumisa. No lo soy.

—Señorita McMillan…

—Sara —le atajo, al borde del derrumbe e irritada al sentir que nos hemos hecho amigos durante esta última semana y, aun así, nos tratamos de usted y no utiliza mi nombre.

—¿Por qué no me llama por mi nombre de pila como hace con Amanda?

Me ofrece una de esas miradas intensas imposibles de leer.

—Está bien, *Sara*. Estoy preocupado por usted.

—No lo esté.

Se inclina hacia mí.

—¿Qué puedo hacer?

—Nada. Nada que no haya hecho ya. Sé que convenció a Ryan para que yo le ayudara a decorar el vestíbulo de su inmueble. Y sirvió. Me mantuvo ocupada y se lo agradezco.

—A Ryan le cae bien. Tenemos que exprimir ese hecho todo lo que podamos.

—Ya. —Suelto una carcajada—. Con usted todo es una cuestión de dinero, ¿no?

—El dinero es poder.

Eso mismo me dijo Chris una vez.

—Y los dos sabemos lo mucho que a usted le gusta el poder —sentencio.

Alza una ceja.

—¿Lo sabemos?

—Así es —aseguro.

Se reclina en el respaldo de su asiento y mueve los labios.

—Bueno, está bien que tengamos eso claro. —Hace una pausa, apretando la boca, y noto que va a cambiar de tema antes de que lo haga—. ¿Sabe algo de él?

—No. —Intento reírme sin ganas, pero emito un extraño sonido como de ahogamiento—. Supongo que no supe llegar a él como usted pensó que podría hacerlo. —Me masajeo los hombros en tensión. Tengo una pregunta que me quema por dentro y que me empuja a aprovecharme de este estado tan relajado y atento que es muy raro en él—. ¿Por qué, Mark?

—¿Por qué qué, Sara?

—¿Por qué necesitan los dos ir a ese club?

No parece que le intimide la pregunta.

—Ya se lo dije. Para cada persona es diferente, y en ese sentido Chris y yo somos el día y la noche. Él quiere castigarse. Encarna el dolor. Es él. Lo controla.

—¿Y usted?

Aparece el destello de acero que tan bien conozco en sus ojos y observo cómo el hombre se transforma en el Amo, increíblemente provocador e intenso, capaz de seducir a una habitación llena de gente sólo con su presencia.

—No permito que nada me controle. Soy el que soy y disfruto de cada momento, y también disfrutan los que entran en mis dominios. Me aseguro de que sea así. —Me cautiva la forma en que este hombre, que es todo poder y sexualidad, me mira fijamente, pero puede que lo más cautivador sea la idea de tener algún día esa confianza en mí misma y ese control. Parece detectar el efecto que tiene sobre mí, o acaso es que lee mis gestos, porque se inclina hacia mí y, bajando la voz hasta un ronroneo seductor, dice—: Nunca pondría mi placer ni, dicho sea de paso, mi dolor, por delante de sus necesidades, Sara.

Estoy segura de que su afirmación pretende atraerme más y atraparme en su encantamiento, pero no funciona. Me está sugiriendo posibilidades que no quiero plantearme y me pone a la defensiva de repente. Enderezo la espalda.

—Él no hace eso. Chris no se coloca a sí mismo por delante de mis necesidades.

—¿Y cómo definiría lo que ha hecho?

—Está intentando protegerme.

—¿Y cómo le hace sentir esa protección? Porque no come y no duerme. Si esa es su forma de protegerla, la está fallando.

—Como usted le falló a Rebecca.

Veo que se encoge un poco y me quedo alucinada. El gesto demuestra que el tema de Rebecca es uno de sus puntos débiles.

—Ella quería lo que yo no podía darle, lo que nunca prometí que le daría.

—¿Y eso qué es?

—La fachada del amor. El mismo veneno que hace que su sándwich permanezca ahí, sin que se lo coma. Piense en lo que le está causando esta fantasía que llama amor. Cuando esté preparada para librarse de esta maliciosa emoción, le enseñaré cómo hacerlo. —Se pone en pie—. Esta noche se abre al público la propiedad de Ryan. Salimos a las siete menos cuarto. Yo conduciré.

Ahora soy yo la que se encoge a medida que se va alejando.

A última hora de la tarde tengo la suerte de cerrar una gran venta, nuestra partida de la galería se retrasa por ello y llegamos a la inauguración sólo cuarenta y cinco minutos antes de que termine. Mark detiene el Jaguar en la entrada del edificio de treinta plantas frente al océano y dos aparcacoches nos abren las puertas. A continuación él rodea el vehículo para unirse a mí y coloca su mano demasiado posesivamente sobre mi espalda.

El vestíbulo está completamente lleno. Una chimenea de gas con zócalo de piedra calienta a los invitados, y los muebles son de un tono caoba oscuro. Hay sillones de cuero marrones y varios cuadros de los que seleccioné personalmente. Hay personas por todas partes, deambulando de un lado a otro y charlando con copas en la mano. Mark y yo nos abrimos paso entre la gente, saludando y hablando con diferentes personas, siempre atentos a posibles clientes. Ryan no tarda en localizarnos. Está deslumbrante con su corbata roja de seda y su traje negro, que combina con su melena oscura perfectamente peinada.

Me toma la mano y la besa.

—Estás muy guapa, Sara. —Se inclina hacia mi oreja—. Mucho más bonita que cualquiera de las obras de arte que hay aquí esta noche.

Me ruborizo con el cumplido que no merezco, teniendo en cuenta los vestidos y los trajes tan caros que lleva la mayoría de los invitados.

—Tenía que haberme cambiado.

—Bobadas —dice—. Estás espectacular. ¿Por qué no subimos a ver el piso piloto? Allí hay varios invitados a los que podrías impresionar con tus conocimientos de arte.

Paso la siguiente media hora en el interior del piso veinte, hablando alegremente con diversos invitados, y me dejo invadir por la emoción de hablar de los cuadros que he elegido para el proyecto. No es tarea fácil, pues el hermoso paisaje de Chris Merit, que le compré a un coleccionista local para la pared que quedaba libre, me recuerda constantemente a él.

Cuando la multitud se dispersa, me encuentro sola, perdida en las ensoñaciones que me provocan el tenue alumbrado y la música suave de fondo. Descubro que me horroriza pensar en el piso vacío que me espera.

—Liquidado —anuncia Ryan, y al girarme me encuentro a él y a Mark aproximándose—. El vestíbulo está despejado y hemos cerrado aquí.

Apoyada en la barandilla de caoba que cruza el ventanal, siento en el aire una palpable tensión. Conforme ambos me van rodeando, tengo la sensación de que soy la presa no de un león, sino de dos.

—La noche ha sido un éxito, señorita McMillan —comenta Mark—. Ha demostrado su valía.

Incluso el animal enjaulado en que me he convertido estos últimos días agradece recibir los cumplidos de este hombre, y me digo que se trata de mi trabajo y de nada más.

—Lo he intentado. —La voz me sale temblorosa y rígida, me doy cuenta de que perder a Chris me ha hecho retroceder y me molesta la facilidad con que estoy a merced de la aprobación de hombres como Mark o Michael.

Ryan me ordena el cabello sobre el hombro y, a pesar de la delicadeza de su gesto, resulta demasiado íntimo y me tenso, clavando mis ojos en los suyos.

—Pobre Sara —murmura—. Tienes tanto dolor en tus ojos.

—Estoy... Estoy bien.

—No —insiste él, con voz suave—. No lo estás. Llevo toda la semana viendo cómo te desangras emocionalmente.

—Tiene que dejarlo ir.

Mark demuestra nuevamente lo poco que le cuesta ponerme a la defensiva, y me vuelvo hacia él y descubro que está mucho más cerca de lo que pensaba. Mi muslo roza el suyo y siento una segunda sacudida.

—No —digo casi sin voz—. No puedo. —Doy un paso hacia atrás y las manos de Ryan van a mi cintura. Vuelvo a ser un animal enjaulado. Un cervatillo atrapado entre dos depredadores.

Mark se adueña del espacio que había creado entre nosotros y aprieta sus piernas contra las mías.

—¿No puede o no lo hará?

El impulso de salir corriendo se ve frenado por Ryan, que se inclina hacia mí y acaricia mi pelo con su barbilla.

—Él te ha dejado ir. Ahora tienes que hacerlo tú, también —susurra.

Me turba pensar que quizá no se equivoque y cuánto deseo que sí que lo haga.

—Es demasiado pronto. —«Es demasiado pronto».

Mark posa las manos sobre mis hombros, quemándome con su tacto.

—Me niego a verla sufrir un solo día más. Déjelo ir, señorita McMillan.

Se inclina hacia mí, bajando la cabeza lentamente, la línea sensual y castigadora de su boca se acerca a la mía.

—Piénselo —insiste con suavidad—. No sentir otra cosa que placer. No esperar nada más.

Los pulgares de Ryan me acarician la cintura.

—Deja de sufrir —añade.

El calor del aliento de Mark me eriza la mejilla y su potente olor especiado me abruma; durante un instante soy lo bastante débil como para querer lo que estos dos hombres tienen que ofrecerme. Chris no me quiere. Realmente me ha echado de lo que llegó a llamar mi hogar. «Quédate hasta que superes este asunto de Rebecca.» Sólo pensarlo me parte el alma.

—Déjelo ir de una vez —murmura Mark, pasando los nudillos por mi rostro a la vez que Ryan desliza su mano por mi vientre. Me recorre una llamarada de calor que luego se transforma, girando y retorciéndose dentro de mí, empujándome hacia un abismo oscuro, hacia un sitio que recuerdo demasiado bien. Un sitio al que Michael me llevó hace dos años.

—¡No! —Empujo a Mark—. No. No. No.

—Sara...

—No, Mark. Suéltame. —La mano de Ryan se aparta de mi cuerpo y siento una pizca de alivio, pero Mark sigue tocándome, sujetando mis brazos—. ¡Que me dejes!

Los dos dan un paso hacia atrás, como si mi cuerpo quemara, y me cuelo entre ambos empujada por la adrenalina. Prácticamente corro hasta la salida que da a las escaleras y empiezo a bajarlas. Diez pisos después, me arrepiento de haber decidido bajar andando, pero no me detengo, odiando lo que Mark y Ryan han removido en mí; cómo han intentado robarme las pocas esperanzas que me quedaban de salvar lo que tenemos Chris y yo; cómo he estado a punto de ser lo bastante débil para que me convencieran de que debía claudicar ante su control.

Llego al final de las escaleras con las piernas temblando y, antes de salir, respiro profundamente para calmarme. Me prometo que no me desmoronaré hasta estar sola, pero me doy cuenta de que es demasiado tarde; ya estoy hecha un volcán de emociones.

Logro mantener cierta compostura, hasta que paso bajo el sensor de las puertas automáticas y Mark aparece a mi lado.

—Sara...

—Déjame en paz, Mark. —No. Ya no puedo tratarle de usted.

—Te llevaré a tu coche.

—No. No necesito que me lleves a ningún sitio.

—Estaba intentando ayudar —dice a la defensiva justo cuando salimos a la calle—. *Puedo* ayudar.

En cuanto veo que la entrada del edificio está despejada, me giro hacia él.

—Lo que ha ocurrido allí arriba no tenía que haber pasado. —El enfado mana de las profundidades de mi alma, salpicando mis palabras—. No puede suceder nunca más. *Nunca.* —Desesperada por alejarme de él, giro hacia la derecha y me quedo helada al ver a Chris allí.

—Chris —exclamo, y me falta el aire. Me lo bebo con la mirada en toda su gloria de cuero y pantalón vaquero. Su presencia es un dulce bálsamo que me llena los espacios vacíos, que me permite respirar de nuevo.

Mira por encima de mi hombro y fulmina con la mirada a Mark.

—¿Lo que ha ocurrido no puede suceder nunca más?

—La estás haciendo sufrir demasiado, Chris —responde mi jefe sin ocultar su desprecio.

Los ojos verdes de Chris se vuelven más afilados y me esquiva con ímpetu y avanza hacia Mark. Salto delante de él, deteniéndole con mis manos sobre su pecho. Tocarle es celestial.

—No. No lo hagas.

Baja las pestañas y sus ojos reposan en mi rostro.

—¿Qué ha pasado, Sara?

Mark contesta antes de que pueda hacerlo yo.

—Lo que pasa es que se está haciendo polvo por tu culpa, capullo.

Chris levanta la cabeza y vuelve a clavar en Mark sus ojos llenos de furia.

—Los dos sabemos de qué va realmente todo esto, y te sugiero que no vayas por ese camino.

—Tú sugieres —repite Mark con desdén—. Eres muy bueno sugiriendo lo que no eres capaz de hacer.

Chris vuelve a dar un paso hacia él y le rodeo con mis brazos.

—No. Por favor.

Los dos hombres se miran fijamente, el pecho de Chris sube y baja con fuerza bajo mi mano.

—Lárgate, Mark —le amenaza—. Lárgate antes de que no te deje hacerlo.

—Mark, por favor —ruego por encima del hombro.

Vacila.

—Si me necesitas, Sara, sabes dónde encontrarme. —Oigo pasos y Chris permanece rígido, al límite, hasta que doy por sentado que Mark se ha ido.

Chris desvía la atención hacia mí durante un instante, sus dedos deshacen mi abrazo y cogen mis muñecas a medida que empezamos a caminar. Prácticamente me arrastra hasta la Harley que está aparcada cerca de la entrada.

—Chris...

—No hables, Sara. Ahora no. No cuando estoy cabreado. —Se detiene junto a la moto y me entrega una chaqueta de cuero de mi talla. Me quedo mirándola. ¿Me ha comprado una chaqueta?—. Póntela, Sara.

—Llevo falda. No puedo ir en moto.

—Súbete, o rasgaré la maldita falda por la mitad si es lo que tengo que hacer para que te subas a la moto.

Me pongo la chaqueta. Me entrega un casco.

—Y esto también.

En cuanto me lo coloco en la cabeza, tira de mí. Me subo la falda y paso una pierna por encima de la moto. Chris me agarra de las muñecas y hace que le rodee con los brazos. Empiezo a sentir pánico. Nunca me he subido a una moto. ¿Y si me caigo?

Enciende el motor, rueda un poco hacia atrás y luego, con un enorme rugido, estamos en la autopista, el frío aire del océano azota mis piernas desnudas. Chris acelera y aprieto mi cara contra él. Recorremos las carreteras serpenteantes, y acelera más y más rápido. No frenamos. No para de acelerar. Nos va a matar a los dos.

29

«Aterrorizada y furiosa» no alcanza a describir mi estado de ánimo cuando Chris detiene la moto con un derrape junto a la costa, entre sendas sinuosas e inmensos árboles de enormes troncos, apenas iluminados por la luz de la luna y las estrellas. Me falta el aire, tengo el corazón en la garganta y las piernas congeladas hasta los huesos.

Me suelta las manos y salto de la moto, tropezando mientras me saco el casco.

—¡Estás loco! —chillo, arrojando a un lado el casco y apartándome el pelo revuelto de la cara—. ¿Intentabas matarnos o sólo castigarme, Chris? ¿Es que no me has castigado suficiente?

—¿Quién está castigando a quién? —pregunta con tono imperioso, dejando su casco sobre la moto y avanzando hacia mí.

Levanto las manos y me están temblando por toda la adrenalina y las emociones que me recorren.

—Quédate ahí. No te acerques. No puedo creer que me hayas hecho pasar por esto.

Me agarra del brazo y me da media vuelta, empujándome contra un árbol. Clavo los dedos en la corteza del tronco y sus caderas empujan mi trasero. Mi cuerpo se enciende a la vez con enfado y excitación y la necesidad de poseerle.

—¿Te follaste a Mark, Sara?

—¡No!

Su mano sube por mi cadera, se adentra en mi chaqueta y alcanza mis pechos. Aprieto los ojos al sentir la deliciosa brusquedad de su tacto, porque no quiero que mi cuerpo reaccione ante él. No cuando está enfadado, no así.

—¿Te tocó aquí? —Formula la pregunta con una voz grave, aplastando la boca contra mi oreja. La pregunta rezuma una intención acusatoria y me esfuerzo en pensar cómo me sentiría si lo hubiera visto con Ava.

—No. Chris...

—¿Le dijiste que no, Sara? —Me sube la falda de golpe, sus manos se aferran a mis caderas y arquea la pelvis contra mí.

—Sí —jadeo, sintiéndome viva sin remedio con su tacto, doblándome hacia él, el grueso latido de su erección apretado contra mi trasero. A mi cuerpo le da igual lo enfadada o dolida que estoy.

Me rompe las braguitas.

—¿Hizo esto?

—No —digo con un suspiro.

Su mano rodea mi cadera y sus dedos se deslizan por el calor de mi sexo.

—Oh, sí, cariño, ya estás empapada para mí. ¿O fue él quien te preparó para mí?

—¡Basta! —grito, porque su estupidez me ha sacado de quicio. Trato de apartarle, sin éxito—. Déjame separarme de este árbol, Chris.

—No hasta que esté listo. —Me estruja un pecho, acaricia la sedosa carne entre mis piernas y gimo sin poder contenerme.

—¿También gemiste para él?

«¡Suficiente!», pienso, y le propino un fuerte codazo en el costado. Gruñe, aflojando la presión lo bastante para permitir que me escurra y me dé la vuelta para mirarle. Empujo su pecho, reclamando más espacio.

—¿Acaso no me has hecho bastante daño ya? —exclamo, bajándome la falda para esconder mi trasero desnudo y frío. Y le echo en cara todo lo que he sentido durante los últimos seis días.

»¿Cuándo será suficiente? ¿Cuándo, Chris? ¿Cuando me hayas arrancado el corazón de cuajo? No me follé a Mark, pero podría haberlo hecho. Dijiste que habíamos *terminado*. Y, maldito seas, me hiciste creer que tu casa era mi casa y, de pronto, en cuanto hay un problema, me arrebatas ese hogar y me dices que puedo quedarme *hasta* que el asunto de Rebecca se haya solucionado. Como si estuviera en un hotel. ¿Sabes cómo me hizo sentir eso? ¿Te imaginas lo que me dolió?

Durante un rato nos quedamos así, de pie, mirándonos. La luz de la luna esculpe en su rostro el mismo enfado que sé que debe reflejarse en mi cara. Un enfado que ahora se va transformando ante mí y que convierte los reflejos ámbar de sus ojos en grises sombras de tormento. Apoya las manos en el árbol, encajando mi cara entre sus brazos.

—Sara. —Sus labios pronuncian mi nombre como si fuera un viento oceánico, y entierra su cara en mi cuello. Su olor, el olor a tierra que tanto he echado de menos, me azota y me baña, colmando mis sentidos.

Mis brazos le rodean el cuello y bajo los párpados. Su brazo me rodea la cintura, apretándome contra él.

—Lo siento —musita. Su tono es oscuro y afligido—. Lo siento tanto, cariño. —Me sujeta la cara con las manos, bajando la cabeza para mirarme fijamente—. Daría la vida por ti, Sara. Nunca te haría daño a propósito. Nunca.

—Me dejaste fuera y... —Se me contrae la garganta—. Se supone que debía estar a tu lado. Se supone que debíamos superar esto juntos.

—Perder a Dylan... —vacila, parece luchar consigo mismo antes de poder continuar—. Eso trajo de vuelta viejos fantasmas que pensé que habían desaparecido para siempre. —Vuelve a enterrar su cara en mi cuello, como si no pudiera soportar que le vea—. ¿Sabes cómo me hizo sentir que me vieras en el club?

Puedo palpar la angustia que recorre su cuerpo y que contagia el mío. Tomo su cabeza entre mis manos, acunándolo.

—Te amo, Chris. Puedo soportarlo todo, menos que me dejes fuera.

—Eso no lo sabes.

Su frase deja caer una pesada duda en mi corazón y me pregunto si lograremos superar esto.

—*Tú* eres el que no lo sabe —susurro—. No confías en mí lo suficiente como para creer en mí, en nosotros.

Levanta la barbilla, permitiéndome contemplar sus ojos avergonzados, exponiendo lo que ha intentado ocultar. Una vergüenza que entiendo perfectamente y que nunca le desearía a Chris.

—No hay motivo para que sientas lo que estás sintiendo ahora. No conmigo —murmuro.

—Hay una parte de mí que vive en el corazón de los infiernos. Tú no perteneces a ese mundo. No puedo llevarte allí conmigo. —Pega su frente a la mía—. Pero hay una parte de mí que no puedo mantener alejada de ese lugar. No puedo dejarte ir.

—No lo hagas —digo, respirando; mis manos aprietan su pecho y un temblor recorre sus músculos al sentir mi tacto. Ojalá pudiera arrancar el dolor de su interior, sanarlo como él me sana a mí—. No me apartes de ti.

—No lo haré —promete, rodeando mi cara con sus manos y mirándome fijamente a los ojos; su voz áspera como papel de lija desciende con un escalofrío por mi columna hasta llegar a mi alma—. No es posible, y sólo puedo rezar para que tú no ansíes que lo hubiera hecho. —Me besa posesivamente, y es como si me tomara de nuevo por primera vez. Le ofrezco todo lo que soy.

Su lengua bucea entre mis labios y mis dientes buscando mi lengua para acariciarla, y lo siento en todas partes, mi cálido deseo por él hace desaparecer el frío de la noche. Todo se desvanece, salvo nosotros dos, aquí, tocándonos, besándonos, fundiendo nuestros cuerpos. La pasión me ciega, me ciega el alivio por su regreso y sentir su cuerpo junto al mío. El tiempo se detiene y, sin saber cómo, tengo la blusa abierta y el sujetador desabrochado. Me tiene aprisionada contra el árbol y me chupa y me lame los pezones. Tengo la falda subida hasta las caderas y acaricio su paquete, donde noto su enorme erección. Estoy casi desesperada por sentirlo dentro de mí, anhelo la conexión que pensé que ya no volvería a experimentar jamás.

—Chris... —jadeo y grito, sintiendo que la corteza del árbol se me clava en la espalda, penetrando en la bruma del deseo que me domina.

—Ah, el árbol. —Chris me aparta del tronco, me besa impetuoso en los labios y se quita con prisa la chaqueta de cuero, extendiéndola en el suelo. Me quita también mi chaqueta de los hombros y la coloca sobre la suya. Tiemblo por el viento frío y me tiende en el suelo. Su cuerpo, grande y tibio, me aísla de todo menos de él. Me protege. Siempre me protege, incluso de sí mismo.

Nuestros alientos se entremezclan y me tortura el beso que aún no nos damos, la profundidad de la pasión que siento por Chris y que crece en mí. Pero sigue sin besarme. Vuelve a acariciar mis muslos, subiendo hasta mi cintura. Su tacto me eriza la piel desnuda. No es por el frío, es por este hombre. Alargo la mano para quitarle el cinturón y la urgencia que siento por dentro quema con más fuerza, se vuelve acuciante. Responde a mi ruego silencioso y se baja los pantalones, y gimo cuando siento su largo y duro miembro palpitar entre mis muslos.

Apoyado sobre los codos, me clava una mirada ardiente a medida que entra dentro de mí y es como si mi alma al fin suspirara cuando lo tengo enterrado en las profundidades de mi cuerpo, abriéndome, llenándome.

—Pensé que no volvería a estar dentro de ti y la idea casi me mata. —Su voz tiembla con una vulnerabilidad que me revela incluso más que su confesión.

Empieza a moverse y su miembro se desliza de forma lenta y sensual, una y otra vez. Me mira, yo le miro, y estamos haciendo el amor de una forma increíble que me deja sin aliento. Nos mecemos juntos y nos fundimos en un baile dulce y suave, pero no es la armonía de nuestros cuerpos lo que me toca por dentro y conmueve mi alma, sino lo que ocurre entre los dos mientras nos miramos fijamente. Él es una parte de mí al igual que mi piel o mis huesos, y me aterroriza y me completa.

Chris baja la cabeza y toca mis labios con los suyos, juega con mi lengua, pasa sus labios por mi mandíbula, por mi hombro y desciende hasta mi pezón. Cada vez que me lame, cada vez que me saborea, lo hace de una manera tierna, delicada, que contrasta con la dureza de la pasada semana y con el hombre al que ataron a esos postes en el club. De pronto necesito que sepa que nos veo a los dos, que amo lo que somos.

Mis manos se deslizan por los largos mechones sedosos de su melena rubia.

—Chris —consigo musitar, casi afónica, a pesar de la dulce fricción de su lengua contra mi pezón, mi sexo contrayéndose alrededor de su miembro—. ¡Chris!

Su boca cubre la mía, ahora con más fuerza, exigiéndome más, y crece en él una necesidad más cruda, más hambrienta, que asciende hasta la superficie.

—Tú me perteneces —gruñe—. Dilo.

—Sí. Sí. Te pertenezco. —Su boca encuentra de nuevo la mía, exigiéndome, tomándome, encantándome con su conjuro.

—Dilo otra vez —insiste, mordiendo mi labio, pellizcando mi pecho y mi pezón, enviando una ola de placer directamente a mi sexo.

—Te pertenezco —jadeo.

Me levanta del suelo, sosteniendo mi trasero con la posesiva curva de su mano y ajustando el ángulo de mis caderas para embestirme con más fuerza, de un modo más profundo.

—Otra vez —ordena, clavándose en mí, su miembro tocando mi centro, sacudiendo mis terminaciones nerviosas.

—Oh... ah... Yo... Yo te pertenezco.

Su boca recorre mi pecho, su pelo me hace cosquillas en el cuello y sus dientes me arañan los hombros mientras bombea contra mí y el mundo me da vueltas, sólo hay placer y necesidad y más necesidad.

De repente, siento calor sólo donde él me toca y un frío helado donde ansío que me toque. Levanto la pierna y le atrapo la cadera, ávida más allá de lo que creía posible. Escalo hasta el borde del clímax, intentando alcanzarlo a la vez que aguanto desesperadamente. Chris no tiene piedad, es malévolamente salvaje. Golpea sus caderas contra las mías, bombea con fuerza.

—Te amo, Sara —confiesa con voz ronca, uniendo su boca a la mía y tragándose el breve y tierno suspiro que suelto, y me castiga con una dura embestida que acaba con el poco control que todavía retenía. Me posee. Un fuego explota en el fondo de mis entrañas y baja en espiral, adueñándose de mis músculos, y mi sexo empieza a vibrar alrededor de su miembro duro y tiembla con la energía de mi orgasmo.

Con un bramido grave, sus músculos se tensan bajo mi piel y su miembro late con intensidad. Siento su cálido semen derramarse dentro de mí. Gemimos juntos, perdidos en el clímax de una montaña rusa de dolor y placer, la metáfora de esta horrible semana, y finalmente caemos rendidos, abrazándonos sin más. Lentamente, retiro mi pierna de su cadera y la poso sobre el suelo, y Chris me coloca a su lado, frente a él.

Todavía dentro de mí, me mantiene cerca, tirando de la chaqueta para cubrirme los hombros, rozando mi mandíbula con sus dedos.

—Y yo te pertenezco a ti.

El juramento inesperado me remata. Las lágrimas brotan de mis ojos y descienden por mi mejillas.

—Pensé... Pensé... No puedo pasar por esto de nuevo.

—Shhh —me calla, besando las gotas que empapan mis mejillas—. Ahora estamos juntos.

Digo que no con la cabeza, rechazando una respuesta que se limita a un momento en el tiempo.

—Necesito saber que la próxima vez que te sientas tan mal y desesperado lo superaremos juntos, sin importar lo que eso signifique, Chris. Tengo que saberlo.

—No voy a...

Su negación me atraviesa de lado a lado e intento apartarle de mí, pero me sujeta.

—Sara, espera.

—Sí que volverás a experimentar dolor. Es la vida. Y lo nuestro es todo o nada, Chris. Te acompañaré a todos los lugares oscuros y odiosos a los que vayas. Tienes que confiar en que ame esa parte tuya tanto como amo el resto.

—No sabes lo que estás pidiendo.

—No es una petición. Ni siquiera se acerca a un ruego. Es lo que debe ser. —Baja los ojos, su esfuerzo es evidente, y suavizo mi tono al instante, sufriendo porque él sufre. Mis dedos recorren su pelo, acariciándolo con ternura—. Déjame amar lo que odias. Déjame hacer eso por ti.

Aprieta su mejilla contra la mía, su barba me raspa de una forma agradable.

—Dios, mujer. No puedo perderte.

Cierro los ojos.

—No me voy a ninguna parte —susurro.

Durante un rato nos abrazamos, ninguno de los dos está preparado para moverse o irse, como si sospecháramos que el mundo real nos arrebatará las riendas del futuro que acabamos de hallar por fin. Y entonces empezamos a hablar de Dylan, del infierno que ha sido esta semana para él, hasta que el frío de la pérdida choca con el frío de la noche y ya no nos podemos quedar más allí.

Chris me ayuda a ponerme en pie y hago lo posible por arreglarme y recuperar la compostura. Aunque parezca increíble, sigo teniendo los tacones puestos, pero a mi falda no le ha sentado nada bien nuestro encuentro. Tiene un desgarro en un lado y, cuando intento abrocharme la blusa, me doy cuenta de que he perdido varios botones.

—Estoy hecha un desastre. No puedo entrar a tu edificio así.

—Nunca dejo que el botones me aparque la moto. Entraremos por el garaje. —Me entrega el casco y su voz se ablanda—. Vámonos a casa, cariño. A *nuestra* casa.

Y me atrevo a creer que realmente lo es. Me atrevo a volver a apostar por nosotros.

Chris y yo nos dirigimos al ascensor con los dedos entrelazados; los zapatos me cuelgan de la otra mano. En ese momento Jacob sale del ascensor y se dirige a nosotros con paso firme.

—Pues menos mal que iba a ser una entrada discreta —murmuro, horrorizada por mi falda rota y agradeciendo que la chaqueta de cuero esté abrochada.

—¿Algún problema? —pregunta Chris cuando Jacob nos alcanza.

—Estaba a punto de preguntarle lo mismo —comenta el jefe de seguridad, mirándome de arriba abajo.

—El primer viaje de Sara en moto ha sido algo accidentado —contesta Chris.

Jacob parece esperar una explicación más detallada, pero, cuando esta no llega, pone cara de incomprensión antes de dirigir la mirada a Chris.

—Blake ha intentado localizarle.

Chris mira su teléfono móvil.

—Cierto. ¿Sabes de qué se trata?

—Han detenido a Mary y a Ricco intentando salir del país.

—¿Cómo? —exclamo.

—¿Mary y Ricco? —repite Chris con el mismo tono de asombro que yo—. ¿Estás seguro?

—Al cien por cien —afirma Jacob—. Pero no sé nada más allá de eso. Al parecer, Sara hizo algunas preguntas y asustó a Ricco. Blake quiere explicarlo todo personalmente. Me pidió que le llamara, ya que, según sus propias palabras: «No contesta al jodido teléfono».

Chris marca el número de Blake.

—Estoy en ello —promete, y nos metemos en el ascensor.

Intento desesperadamente enterarme del contenido de la conversación, pero durante la mayor parte del tiempo Chris se dedica a escuchar. Me vuelve loca.

—¿Y Rebecca? —pregunta Chris, al fin.

¡Sí! ¿Qué hay de Rebecca?

—Entiendo —responde a lo que sea que le dice Blake—. Sí. No hay problema.

—¿Y bien? —pregunto con insistencia conforme entramos en el apartamento y una vez que ha terminado la llamada.

—Hablemos mientras nos damos una ducha caliente. —Entrelaza sus dedos con los míos y me conduce hacia el dormitorio—. Parece ser que Ricco no sólo estaba celoso por la relación que tenían Mark y Rebecca, sino que estaba, de hecho, furioso con Mark por haberse aprovechado de ella. Quería acabar con Riptide como venganza por haberle hecho daño. Mary se apuntó al plan por el dinero y porque estaba enfadada con Mark por no darle más oportunidades.

—¿Y Rebecca está involucrada? —pregunto según entramos en el cuarto de baño. Chris se quita las botas y abre el grifo de la ducha.

—Según Ricco y Mary, no.

—Entonces, ¿dónde está?

—Esa es la gran pregunta. Ricco insiste en que Mark tuvo que hacer algo para provocar su huida.

—Así que… ¿piensan que puede estar escondida?

—Ignoran dónde está, pero si Mary y Ricco o incluso Mark lo saben, estoy convencido de que Blake acabará por averiguarlo.

—¿Siguen pensando que Mark tiene algo que ver?

—Blake cree que no. Cree que Mary y Ricco conocen su paradero y que confesarán bajo presión.

—No me puedo creer que Ricco sepa dónde está. Pero, pensándolo bien, tampoco me hubiera creído que pudiera estar envuelto en todo esto. Chris se rasca la barbilla.

—Ni tú ni yo. No tengo un buen concepto de Ricco, pero tampoco le creía un delincuente. Ah, y Blake quiere que acudas mañana a la comisaría para hacer una declaración con todo lo que sabes.

—Vale. —Cojo mi bolso de la repisa y saco mi teléfono—. Supongo que debería enviarle un mensaje a Mark para decirle que no iré a trabajar mañana. —Su estado de ánimo cambia súbitamente, en su rostro se dibuja una borrasca y aprieta la mandíbula. Procuro reaccionar cuanto antes—. Y quizá no vuelva nunca.

Se queda muy quieto.

—¿Qué estás diciendo?

—Que lo quiero todo o nada, así que tengo que estar dispuesta a dar lo mismo.

Reduce la distancia que hay entre nosotros, sus brazos me acorralan contra el mármol del lavabo mientras busca mi mirada.

—¿Dejarías Allure por mí?

—Sí. —Es una decisión que hasta este mismo momento no me he dado cuenta de que he tomado, pero después de esta noche es inevitable y correcta—. Pero no renunciaré a mi profesión ni a mi independencia. Esas cosas son importantes para mí.

—Te apoyaré en todo lo que pueda, cariño.

—Pero no quiero que lo hagas ayudándome con cosas, Chris. Necesito tener éxito por mí misma.

—Lo entiendo. —Me aparta el pelo de los hombros y deja reposar los dedos sobre mi cuello, con ese gesto tan suyo que he echado tanto de menos durante estos últimos días—. Esta vez vas a hacer que esto funcione.

La convicción de su voz hace que le crea.

—Sí. Lo conseguiremos. —Le envío un mensaje a Mark y dejo caer el móvil sobre la repisa, sin que me importe su respuesta. No cuando tengo a Chris tirando de mi blusa.

Me desnuda poco a poco, besando con ternura mis hombros, mi cuello y mis labios. Nos metemos bajo el delicioso calor de la ducha, poniendo fin al frío de la noche y, con él, al amargo frío que hemos pasado durante estos últimos días. Inclinando mi cabeza contra su pecho, rodeada por sus brazos, siento como si me hubiera perdido y me hubieran encontrado de nuevo. Pero Rebecca sigue perdida, y me temo lo peor.

30

El sábado, Chris y yo pasamos varias horas en la comisaría y el misterio de Rebecca no está más cerca de resolverse. Tengo un mal presentimiento sobre ella del que no logro deshacerme, y esto alimenta mis preocupaciones sobre el paradero de Ella. Decido denunciar su desaparición y contactar con el consulado francés. Después de eso, Chris y yo volvemos a casa y no salimos del apartamento durante el resto del fin de semana. Simplemente gozamos de estar juntos, haciendo el amor y viendo películas, aunque realizamos una escapada al gimnasio, donde prácticamente muero al reencontrarme con mi vieja amiga, la cinta de correr, tan abandonada últimamente.

El lunes por la mañana regresamos al mundo real. Chris me acompaña al colegio y, a pesar de estar preparada para lo peor, me hundo al comprobar que Ella no ha aparecido. Después descubrimos que no ha pagado el alquiler. Se lo pagamos y volvemos a la comisaría para aportar los datos que hemos descubierto.

Para intentar animarme, Chris me convence de que deberíamos tomarnos la mañana del martes para visitar la propiedad de sus padrinos en Sonoma y asistir a la apertura de una exposición en una galería próxima. Katie está entusiasmada y, la verdad sea dicha, yo también lo estoy. La sensación de pertenecer a una familia me sienta de maravilla. Hacia las ocho de la tarde ya hemos cenado, él está pintando en su estudio y yo estoy haciendo las maletas para el viaje. Chris todavía tiene que deshacer el equipaje de Los Ángeles, así que abro su maleta para empezar a sacar lo que no necesita.

Después de retirar la ropa sucia, me encuentro con una pequeña bolsa transparente con los pinceles que suele firmar, y me detengo. Había uno de ellos en la caja de *souvenirs* de Rebecca..., aunque él me había asegurado que apenas la conocía. Entonces, ¿por qué se habría quedado con un pincel? Saco uno de los pinceles de la bolsa y lo miro con las cejas fruncidas.

Aparece Chris por la puerta.

—¿Sabes dónde he puesto mis pant...? —se interrumpe—. ¿Qué ocurre?

Me pongo en pie y camino hasta el armario.

—Tengo que hacerte una pregunta. —Enciendo la luz y me pongo de rodillas ante la caja fuerte—. ¿Cuál es la combinación?

—¿Qué está pasando, Sara?

—Ya lo verás dentro de un minuto. ¿La combinación?

Me dice los dígitos y los introduzco en el teclado. Tiro de la puerta, agarro la caja que encontré en el trastero de Rebecca, recupero el pincel de su interior y se lo enseño a Chris.

—¿Por qué tiene Rebecca uno de tus pinceles en su caja de *souvenirs*? —Entonces agarro la foto rasgada por la mitad y me pongo en pie de un salto para mostrársela también—. ¿Y sabes algo de esta foto?

Suspira.

—La foto fue tomada durante un acto benéfico, conmigo y con Mark. Eso fue antes de que él y yo discutiéramos.

—¿Por Rebecca?

Asiente.

—La noche después del acto benéfico, yo estaba en el club cuando oí comentar algo sobre Mark y su nueva sumisa, y cómo había llorado ella durante la flagelación pública. Me enfrenté a él y le dije que había ido demasiado lejos con ella. Me dijo que me metiera en mis asuntos, que él era el Amo del club. Como se negaba a escucharme, intenté advertir a Rebecca de que se alejase de él.

De pronto tengo un *déjà vu*.

—Igual que tú me advertiste a mí.

—No ocurrió lo mismo que contigo, Sara. A ella apenas la conocía.

—Pero tú querías protegerla, como querías protegerme a mí.

—Mira, sé que esos diarios hacen que te sientas cercana a ella, pero Rebecca no tenía nada que ver contigo. Era sólo una cría, y a Mark eso le daba igual, pero a mí no. Aquella noche durante la gala, ella estaba feliz a su lado, no era más que una colegiala enamorada… Hasta que él le robó la inocencia. Cuando intenté alejarla de él, se puso furiosa. No me sorprende que rompiera la foto en la que aparecemos juntos. Sentía la misma devoción por Mark que tu madre sentía por tu padre.

—Se quedó con tu pincel —pronuncio con tono seco.

Se encoge de hombros.

—No tengo ni idea de por qué. Quizá porque le recordaba a aquella noche con Mark.

Lo dejo estar, luego afirmo con la cabeza. Puedo aceptar esa respuesta, pero no el silencio que ha mantenido hasta ahora.

—Entonces, ¿por qué no me has contado nada de esto hasta ahora? Te pregunté directamente si la conocías. La hemos estado buscando juntos, Chris.

—Ya te lo he dicho, casi no la conocía, y esa es la verdad.

—Pero la conocías mejor de lo que me has hecho creer hasta ahora —digo, esforzándome por evitar un tono acusatorio, pero me cuesta. No entiendo su silencio—. No me dijiste que la habías visto en el club, y has tenido millones de oportunidades para hacerlo.

—Cuando me preguntaste por ella, no quería que supieras que existía el club. No quería involucrarte en esa parte de mi vida.

Sus palabras me golpean con dureza. Todavía me duele que me excluyera del funeral y me dejara fuera de esa parte de su vida. De repente, me doy cuenta de que el dolor que siento no tiene tanto que ver con Rebecca como con darme cuenta de que Chris sigue manteniéndome a cierta distancia emocional, y que no termina de dejarme entrar del todo en su vida. Estoy aquí con él, pero nunca estoy del todo presente, como querría.

Trato de pasar a su lado. Se interpone en mi camino.

—Déjame pasar.

—Sara…

—Necesito pensar, Chris. Necesito espacio. —Y es verdad. No entiendo lo que siento, pero duele. Duele y llevo sufriendo, ya, varias semanas seguidas. Estoy cansada de sentirme así.

Duda un instante y luego retrocede hacia el dormitorio. Paso a su lado y cojo el bolso.

—¿Dónde vas? —exige.

—Ya te lo he dicho: necesito espacio.

—No. Necesitas quedarte aquí para que hablemos.

—No me queda otra que dar por hecho que ya me lo has contado todo. Salvo que haya más cosas, ¿es así?

Mira hacia el suelo.

—No. No hay nada más. Eso es todo.

—Entonces está todo dicho. Necesito conducir un rato y pensar.

—No quería que supieras lo del club, Sara. No sé si hice bien o si hice mal, pero ese era el motivo.

—Lo sé. El problema es que todo lo que me cuentas siempre es porque sientes la *obligación* de hacerlo... No porque *elijas* contármelo. No terminas nunca de confiar en mí.

—Eso no es verdad. —Se peina el cabello con los dedos y su aspecto atormentado es un reflejo de mis sentimientos—. No es verdad.

—Es como me siento. Es como me siento ahora mismo. —Lleva desde el primer día acumulando secretos y yo elegí ignorar el peligro que podrían llegar a representar. Elegí mirar hacia otro lado porque estoy profundamente enamorada de él. Me dirijo a la puerta y me interrumpe el paso.

—Quédate.

—Obligarme a quedarme ahora es lo peor que podrías hacer, Chris. Provocará que me sienta atrapada. Llevo demasiado tiempo sintiéndome así. No me hagas eso.

Se aparta.

Empiezo a caminar y parte de mí quiere que él me detenga, aunque me enfureceré si lo hace. Y otra parte de mí cree que el hecho de que no me detenga es tan impropio de él que me asusta. Me dejó marchar una vez, después de encontrarle suplicando que le flagelaran. No, eso no está bien. Me alejó de él. No me he recuperado completamente de eso y, ahora mismo, me da miedo lo que desconozco y cómo nos podría separar, como casi consiguió hacer el descubrimiento del club. Temo que pueda volver a suceder. No puedo evitarlo. Ahora necesito que luche por mí, sin importar lo cruel que resulte por mi parte.

Si me deja marchar no podrá ganar, y tampoco si me retiene aquí... y yo tampoco puedo. A lo mejor nunca podremos ganar *los dos*. A lo mejor estamos predestinados a hacernos pedazos el uno al otro. Predestinados a acabar aquí, donde estamos esta noche.

En la entrada del edificio, pido que me traigan el coche. Una vez dentro, me siento tras el volante preguntándome adónde ir. Quiero estar con Chris, pero me carcomen los secretos que guarda, además de todo lo sucedido durante la última semana.

No confió en que pudiera superar la pérdida de Dylan a su lado. No confió en mí para contarme lo de Rebecca. Tampoco para hablarme del club. Eso me lo intentó ocultar durante todo el tiempo que pudo. ¿Qué más me oculta por creer que no podré soportarlo? Le he abierto el corazón a este hombre y ahora he renunciado a mi trabajo por él. Había apartado todos mis miedos a un lado y había apostado por nosotros. ¿Y cuándo va a apostar él por nosotros? ¿Llegará a hacerlo?

Suena mi teléfono y es Chris. Rechazo la llamada. El botones golpea con los nudillos en mi ventanilla y pego un respingo.

—¿Está bien? —pregunta, y yo le saludo y salgo a la carretera. No sé hacia dónde me dirijo. Sólo conduzco.

Una hora más tarde, estoy frente a la mansión blanca de Mark en el barrio de Cow Hollow, no muy lejos de su club. No tengo ni idea de por qué he terminado aquí. La verdad es que no tengo otro sitio adonde ir. Y Mark, al fin y al cabo, es la única persona que realmente tengo en común tanto con Chris como con Rebecca, dos nombres que se han vuelto muy importantes en mi vida. Dos personas que, ahora mismo, siento que estoy perdiendo.

Además, con Mark todo es seriedad. Con él, las emociones que ahora mismo controlan mis actos no asoman por ningún lado. Sólo escucharle relatar la misma historia que me ha contado Chris sobre Rebecca podría ayudarme a entender el silencio de Chris y por qué me molesta tanto.

Cojo el bolso y abro la puerta del coche. Se ponen en marcha los detectores de movimiento y aparecen ante mí dos puertas, idénticas a las del club, que me provocan intranquilidad. Intento franquearlas y llamo al timbre. Estoy temblando y me digo que es porque, con las prisas, he olvidado coger una chaqueta, no por el sitio en el que me encuentro. No funciona. Me traicionan los nervios y mi inquietud se convierte en un mar de dudas. Estoy a punto de regresar corriendo al coche cuando se abre la puerta y aparece Mark. Es un Mark que nunca he visto. Va descalzo y su pelo, que siempre lleva perfectamente peinado, está revuelto. Su sempiterno traje a medida ha sido sustituido por una camiseta blanca y unos vaqueros desgastados.

Su mirada se desliza por mis vaqueros y mi camiseta y está claro que mi vestimenta le llama tanto la atención como a mí la suya. Levanta una ceja.

—Sara. Menuda sorpresa…

—¿Verdad? —pregunto, sintiéndome tan fuera de lugar como mi absurdo saludo—. ¿Estoy interrumpiendo algo?

—Nada que no pueda esperar.

Me indica que pase y vacilo un instante, recordando la habitación del club llamada la Guarida del León y la sensación de ahogo que tuve en el piso piloto de Ryan. Pero quiero respuestas. Necesito respuestas. Tomo aire y avanzo por el suelo de madera color marfil y luego por un pasillo estrecho, demasiado cerca de Mark para estar cómoda.

—¿Va todo bien? —pregunta.

—Sí. No. Sólo necesito hacer… unas preguntas sobre… Chris.

Sus ojos se estrechan.

—¿Chris?

—Y Rebecca.

—Y Rebecca —repite, y capto un destello de consternación en su mirada que desaparece un segundo después—. No sé muy bien qué relación pueden tener, pero me intriga conocer hacia dónde vas con todo esto. —Levanta la barbilla para indicarme que sigamos. Me quedo quieta, helada en el sitio, sus ojos grises, perspicaces, me observan con detenimiento. Sí, me siento desde luego como si estuviera en la Guarida del León y necesitara una salida—. ¿Te quedas o te marchas, Sara?

«Respuestas, Sara. Lo que quieres son respuestas.»

—Me quedo. Me quedo. —Mis pies se mueven. Eso ya es algo. Cada paso hacia el interior de la Guarida es también un paso para poder salir de ella.

El enorme salón que surge ante mí al final del pasillo es exactamente lo que me hubiera esperado de Mark. Rico, rico y rico de todas las formas posibles. Un gran sofá marrón de cuero, que obviamente debe ser muy caro, flanqueado por dos enormes sillones a juego. A la izquierda hay una chimenea y, sobre ella, un cuadro que reconozco como un Motif. A la izquierda y a la derecha de la chimenea hay dos esculturas y es muy posible que fueran realizadas por artistas famosos, aunque no sé lo suficiente como para estar segura.

Mark se sitúa junto a mí y me intimidan su altura y lo cerca que está.

—Sentémonos.

Avanzo y elijo el aislamiento que ofrece uno de los enormes sillones; me siento en el borde, dejando mi bolso a un lado. Mark se apoya en el brazo del sofá, mirándome, asumiendo de forma automática una posición dominante.

Tengo la garganta muy seca y de repente se me empieza a acelerar el pulso desaforadamente. Temo que esta situación sea otra caja de Pandora.

—Tú dirás —dice él cuando, por lo visto, he dejado pasar demasiado tiempo.

Un suspiro profundo se escapa de mis pulmones.

—Necesito saber qué es lo que hizo que Chris y tu acabarais mal.

Me estudia durante un momento.

—¿Qué te ha dicho él?

—Preferiría que me lo dijeras tú.

—¿Por qué es importante? —Su voz es nítida.

—Lo es, y punto.

—Esa respuesta no me vale.

Claro que no. Eso sería demasiado simple.

—¿Fue por Rebecca?

—¿Tiene esto algo que ver con la investigación policial?

—No, no se trata de eso. Yo... —Casi se me escapa lo del trastero, pero me lo pienso mejor—. Lo que sucede es que la siento como una persona muy cercana y he encontrado algunos de sus objetos personales, y entre ellos había recuerdos de un acto benéfico en el que ella y Chris...

—Ellos no estaban liados. Ni por asomo. De hecho, ella llegó a sentir verdadera aversión hacia él.

—No pensaba que estuvieran liados, pero ¿por qué no le gustaba Chris a Rebecca?

—Él la veía como a una niña que necesitaba más un padre que un Amo.

Esto explica por qué Rebecca tachó el nombre de Chris en su diario de trabajo.

—¿Y tú no compartías su punto de vista?

—No. No compartía su punto de vista. Yo veía a una mujer joven, inteligente y hermosa que tenía el mundo en sus manos.

Hay una ternura en su voz que nunca había oído antes, y vuelvo a sospechar que sentía algo por Rebecca. Quizá no amor, pero tenía un afecto por ella que hubiera dicho que era incapaz de sentir por nadie.

—¿Dónde está, Mark? —inquiero.

—En contra de lo que afirma Ricco con tanta insistencia, no tengo ni idea. No lo sé —contesta Mark.

—¿Qué coño hace ella aquí?

Doy un salto al escuchar la voz de Ava y me levanto. Me giro hacia el pasillo a mi derecha y la veo allí de pie, con fuego en los ojos y sin otra ropa que una camiseta grande. Ryan está detrás de ella, con el torso desnudo y pantalones de vestir.

—He intentado detenerla, Mark. —Alarga la mano hacia Ava y ella se vuelve y empieza a darle puñetazos y a arañarle las mejillas—. ¡Ava! Pero ¡¿qué haces?!

—¿Qué hace ella aquí, Mark? —chilla Ava, y parece fuera de sí, enloquecida.

—Te he dicho que esperes en el dormitorio —advierte Mark con palabras cortantes—. Regresa al dormitorio.

—¿Para que puedas follártela y luego follarme a mí como hiciste con la puta esa de Rebecca? —Corre hacia adelante y Ryan intenta atraparla, pero se le escapa. Tengo el corazón en un puño al verla abalanzarse sobre nosotros y no sé muy bien adónde ir, qué hacer. Está corriendo y veo que viene hacia mí. Empiezo a retroceder.

Mark me agarra y me coloca detrás de él justo antes de que Ava choque contra él. Empieza a dar manotazos, intentando alcanzarme. Al final logra atrapar un mechón de mi pelo y lo retuerce con la mano. Un dolor punzante me recorre el cuero cabelludo y chillo por la brutalidad de sus tirones.

—¡Basta, Ava! —ladra Mark, y siento un último y doloroso tirón antes de que me libere de pronto. Me tambaleo hacia atrás y caigo sobre la mesa, dándome un golpe que me sacude entera.

—¡Que te jodan, Mark! —chilla Ava, enfurecida, y veo que Ryan la tiene sujeta por el pelo y tira de ella hacia atrás—. ¡Ya me hiciste esto con la puta esa de Rebecca! —berrea—. No vas a volver a hacérmelo.

Resbalo hasta el suelo y aterrizo sobre las rodillas.

—Mataré a esa puta —amenaza Ava—. La mataré.

—Sal de aquí, Sara —ordena Mark. ¿Matarme? ¿Habla en serio? Mark me coge y me pone en pie—. ¡Sara! ¡Sal de una vez!

No necesito que me lo repitan. Salgo corriendo de la habitación y me dirijo a la puerta. Ni siquiera la cierro detrás de mí. Oigo cómo chilla Ava desde el interior. Salvaje. Loca. Corro tan deprisa que me estrello contra la puerta del coche, intentando recobrar el aliento. Busco mi bolso. «Oh, Dios. Oh, Dios. ¡No!» Mi bolso y mis llaves se han quedado dentro. Me aprieto la frente e intento pensar, pero hay demasiada adrenalina fluyendo por mi cuerpo para poder pensar con claridad. Empiezo a caminar en círculos, intentando calmarme. Un vecino. Tengo que llamar a la casa de algún vecino y avisar a Chris para que venga a buscarme. No hay otra opción. Empiezo a correr por el camino de entrada de la mansión hacia la calle.

A mis espaldas oigo el chasquido de la puerta del garaje y al girarme me ciegan unas luces largas que empiezan a avanzar hacia mí. Atravieso el césped y no tengo que mirar para saber que el coche sigue detrás y que está cerca... Demasiado cerca. Desesperada, me protejo tras un gran árbol y me tambaleo cuando el vehículo se estrella contra el tronco con un estruendo que me retumba en los huesos.

Escucho mi propia respiración. Escucho gritos. Creo que son Mark y Ryan, pero no los distingo bien. Me pongo en pie y corro hacia las voces, vislumbrando a los dos hombres mientras ellos corren hacia mí. A mis espaldas se abre la puerta del coche con un chirrido y me doy la vuelta para ver cómo Ava se esfuerza por salir mientras me apunta con una pistola.

—¡Quédate donde estás, puta! —chilla, y veo que la sangre le mana a borbotones de la sien.

Me quedo helada ante el odio que veo en sus ojos, ante la certeza de que está loca y no dudará en apretar el gatillo.

—¡Ava! —grita Mark desde algún sitio más allá de mi hombro, y debe haber dado un paso al frente porque ella reacciona.

—No te muevas, Mark —dice entre dientes—, o le disparo ahora mismo. Métete en el coche, Sara.

Ryan no dice nada. No sé dónde está, pero espero que no esté aquí y que haya ido en busca de ayuda.

—Que te metas en el coche, Sara —ordena Ava.

No puedo meterme en el coche. No puedo. Sé que si lo hago no saldré con vida.

—¡Ahora! —vocifera.

Me trago el pánico que intenta dominarme, trato de ser lógica, trato de pensar en alguna manera de salir de esta. Ella no me hará daño. Hay testigos. La gente sabrá que me he marchado con ella. Todo esto da igual. Está loca. No hay nada más que decir.

Dispara a un palmo de mis pies y pego un brinco. Mark grita. Me muevo hacia ella, temiendo que vuelva a disparar y que esta vez apunte bien. Doy un paso hacia ella y, antes de verla, oigo el rugido de una moto. Ava también lo oye y reacciona apuntando el arma hacia el sonido. Aparece la moto y sé que es Chris. Tiene que ser él, y en lo único que puedo pensar es en que va a dispararle. Mis instintos reaccionan y corro hacia Ava, pero oigo el disparo antes de alcanzarla. La moto y Chris salen volando y chocan contra mi coche. Llego hasta Ava y salto sobre ella desde atrás, intentando no pensar en Chris muerto y desangrándose. Solamente en la pistola. Le tiro del pelo y hago la única cosa que sé hacer. Le muerdo el brazo con todas mis fuerzas. Chilla y se retuerce y caemos al suelo, su espalda sobre mi pecho. Pero consigo mi objetivo. La pistola sale volando por los aires y oigo el sonido de sirenas que llegan a toda velocidad, pero Ava se me escurre. Rueda y trata de alcanzar la pistola.

Le agarro de la camiseta, lo único que lleva puesto, y me da una violenta patada en la cara. Me paraliza el dolor y suelto su camiseta. Se escabulle y, sin saber cómo, logro ponerme de rodillas y luego en pie, con la intención de perseguirla. En ese momento veo a Chris, cubierto de sangre, que se pelea con Ava a un metro escaso de la pistola. La mano de ella roza el arma y el terror por lo que le pueda pasar a Chris me inyecta adrenalina en las venas.

—¡Chris! —chillo, y cierro el puño para golpear a Ava en la cabeza. Se cae a un lado con un gemido.

Ryan aparece de la nada y me agarra y tira de mí hacia atrás. Mark aprieta a Ava contra él y ella grita como si estuviera poseída, con la cara cubierta de sangre.

Chris se pone de rodillas, también le brota la sangre de una herida en la cabeza, pero sostiene con pulso firme la pistola y apunta hacia Ava.

—Saca a esa zorra de aquí o le disparo —grita Chris a Mark.

Este aleja a Ava arrastrándola y la entrada se llena de coches de policía.

—¡No se mueva! —le grita un policía a Chris, apuntándole con una pistola—. ¡Suelte el arma!

Mis ojos se encuentran con los de él y no dejo de mirarle mientras suelta la pistola. Siento los metros que nos separan como si fueran las desoladas millas de un desierto. Tenía secretos que me había ocultado.

Acudí a Mark en busca de respuestas. El jardín se llena de policías, impidiéndome ver a Chris, separándonos. Vivimos en mundos distintos y estamos heridos más allá de las heridas de nuestros cuerpos, y a lo mejor ya no es posible la curación.

Nos rodean un montón de policías y sanitarios y no puedo ver a Chris, pero me aseguran que está bien. Sin embargo, no me siento como si estuviera bien. Siento que nada volverá a estar bien, jamás. Sólo consigo respirar de nuevo cuando se llevan a Ava y veo a Chris hablando con la policía al otro lado del jardín. Solamente entonces permito que me acompañen a una ambulancia para que los sanitarios me revisen.

En la ambulancia, un amable señor mayor de pelo canoso me toma el pulso y me mide la tensión. Es allí donde me encuentra Chris, maltrecho y abatido. Me abruma pensar que podría haber muerto esta noche por salvarme, que todo habría sido por mi decisión de venir aquí.

—¿Qué tal tienes la cabeza? —pregunto, observando la gran venda de su frente.

—Necesitaré puntos, pero viviré. —Desvía la mirada hacia el sanitario—. ¿Qué tal está?

—Magullada, pero también vivirá.

Chris y yo nos miramos fijamente, y mi corazón se retuerce ante lo que sucede entre los dos, porque sigo estando segura de que pertenecemos a mundos distintos. El sanitario se aclara la garganta.

—Ahora mismo vuelvo —dice, y se apresura a salir del vehículo, entendiendo claramente que necesitamos estar unos momentos a solas.

Chris se sube a la ambulancia y se sienta a mi lado.

—Ha llamado Blake. Ava ha confesado que mató a Rebecca.

Cierro el puño contra mi pecho ante el impacto que supone la noticia.

—¿Cómo? ¿Cuándo?

—No tenemos detalles del asunto, porque llegó un abogado y procuró que dejara de hablar, pero imagino que los tendremos en los próximos días. El detective privado con el que tuviste el encontronazo en el trastero entregó algunos diarios que robó de allí. Ha tenido problemas en el pasado y no quiere tener nada que ver con un asesinato. Según afirma, nos resultarán muy útiles.

—Más diarios —susurro—. Más personas leyendo los pensamientos privados de Rebecca. Como hice yo.

—Gracias a que lo hiciste, ahora podrá descansar en paz. Y podrán poner a Ava entre rejas antes de que le haga daño a alguien más... Como ha tratado de hacer esta noche.

Me giro hacia él, deseando que no hubiera ni un centímetro entre los dos.

—Me has salvado la vida.

Tarda en responder, su mirada es inescrutable. No me deja entrar, como siempre.

—Sí, bueno, esta vez he acertado con lo de protegerte. Al parecer no lo he hecho tan bien en otras ocasiones.

—Eso no es verdad, yo sólo tenía que...

—Escuchar la verdad en boca de Mark, porque a mí no me creías. Lo sé. Lo entiendo.

—No me contaste lo de Rebecca hasta que lo descubrí por mí misma.

—Eso también lo entiendo, pero lo que no termino de entender es por qué estabas dispuesta a aceptar su palabra antes que la mía. —Se rasca la barbilla y apoya los codos sobre las rodillas—. Dices que te alejo de mí cuando tengo problemas... Bueno, pues parece que tú sales corriendo en busca de Mark.

—No, Chris. No es así. No es así en absoluto.

—Tú querías honestidad, Sara. Te la estoy dando. Sabía que irías a buscarle. Por eso no te intenté retener. Y me juré que si te ibas con él, lo nuestro se habría terminado.

Me siento débil y tiemblo ante la posibilidad de que lo diga en serio.

—No, Chris. Mark no tiene nada que ver con nosotros. Me dolió que no me hubieras dicho todo sobre Rebecca y seguía susceptible después de la semana pasada.

—Lo sé. Lo sé, Sara. Joder, hay que ver lo bien que se nos da hacernos daño.

—¿Qué estás diciendo? —Apenas consigo mascullar la pregunta, tengo la voz atrapada en la garganta, junto a mi corazón.

—No sé lo que digo. Sé que me he muerto mil veces esta noche cuando he pensado, por un momento, que Ava iba a dispararte. Hubiera dado mi vida por ti esta noche; así es como te amo.

—Pero hay veces que amar no basta —digo, repitiendo las palabras que pronunció él en el club—. ¿Volvemos a estar así?

—No estoy seguro de ser yo el que tiene que responder esta vez a esa pregunta, Sara. Creo que te toca a ti.

—¿Y eso qué demonios significa?

—Disculpen. —Levanto la vista y veo a un policía que nos observa desde la parte trasera del vehículo, y rezo para que se marche, pero no funciona—. Señorita McMillan, si se siente en condiciones, nos gustaría que pasara dentro para responder a algunas preguntas.

—Claro. ¿Ahora?

—Eso sería lo mejor, sí.

Chris se baja de la ambulancia y me ofrece su mano. Deslizo mi palma en la suya y el calor que desprende me recorre el brazo, pero el espacio que hay entre los dos, el maldito espacio, es enorme y frío, y temo que se está volviendo más impenetrable a medida que pasan los segundos. No quiero abandonarle. Quiero que todos los demás se marchen y nos dejen solos.

Reaparece el sanitario y posa su mirada en Chris.

—Estamos listos para salir hacia el hospital, si usted lo está.

—Sí —dice él—. Estoy listo. —Sus ojos se encuentran con los míos y durante un instante no desviamos la mirada—. Voy a que me cosan la cabeza.

—Iré contigo.

—Tienes que contestar a las preguntas que necesitan que respondas, así nosotros podremos pasar página. Quédate aquí. Haz lo que tengas que hacer.

Me aferro a la referencia a *nosotros*, pero sé lo rotos que estamos los dos. Sé lo cerca que estamos de perdernos, lo raro que es en Chris que no insista en estar a mi lado para esto. Se me cierra la garganta.

—Está bien. Vale. —Me giro hacia el agente de policía—. Estoy preparada. —No vuelvo a mirar a Chris porque sé que, si lo hago, no me marcharé. Y, por primera vez desde que nos conocimos, me pregunto si le aliviaría que lo hiciera.

31

Una hora después de que Chris haya partido rumbo al hospital, he terminado con las preguntas de la policía y salgo de casa de Mark. Un movimiento me llama la atención entre las sombras del jardín, junto al árbol contra el que chocó Ava. Me acerco y encuentro a Mark apoyado contra el tronco, con la cabeza abatida y los brazos reposando en las rodillas. Salta a la vista que no se trata del Mark siempre controlado al que estoy acostumbrada.

Tras vacilar un momento, me siento a su lado en el suelo. Levanta la cabeza y me quedo anonadada ante lo que me permite ver. Dolor. Tormento. Culpa.

—Regresó porque yo se lo pedí —me cuenta.

—¿Qué? —pregunto, pero de repente comprendo lo que quiere decir. Recuerdo cuando Blake dijo que Rebecca había regresado a la ciudad y que luego había desaparecido.

—Llamé a Rebecca cuando estaba de vacaciones con el tipo con el que se largó, y le dije que regresara. Que todo cambiaría. Me dijo que no. —Se pasa una mano por el pelo y maldice entre dientes—. Pensé que había decidido borrarme de su vida. Ni siquiera supe que había regresado a la ciudad. La traje de vuelta y entonces Ava le hizo... sabe Dios qué. Está muerta por mi culpa.

—No te tortures así. —Me pongo de rodillas para mirarle de frente—. Tú no eres responsable de lo que hizo Ava.

Clava una mirada atormentada en mí.

—Lo soy. No sabes hasta qué punto tengo yo la culpa. Junté a Rebecca y a Ava en el club. Incluí a Ava en los juegos. Yo... —Se le quiebra la voz y desvía la mirada—. Rebecca era... —Pasan los segundos y de pronto vuelve a clavar los ojos en mí—. Yo he provocado esto, y casi consigo que te ocurra lo mismo a ti. Habría ocurrido lo mismo si no hubiera aparecido Chris. Tú y yo sabemos que es verdad. Vete a casa, Sara. Aléjate todo lo que puedas de mí.

La orden es brusca y afilada como una cuchilla de afeitar, pero no me muevo. Quiero ayudarle.

—Mark...

—¡Vete a casa!

Comprendo entonces que tiene que enfrentarse con sus demonios a su manera, como yo he tenido que enfrentarme con los míos. Me pongo en pie y bajo los ojos para mirarle, pero no me mira y sé que ya no volverá a hacerlo. Camino hasta mi coche. Una vez dentro, arranco el motor, pero no sé muy bien qué hacer. Chris ha dicho que se prometió a sí mismo que, si venía aquí esta noche, lo nuestro no tendría futuro. ¿Lo diría en serio? No he sabido nada de él, pero le amo demasiado para ser orgullosa ahora mismo.

Con los nervios revoloteando en mi estómago, intento llamarle. Cada tono me atraviesa como una punzada, uno tras otro, hasta que me salta su contestador y cuelgo. Siento el mismo pellizco en el pecho que sentí la semana pasada cuando levantó la muralla de siempre entre los dos. Está enfadado y dolido y yo ya no lo estoy. Siento incertidumbre y estoy confundida.

No sé qué cosas han podido llevarle a actuar esta noche como lo ha hecho. Empiezo a conducir y me interrogo en busca de respuestas, preguntándome dónde empezó todo. Termino en mi viejo apartamento y visito el de Ella, donde descubrí a Rebecca por primera vez. Entro en el dormitorio, dejo el bolso en la cama y me tumbo sobre el colchón, contemplando el techo. Gracias a Ella y a Rebecca me atreví a ser yo misma, no la carcasa de la persona con la que me había conformado por ser. Y, gracias a ellas, encontré a Chris.

Ruedo y me pongo de lado, exhausta más allá de lo que creía posible. Quiero irme a casa. Quiero ver a Chris. Quiero hablar con él de todo lo que siento, pero estamos rotos y heridos. Tan rotos... No sé cómo podríamos arreglar lo nuestro. No sé si él quiere que lo arreglemos. A lo mejor no debería desear que volviéramos a estar juntos. Pero lo deseo. Y no me importa si eso me hace parecer ingenua. Saco mi móvil del bolso, cierro los ojos y ansío con todas mis fuerzas que suene.

—Sara. —Parpadeo. Me ha despertado la voz de Chris y lo encuentro de pie y mirándome.

Me incorporo medio mareada, temiendo no haber despertado y que se trate de un sueño.

—¿Chris? —Brinco hasta el borde de la cama, aliviada al comprobar que realmente está aquí. Se me llena el pecho de esperanzas al pensar que todavía nos queda alguna oportunidad.

Se pone en cuclillas delante de mí, pero no me toca.

—Cuando no te encontré en casa, supuse que estarías aquí.

—No podía ir a casa sin que estuvieras tú. Intenté llamarte.

—Me hicieron apagar el móvil en el hospital, y cuando por fin lo pude encender, no contestabas. —Aparta la mirada y detecto su esfuerzo por expresar lo que quiere decirme. Me lleno de angustia antes de que se gire hacia mí de nuevo—. Mira, Sara. —Vuelve a vacilar, y me quedo sin respiración hasta que continúa—. Salgo hacia París a las diez de la mañana.

Siento un peso en los hombros y el dolor me parte el cuerpo en dos.

—¿Te vas?

—Sí. Me voy.

—No. No lo hagas.

Me observa fijamente durante un rato largo, buscando algo que espero que encuentre.

—Ven conmigo. Encontraremos a Ella e intentaremos encontrarnos a nosotros, de nuevo. Llevo horas pensando en esto. No me he abierto a ti y es posible que lo de esta noche no hubiera ocurrido si lo hubiera hecho. Si quieres saber exactamente qué y quién soy, París es donde podrás averiguarlo. Eso es algo que siempre he sabido, pero hasta hoy no he estado preparado para lo que significa. Y no estoy seguro de que tú llegues a estar preparada alguna vez. Tienes que pensar mucho en ello antes de que amanezca.

—Mi pasaporte...

Introduce una mano en el bolsillo, extrae mi pasaporte y lo arroja sobre la cama.

—Llegó mientras estaba fuera. —Se pone en pie y aún no me ha tocado. ¿Por qué no me toca?

Esto es demasiado repentino. La cabeza me da vueltas.

—Chris, por favor. Hablemos de esto.

—No. Basta de hablar. No hay medias tintas. Todo o nada, Sara. Eso es lo que te ofrezco, y tú tienes que decidir si realmente lo quieres. Hay un billete de American Airlines a tu nombre. Yo estaré en el avión. Espero que lo estés tú también. —Se aleja, y la puerta se abre y se cierra detrás de él.

Se ha ido, dejándome con la confirmación de lo que ya había presentido en él. Hay cosas sobre su dolor que no sé, hay más secretos por revelar. Me ha dejado ante otra de sus pruebas y sólo tengo unas cuantas horas para responder. Sin saber los secretos que oculta, ¿estoy dispuesta a arriesgarme e irme con él?

Jueves, 2 de agosto de 2012

Hoy le he dicho adiós, pero no me ha creído. Frunció los labios de esa forma tan sensual y tan suya, y murmuró en mi oído promesas de placer llenas de malicia. Pero esta vez sus promesas no han bastado. Parecía consternado cuando le he dicho que el placer era la fachada que utilizaba para esconderse del amor. Vi algo profundo en sus ojos, un destello de angustia. Y supe que tenía razón, que hay mucho más que no me deja ver. Pero ya no estoy ciega. Ahora ya sé que no soy la mujer que puede descubrir al hombre que se esconde detrás del Amo. Soy sólo una parte de su viaje, como él lo es del mío.

Ah, pero hay una parte de mí que espera que me eche de menos; que espera que, a lo mejor, nos encontraremos de nuevo, algún día. No me atreví a verle de nuevo, ni a tocarle de nuevo, por miedo a ser débil y a cambiar de opinión. Le dejé una nota manuscrita sobre la mesa de su despacho, y en ella le dije todo lo que quedaba por decir: «Adiós…, Amor, Rebecca».